LAUINGER VERLAG

Das Buch

Ruth, eine ältere Dame, erhält einen Brief von einer ihr unbekannten Frau, die sie fragt, ob sie verwandt sind. Nach dem Tod des Vaters der Absenderin sind Unterlagen aufgetaucht, die vermuten lassen, dass er seine Identität geändert hat. Nie hatte der Vater über seine Herkunft gesprochen. Zum Zeitpunkt der Einbürgerung in die DDR hatte er alle Daten, bis auf seinen Vornamen und sein Geburtsdatum, geändert. In seiner Ursprungsfamilie galt er, der Außenseiter, als verschollen. Mit seinen vier Kindern macht sich Ruth auf die Spurensuche nach ihrem älteren Bruder. Alle sind getrieben vom Wunsch nach Aufklärung, nach Verstehen, nach Versöhnung. Die Kinder möchten erfahren, wo und wie der Vater früher gelebt hat, und hoffen, eine Erklärung für sein Schweigen zu erhalten. Drei der Kinder wollen ihre Tante näher kennenlernen. Der älteste Sohn, ihrem verstorbenen Bruder am ähnlichsten, bleibt auf Abstand. Die alte Dame freut sich über den Kontakt. Unverhofft ist sie Teil einer Familie, die sie immer vermisst hat. Nach und nach lassen sich beide Seiten auf Neues, Unbekanntes ein. Vieles ist ins Vergessen gesunken, nun taucht manches wieder auf und weckt alte Ängste. Bei einem Besuch des jüngsten Sohnes bekommt die Schwester Einblick in die Stasiakten des Bruders. Sie entdeckt immer mehr Parallelen zu ihrer Herkunftsfamilie und zum Leben seiner Kinder. Schon ihr gemeinsamer Vater hatte durch das Verleugnen seiner Identität den Krieg überlebt. Auch dem Bruder war jedes Mittel recht, bis sein mühsam aufgebautes Kartenhaus in sich zusammenfällt.

Die Autorin

Sigrid Kleinsorge wurde 1940 in Halle/Saale geboren. 1960 Wechsel in die BRD. Studium der Psychologie und Soziologie in Köln. Stipendien des Schriftstellerverbandes Baden-Württemberg. Erste Veröffentlichungen in Anthologien, in Almende, im Karlsruher Lesebuch. Romane: Die Abuela, Das achte Zimmer, Das Trio, Das Freitagsinterview, Und vergib uns…, eine Reise. Ihr Roman »Schwarz & Weiß« erschien 2018 im Lauinger Verlag. Die Autorin lebt in Karlsruhe und Lanzarote.

Sigrid Kleinsorge

Rabeninsel

ROMAN

LAUINGER VERLAG

Die deutsche Nationalbibliothek verzeichnet diese Publikation in der Deutschen Nationalbibliografie; detaillierte bibliografische Daten sind im Internet unter www.dnb.de abrufbar.

Projektmanagement, Umschlaggestaltung, Satz & Layout: Sonia Lauinger
Projektassistenz: Nicole Bengeser, Nathalie Reinhardt
Lektorat: Martina Leiber
Korrektorat: Annika Cramer
Umschlagabbildung: Rabe III © Christian Klute, www.christianklute.com
Druck in der EU

ISBN: 97837650-9142-1

Dieser Titel erscheint auch als EBook:
ISBN: 97837650-9143-8

www.lauinger-verlag.de
www.derkleinebuchverlag.de
www.facebook.com/DerKleineBuchVerlag

Um klar zu sehen, genügt oft ein Wechsel der Blickrichtung
Antoine de Saint-Exupéry

PROLOG

Über Raben lässt sich vieles sagen. Und nicht nur Gutes. Welcher Singvogel hat schon eine so enorme Flügelspanne von eineinhalb Meter und ein Gewicht von eineinhalb Kilo? Dazu einen kräftigen, gebogenen Schnabel, vor dem auch Menschen Hochachtung haben. Damit ist der Rabe der König unter den Vögeln und kaum angreifbar. Sein Gefieder erscheint nur auf den ersten Blick unauffällig schwarz, im Sonnenlicht schimmert es metallisch blau oder auch grünlich. Alles Äußerlichkeiten? Aber der Rabe hat noch mehr zu bieten: Er ist äußerst anpassungsfähig, neugierig und intelligent. Seit er herausgefunden hat, wie er an das Innere von Nüssen gelangen kann, lässt er sie sich von fahrenden

Autos knacken. Er weiß nicht nur ganz genau, wo er sein Futter für Notzeiten versteckt hat, sondern beobachtet auch andere Tiere beim Verstecken ihrer Nahrung. Sobald sie verschwunden sind, bedient er sich dann. Als Aasfresser folgt er Wölfen und es geschieht häufig, dass er ihnen sogar ihre Beute stiehlt. Daher leiden er und seine Familie selten Hunger. Zudem ist er ein Familientyp und treu. Raben-Paare bleiben ein Leben lang zusammen. Das können schon mal dreißig Jahre sein. Gemeinsam kümmern sich Raben-Eltern um die langwierige Aufzucht des Nachwuchses. In einer Geheimsprache, die nur für Angehörige ihres Clans verständlich ist, geben sie ihre Erfahrungen an die Jungen weiter. Alles Wissen bleibt dadurch im Familienkreis. Und er hat die Gabe, Vogelstimmen und andere Geräusche überzeugend nachzuahmen. Damit täuscht er Tiere und Menschen.

In Sagen und Märchen spielt die Weisheit des Raben, aber auch seine Flugfähigkeit eine Rolle. Er weist verirrten Wanderern den Weg, rettet Menschen aus ausweglosen Situationen. Die beiden Kolkraben Hugin und Munin berichten dem Gott Odin, was auf der Welt vor sich geht. Auch dem griechischen Gott Apollon war der Rabe heilig. Da er jedoch seinen Auftrag nicht rechtzeitig erfüllte, weil er auf das Reifen der Feigen wartete, setzte Apollon ihn zur Strafe als Sternbild an den Himmel. Als dämonisches Wesen, das den Teufel begleitet und als Unglücksrabe Schaden ankündigt, gilt der Rabe erst seit der Christianisierung.

DIE NACHRICHT

Ruth

Er hatte all die Jahre gelebt, das wusste ich nun. Seit mein Bruder vor sechzig Jahren verschwunden war, hatte ich auf ein Lebenszeichen von ihm gewartet. Nun war er tot, aber eines seiner Kinder hatte geschrieben und gefragt, ob es möglich sei, dass wir verwandt sind. Sein Geburtsdatum passte: der 13. Juni 1935. Auch der Vorname. Daneben standen die Namen seiner Kinder: Armin, Sandra, Ulrike und Ole, auch ihre Geburtsdaten. Er war fünfundsiebzig Jahre alt geworden. Dabei hatten die Eltern und die Schwester, denen er zu schwierig erschienen war, behauptet, er sei als junger Mann gestorben. Nur ich hatte es nicht glauben wollen. Und jetzt konnte ich es kaum fassen! Ich saß vor dem Fenster und beobachtete den Raben, der auf dem höchsten Ast der Birke saß, schwankte zwischen weinen und lachen. Doch dann überwog die Freude. Aber wie konnte ich ihn nun, nach sechzig Jahren, wieder auferstehen lassen, an längst zerrissene Erinnerungsfäden anknüpfen und mich an ihnen entlanghangeln? Seit einer Ewigkeit hatte ich seinen Namen nicht mehr gehört, nicht mehr gerufen, wie früher, wenn wir auf den Pulverweiden über das Eis schlitterten. Ich mit den viel zu großen Schlittschuhen, die unter die Halbschuhe geschraubt waren. Immer wieder war ich gestürzt, immer wieder hatte er mir aufgeholfen und mich getröstet. Oft hatten wir uns auf der Rabeninsel im dichten Gebüsch versteckt und das »Krah, krah!« der Raben nachzuahmen versucht. Und dann einfach weg, ohne Abschied.

Meine Schwester Marianne war vor drei Wochen unerwartet gestorben. Auch wenn unser Verhältnis nicht besonders gut gewesen war, vermisste ich ein Abschiedsritual. Es hatte keines gegeben. Deshalb suchte ich ein

Foto von ihr, auf dem sie so aussah wie zu der Zeit, als wir einander noch nah waren, das Bett in dem kleinen Zimmer teilten, heimlich lasen, kicherten. Ich wollte es während meiner Recherche für den Verlag aufstellen und mit ihr sprechen, sie Dinge fragen. Darauf waren wir alle drei zu sehen. Sie, er und ich. Marianne links im Kostüm, den Kopf geneigt, die gelockten dunklen Haare halblang, etwa siebzehn oder achtzehn. In der linken Hand hält sie ein Osternest. Daneben der Bruder, einen halben Kopf größer, dabei ist er ein Jahr jünger. Er schaut direkt in die Kamera und lächelt sein schiefes Lächeln. Ihm reiche ich nicht einmal bis zur Schulter, halte das Nest mit beiden Händen, als könne ich dadurch etwas retten. Ich wage nicht, in die Kamera zu sehen, die Vater zu unserem letzten Ausflug zu viert mitgebracht hat. Hatte ich damals geahnt, dass Vater am nächsten Tag fortgehen würde?
Nach der Scheidung sahen wir ihn alle vier Wochen am Sonntag. Dann fuhr er im schwarzen Ledermantel vor, erst stieg Marianne in den Wagen ein, dann mein Bruder, dann ich, in der Reihenfolge, in der wir geboren waren. Wir saßen hinten. Neben Vater saß die Frau mit dem breitkrempigen Hut und den Lederhandschuhen, in eine Parfümwolke eingehüllt. Mutter nannte sie Minka und ich musste mir auf die Zunge beißen, damit mir dieser Name in ihrer Anwesenheit nicht über die Lippen kam. Auf der Fahrt sangen wir, reimten. Das half über die Verlegenheit hinweg, über das Befremdliche, über Worte, die nicht gesprochen werden durften. Warum Vater damals in den Westen ging, das erfuhr ich erst Jahre später. Und zwei Jahre danach waren auch der Bruder und Marianne fort.

Doch nun schien die Familie wieder zu wachsen. Die Kinder meines Bruders hatten nach vielen Jahren der Suche mich, seine jüngere Schwester, gefunden und konnten es kaum glauben. Es gab also doch Verwandte ihres Vaters, eine Familie, die sie immer vermisst, von deren Existenz sie keine Ahnung gehabt hatten. Nach seinen Aussagen waren die Eltern, deren einziges Kind er zu sein vorgab, 1944 bei einem Bombenangriff ums Leben gekommen. Keiner hatte daran gezweifelt. Schließlich hatte der Zweite Weltkrieg fünfundfünfzig Millionen Menschenleben gekostet, davon allein mehr als sechs Millionen Deutsche. Er hatte ganze Städte dem Erdboden gleich gemacht, Millionen Menschen aus ihrer Heimat vertrieben. Warum sollte ihr Vater diese Geschichte erfinden? Außerdem galt sein Wort etwas. Jedenfalls lange Zeit, wenn auch nicht immer und für alle gleichermaßen. Doch nach seinem Tod kamen nun die Fragen und Erinnerungsfetzen wie Regenwürmer nach einem kräftigen Guss aus ihren Löchern. Fragen, die sie verwirrt hatten, die ohne Antwort blieben. Möglicherweise konnte ich erklären, was sie nach seinem Tod zwischen Hemden und Unterwäsche Rätselhaftes entdeckt hatten. Namen und Daten auf Bierdeckeln, mit denen sie nichts anzufangen wussten. Die weder zu den Lebensdaten des Vaters noch zu denen der Mutter passten. Wer waren Simon, Berthel, Ruth oder Marianne? Hatten seine Eltern nicht Anna und Otto geheißen? Sie konnten es kaum erwarten, das Rätselhafte, Unbekannte des Vaters zu erkunden, hofften, ihn wenigstens nach dem Tod zu verstehen, ihm näher zu kommen. Vielleicht auch, ihm verzeihen zu können.

Kaum hatte ich mich bei der Briefschreiberin gemeldet, da bekam ich ein Foto per WhatsApp: fünfzehn Personen zwischen zwei und sechzig Jahren, aufgereiht auf einer hohen Treppe, davor zwei Hunde. Alle sahen mich erwartungsvoll an. Ich war fast ohne Familie aufgewachsen, hatte mich längst damit abgefunden, und nun so eine Menge Menschen! Wollte ich mich auf sie einlassen?

DIE KINDER

Armin

Ich bin sein ältester Sohn. Wenn ich in den Spiegel sehe, sehe ich seine Augen, wenn ich lächle, lächelt sein Mund, meine Gesten sind seine, auch meine Stimme. Ich bin er und will es doch auf keinen Fall sein. Nie wollte ich das, habe fünfzig Jahre darum gekämpft, ein anderer als er zu werden. Dass es mir nicht gelungen ist, kann ich kaum ertragen. Dass ich in meinem Leben solche Rückschläge erlitten habe wie er, dass auch ich mehr im Äußeren zuhause bin als in meinem Inneren. »Ein Großkotz wie er.« Das hat kürzlich eine meiner Schwestern gesagt. Als ich auf die Welt kam, war er gar nicht da, verfluchte vier Jahre lang nicht, um mich auf den Arm zu nehmen, mich herumzuwirbeln, mit mir über die Wiesen zu laufen, mir übers Haar, das seinem ähnelt, zu streichen, meinen Namen auszusprechen. Den Namen, der auch seiner ist. Ich bin die Kopie des Menschen, dem ich aus dem Weg gegangen bin, den ich verachtet, für den ich mich geschämt habe, sobald ich begriffen hatte, was mit ihm los war. Manchmal frage ich mich, ob ich ohne meine Geschwister überhaupt überlebt hätte. Und damit meine ich nicht den einen Tag.

Es begann so, wie ein Leben nicht beginnen sollte. Die Frist für eine Abtreibung hatten die beiden verpasst: zwei Wochen zu spät. Also wuchs nun ich dort, wo noch vor Kurzem ihr erstes Kind gewachsen war, das nicht überlebt hatte. Ein Junge, wie ich. Ich biss mich an der Mutter fest, wuchs und wuchs. Als die Zeit reif war, wollte sie nicht, dass ich diese Welt sähe. Die Welt, die sie später »elendiglich« nannte, eine Welt ohne Halt, ohne Gewissheit, ohne meinen Vater. Doch ich wollte heraus aus der Enge. Stieß mich ab, ohne zu wissen, wohin und wofür. Wenn ich später darüber nachdachte, wofür es sich lohnen könne zu leben, sah ich eine weite, weiße Ebene, nur meine Fußstapfen und am Himmel eine glutrote Sonne. Aber die Realität war anders. Drei Monate nach meiner Geburt wurde ich auf die Säuglingsstation gebracht. Mein Leben hing am seidenen Faden. Von diesem ihrem zweiten Versuch, mich loszuwerden, erfuhr ich erst, als ich längst erwachsen war. Noch heute fröstelt es mich, wenn ich an die Anamnese denke. Niemand weiß davon. Aber ich blieb am Leben, wurde zur Sicherheit in ein Heim eingewiesen. Es heißt, ich hätte dort ein halbes Jahr ums Überleben gekämpft. Dann kehrte ich zurück zur Mutter, kam in die Wochenkrippe, diese Errungenschaft der DDR, damit die Volkswirtschaft gedieh. Denn jede Hand war nötig zum Aufbau des Sozialismus, zur Erfüllung der Jahrespläne, auch die der Frauen und Mütter. Auch die Hände solcher Mütter, die im tief ausgeschnittenen Kleid hinter der Bar standen und dafür sorgten, dass sich die Männer, die von der Arbeit kamen, amüsierten: die Hände meiner Mutter. Die Woche über war kein Kleinkind zuhause, das störte, schrie, gefüttert werden wollte, das man besänftigen musste. So konnte sie ihren Teil zum Gedeihen des einen deutschen Staates beitragen, der sich behaupten musste nach dem verlorenen Krieg. Wenn die Bar schloss, war die Nacht für die Mutter noch nicht zu Ende. Da sind verschwommene Erinnerungen an Stimmen, an Geräusche, an ihr Lachen. Hat sie mit mir gelacht, mich liebkost? Ich sehe ihre Hände vor mir, schöne Hände, aber ich spüre sie nicht. Auch andere Erinnerungen gibt es kaum. Da ist nur der Schlafsaal der Wochenkrippe, mein Bett am Fenster, das Fach mit meiner Wäsche, das Aufblitzen silberfarbener Teekannen. Aber wo sind die Menschen? Die Kinder, die Erzieherinnen, die anderen Namen?

Dreieinhalb Jahre später war er wieder da, mein Vater. Ein fremder, großer Mann mit weißem Hemd und Krawatte, frisch gebügelter Hose, blanken Schuhen, der wusste, was jeder zu tun und zu lassen hatte, der die Angestellten einwies, sie forderte wie sich selbst. Was er wollte und sagte, das galt. Für alle, auch für meine Mutter und mich. Und ich folgte ihm zu dieser Zeit gern. Tat mit Freude, was er von mir erwartete.

Manchmal waren seine Augen traurig, dann ging er mir aus dem Weg. Als vier Jahre später meine Schwester zur Welt kam, fühlte ich mich nicht mehr so allein, wenn wir gemeinsam am Dienstagmorgen in der Wochenkrippe abgeliefert wurden.

Ruth

Meine Mutter hatte mehrmals über die Geburt meines Bruders gesprochen. Immer war es mir wie ihre Rechtfertigung vorgekommen, um mit den Gefühlen fertig zu werden, mit 22 Jahren bereits zwei Kinder zu haben und einen Mann, der so viel unterwegs war, dass sie ihn kaum zu Gesicht bekam. Ich glaube, damals lebte der Bruder noch mit uns. Oder wünschte ich es mir nur, und er war bereits auf und davon? Irgendwohin, wo ihn keiner fand? Jedes Mal, wenn sie von ihm sprach, betonte sie, dass niemand daran geglaubt habe, er könne überleben, so über und über behaart, wie er zur Welt gekommen sei. Nicht einmal fünf Pfund habe er gewogen. Bei diesen Worten bekam ihr Gesicht einen Ausdruck, den ich sonst nie bei ihr sah. Es war weder der sorgenvolle Blick, wenn wir nach etwas zu essen fragten, noch das Lächeln, das ihren Mund weich machte, wenn sie von ihrer Liebe zu unserem Vater sprach, noch waren es diese müden Augen, mit denen sie uns »Gute Nacht« sagte. Als mildere es ihre Enttäuschung, beschrieb sie ausführlich die Zeremonie der Nottaufe ihres Sohnes. Die Hektik auf der Krankenstation, bevor der Pfarrer kam, ein Mann weit über seiner Lebensmitte, im schwarzen Anzug und schwarzen Hemd, der mit kaum hörbarer Stimme sprach und sie bat, das Kind zu halten. Sie sagte, es habe sie eine enorme Überwindung gekostet, nicht wegen der Nähe des Todes, das betonte sie. Wenn ich wissen wollte, warum denn dann, überschattete ein Ausdruck ihr Gesicht, über den ich lange rätselte, bis ich entschied, dass es Abscheu sein müsse. Anfangs wehrte ich mich gegen diesen Gedanken, aber je länger ich darüber nachdachte, desto mehr verfestigte er sich. Doch ihr Sohn behauptete sich in dieser Welt, gegen alle Vorhersagen. Fünfundsiebzig Jahre lang, wie ich nun weiß.

Armin

Nun ist es schon wieder eine Weile her, dass ich mich gemeldet habe. Ich hoffe, dass mein Brief Dich noch rechtzeitig vor Deiner Abreise erreicht. Es gibt viel, sehr viel zu erzählen. Da ist es mit dem Schreiben etwas müßiger, eben auch anders. Keine unmittelbare Reaktion. Ich werde trotzdem einfach weiterschreiben, so wie ich auch weitergelebt habe. Habe in der Arbeit sehr viel um die Ohren und auch privat, sodass mir einfach die Zeit zum Schreiben fehlt. Obwohl wir doch alle die gleiche Zeit zur Verfügung haben. Alles unter einen Hut zu bekommen, das ist die Aufgabe. Ich gebe mir Mühe, es zu schaffen, dass Du Dich in alles hineinversetzen und die Dinge aus meiner Sicht sehen kannst. Beim Schreiben ist es so, als zöge mein Leben noch einmal an mir vorüber. Mit all seinen Farben und Facetten, mit all seinen schönen und weniger schönen Seiten. Aber Du wirst sehen, dass die schönen Seiten überwiegen. Ich bin Dir sehr dankbar, dass Du den Kontakt und das Gespräch mit uns allen suchst, und nicht nur nach Antworten, sondern auch nach UNS suchst. Wann hat das jemals jemand getan? Die Dinge, die uns zu dem gemacht haben, was wir heute sind, sind einzigartig wie die Natur. Schön und grausam. Es gibt Höhen und tiefe Tiefen, einsame Wüsten, tosende Meere und stille Seen, eine enorme Vielfalt von Farben, Formen und Düften. Ich nehme die Dinge so, wie sie sind, und werde nicht am Gras ziehen. Es wächst ja doch nicht schneller. Alles im Leben braucht seine Zeit. Vielleicht ergibt sich ja doch noch die eine oder andere Antwort auf unsere offenen Fragen. Dass ich mich von vielem zurückgezogen habe, hat seine Gründe. Ich brauche die Mauer, hinter der ich mich sicher fühle, diesen Schutz, durch den ich bis jetzt überleben konnte. Es fällt mir nicht leicht, über all das zu schreiben und meine Gedanken auszudrücken. Aber so kann das Wort gelesen, verstanden, reflektiert und geändert werden. Im Zusammenhang betrachtet ergibt es hoffentlich ein überschaubares Bild des großen Ganzen. Ich hoffe, Du verstehst, was ich sagen möchte. Es gibt unzählige Bilder in meinem Leben – aus schon mehr als fünfzig Jahren –, die ich betrachtet habe. Ich liebe Bilder, wer weiß, warum. Vielleicht hoffe ich auf Antworten in ihnen. Zwei davon haben mich tief in meinem Inneren berührt und bis heute nicht losgelassen. Sie sind mir Wegbegleiter geworden und geben mir in den schwierigen Momenten meines Lebens Halt. Auch die nötige Inspiration zum Weitermachen, zum Kämpfen, zum Nachdenken: Picassos »Junge mit Pferd« und Monets »Seerosen«. Beide habe ich 2004 in Berlin gesehen.

Ruth

Als ich zum ersten Mal ein Foto von Armin sah, jemand aus der Familie hatte es mir geschickt, sah ich tatsächlich ihn, meinen Bruder, seinen Vater. Minutenlang starrte ich es an. Dabei hatte ich ihn im Alter seines ältesten Sohnes nicht mehr gekannt. Und doch war da ein vertrauter Ausdruck: die Trauer, das Flehen, das Zerfließen. Schlagartig rief es meine alten Gefühle auf den Plan, als ich ihm beistehen, ihn vor der Mutter schützen wollte. Diese entsetzliche Angst ist plötzlich wieder da! Das Gefühl der Hilflosigkeit und Starre. Damals musste ich, fünf Jahre jünger als er, zusehen, wenn sie ihn schlug – ihr Gesicht vor Wut entstellt –, und ich war froh, dass sie nicht mich erwischte. Einmal, er war nicht schnell genug ausgewichen, traf der Kleiderbügel seine Stirn. Die Haut platzte auf, Blut lief über sein Gesicht. Ich dachte, er müsse sterben. Die Wunde wurde genäht, er trug eine Narbe davon, ein heller, schmaler Strich oberhalb der rechten Braue. Später die vielen Fragen: War er wegen der Schläge weggegangen, wegen der Wut, die ihn traf, ohne dass er wusste, warum. Wollte er dem Vater nahe sein oder einfach nur weg? Es machte mich verrückt, dass es keine Erklärung gab. Von ihr nicht. Von ihm nicht. Über den weißen Umschlag, den er auf ihrem Bett zurückgelassen hatte, als er ging, sprach Mutter nicht.

In unserer Wohnung gab es außer dem Märchenbuch keine Bücher, auch keine Bilder an den Wänden. Es gab einen Volksempfänger, vor dem alle saßen und der Stimme des Führers folgten, dieser drängenden Stimme mit dem österreichischen Klang, die mir Angst einflößte. Dabei verstand ich die Bedeutung seiner Worte nicht, aber noch heute bereitet dieser Dialekt mir Unbehagen. Alle saßen wie erstarrt, auch die Großtante und die Großmutter. Es war kaum Luft zum Atmen. Ich dachte an Dornröschen, als alle in den hundertjährigen Schlaf versunken waren, an die böse Fee, und drängte mich an Mutter. Erst wenn Musik erklang, wich die Starre aus den Körpern und sie wurden wieder zu denen, die ich kannte und liebte. Die Großtante stieß einen Seufzer aus, die Großmutter klapperte mit dem Geschirr und Mutter summte leise. Auch noch in den ersten Jahren nach dem Krieg trällerte sie mit ihrer hellen Stimme vor sich hin. Dann war die Welt für mich in Ordnung. Singen musste ihr Kraft und Zuversicht gegeben, sie mit dem Leben, auf das sie gehofft hatte, verbunden haben, ähnlich wie mir die Bücher später. Immer bekamen sie in meinen Wohnungen einen besonderen Platz. Daneben hing das Plakat, das meine Tochter mir zum Fünfzigsten geschenkt hatte. »Das Parfüm«, eine limitierte Auflage, die ich ein paar Jahre danach für fünfhundert Dollar in New York in einem Antiquariat entdeckt hatte. Später, als das Lesen aus meinen Leben nicht mehr wegzudenken war, las ich auch das Buch. Es weckte eine unbestimmte Angst in mir und ich sah mir die Männer auf der Straße genauer an, als könne ich ihre Absichten erkennen. Das Bild von Monet bedeutete auch mir viel. Zum ersten Mal hatte ich im MoMA davor gestanden, war in diese friedliche Stille eingetaucht. Jahre später in den Gärten von Giverny erfüllte mich eine Ruhe, die ich lange nicht gespürt hatte. Obwohl ich auf der gleichen Reise auch im Picasso-Museum in Paris gewesen war, konnte ich mich an das Bild »Junge mit Pferd« nicht erinnern. Es interessierte mich, was für Armin daran so bedeutsam war und googelte. Völlig nackt steht der Junge neben einem Pferd. Die reine Unschuld. Und schon verschwimmt es mit dem Gesicht des Bruders als er fünf war. Ich hatte es auf einem der Fotos, die seit Kurzem in meinem Wohnzimmer liegen, entdeckt. Da steht er neben Marianne bei ihrer Einschulung und hält eine kleine Schultüte in den Händen. Auf dem Foto daneben, darauf war ich höchstens zwei, stehen wir zusammen im Hof unserer ersten Wohnung. Sein Gesichtsausdruck ist noch immer der gleiche. Unschuldig!

Sandra

Bis heute habe ich ein gespaltenes Verhältnis zu meinem Vater. Ich liebe ihn, je älter ich werde, aber ich verstehe ihn nicht und vieles kann ich heute nicht mehr gutheißen. Ich empfand es, seit ich denken kann, als einen glücklichen Umstand, dass mein großer Bruder da war. Die Eltern waren immer beschäftigt. Mit der Arbeit, mit Plänen, mit sich selbst. Damals lebten wir in einer Stadt im Lausitzer Seenland in der Nähe des Waldes. Wir Kinder waren oft draußen unterwegs, sammelten Blaubeeren, versteckten uns im Gebüsch, spielten Räuber und Gendarm. Ein Gefühl von Luft und Freiheit. Es war ein Paradies! Seitdem wir aus der kleinen Zweizimmerwohnung in ein gerade fertiggestelltes Neubauviertel gezogen waren, konnten meine kleine Schwester Ulrike und ich keine Löcher mehr in die Wand an unserem Bett bohren. Es waren Wände mit kleinen Betonnasen gewesen, die wir in akribischer Handarbeit abgeknibbelt und zu Löchern erweitert hatten. Unsere Gucklöcher. Durch sie konnten wir ins angrenzende Zimmer, das Schlafzimmer der Eltern, schauen, aber als Mutter uns entdeckte, gab es Ärger. Die neue Wohnung lag in einem riesigen Hochhaus. Hier war vieles zu entdecken in den Gängen und Winkeln, im Fahrstuhl und am Müllschlucker. Mutter scheuchte uns auch dann aus der Wohnung und ins Freie, wenn wir gerade mal keine Lust dazu hatten. »Regen ist gut für's Wachsen!« Immer hatte sie einen passenden Spruch zur Hand. Armin, der Große, mit uns Mädchen im Schlepp, ließ den Fahrstuhl so lange hoch und runter fahren, wir nannten das »Himmelfahrt«, bis jemand sich bei Mutter beschwerte. Ideal waren die Kellergänge, dort spielten wir Verstecken, oft mit einem mulmigen Gefühl im Bauch, denn manchmal verstellte Armin seine Stimme. Dann dachten wir Mädchen, Vater oder einer der Nachbarn sei da, kamen schnell aus unserem Versteck und konnten uns nicht mehr freischlagen. Ulrike weinte und ließ sich nur mit Mühe trösten. Immer hatte Armin jedoch eine der dort, wo wir lebten, seltenen Süßigkeiten in der Tasche: ein »Duplo«, eine Lakritzschnecke oder ein »Bounty«. Dass es diese Dinge bei uns nicht zu kaufen gab, fiel mir damals nicht auf. In der Küche im oberen Regal stand ja eine Schüssel mit Süßigkeiten, die wir Kleinen zwar nicht erreichen konnten, aber der Große konnte es. 1973 begann dort auch die Schule für mich. Ich erinnere mich noch genau daran, dass ich eine riesige Zuckertüte im Arm hielt. Herausgeputzt mit weißen Kniestrümpfen und einem Rock - ein richtiges Mädchen.

Die Eltern arbeiteten in einer Gastwirtschaft, dem ehemaligen Schützenhaus der Stadt. Vater war der Chef und Mutter stand hinter der Bar. Lange Zeit glaubte ich, die Gastwirtschaft gehöre uns und war sehr stolz. Dieser Ort war für uns Kinder von besonderer Bedeutung an den Tagen, die wir dort und nicht in der Wochenkrippe verbrachten. Eine riesige Küche mit vielen Köchen, eine große Bühne in einem Saal mit grünen Samtvorhängen, die bis zum Boden reichten, und einem gigantischen Klavier. Darauf habe ich voller Leidenschaft herumgeklimpert, wenn alle zu beschäftigt waren, um es mir zu verbieten. Auch der Tanzsaal war wunderschön. Meine Mutter war für mich zu dieser Zeit eine Königin in ihrem grünen Samtkleid. Es war tief ausgeschnitten und schimmerte im Licht. Vater neben ihr war wie immer piekfein im Anzug mit blank geputzten Schuhen. Was für ein schönes Paar die beiden waren! Kaum jemand im Ort konnte mit ihnen mithalten, das sah ich. Wir wuselten zwischen all den Menschen herum, die Tische deckten, Flaschen trugen, die Frauen mit kleinen weißen Schürzen, die Männer in dunklen Anzügen, wir immer darauf bedacht, den Ablauf nicht zu stören, um nicht verscheucht zu werden. Es war herrlich! Einmal trat Jonny Hill dort auf. Ich stand heimlich hinter der Bühne und lauschte: »Unsere Heimat ist der Ozean«, dabei stellte ich mir ein Schiff vor, das auf den Wellen schaukelte, mit dem ich einmal unterwegs sein würde. Wenn ich heute seine Lieder höre, denke ich daran, was für ein Glück ich hatte, dass mich weder Vater noch Mutter erwischten. Da hätte es kein Pardon gegeben, denn abends hatten wir dort nichts zu suchen. Wie es mir gelang, dennoch dort zu sein, habe ich vergessen, wie vieles.

Die Kinderversorgung war durch die Arbeit der Eltern schwierig, aber dafür gab es ja die Wochenkindergärten. Dort war alles straff organisiert. Oft waren wir draußen und uns selbst überlassen. An diese Zeit habe ich mich lange nicht erinnern wollen. Trennung war immer ein Thema für mich. Noch Heute gibt es Situationen, in denen mich die Angst davor überfällt. Dann komme ich mir so verloren vor, dass ich kaum etwas zustande bringe. Ich habe mich lange lieber an den schönen Dingen festgehalten und die gab es! Vor dem Gebäudekomplex lag die reinste Sandwüste und teilweise wurden noch die Dächer geteert. Dieser Geruch hatte etwas Magisches für mich. Der Teer befand sich noch erwärmt in großen Fässern und glänzte. Ulrike und ich bauten begeistert Straßen damit, wollten Kugeln formen, was uns nicht gelang, aber einen Schnurrbart, wie der unseres Nachbarn, hatten wir beide. Ulrike fand die dunklen Haare unserer Mutter so schön und strich sich eine Handvoll von dieser Masse ins Haar. Mutter, die stolz auf unsere dichten Haare war, fing an zu weinen und zu toben, als sie uns sah. Stundenlang bearbeitete sie uns mit Butter. Vater nahm es gelassen, steckte uns in die Badewanne und schrubbte so lange, bis wir wieder sauber waren. Die schönste Zeit meiner Kindheit habe ich dort verbracht und nie hätte ich mir vorstellen können, dass sie so schlimm enden würde. Aber noch war es nicht soweit.

Damals hatte unsere Familie in der Stadt einen Namen, man kannte uns, sah und beobachtete uns. Vater war attraktiv, gebildet, er hatte Witz. Solche Menschen gab es im Braunkohlerevier, wo wir nun wohnten, nicht viele. Damals glaubte ich, er sei eine ungewöhnlich starke Persönlichkeit. Er hatte dieses Auftreten und gab jedem das Gefühl, etwas Besonderes zu sein. Auch Mutter war überzeugt davon, dass wir etwas Besseres seien. Entsprechend mussten wir uns benehmen. Bloß nicht daneben! Keine Schimpfwörter! Dabei waren ihre Sprüche ja auch nicht ohne: »Man hat schon Kühe kotzen sehen« oder »Pfoten weg, wenn sie dir lieb sind« und viele, die ich vergessen habe. Aber nie habe ich sie nachlässig gekleidet gesehen, nie mit ungewaschenen Haaren oder mit Fingernägeln, die nicht makellos lackiert waren. Auch

unsere Wohnung sah anders aus als die unserer Freunde. Wir hatten neue, modernere Möbel, Mutter schmückte die Zimmer mit Gestecken aus Blättern und Gräsern, in der Anbauwand standen Schalen und Nippes. An den wenigen Tagen, an denen wir Kinder zuhause waren, flanierte die ganze Familie herausgeputzt durch den Ort. Mutter in Klamotten, die sonst keine Frau dort trug. Wahrscheinlich fragte sich manch einer, der neidisch am Fenster stand, woher das alles kam. Dass wir unter den anderen herausstachen, das merkte ich schon als Kind.
Dass Vater sich nicht unterordnen konnte, wurde mir klar, je älter ich wurde. Nur seine Meinung galt. Was er sagte und wollte, das wurde gemacht. Widerspruch gab es nicht. »Der geborene Geschäftsmann«, nannte ihn die Mutter und blickte verliebt zu ihm auf. Dabei habe ich nie gesehen, dass sie sich an den Händen, im Arm hielten oder gar küssten. Zwischen ihnen gab es keine sichtbare körperliche Nähe, dabei lebte Vater mit jeder Faser seines Körpers. Immer war er auf den Beinen, immer aktiv. Er hatte die Gabe, Menschen sofort zu durchschauen. Von den einen wurde er deshalb geachtet, von den anderen nicht gemocht. So eine Gabe hätte die beste Voraussetzung für ein erfülltes, gutes Leben sein können! Das hätte sie doch! Aber ihm war es immer gleichgültig, was andere über ihn dachten. Er hatte nur ein Ziel. Er musste der Beste sein, das Optimum aus allem herausholen. Ein Materialist durch und durch war Vater. Status war das Einzige, was für ihn galt. Dem unterwarf er alles. Keine Ahnung, warum das so war! Wir Kinder wurden in die beste Garderobe gesteckt, zweimal im Jahr fuhren wir ans Meer oder in die hohe Tatra. Geld war dazu da, in Umlauf gebracht zu werden, um Wünsche zu erfüllen. Die gab es bei den Eltern in Hülle und Fülle, ein Fass ohne Boden. Vater liebte es, für Mutter Schmuck beim Juwelier anfertigen zu lassen, er kaufte ihr teure Kleider. Der Moskwitsch stand vor der Tür. Ich dachte damals nicht darüber nach, woher das alles kam, hatte keine Ahnung, was Vater und Mutter verdienten, was die Dinge kosteten. Ich sah nur, dass wir besser gekleidet waren, besser wohnten, bemerkte die Blicke der anderen und war stolz. Wer hatte zu dieser Zeit dort, wo wir

lebten, schon ein Auto und fuhr damit durch die Gegend! Ich genoss es ahnungslos.

Ruth

Als Sandra mir in einem Telefongespräch von ihrem Leben berichtete, blieb ich an dem Wort »Status« hängen wie früher an den Brombeerranken im Schrebergarten der Großtante, an denen ich mir das Kleid zerriss. Es gehörte ebenfalls zu unserem Vater, später auch zu meiner Schwester Marianne. Alle Kraft wurde darauf verwandt, etwas zum Vorzeigen zu haben, über jeden Verdacht, jeden Zweifel erhaben zu sein, den Konventionen zu genügen. Es war ein Leben, das mir immer suspekt war! Bei Vater gehörte das frisch gebügelte Hemd dazu, die Krawatte, die Anzughose aus gutem Stoff nach der Mode geschnitten, nicht zu vergessen die Manschettenknöpfe, die irgendwann als zu umständlich aussortiert wurden. Später auch der Kaschmirschal und die Boxershorts, ebenso wie das Haus in bester Lage mit dem gepflegten Vorgarten, dem Rosenbeet neben der Terrasse, dem Swimmingpool, auch wenn man bereits nach drei Schwimmzügen das Ende des blauen Ovals erreichte. Vom seinem Haus blickte man auf die Kleinstadt herab. Dort wurde nicht später als um neun gefrühstückt, die Frau im seidenen Morgenmantel, bereits mit roten Lippen, die Spuren auf der Stoffserviette hinterließen. Darum kümmerte sich Britta, wie auch sonst um alles, was Spuren hinterließ. Es gab Tee für ihn, nicht zu starken Kaffee für sie, die Wurstscheiben waren auf dem Zwiebelmuster von Hutschenreuther verteilt. Status bedeutete auch, vom Bankdirektor mit Handschlag und aufmerksamem Gesichtsausdruck begrüßt zu werden, sich im abgeschirmten Chefbüro Aktien empfehlen zu lassen. Nicht zu vergessen das Zweitauto, ein schnittiges Cabrio. Jeder in der Stadt kannte Vater und seine elegant gekleidete, hübsche Frau, deren Lachen etwas geziert klang. Er betrieb das Geschäft, in das man auch aus den Nachbardörfern kam, um seinen Kinderwagen und noch so manches mehr zu kaufen. Er bezahlte seine Angestellten gut und fragte nach ihren Kindern.

Als sein Sohn, noch nicht volljährig, 1954 auftauchte und um Hilfe bat, konnte er sich dem nicht entziehen. Was würden die Leute von ihm denken? Eine Kleinstadt mit ihren Eigenheiten und Grundsätzen! Wie sollten man dort, wo er selbst erst vor Kurzem angekommen war, verstehen, dass ihm dieser Sohn nicht nahestand? Dass er immer schon eigenartig gewesen war? Er suchte und fand eine Lösung, die man akzeptieren musste: Ein kleines Zimmer zur Untermiete in der Nähe des Geschäfts. Dort stand er selbst an der Kasse, begrüßte die schwangeren Frauen, beriet sie bei der Wahl eines Kinderwagens und der Erstausstattung für das Neugeborene. Alles mit viel Einfühlungsvermögen. Auch die Jungen und Mädchen, die sich bei den Fahrrädern umsahen und darauf hofften, das nötige Geld käme bei der Konfirmation zusammen, ließ er nicht unbeachtet. Diese Fahrräder montierte der Lehrling nun mit dem Sohn des Chefs in der Werkstatt. Nach Feierabend aber blieb er in der fremden Stadt allein, während der Vater und dessen Frau nach dem abendlichen Ritual der Kassenabrechnung in den Mercedes stiegen. Es ging, solange es gut ging, aber nicht lange. Als ich viel später davon hörte, stellte ich mir vor, wie Vaters schmales Gesicht sich verhärtet haben musste, seine Augen zu dunklen Punkten wurden, als er erfuhr, sein Sohn sei mit dem Schmuck der Vermieterin verschwunden. Solange ich ihn kannte, war das immer so gewesen, wenn etwas geschehen war, worauf er keinen Einfluss hatte. Auch wenn jemand anderer Meinung war und keines seiner Argumente überzeugte. Oft zog er sich dann mit einer Packung Heilerde in das Schlafzimmer zurück. Sein Niemandsland. Wenn er zurückkam, sprachen alle leise, fragten, ob es ihm besser gehe. Er hatte die Schlacht gewonnen. Ich hatte lange nicht mehr daran gedacht, konnte mich aber daran erinnern, wie ausgeliefert ich mich in diesen Situationen gefühlt hatte. Chancenlos! Jetzt suchte ich das Foto meines Bruders, das in einem der Kartons jahrzehntelang auch zu meiner Beruhigung geruht und nun einen Platz neben den anderen hatte. Wer ihn in diesem Zimmer zur Untermiete fotografiert hat, weiß ich nicht. Nur eine Glühbirne hängt über einem Stuhl, auf dem er sitzt und liest. An der gegenüberliegenden Wand befindet sich ein kleines Fenster, aus dem man nicht nach draußen sehen kann. Eine Schnur mit Wäschestücken. So hatte mein Bruder 1954 gehaust. Was für ein Gegensatz zu Vaters Anwesen! Ich musste an sein Zimmer denken, als er noch bei uns wohnte, die ehemalige Abstellkammer. Da gab es wenigstens ein großes Fenster, das zum Hof ging. Dort hatte ich mit ihm gelegen, wenn Mutter schon bei der Arbeit war.

Sandra

Es war an meinem siebten Geburtstag. Mein Tag! Schon auf dem Nachhauseweg von der Schule dachte ich an die kleine Familienfeier. Da wir keine Verwandten hatten, waren die Geburtstage auf Mutter, Vater und die drei Geschwister beschränkt. Ole, der Kleinste, war gerade ein Jahr alt. Wir hatten öfter nach Oma und Opa, nach Tanten und Onkeln gefragt, die alle Kinder im Ort vorweisen konnten und nach denen wir uns sehnten. Es kam immer die gleiche Antwort. Der Bruder der Mutter sei verschollen, ihre Eltern gestorben und die Eltern des Vaters bei dem Bombenangriff in ihrem Hotel umgekommen. Ich fand das traurig, wenn ich auch keine Vorstellung davon hatte, was verschollen bedeutete. »Nicht da«, hatte mir Armin erklärt. Aber es war auch spannend, schließlich hatten wir einen Opa und eine Oma, die ein Hotel besessen hatten. Solche Großeltern hatten meine Freunde nicht. Ich stellte es mir so groß vor wie das Schützenhaus, in dem Mutter und Vater arbeiteten, in dem immer etwas los war. Keinem von uns wäre es eingefallen, an diesen Antworten zu zweifeln. Lange nicht.

Völlig aus dem Häuschen stand ich nun daheim vor der Tür und klingelt. Endlich war es soweit, ich würde gefeiert werden. Die Wohnungstür ging auf und Mutters beste Freundin stand mit rotgeränderten Augen vor mir. Mutter saß im Wohnzimmer und heulte. Mit einem Schlag war die Freude weg, nichts war mehr wie vorher. Die Geburtstagsfreude war zerplatzt wie der Luftballon, den mir Armin am Morgen geschenkt hatte. Sie sagten, Vater sei krank und läge im Krankenhaus. Dann weinten beide. Das kann doch nicht sein, noch am Abend sah er aus wie immer. Hatte er vielleicht zu schwer getragen, die vielen Getränkekästen, niemand machte es ihm schnell genug. Manchmal ärgerte er sich fuchsig, weil jemand zu spät zur Arbeit erschienen war. Arbeit und Pünktlichkeit standen bei ihm an erster Stelle. Das verlangte er auch von uns. Wenn wir etwas zu erledigen hatten, duldete er keinen Aufschub. »Das Leben besteht nicht nur aus Vergnügen«, sagte er und ließ nicht locker. Nun war er also krank. Weg war die Freude: Keine Feier, nicht einmal Geschenke gab es! Dabei hatte ich fest damit gerechnet, dass ich das Rad bekäme. Denn Vater hatte mich mit seinem schiefen Lächeln angesehen und gesagt: »Abwarten!« Das hatte ich, doch nun wurde nichts daraus! Auch ich weinte jetzt und der Große, der mich schon oft getröstet hatte, war nicht da. Als es später hieß, Vater sei sehr krank und würde für lange Zeit nicht nach Hause kommen, da erschrak ich. Was, wenn er nicht wieder gesund wird? Dann sind wir mit der Mutter so allein wie der Vater, nachdem seine Eltern ums Leben gekommen waren. Das durfte auf keinen Fall sein. Ich wollte nicht mit der Mutter und den Geschwistern allein sein. Vor Angst um ihn, den ich zu dieser Zeit liebte und für den besten Vater der Welt hielt, war ich wie gelähmt.

Von diesem Tag an war mein Leben anders. Nie wieder habe ich etwas so genießen, mich so auf etwas freuen können. Viele Male habe ich gedacht, es geht ja doch schief, lass es lieber. Damals zählte ich die Tage, hoffte, dass Vater bald wiederkäme, machte Striche auf der letzten Seite meines Heftes, die Mutter herausriss, als sie es entdeckte. Es war schon fast eine ganze Seite voll gewesen, aber er war noch immer nicht wieder Zuhause. Mutter ging allein in die Gastwirtschaft. Jeden Abend um sechs verließ sie die Wohnung. Wie früher stand sie hinter der Bar. Wie immer lachte sie mit den Männern, warf ihnen Kusshände zu. Armin und ich blieben im Kinderzimmer. Küche, Wohnzimmer und Schlafzimmer waren verschlossen. Die Kleinen waren ja in der Wochenkrippe. Es war eine Zeit, die kein Ende nahm. Mein einziger Trost war Armin.

Ruth

Ich war so alt wie Sandra, als Vater fortging. Das Leben wurde härter danach. Die bei der Scheidung vereinbarten und schon vorher unregelmäßigen Unterhaltszahlungen blieben nun ganz aus. Ost und West kommunizierten 1952 ebenso wenig miteinander, wie die Eltern es getan hatten, nachdem er aus dem Krieg zurückgekommen war. Welche Währung sollte auch gelten für die fünfzig Mark, die jedem Kind zustanden, nachdem die Ostmark 1948 eingeführt worden war? Noch wohnten wir in der großen Wohnung mit dem Wintergarten. Vater hatte sie ergattert, niemand wusste, um welchen Preis. Im zehn Meter langen Flur startete ich, vorbei an den vielen Türen, meine ersten Versuche auf Rollschuhen. Hinter mir bellend Ingo, der irische Setter, um dessen Liebe wir Kinder konkurrierten, bis er starb. Der, an dem mein Herz hing, dem ich meine kleinen Geheimnisse anvertraut hatte, war nicht mehr da. Er zog mich nicht mehr durch den Schnee, sprang nicht mehr an mir hoch, wenn ich aus der Schule kam, legte seine Schnauze nicht mehr auf meine Hand. Nur der Korb stand noch im Wintergarten. Bis Mutter ihn einer Nachbarin schenkte, hatte ich oft darin gesessen, gehofft, er käme zurück. Jetzt war auch der nicht mehr da. Der Hase, den Mutter mir zum Trost kaufte, weil ich nicht aufhören konnte zu weinen, ersetzte ihn mir nicht. Wenn ich über sein braunes Fell strich, war es einfach nicht dasselbe.

Die Hausbesitzerin im Männeranzug, das Käppi auf dem schwarzen, kurzgeschnittenen Haar, achtete streng darauf, dass wir nicht in den Garten gingen. Dort standen wir am Zaun. Dahinter wuchsen Erdbeeren, Stachelbeeren, Johannisbeeren und andere Früchte, die ich nicht einmal beim Namen nennen konnte und noch nie gekostet hatte. Das Wasser lief uns im Mund zusammen, wir hatten ja noch immer Hunger. Es war eine Wohnung, wie ich sie später oft gesucht und doch nie wiedergefunden hatte. Heimlich waren wir aus dem Fenster des Wintergartens über die Teppichstange in den Hof geklettert, wenn Mutter nicht da war. Die Straße war voller Kinder, plötzlich existierten sie für mich. Die Tage verbrachten wir draußen, bestaunten die Pferde, sie standen schnaufend und ihre Mähne schüttelnd vor den Wagen mit den Eisblöcken, mit denen wir die Sachen kühlten. Wir sammelten Kastanien, sperrten Maikäfer in Dosen, kletterten in verlassenen Häusern herum. Es war eine bisher nicht gekannte Freiheit, ein aufregendes Leben, in das ich eintauchte. Auch wenn unsere fünf Zimmer nur neunzig Mark kosteten, die Preise waren auf Vorkriegsniveau eingefroren, Mutter wusste nicht, woher sie das Geld dafür nehmen sollte. Der Untermieter, für den wir zwei Zimmer räumten, bezahlte seinen Anteil. Trotzdem reichte es nicht und wir zogen aus. Mit uns der Esstisch und die Anrichte, in der das Geschirr und das Silberbesteck, Mutters ganzer Stolz, nach und nach immer weniger wurden. Nicht einmal das konnte sie hinüberretten aus der Zeit, in der es für sie so gut ausgesehen hatte. Sie mit Vater Arm in Arm, das Kind unter dem Hochzeitskleid noch nicht sichtbar. Jetzt ging alles auf dem Schwarzmarkt für Mehl und Graupen drauf.

Für mich veränderte sich das Leben mit der neuen Wohnung, in die wir gezogen waren. Sie lag in einem anderen Viertel. »So ein Abstieg«, sagte die Großmutter und schüttelte den Kopf. Der Flur war eng und dunkel. Das größte Zimmer gegenüber der Eingangstür, das Wohnzimmer, hatte einen Erker. Zu Weihnachten stand dort der Weihnachtsbaum mit bunten Fondantkringeln und silbrig glitzernden Vögeln, deren Schwänze bei der Wärme der Kerzen zu wippen begannen. Dort sagte ich mein Weihnachtsgedicht auf, dort sangen wir »Stille Nacht, heilige Nacht« und dachten schon ans Auspacken der Geschenke. Auf den Weihnachtstellern, sie stammten noch aus der Vorkriegszeit, schwebten Engel auf weißen Wolken. Darauf lagen Äpfel aus dem Garten der Großtante, aus Zucker gebrannte Bonbons, und später auch selbst gebackene Plätzchen. Aus den Fenstern dahinter sah man nicht wie vorher auf Grünflächen mit weit ausladenden Kastanien, unter denen wir uns die Zeit vertrieben hatten. Nun fiel der Blick auf eine Kneipe, in der ich von Zeit zu Zeit für Mutter in einem großen Glaskrug Malzbier holte. Hinter der Wand mit dem grünen Kachelofen lag unser Mädchenzimmer. Die zehn Quadratmeter beherbergten ein breites Schlafsofa für Marianne und mich, einen Tisch, einen Sessel und einen Kleiderschrank. Das Schlafzimmer war allein Mutters Revier. Niemand wusste, dass es auch zu meinem Reich wurde an den vielen Nachmittagen, an denen ich allein zuhause war. Dort saß ich stundenlang vor dem dreiteiligen Spiegel und schnitt Gesichter. Wütende, hochmütige, blasierte, drohende, traurige. War das wirklich alles ich und was würde passieren, wenn Mutter oder Vater mich so sähen? Ich war ziemlich sicher, Vater wäre schockiert und Mutter bekäme einen Lachanfall. In diesem Zimmer wuchs mein Wunsch, all diese Gesichter der Welt zugänglich zu machen und dafür mit Applaus belohnt zu werden. Damals in Mutters heiligem Refugium beschloss ich, Schauspielerin zu werden. Dann gab es noch die Küche, das Bad mit dem Holzbadeofen vor der Badewanne, in der einmal in der Woche gebadet wurde. Mehr Zimmer hatte die neue Wohnung nicht. Deshalb schlief der Bruder in der ehemaligen Abstellkammer. Dort war gerade Platz für sein Bett unter dem Fenster, davor ein Glasballon, in dem der Johannisbeerwein blubberte. Mutter ging morgens um sechs Uhr aus dem Haus und kam am Nachmittag zurück.

Toni

Es war kurz vor Weihnachten. Meine Mutter schickte mir per WhatsApp ein Foto mit vielen Menschen und der Bemerkung, das sei unsere neue Verwandtschaft. Ich dachte an einen Scherz, suchte auf dem Smartphone ein entsprechendes Zeichen und schickte es ab. Wenig später klingelte mein Telefon. Mutters Stimme schwankte zwischen Freude und Tränen, als sie erklärte, die Familie ihres verschollenen Bruders habe sich bei ihr gemeldet. Es sprudelte nur so aus ihr heraus, immer wieder war ihre Stimme von Tränen erstickt. Vier Kinder habe er in die Welt gesetzt, zwei Jungen und zwei Mädchen. Der Älteste sei im gleichen Jahr und beinahe am gleichen Tag wie ich geboren, 1963. Außerdem habe der Bruder ein recht langes Leben gehabt, er sei erst vor ein paar Jahren gestorben. Selten habe ich sie so außer sich erlebt. Außer sich vor Freude. Sie sprach von ihrem »größten Weihnachtsgeschenk«. Ich wusste zwar, dass es den Bruder gegeben und sie ihn nach dem Mauerfall vergeblich gesucht hatte, dass aber niemand wusste, was aus ihm geworden war. Außer ihr hatte ihn keiner in unserer Familie je erwähnt.

Ich war ziemlich beschäftigt an dem Tag, hatte die Steuer für den letzten Monat zu machen und hoffte, dass niemand etwas beanstandete. Es gab immer eine gewisse Unsicherheit. Aber ich liebte meine Arbeit und die Selbständigkeit. Keiner konnte mir reinreden, etwas, bei dem ich leicht die Kontrolle über mich verlor. Und gute Ideen hatte ich genug, das wurde mir von allen Seiten bestätigt. Am Abend schaute ich mir das Foto noch einmal an und erschrak. Auf einer hohen Treppe standen und saßen kleine und große Menschen jeden Alters. Vor der untersten Stufe lag ein Labrador. Genauso einer wie der, den ich vor Jahren als Welpe bekommen hatte und der mich sechzehn Jahre lang begleitet hatte. Ich zählte beim ersten Mal fünfzehn Personen, doch es waren sechzehn. Bisher waren wir eine kleine Familie gewesen und ich war damit vollkommen zufrieden. Nun sah ich vor mir eine ganze Menge fremder Menschen. Männer, Frauen, kleine, große, dicke, dünne, und deren Kinder. Ich wusste nicht, was ich davon halten sollte, ob ich überhaupt Cousinen und Cousins und deren Kinder haben beziehungsweise kennenlernen wollte. Ich hatte sie bisher nicht vermisst. Für mich war es wie eine Geschichte gewesen, wenn Mutter von früher erzählte, als der Bruder noch bei ihnen gelebt hatte und dann von einem Tag auf den anderen verschwunden war. Es war wie in den Büchern, die ich las, eine Geschichte, die mein Leben nicht direkt berührte, die ich aufschlagen und – wenn ich genug davon hatte –, wieder zuklappen konnte, das Lesezeichen an der richtigen Stelle. Als ich Mutter das nächste Mal besuchte, wurde mir klar, dass für sie jedoch etwas außerordentlich Wichtiges in Gang gekommen war. Auf ihrem Smartphone zeigte sie mir Fotos dieser Menschen, jetzt auch einzeln oder zu zweit, in jedem Lebensalter, und nannte ihre Namen. Die enorme Aufregung, die ich bei ihr bemerkte, machte mir klar: Es ging auch mich etwas an. Schließlich war ich ein Teil der Familie. Ihr einziges Kind. Aber langsam! Schon seit Kindertagen besetze ich gegen Mutters Impulsivität und Schnelligkeit das Terrain der Langsamkeit, der Sorgfalt, des Genauen, manchmal auch das der Perfektion. So schnell wollte ich mich nicht anstecken lassen von ihrer Begeisterung. Ich hörte, dass sie bereits einige Aktivitäten für den Januar geplant hatte: einen Besuch bei der letzten Frau des Bruders und einen Besuch der jüngeren Tochter Ulrike, die ein Wochenende bei Mutter verbringen wollte. Noch immer war sie nicht zu bremsen, dabei ging sie auf die achtzig zu.

Ruth

Ulrike, die jüngere der beiden Töchter, hatte ihren Besuch angesagt. Ich suchte auf dem Smartphone nach einem Foto von ihr. Und wieder scrollte die neue Familie an mir vorbei, bis ich sie entdeckte. Da stand sie mit gesenktem Kopf neben ihrem Vater, ebenso groß wie er, das dichte Haar kaum zu bändigen, wie das meiner Tochter Toni. Ein schmales, zartes Gesicht, eine Erscheinung, die man kaum übersehen konnte. Auch wenn ich nicht Schauspielerin geworden war, konnte ich es noch immer nicht lassen, mir vorzustellen, was ihre Haltung bedeutete. Wie als Kind vor dem dreiteiligen Spiegel nahm ich ihre Haltung ein, spürte in mich hinein und fragte mich: Ist es Demut oder Scham? Ich konnte mich nicht entscheiden, aber vielleicht wusste sie es ja. Ich nahm ihren Brief und bedauerte, dass ich ihn nicht unter meinem Lieblingsbaum lesen konnte, einem uralten Drachenbaum. Er stand seit vierhundert Jahren dort im Garten, wohin ich gern vor der Herbstnässe und Winterkälte floh. Aber ich war in diesem Winter durch die Arbeit hier angebunden. Mein Blick glitt über die vom Sturm gerupfte Birke vor dem Fenster, auf deren höchstem Ast zwei Raben saßen. Ich war neugierig auf diesen Besuch, auf das, was ich erfahren würde.

Ulrike

Die anderen können sagen, was sie wollen. Er war mein Held. Ich liebte ihn und liebe ihn noch heute. Ich, seine »Kleine«, vermisse ihn noch immer. Dabei kann ich ihn nun schon acht Jahre nicht mehr anfassen, nicht mehr riechen. Er kann mich nicht mehr mit meinem Kosenamen »Schnutchen« rufen. Wenn ich an ihn denke, dann fühle ich mich wie ein Kind. Ein geliebtes Kind. Die anderen werden das nicht verstehen. Aber ich weiß, dass er mich geliebt hat. Ich brauche mir nur seine Augen mit den halb heruntergezogenen Lidern vorzustellen. Dann ist alles klar. Nicht der kleinste Zweifel! Oft habe ich mich gefragt, ob er in mir etwas gesehen hat, das ihn weicher, zugänglicher machte. Seit ich die Fotos von Dir, Tante Ruth, kenne, denke ich, es war die Zahnlücke zwischen den oberen Schneidezähnen. Kaum zu glauben, Du hast sie auch, die Lücke, in der bei mir immer alles hängen blieb. Sogar auf den Fotos kann man sie sehen. Nun gibt es sie schon in der dritten Generation, denn auch die Zähne meiner Tochter stehen so schief wie meine früher. Vielleicht war es diese winzige Abnormität, die es mir verboten hatte, unbefangen zu lachen, die ihn an Dich, seine jüngere Schwester, erinnerte. Vielleicht auch das blonde Haar, Du hast zwar nicht meine Mähne, aber bist noch immer blond. Über all das hat er nicht gesprochen. Überhaupt hat er wenig geredet, war oft so unnahbar. Es war eben eine andere Zeit. Da schleppten die Väter ihre Kinder noch nicht im Tuch auf dem Bauch, wickelten und fütterten sie nicht, nahmen keinen Erziehungsurlaub, wie das mein Mann hin und wieder schon getan hat. Väter gingen malochen, mussten gucken, wie sie das Soll trotz des fehlenden Materials erfüllten, wie sie Ersatzteile organisierten, um den Kühlschrank zu reparieren oder den Wasserhahn. Am Abend wollten sie ihre Ruhe haben vor den Blagen. Auch Frauen arbeiteten, dort wo wir gelebt hatten, fast ebenso hart wie die Männer. Jedenfalls Mutter und Vater. Auch sie wollten Ruhe vor uns. Ich erinnere mich noch heute an die große Glasscheibe in der Wochenkrippe, an der die Regentropfen hinunter liefen wie unsere

Tränen. Dahinter meine Schwester Sandra und ich, Hand in Hand, beide winkend. Ich habe mich nie daran gewöhnen können, auch nicht, als wir später in den Kindergartengruppen waren. Die Zeit, bis wir uns wiedersahen, nahm einfach kein Ende.

Ich denke plötzlich über so vieles nach. Über unsere Familie. Vielleicht sah Vater, als ich 1969 als drittes Kind auf die Welt kam, eine Chance für sich, endlich etwas zu erreichen, was ihm wichtig war. Ein Teil des großen Rades zu sein. Daran mitzudrehen und dafür Anerkennung zu bekommen. Immer kämpfte er mit ganzem Einsatz darum. Nur eines war wichtig: Es sollte gelingen, egal, was es war. Bloß nicht scheitern, als wäre das sein Untergang, als habe er es damals schon geahnt. Und es gelang ihm vieles. Er kassierte Prämien für geleistete Arbeit, man schickte ihn zu Fortbildungen, später bildete er Lehrlinge aus. Und das tat er mit großem Erfolg. Sogar Ole, für den Vater ein rotes Tuch war, musste das zugeben. Immer stieg er zum jeweils höchsten Posten auf, egal, als was er angefangen hatte. Er war klug, hatte ein Gespür für Menschen, sah seine Chancen schneller als jeder andere. Irgendwie schien er in die Menschen hineinzuschauen und sie zu seinem Vorteil beeinflussen zu können. Davon hätte ich gern ein bisschen, dann täten sie, was ich will. Und er war der schönste Mann in der ganzen Stadt. Oft sehe ich noch seine langen, schmalen Finger vor mir, mit denen er eine Gewürzgurke hielt und in feine Streifen schnitt, bevor sie auf unseren Stullen landete. Oder wenn sie auf dem Lenkrad lagen! Auch sein dichtes, welliges Haar liebte ich. Ich wäre viel lieber mit in die Gastwirtschaft gegangen statt in die Wochenkrippe. Mucksmäuschenstill hätte ich mich verhalten, bloß um in seiner Nähe sein zu können. Er allein gab mir zu verstehen, dass ich richtig war, anders als Mutter, die mich fertigmachte, wo sie nur konnte mit ihren Sprüchen. Als ich meine Abschlussprüfung in Russisch und Sport hatte, nahm er sich sogar frei. Er saß, obwohl er da schon nicht mehr bei uns wohnte, auf dem Sofa und sah mich gespannt an, als ich zurückkam. Ich hatte mich angestrengt, auf keinen Fall wollte ich ihn enttäuschen. Als ich sagte: »Beides mit eins bestanden!«, drückte er mich fest an sich und sagte: »Von dir habe ich auch nichts anderes erwartet.«

Einmal fuhren er und ich allein nach Berlin. Für mich war es der Beweis, wie sehr er mich liebte. Hand in Hand, ich kam mir wie ein Liebespaar vor, gingen wir durch die Straßen. Er kannte sich gut aus, zeigte mir, wo er früher gearbeitet hatte. Als wir vor der Mauer standen, sagte er, die habe es noch nicht gegeben, als er Angang 1961 in die DDR zurückgekommen sei. Bis dahin wusste ich nichts von der Mauer, auch nicht, dass er vorher im Westen gelebt hatte. Ich war sicher, dass es auch meine Geschwister nicht wussten und von mir würden sie es auch nicht erfahren. Ich hatte ein Geheimnis mit ihm. Vor ein paar Häusern hinter einer hohen Mauer blieb er eine Weile stehen und sagte: »Hier war ich auch einmal.« Ich wollte wissen, was für eine Arbeit er dort gemacht hatte. Doch er starrte nur auf das Gebäude, antwortete nicht und zog mich dann weiter. Noch einmal zu fragen, hatte ich nicht gewagt. Vielleicht spürte ich schon damals, dass man daran nicht rühren durfte, dass da etwas war, was er auf keinen Fall preisgeben wollte. Ich habe für solche Dinge ein gutes Gespür. Bei uns wurde ja nicht gesprochen, da war man auf seine gute Nase angewiesen. Mutters Spruch dazu war: »Ach, sie hört mal wieder die Nachtigall trapsen.« Stunden, Tage hätte ich so mit ihm gehen können. Alle sollten sehen, was ich für einen tollen Vater hatte! Zu dieser Zeit gab es in Berlin noch viele Trümmerhäuser. Bei einigen konnten wir in die Zimmer hineinsehen, weil die vordere Wand des Hauses fehlte. »Krieg ist furchtbar, er macht alles kaputt, nicht nur die Häuser«, sagte er. Ich dachte daran, dass er seine Eltern bei einem Bombenangriff verloren hatte, dass es dann niemand mehr für ihn gab, hätte gern mit ihm darüber geweint. Aber Vater weinte nie. Ich wusste nicht, ob er als Kind geweint, seine Eltern vermisst hatte. Ich konnte mir nicht vorstellen, einmal ohne ihn zu sein. Er zeigte mir auch das Opernhaus und sagte, seine Mutter habe gern Arien gesungen, aber ihm gefalle der Jazz besser. Immer hatte Vater einen Sinn für die schönen Dinge und wusste, wo er sie bekommen konnte.

Und immer hatte er dafür Geld in der Tasche. Bevor wir zurückfuhren, kleidete er sich neu ein und kaufte mir einen blauen Anorak und einen kleinen Berliner Bären. Beides habe ich noch.

Wenn ich meine Geschwister über ihn sprechen höre, dann frage ich mich, ob ich mir etwas schönrede, um all das andere zu ertragen. Das gab es ja. Wie sehr Ole ihn vermisst haben muss, als er klein war, das kann ich mir vorstellen, auch wenn ich lange nicht über den Grund nachdenken wollte. Und manchmal will ich es noch heute vergessen, damit ich ihn weiter uneingeschränkt lieben kann. Ich brauche nur an den Tag zu denken, als er nach Hause kam und wir draußen spielten. Es war ein warmer Sommertag, einer der seltenen, herrlichen Tage, die wir nicht in der Krippe verbrachten. Er kam von der Arbeit, winkte mir zu, holte aus seiner Tasche eine Birne. Bei uns zuhause war das zu dieser Zeit eine Besonderheit. Es gab nicht immer genug zu essen, was mich heute wundert, denn von anderen Dingen hatten wir viel mehr als die anderen. Die Birne hatte eine rote und eine grüne Seite. Er hielt sie mir hin und zeigte auf einen Platz unter der steilen Holztreppe, vor der ich stand. Ich setzte mich dorthin, aß erst die rote, dann die grüne Seite und war glücklich. Die seltenen Stunden, in denen ich in sein Bett krabbeln durfte, waren für mich die Sonntage meiner Kindheit. Noch heute kann ich mich an seinen Geruch auf dem Kopfkissen erinnern. Erst viel später habe ich mir Gedanken darüber gemacht, was das Leben in der DDR für ihn und damit auch für uns bedeutet hat. Warum wir so oft umzogen. Warum es für uns Kinder so wenig zu essen gab. Warum wir nicht in die Küche unserer Wohnung durften, wenn die Eltern arbeiteten. Warum wir anklopften mussten, wenn sie im Wohnzimmer waren. Ob es Geheimnisse gab? Ich konnte nicht verstehen, dass wir nicht alle zusammen aßen wie andere Familien, sondern die Eltern immer allein im Wohnzimmer und wir in der Küche. Aber ich kannte nichts anderes und es gab so viel Schwerwiegenderes in unserer Kindheit, mit dem wir klarkommen mussten.

Ole

Ich, als jüngster Sohn, habe alles darangesetzt, um herauszufinden, was es mit den Notizen auf sich hat, die unsere Stiefmutter Rose nach Vaters Tod fand. Da war vor allem dieser Nachname, viermal der gleiche, der hinter den Vornamen mit den Geburtsdaten stand. Er glich unserem Namen, es waren nur zwei Buchstaben weniger am Ende. Das konnte kein Zufall sein. Es ließ mich nicht mehr los, ich war auf Spur gesetzt. Mit Spurensuche kenne ich mich bestens aus, ist ja mein tägliches Brot. Ich kann nicht genau sagen, ob ich schon immer den Verdacht hatte, dass da etwas nicht stimmte. Vielleicht, weil ich manchmal daran gezweifelt hatte, ob ich überhaupt sein Sohn war. Weil da nichts an Gefühlen rüberkam, nicht von ihm, aber auch nicht von mir. Es war wie die am Abend ausgestorbene Straße, in der ich jetzt wohne, war so völlig anders als zwischen Vater und Ulrike oder zwischen Mutsch und mir. Bei ihr bin ich mit meinen drei Geschwistern aufgewachsen. Ich, der Kleine, war ihr der Liebste. Wie das die andren Drei aufgebracht hat! Aber hätte ich es deshalb nicht in Anspruch nehmen sollen? Etwas braucht ja jeder Mensch. An Vater kann ich mich erst erinnern, seit ich vier oder fünf war. Und seit einiger Zeit habe ich es nun schwarz auf weiß: Er war vorher nicht da und hat auch nachher kaum mit uns gelebt. Kein Wunder also! Mutsch allein mit vier Kindern! Noch immer krampft sich alles in mir zusammen, wenn ich mir vorstelle, wie das für sie gewesen sein muss. Viel zu selten waren die Stunden, die wir für uns hatten, und sie hat sie ebenso genossen wie ich.

Ich weiß nicht, ob ich ihm ähnlich bin. Vielleicht in der Unruhe, die ich oft spüre. Etwas treibt mich voran. Immer weiter. Nach oben. So, als wäre das, wo ich jetzt bin, noch nicht das Endziel. Aber wann weiß ich, wann ich mein Ziel erreicht habe? Was es ist? Vielleicht müsste ich mehr darüber nachdenken, müsste innehalten. Aber was würde geschehen, wenn ich innehielte? Bisher habe ich es nicht gewagt. Ich müsste wissen, ob es gutgeht. Ja, ohne diese Sicherheit geht es nicht.

So ist es auch mit der Liebe. Seit ich Mutsch verloren habe, bin ich auf der Suche danach. Da waren eine ganze Menge Freundinnen, bin ja ein hübscher Kerl, dann meine Frauen, aber bisher war nicht die Eine dabei, bei der man bleiben möchte. Ist schon komisch! Manchmal frage ich mich, ob ich nach Mutschs Tod ein anderer geworden bin. Niemand hat mich je so geliebt wie sie. Immer hat sie zu mir gehalten. Fast ohne Ausnahme. Und dann krank, die Schatten um die Augen immer dunkler, und völlig unerwartet war sie weg. Ich war fünfzehn, mitten in der Pubertät, alles schwierig. Schon vorher war ich in mich gekehrt, aber jetzt verschwand ich in einer Kapsel. Ich stellte mir vor, wie ich damit zum Mond flog. Raumanzug an, einsteigen, Herzklopfen bis zum Countdown und ab geht's. Weg von den Menschen, die mich enttäuscht hatten. Nur in der Natur war ich noch der Alte. Dort war etwas, das ich nicht benennen konnte, aber es trug. Vielleicht der weiche Waldboden, der Schutz der Tannen, die Dunkelheit. Nichts störte, nichts blendete. Alles war am richtigen Platz. Schule hatte für mich keinerlei Bedeutung zu dieser Zeit. Ich saß in der Klasse und war abwesend, war ja auf dem Weg zum Mond. Das war mein Anker und ich war überzeugt, dass es nirgends sonst einen Platz für mich gäbe. Hausaufgaben waren etwas für Streber. Entsprechend waren meine Noten. Ich rebellierte gegen alles, seit sie nicht mehr da war. Auch gegen ihren Tod. Nie wieder sollte mir das jemand antun! Irgendwann muss ich es vergessen haben. Heute weiß ich, dass ich bei der Wahl meiner ersten Frau nicht so genau hingeschaut habe. Jetzt will ich meine zweite Frau verlassen, egal, was die Leute von mir denken! Ich kann nicht anders. Das Wissen, dass ich etwas wiederhole, etwas, das auch Vater getan hat, tut weh. Dazu die riesige Angst, dass ich dadurch meine beiden Kinder verlieren könnte, meine Mädels. Vor allem nachts treibt sie mich um. Mehr als fünf bis sechs Stunden Schlaf gestatte ich mir nicht, dann stürmt wieder alles auf mich ein. Noch ist keine Lösung in Sicht. Aber meine Kinder werde ich nicht verlassen wie er. Nie werde ich sie aufgeben.

VERURTEILT

Sandra

Ich habe es noch nicht geschrieben. Habe mich nicht getraut. Wer weiß, was Du dann von meinem Vater, Deinem Bruder, denkst. Aber es muss sein. Ich hoffe, Du verträgst die Nachricht, wirst Dich nicht gleich wieder von uns zurückziehen. Das möchte ich auf keinen Fall. Du erinnerst Dich, dass Vater plötzlich weg war, als ich zu meinem siebten Geburtstag nach Hause kam. Mutter hatte ja gesagt, er sei im Krankenhaus, und ich wusste nicht, dass es eine Ausrede war. Ich machte mir große Sorgen, hatte Angst. Wie sollten wir denn ohne ihn leben? Wir waren doch noch Kinder und brauchten Vater und Mutter, auch wenn sie wenig Zeit für uns hatten. Besser ein bisschen als gar nichts! Daran waren wir ja gewöhnt. Damit war ich beschäftigt, knibbelte ständig an den Fingernägeln, zerbiss mir die Lippen und wusste nichts mit meiner Zeit anzufangen. Einmal fuhren wir mit dem Zug in eine andere Stadt. Nur Mutter und ich. Vom Bahnhof gingen wir zu einer Baracke. Dort setzte sie mich auf eine Bank, sagte, ich solle auf sie warten. Ich saß da und träumte davon, ans Meer zu fahren, wo ich schon einmal gewesen war. Wenn Vater erst wieder gesund sein würde, dann. Dann könnte ich auch wieder mit Armin und Ulrike auf den Abenteuerspielplatz, wir könnten ein Baumhaus bauen oder die Jungen über uns ein bisschen ärgern. Es dauerte lange, bis Mutter wiederkam, aber ich hatte mich nicht wegbewegt. Saß noch in diese schönen Vorstellungen versunken und hatte beinah vergessen, wo ich war. Es vergingen Jahre, bis ich wusste, wir waren nach Bautzen zu Vater ins Gefängnis gefahren. Ich glaube, es war Armin, der mir, da war ich schon erwachsen, erzählt hatte, was an meinem Geburtstag passiert war. Die Polizei hatte meinen Vater abgeholt und verhaftet. »Unterschlagung sozialistischen Eigentums«, so lautete später die Anklage. Außer Armin wusste es niemand von uns Kindern, aber alle in der Stadt schienen es zu wissen damals. Wie ein Lauffeuer war es von Haus zu Haus gegangen. Wir waren die Kinder eines Mannes, der im Knast saß, und bekamen es zu spüren ohne seinen Schutz. Die beiden Jungen, ziemlich derbe Kerle, die ich hatte ärgern wollen, schubsten und plagten uns, wo sie nur konnten. In der Schule wurden wir gemieden. Später hieß es, jemand habe Vater denunziert, aus Neid, weil es uns besser ging. Es war eine schlimme Zeit. Wenn ich die Geschwister, vor allem den großen Bruder, nicht gehabt hätte, ich weiß nicht, wie es weitergegangen wäre ...

Ruth

Ich erschrak. Hatten die Schwester, die Mutter doch recht, wenn sie ihn »einen verschlagenen Kerl« genannt hatten? Einen, der sich durchmogelte, sich Freunde und Liebe erkaufte. Aber womit? Mit dreißig Pfennig Taschengeld, später auch zwei oder drei Mark, wenn Vater es für gut befand, wenn man keinen Dreck unter den Fingernägeln hatte? Sogar hinter die Ohren guckte er, als sei Mutter nicht in der Lage, uns zu waschen oder uns dazu anzuhalten. Auch, wenn man zu seiner neuen Frau endlich »Tante Monika« sagte und nicht nur »Guten Tag«, sich nicht mehr weigerte, ihr die Hand zu geben, an der die Ringe blinkten. Er wusste ja nicht, dass sie bei mir noch immer Minka wie bei Mutter hieß. Ich musste nur höllisch aufpassen, beides fing mit dem gleichen Buchstaben an. Mein Bruder hatte mich ein- oder zweimal mit zu seinen Freunden genommen, großen Jungen, von denen mir einer besonders gefiel. Einer mit dunklen Locken, der gern lachte. Wir waren durch die Stadt gezogen und dann zum Jahrmarkt gegangen. Von der Schiffsschaukel konnte ich nicht genug bekommen, diesem Fliegen durch die Luft aus eigener Kraft. Nur den Überschlag wagte ich nicht. Eine Fahrt kostete dreißig Pfennige. Als es zur letzten Runde klingelte, kamen mir die Tränen. Ich wollte nicht nach Hause. Der Bruder bezahlte von seinem letzten Geld die nächste Runde für mich. Dabei fuhr er mit Leidenschaft Auto-Scooter, stieß gern mit den Mädchen an und freute sich, wenn sie kreischten.

Was plötzlich alles in Gang kommt durch die neue Familie! Mir fiel ein Gespräch mit Marianne ein. Nie hatte ich es aufgegeben, daran zu glauben, dass er lebte. Ich drängte sie, mir zu erzählen, was sie wusste. Sie seien sich früher nah gewesen, das hatte sie, die sonst nie über die vergangene Zeit sprach, einmal gesagt. Aber wann sie sich voneinander entfernt hatten, das wusste sie nicht mehr. Nur an Vaters Abneigung gegen ihn, den Bruder, könne sie sich erinnern. So viel hatte sie noch nie erzählt. Ich ließ nicht locker und sagte, wir müssten ihn suchen, da hob sie, die sonst ohne Gestik und Mimik auskam, die Hände und sagte: »Für mich ist er gestorben. Vielleicht weißt du es nicht, aber er ist von zuhause weggegangen, weil er eine Unterschrift gefälscht hat bei der Arbeit. Mit so einem will ich nichts zu tun haben. Wer weiß, was er inzwischen alles auf dem Kerbholz hat. Außerdem glaube ich nicht daran, dass er überhaupt noch lebt, sonst hätte er mich, wie schon einige Male, ein weiteres Mal angebettelt. Er war einfach so …« Als ich weinte, sagte sie, ich müsse das verstehen, sie sei nicht bereit, sich ihr Leben kaputtmachen zu lassen von so einem. Das sei doch kriminell. Außerdem gäbe es da noch so manches andere. Aber ich würde es ihr sowieso nicht glauben. Wir seien ja immer ein Kick und ein Ei gewesen. Sie jedenfalls wolle nichts mehr von ihm wissen. Und Vater und Mutter ja auch nicht. Ich solle endlich aufgeben. Mein Bruder, ein Krimineller, ich konnte es nicht glauben. Es passte so wenig zu dem stillen Jungen, den ich kannte, auch wenn er manchmal hinter der Tür zum Wäscheboden gestanden und mich erschreckt hatte. Aber das waren doch Kindereien gewesen!

Marianne

Jetzt muss ich mich doch zu Wort melden. Ich bin seine ältere Schwester. Dazu kann ich nicht länger schweigen. Was sollen die Leute von unserer Familie denken! Einer Familie, die es zu etwas gebracht hat. Zu Ansehen und Wohlstand, um nicht zu sagen einem kleinen Reichtum, jedenfalls, was mich betrifft. Ohne zu übertreiben, kann ich das sagen. Einer Familie, die sich, außer ihm, nichts hat zuschulden kommen lassen. Angefangen mit unserem Vater. In Posen geboren, ist er arm aufgewachsen, kam mit seinen Eltern und dem jüngeren Bruder nach Deutschland. Buchdrucker war sein Vater, ein unbeständiger Mensch, ehemals aus Österreich-Ungarn. Er war von einem Ort zum anderen gezogen, die Familie immer hinter ihm her, bis sein ältester Sohn, unser Vater, eines Tages sagte: »Ich bleibe mit Mutter und dem Bruder hier. Du kannst allein weiterziehen.« Und er hielt Wort. Der Vater ging. Er blieb im Dorf, war gescheit, die Schule war kein Problem für ihn. Seine Mutter zahlte nach dem Schulgeld auch das Lehrgeld und fand eine Anstellung für ihren Lieblingssohn. Von da an ging es aufwärts mit ihm. Schon nach kurzer Zeit wechselte er in die Stadt, in der ich 1934 geboren bin. Dort wurde er die rechte Hand des Chefs in einem Filialbetrieb. Ein großes Gelände war das, mit vielen Gebäuden und einem Garten. Nach Hause zu seiner Mutter fuhr er nur selten, doch ihr rundes Gesicht mit dem dicken Haarknoten rötete sich, wenn sie im Dorf erzählte, dass ihr Sohn die Verantwortung für die Filialbetriebe des Unternehmens trüge. In dem Medaillon, das sie nicht einmal nachts ablegte, war sein Bild. Ihr zweiter Sohn war ganz anders als Vater. Er war klein und derb, balgte sich gern mit den Dorfjungen, war kein besonders kluger Kopf. Er arbeitete als Polizist, wurde aber, weil er keinen arischen Stammbaum nachweisen konnte, ein halbes Jahr nach seiner Verbeamtung wieder entlassen. Dass man dem Großvater in der Kristallnacht den kleinen Fotoladen, den er seit einiger Zeit im Dorf betrieb, zerschlug und ihn nach Buchenwald brachte, das war bedauerlich, aber so waren die Zeiten damals. Darüber wurde geschwiegen. Erst später sprach man von einer Katastrophe, machte den Verantwortlichen den Prozess. Aber Vater hat sich davon zum Glück nicht unterkriegen lassen. Erst hat er Mutter geheiratet und später – wie er das geschafft hat, darüber hat auch er nie gesprochen – hat er sich im Krieg irgendwie durchgeschlagen. Er war schlau und wusste sich zu helfen. Allerdings konnte ich nicht glauben, dass er Himmler chauffiert haben soll. Das hat meine Schwester behauptet, aber sie hat schon immer gern Geschichten erfunden.

Ich war froh, dass er nach dem Krieg wieder in meiner Nähe war. Leider lebte er nur noch kurze Zeit bei uns. Ich liebte ihn ebenso wie vorher, auch wenn er verändert war. Seine Augen hatten ihren Glanz verloren. Das war schade! Immer noch hatte ich den Duft seiner schwarzen Locken in der Nase, als er mich, da war ich drei, auf den Schultern trug. Deshalb habe ich mir alles vom Hals gehalten, was einen starken Geruch hatte. Nichts sollte ihn verdrängen. Vater und ich, wir gehörten zusammen, jedenfalls lange Zeit. Immer habe ich mich gefragt, warum die Kleine zu ihrem Bruder hielt, auch wenn er etwas ausgefressen hatte. Verpetzt hat sie ihn selten. Dass es dann etwas gesetzt hätte, das war klar. Da war Mutter nicht zu bremsen. Mich zu schlagen, hätte sie jedoch nie gewagt. So sehr ich mich bemühe, mich an die ersten Jahre unseres gemeinsamen Lebens zu erinnern, wir sind ja nicht einmal ein Jahr auseinander, es gelingt mir nicht. Aber ich glaube, wir haben uns aneinander festgehalten, es gab da eine Art Einverständnis. Die Eltern waren nicht oft da. Vater arbeitete lange, sonst hätte er es nicht zu dem gebracht, was er dann wurde. Und Mutter sehe ich, wie sie im Sommerkleid, frisch frisiert, aus der Tür geht. Vielleicht stimmt das Bild auch nicht und Vater hatte doch recht. Er sagte, wenn uns Kindern etwas einfiel, was wir erlebt hatten, das sei Einbildung. Bevor man fünf oder sechs sei, könne man sich an keine Ereignisse erinnern. Da läge alles im Nebel. Und Vater war der, dem ich glaubte. Und tatsächlich war auch ich mir nicht sicher, wie alles genau gewesen war. Also forschte ich nicht weiter nach, anders als die Kleine, die noch immer alles untersucht, bis nichts mehr davon übrig ist. Keine Ahnung, was sie eigentlich will. Und warum sollte man auch an etwas rühren, das längst vorbei und damit am besten vergessen ist. Das war immer meine Devise. So habe ich gelebt. Das hat mir viele schwere Stunden erspart. Ich habe gern auf der Sonnenseite gelebt.

Ruth

Als ich von Ulrike erfuhr, dass die letzte Frau meines Bruders noch lebte, stand für mich fest, ich würde so schnell wie möglich zu ihr fahren.

In den letzten Jahren waren einige Schulkameraden, Bekannte und enge Freunde gestorben. Im Frühjahr eine meiner liebsten Freundinnen, mit der ich einige Zeit in Italien gelebt hatte, und vor wenigen Wochen nun meine Schwester. Auf keinen Fall wollte ich riskieren, seine Frau nicht mehr lebend anzutreffen. Sie würde mir Auskunft über ihn geben können, hatte ihn gekannt, mit ihm gelebt, ihn bis zu seinem Tod begleitet. Von Ulrike wusste ich, dass sie ein paar Jahre jünger war als ich, aber nicht besonders gesund. Ein bisschen tüddelig, hatte meine Nichte gesagt und ich hatte es ihrer Vergesslichkeit zugeschrieben. Seit Jahren verbrachte ich den größten Teil des Winters nicht mehr in Deutschland. Ich ging sobald es möglich war, der grauen und kalten Jahreszeit gern aus dem Weg, war aber in diesem Jahr durch eine Arbeit bis Ende Januar hier gebunden. Nach Eisenach zu fahren im Januar, das war kein Vergnügen! Meine Befürchtungen, dass ich durch Kälte und Schnee dorthin reisen müsste, bestätigte die Wettervorhersage.

Ich war vor vielen Jahren einmal da gewesen. Dass mein Bruder mit seiner Familie dort gelebt hatte, wusste ich erst seit kurzem. Vielleicht waren wir sogar aneinander vorbeigegangen und hatten uns nicht erkannt, als ich mit einem Bildhauer unterwegs zur Wartburg gewesen war. Ihn hatte die Gegend sehr interessiert. Es goss in Strömen, die Stufen waren rutschig und als wir oben ankamen, waren wir durchweicht. Ihn hielt das nicht davon ab, sich jede Kleinigkeit genau anzusehen, lange stand er vor den Objekten und Beschreibungen. Während meine Hände kälter und kälter wurden, wiegte er die kleinen Figuren im Museums-Shop in seinen schweren Händen. Schließlich kaufte er ein Buch des Landschaftsarchitekten von Pückler-Muskau, las mir am Abend daraus vor und sagte, seine nächste Skulptur solle an solch einem Platz stehen. Er schlug mir vor, uns dort niederzulassen, ich solle ihn bei seiner Arbeit unterstützen. Eine Idee, die mir eigenartig vorkam, denn weder hatte er ein Angebot dafür, noch hatte ich die Absicht, dorthin zu ziehen und meine Arbeit aufzugeben. Wir kannten uns gerade mal ein Vierteljahr. Am nächsten Tag fuhren wir nach Muskau zum Görlitzer Park. Versonnen blickte er zu den Lichtachsen, wählte bereits eine davon für die Figur, die noch entstehen sollte, aus, aber er sah sie bereits. Der Rückweg führte an einem düsteren Waldgebiet vorbei, dem Oderbruch. Er sagte, hier seien 1945 bei einem Massaker Hunderttausende Soldaten gefallen. Ich hatte nie etwas davon gehört.

Nun stand nach beinahe zwanzig Jahren wieder eine Reise nach Eisleben an. Nichts würde mich davon abbringen, zu der Frau meines Bruders zu fahren. Ich rief sie an. Sie war erfreut, dass ich kommen wollte, entschuldigte sich mehrmals, dass sie nicht mehr so beweglich sei, aber sie würde mich auf jeden Fall abholen. Die Art, wie sie sprach, verriet mir, dass sie kein leichtes Leben gehabt haben musste. Da waren kleine Aussetzer, viele Wiederholungen, das hatte Ulrike »tüddelig« genannt, dann das Betonen des Alters und der damit verbundenen Beschwerden. Ich ließ die Fotos, die ich mit meiner Tochter über die Weihnachtsfeiertage zusammengesucht hatte – sie hatten eine zwischen uns ungewohnte Nähe entstehen lassen – für seine Frau kopieren und kaufte eine Fahrkarte für den vereinbarten Termin Mitte Januar.
Noch vor der Reise erreichte mich eine Nachricht von Ole, dem jüngsten Sohn. Er fragte am Dienstagmorgen, ob ich am Freitag Zeit habe, er würde gern spontan vorbeikommen. So oft ich mich über die WhatsApp-Nachrichten und Videos auf dem Smartphone geärgert hatte, in diesem Fall erschienen es mir als glückliche Erweiterung meiner Möglichkeiten. Hatte ich nicht auf diesem Wege schon unzählige Fotos in der kurzen Zeit übermittelt bekommen, auch Sprachnachrichten und lange Mitteilungen von der unerwarteten Verwandtschaft? Wir schrieben gerade den 4. Januar. Nur wenige Wochen waren vergangen, seit ich die Anfrage der Kinder erhalten hatte. Ich hatte mir vorgenommen, einen meiner Freunde, ein Ass auf digitalem Gebiet, zu fragen, ob das Aufnahmevolumen solch eines Gerätes nicht irgendwann erschöpft sei und alles im Äther verschwände. Aber dazu war es noch nicht gekommen. Wie immer vertippte ich mich einige Male auf den kleinen Tasten bei der Antwort, ärgerte mich über den Autokorrektor, der bestimmte, was da

zu lesen sein würde. Ich schrieb, dass auch ich spontan sei, er möge gern kommen. Eine Stunde später erhielt ich ein Foto von zwei Flugscheinen, einem Hinflug von Berlin für den nächsten Tag, der Rückflug ging am Donnerstagabend. Sehr spontan, der junge Mann, dachte ich, da ist einer noch schneller als du! Ich reservierte ein Zimmer in der Nähe. Bloß keine der kostbaren Stunden verschwenden.

Am Mittwoch ging ich zur Straßenbahnhaltestelle, um meinen Neffen abzuholen, sah die Bahn gerade noch um die Ecke biegen. Wem würde ich gleich gegenüberstehen? Würde er mich erkennen, ich ihn? Ich stand an der Ampel und suchte ihn unter den Menschen, die auf der anderen Straßenseite warteten. Von den vier Männern dort kam nur einer infrage. Er war der größte, sehr schlank, das Haar kurzgeschoren. Wie ein Geschäftsreisender stand er dort in dem dunkelgrauen Kurzmantel, dem passenden Schal, einen dieser kleinen Koffer neben sich, die als Handgepäck in den Gepäckabteilen über den Flugzeugsitzen schon oft meinen Anorak ruiniert hatten. Er sah sich suchend um. Die Ampel schaltete auf rot. Ich ging auf ihn zu, streckte ihm schon aus einiger Entfernung die Hand hin, die er nahm, mich an sich zog und drückte. Mein Kopf endete unter seinem Kinn. »Wie er«, sagte er und meinte damit seinen Vater. Ich war verblüfft. Das war neu. Als Kind und Jugendliche hieß es, ich gleiche der Mutter, als ich die sechzig erreichte, doch eher dem Vater, aber noch nie hatte jemand die Ähnlichkeit mit meinem Bruder erwähnt. Ich schien recht wandlungsfähig zu sein.

Als wir zuhause ankamen, nahm er eine dicke, hellbraune Ledermappe aus dem Trolley. Obenauf segelte ein Schiff. So eines, auf dem ich, das schwor ich mir, nur ein einziges Mal mitgesegelt war. Ich hatte mehr Zeit über der Reling verbracht als mit den Freunden. Von den vielen Malen, die sein Vater die Mappe in die Hand genommen hatte, um Dinge, die für ihn überlebensnotwendig gewesen waren, darin aufzubewahren, war sie abgegriffen, wies hellere und dunklere Flecken auf. Sie erinnerte mich an die Schreibmappe meines Vaters, ebenfalls aus braunem Leder. Ich hatte sie nach seinem Tod im Schreibtisch am Fenster vor dem Swimmingpool und dem Rosenbeet gefunden, spärlich gefüllt mit der nötigsten Korrespondenz und den Inseraten, die er nach dem Tod seiner Frau aufgegeben hatte, um nicht allein zu bleiben. Das meiste davon handgeschrieben, aus einer Zeit, bevor die Mitteilungen digital wurden. Darin hatte ich auch einen Zeitungsausschnitt der regionalen Zeitung gefunden, der zu seinem neunzigsten Geburtstag erschienen war. Die Verblüffung darüber, was ich dort überflogen hatte, kam mir beim Anblick der Mappe auf meinem Esstisch, vor meinem neuen Neffen, wieder in den Sinn. Ich würde den Artikel später suchen. Ole sagte, er sei gekommen, um so viel wie möglich über das Leben seines Vaters zu erfahren, bevor dieser seine Identität gewechselt hatte.

Ich kochte Kaffee, holte die Berliner von meinem Lieblingsbäcker aus dem Kühlschrank. Bald hatten wir Zuckerkrümel an den Fingern und Marmeladenspuren um den Mund. Den Gemüseauflauf, den ich vorbereitet hatte, würde es später geben. Ich hatte gekocht, so wie ich normalerweise koche. Mit frischen Zutaten vom Markt, eine überschaubare Menge. Da war keine Zeit für Absprachen gewesen. Hoffentlich war Ole mit dem Gemüseauflauf satt zu kriegen! Ich dachte an meinen Besuch auf Rügen, an den einzigen, unvergessenen Aufenthalt dort als Kind, zum ersten Mal am Meer mit seinem unverwechselbaren Geruch von Fisch und Algen. Nach der Öffnung der Mauer musste ich die Erinnerung, die ich damit verband, überprüfen. Ich spazierte hoch oben über den Kreidefelsen, hob wie früher die Bucheckern auf und knackte sie mit den Zähnen, suchte Steine, die dort »Hühnergötter« hießen, und Bernstein. Ich staunte darüber, was die Urlauber, deren Dialekte ich mühelos den neuen Ländern zuordnen konnte, für Portionen auf ihre Teller luden. Egal, ob Fleisch oder Tortenstücke! Beruhigt sah ich jetzt, dass es unter dem blauen Hemd mit dem rot-weiß abgesetzten Kragen meines Neffen nicht die kleinste Wölbung gab. Als ich ihn so betrachtete, fiel mir auf, dass er ebenso ausgesucht gekleidet war, wie ich es über seinen Vater gehört hatte und wie ich es auch von meinem Vater kannte. Tadellos.

Ole

Während ich der Schwester meines Vaters gegenübersitze, entdeckte ich immer mehr Züge, Gesten, ein ganz bestimmtes Lächeln, manchmal sogar dieselben Worte. Das alles kenne ich von ihm und habe es auch bei der letzten Begegnung an meinem älteren Bruder beobachtet. Familiengene. Ganz und gar unfreiwillig. Ein Geschenk oder ein Fluch? Früher habe ich mir darüber keine Gedanken gemacht, erst seit ich völlig ausgebrannt war, denke ich darüber nach. Kann man eigentlich von einem selbst gestalteten Leben sprechen oder bewegt man sich nicht eher wie ein Spielball zwischen Vorgegebenen oder so wie der Hamster meiner Mädels? Wie leicht hätte ich als Kind untergehen können, in dieser Zeit, die ich am liebsten aus meinem Leben streichen möchte. Das meiste davon jedenfalls. Kaum etwas anderes als Unsicherheit, ein ewiges Hin und Her. Auch nach der Wende wieder neu anfangen, zum soundsovielten Mal anderswo, raus aus der Fabrik, keine Ahnung, was nun, später eine Fortbildung nach der anderen. Wie soll man da zur Besinnung kommen! Dass ich alle Prüfungen mit »sehr gut« bestanden habe, wo ich früher nur Fünfen nach Hause gebracht hatte, kaum zu glauben! Was war das auch für eine Situation gewesen! Da konnte doch nichts aus mir werden! Ohne Rose, später dann ohne Ulrike und Sandra, wäre ich vielleicht doch in seine Fußstapfen getreten. Nicht auszudenken! Und heute habe ich es geschafft, will immer noch höher hinaus. Am liebsten so hoch, dass alle zu mir aufblicken. »Guck mal, was aus dem Kleinen geworden ist!« Da müssen sie ganz schön die Köpfe recken bei meinen zwei Metern!

Ohne mich hätten wir niemals etwas von Vaters Schwester gewusst. Ich war es, der nicht nachgegeben hatte. »Sturer Bock«, hieß das früher. Eine Fähigkeit, auf die ich heute stolz bin. Mit der Tante - kaum will mir das Wort über die Lippen - sehe ich die Mappe durch. Sie betrachtet lange die Lichtbilder in seinen Ausweisen, die obenauf liegen, der des DGB, der Personalausweis, der Führerschein. Kommt es mir nur so vor, oder taucht sie richtig darin ein? Wir haben doch nicht alle Zeit der Welt und ich will erzählen, wie das alles für mich war damals. All das Schwierige, das ich nicht loskriege, warum ich mich scheiden lasse, obwohl ich ein Scheidungskind bin, warum es einfach nicht mehr geht, und dass ich vielleicht dieses Mal die Liebe gefunden habe. Vor ein paar Monaten. Endlich! Und noch so vieles. Ich habe die Mappe bereits während der Weihnachtstage mit Sandra durchgesehen. Eigentlich zum ersten Mal wirklich angesehen und doch nicht alles gesehen. Dass mir so etwas passieren kann! Wir wollten natürlich möglichst viel wissen, aber da ist etwas in uns, das es auch nicht will. Ich beobachte die Tante, sie hat wache, blau Augen, intensiver als das Wasserblau des Vaters. Und doch verschwimmt manchmal ihr Gesicht und wird zu seinem. Seltsam. Sie entdeckt hier und da etwas, das uns entgangen ist. Da ist die Aussage seiner Frau. Wir hatten es als Aussage unserer Mutter gelesen, doch als ihr Finger jetzt auf den Namen und das Geburtsdatum zeigt, denke ich »Stimmt!«. So hieß Mutsch nicht und diese Frau war auch früher geboren, sogar früher als Vater. Noch eine Überraschung! Als gäbe es nicht schon genug. Er war also nicht nur zweimal verheiratet. »Ein Womanizer?« Die Tante hat mir wohl das Wort von den Lippen abgelesen und nickt. Von einem anderen Blatt liest sie vor, dass er bereits 1963 zwei Kinder hatte. Da muss es ja schon ein Kind vor Armin gegeben haben, denn der ist erst 1963 geboren. Es scheint viel mehr Rätselhaftes zu geben, als wir bisher annahmen.

Ruth

Es war unmöglich, an diesem Abend alles zu erfassen, was die Mappe enthielt. Mich interessierte vor allem, wie es meinem Bruder gelungen war, seine Identität zu ändern, und wann das geschehen war. Was er für Gründe dafür hatte. Nun war klar, warum ich ihn nach der Wende nicht hatte finden können, als ich wissen wollte, ob er wirklich tot war. Ich hatte es einfach nicht glauben wollen. Ich las und las bis mir die Augen zufielen. Dankesbriefe, die er an den Sohn geschrieben hatte, der nun in meiner Wohnung saß, las den handgeschriebenen Widerspruch gegen das Strafmaß bei seiner Verurteilung, las verschiedene Bewerbungsschreiben nach dem Fall der Mauer, einen Arztbericht über den Zustand seines Herzens. Da war auch eine Eingabe an die Rentenversicherung, die mit den Worten endete, es sollten seiner Meinung nach diejenigen über die Anerkennung von Gefängnisaufenthalten bei der Rentenberechnung urteilen, die das System der ehemaligen DDR kennengelernt hätten. Ich war begierig zu wissen, wie sein Leben verlaufen war, nachdem ich ihn zum letzten Mal gesehen, etwas von ihm gehört hatte, als ich neunzehn und er vierundzwanzig war. Aber darüber gab die Mappe keine Auskunft. Die Unterlagen begannen erst mir dem Wiedereintritt in die DDR. Es war lange nach Mitternacht, als wir schlafen gingen. Der Gemüseauflauf, den wir zwischendurch aßen, war viel zu lange im Ofen gewesen, aber nichts blieb davon übrig.

Marianne, seine erste Frau

Wir haben uns in Berlin in einem Gartenlokal kennengelernt, im Sommer 1961. Dorthin ging ich manchmal nach meiner Arbeit im Krankenhaus. Er saß allein an einem Tisch, und weil alle anderen Tische besetzt waren, setzte ich mich dazu. Er gefiel mir, war groß, hatte welliges Haar, nicht hell, nicht dunkel, und Augen, so traurig, wie ich selten welche gesehen hatte. Dabei kannte ich viele Menschen. Das brachte mein Beruf mit sich. Ich war Säuglingsschwester und nicht alle Kinder kommen ja gesund zur Welt. Er war noch nicht lange in Berlin, arbeitete bei der »Mitropa« als Kellner und wohnte zur Untermiete. Ich war gerade wieder allein, hatte zwei Zimmer in meiner Wohnung und bot ihm an, zu mir zu ziehen. Es machte mir nichts aus, dass er ein paar Jahre jünger war. Im Gegenteil, ich bin ein mütterlicher Typ. Nach einem halben Jahr heirateten wir, weil er das wollte. Kurz darauf wechselte er die Arbeit, war jetzt Chef eines Restaurants in einem Ort im Spreewald. Dorthin zogen wir. Es war eine schöne Zeit. Er brachte mir Blumen, wir fuhren an die Ostsee, wir gingen essen. Ich ließ mich verwöhnen, wunderte mich manchmal, woher er das Geld hatte. Aber ich verlangte ja nichts von dem, was er verdiente. Wenn ich danach fragte, wurde er still, manchmal auch schroff. Nach etwa eineinhalb Jahren war er nicht mehr so oft zuhause, blieb auch über Nacht fort. Er sagte, er müsse geschäftlich in eine andere Stadt. Ich wollte ihm gern glauben, doch er hatte sich verändert. Die Blumen blieben aus, wir gingen nicht mehr essen, machten keine weitere Urlaubsreise. Als ich die Vorladung bekam und bei Gericht darüber aussagen musste, wie wir gelebt hatten und was wir mit dem verschwundenen Geld gemacht hatten, war das ein Schock! Ich hatte mir nie etwas zuschulden kommen lassen, komme zwar aus einfachen, aber ehrlichen Verhältnissen. Bald nach seiner Verurteilung ließ ich mich scheiden und zog zurück nach Berlin. Wiedergesehen habe ich ihn nicht mehr.

Ruth

Ich sehe ihn vor mir, genau so, wie er ausgesehen hat, als ich ihn Ende 1959, dem Jahr, in dem wir auf dem Bildschirm den ersten Flug zum Mond verfolgt hatten, wiedersah. Groß, schlank, hübsch, ein richtiger Mann. Das hatten die sieben Jahre, seit ich ihn zum letzten Mal gesehen hatte, aus diesem schlaksigen Jungen mit dem schiefen Lächeln, der Mutter aus dem Weg ging, gemacht. Meine Verblüffung war groß, aber auch die Freude, als ich an einem Samstagnachmittag die Tür öffnete und er vor mir stand. Er lebte! War wieder da! Neben ihm stand eine Frau, die einen kleinen Jungen an der Hand hielt. Sie waren seit Kurzem in einem Auffanglager der Stadt, das Flüchtlinge aus Westdeutschland aufnahm. Er kam also aus dem Westen zurück in den Osten. Das konnte ich kaum fassen, denn viele, auch wir, überlegten, die DDR zu verlassen. Die Situation spitzte sich zu. Immer mehr Privatbetriebe wurden verstaatlicht, auch dem Stiefvater hatte man die Überführung seines Betriebes ins Volkseigentum angekündigt. Und der Versorgungszustand hatte sich nur wenig gebessert. Normalerweise wäre ich gar nicht zuhause gewesen. Ich studierte in Leipzig, aber manchmal kroch ich an den Wochenenden, wenn es weder Ernteeinsätze noch politische Sonderveranstaltungen gab, bei Mutter und ihrem neuen Mann unter. So streckte ich meine sechzig Mark Stipendium, die den ganzen Monat reichen mussten. Das war trotz der niedrigen Preise für Grundnahrungsmittel nicht leicht, denn nachdem die Lebensmittelkarten im Jahr zuvor abgeschafft worden waren, hatten die Preise angezogen.

In dem Zimmer, das ich mit Marianne geteilt hatte, bevor sie Vater in den Westen gefolgt war, stand nach wie vor das Sofa, das ich nun für mich allein hatte. Einerseits war das schön, aber sie fehlte mir. Es hatte trotz des Altersunterschiedes eine Vertrautheit gegeben. Sonst hatte sich seit dem Einzug des Stiefvaters nicht viel geändert in der Wohnung. Auffallend war das düstere Gemälde zechender Männer an der linken Wand neben der Couch, das er mitgebracht hatte, und der Geruch seiner Pfeife, die er morgens als Erstes stopfte und anzündete und am Abend in dem schwarzen Aschenbecher auf dem Couchtisch ausleerte. Ein abscheulicher Gestank, der in der ganzen Wohnung hing und meine Abneigung gegen diesen Menschen vertiefte! Auch die Schlager, die im Radion dudelten, hatte es vorher nicht gegeben und Mutters seltener Gesang war nun vollständig versiegt. Als ich sie rief, schon ahnend, dass sie den verlorenen Sohn nicht so freudig empfangen würde wie ich, sie hatte versucht, ihn aus ihren Erinnerungen zu löschen, blieb sie stehen wie festgeschraubt. Nachdem die beiden sich eine Weile angestarrt hatten, auch er hatte geschwiegen, bat sie die drei in die Wohnung. Ich weiß nicht mehr, worüber wir gesprochen haben, sah ihn nur an, sog seine Anwesenheit in mich auf. Noch immer konnte ich es nicht fassen, was aus ihm geworden war, schmiedete schon Pläne, was wir demnächst alles zusammen machen könnten. Unbedingt wollte ich mit ihm wieder einmal auf die Rabeninsel, wo ich viele Jahre nicht mehr gewesen war. Aber dazu kam es nicht. Nur wenige Wochen später stand die Frau mit dem Kind weinend in unserer Wohnung und fragte, ob wir wüssten, wo mein Bruder sei. Ohne Abschied war er nun zum zweiten Mal spurlos verschwunden. Einige Wochen später wurde ich erstmals von der Stasi verhört. Erst nach der Wende, als Details über die Methoden der Behörde bekannt wurden und für Empörung sorgten, auch Künstler wie Heiner Müller, Gerhard Gundermann und Christa Wolf gestanden, als IM (»inoffizielle Mitarbeiter«) für den Staatssicherheitsdienst über Jahre ihre Freunde bespitzelt zu haben, fing ich an, mich näher damit zu befassen. Ich erfuhr, dass es ab 1958 ein langes, verschärftes Aufnahmeverfahren für Menschen aus der Bundesrepublik gab, um Agenten und Kriminelle zu enttarnen und ihnen dann möglicherweise die Einreise zu verweigern. Die Methoden, um diese Menschen für die eigenen Abwehrdienste zu gewinnen, reichten von der Bedrohung der Familienmitglieder über den Einsatz von Medikamenten bis hin zu psychischer Folter.

EISENACH

Rosemarie

Ich glaube, zum Thema IM kann ich etwas beitragen, es vielleicht sogar aufklären. Ich bin seine letzte Frau. Bis zu meinem Tod habe ich ihn begleitet. Aber ich will ganz von vorn anfangen, da, wo wir uns begegnet sind. Ich hatte gerade die Ehe mit einem Trinker hinter mir und brauchte Erholung. Deshalb ging ich zur Kur nach Bad Liebenstein. Es ist ein schöner kleiner Kurort im Thüringer Wald, nicht weit von Eisenach, wo ich damals lebte. Vom ersten Moment an, als ich ihn sah, wusste ich, ich wollte mit ihm das Leben teilen, egal, was käme. Das Gefühl war so stark, dass ich nie daran zweifelte. Wirklich nie, auch, als alles nicht mehr einfach war. Es gibt Dinge im Leben, die weiß ich so genau, obwohl sie mir niemand beigebracht hat. Manches ist richtig und manches ist falsch. Und danach handele ich bis heute. Ich hatte in der Ehe viele Federn gelassen, war aber trotzdem noch immer hübsch. Die Männer sahen mir nach. Aber ich bin eine einfache Frau. Was konnte ich so einem Mann wie ihm, der reden konnte, vieles wusste, wie niemand, den ich kannte, der Bücher gelesen hatte, über Bilder im Museum sprach und diese besondere Ausstrahlung hatte, schon bieten? Doch er suchte meine Nähe. Wir machten Spaziergänge. Er erklärte mir, dass unser Kurort nach einer Burg benannt worden war. Hand in Hand gingen wir durch die Ruinen. Auch Schloss Altenstein mit den vielen runden Türmchen besuchten wir, er nannte die Namen von Komponisten, die dort einige Zeit verbracht hatten. Namen, die ich vorher noch nie gehört hatte und sofort wieder vergaß. Als er fragte, wie ich gelebt hatte, wusste ich nicht, was ich sagen sollte. Ich schämte mich. Die vielen Jahre an der Seite des Mannes, bis ich endlich den Mut gehabt hatte, zu gehen. Ich schwieg deshalb. Er sah mich so an, wie mich bisher noch niemand angesehen hatte, weder zuhause auf dem

Hof noch später, und sagte: »Ich glaube, du hast viel durchgemacht. Ich möchte, dass es dir gut geht.« Woher wusste er das? Ich hatte doch nichts gesagt. Dann stießen wir mit einem Glas Sekt auf ein besseres Leben an. Ein Leben, in dem wir immer zusammen bleiben wollten. Auch er wollte das damals. Warum es sich später bei ihm änderte, weiß ich nicht. Er sprach nicht über solche Dinge. Obwohl er nun schon Jahre im Grab liegt, habe ich noch immer einen Piccolo im Kühlschrank und stoße in Gedanken mit ihm an. Für mich ist es dann so, als sei er noch da. Aber noch einmal zurück zum Anfang. Lange dachte ich, so einer ist doch nicht frei. Aber er lebte von der Familie getrennt. Erst als wir schon länger zusammenlebten, sprach er manchmal von der Zeit, als er vom Westen in den Osten gekommen war. Ich glaube, das war 1960. Er war im Zug festgenommen worden und erst viel später in einem Krankenhaus wieder aufgewacht. An die Zeit dazwischen konnte er sich nicht erinnern. Vielleicht wollte er es auch nicht. Das Einzige, was er immer wieder sagte, war: »Vierzig Jahre Schweigen.« Ich weiß nicht, was damals passiert ist, aber seit mir die Kinder erzählt haben, dass sein Name gar nicht sein richtiger Name ist, muss ich oft daran denken. Dass jemand seinen Namen ändert, muss doch einen Grund haben! Es kann nicht bloß so eine Geschichte sein, die er sich ausgedacht hat! Aber wer weiß. Ich bin in der DDR geboren und aufgewachsen. In meiner Umgebung hat man sich keine Gedanken darüber gemacht, was dann nach der Wende bekannt wurde. Diese vielen Akten und was in den Zuchthäusern passiert ist. Wir kannten nichts anderes als das, was war, und damit hatte man zurechtzukommen. Sonst wurde das Leben schwierig. Das war das Einzige, was ich wusste, und ich hielt mich daran. Warum er auch dann nicht darüber sprechen wollte, als die vierzig Jahre vorbei waren, das weiß ich nicht. Als ich ihn fragte, weil ich dachte, das Schweigen würde an seinem Herzen fressen, dem es ja wirklich nicht gut ging, sagte er nur: »Rose, lassen wir es ruhen.« Aber nicht nur ich glaube, dass es etwas mit dem geänderten Namen zu tun hat. Die Kinder wollen mich nicht aufregen, erzählen mir nicht alles, weil sie wissen, dass auch mein Herz nicht in Ordnung ist.

Komisch, zwei kranke Herzen. Seines brauchte einen Schrittmacher, damit es schlug, und ich so ein Ding, das dafür sorgt, dass es nicht zu schnell schlägt. Vielleicht immer noch für ihn.

Ruth

Ich war früh aufgestanden, hatte den Zug nach Eisenach so gewählt, dass ich einige Stunden dort verbringen konnte. Nach dem Telefongespräch hatte mich eine Scheu erfasst und ich hatte entschieden, es sei besser, ich führe noch am gleichen Abend zurück. Drei Stunden Hinfahrt, drei Stunden Rückfahrt, da blieben noch sechseinhalb Stunden. Nicht besonders viel, aber Zeit, um einen ersten Eindruck von der Situation, in der er die letzten Jahre gelebt hatte, zu bekommen und den Kontakt zu seiner Frau, der Stiefmutter der Kinder, herzustellen. Aufs Äußerste gespannt stieg ich in den Zug, mit den Fragen beschäftigt, die ich mir notiert hatte. Eine Durchsage ließ mich ahnen, dass ich den Anschlusszug nicht erreichen würde. Und so war es. Ich saß verärgert im Informationscenter und wärmte mich neben anderen Wartenden in feuchter Winterkleidung. Eine Stunde später kam der Anschlusszug. Das Knacken des Lautsprechers nach kurzer Zeit verkündete einen Schaden in der Oberleitung. Eine weitere verlorene Stunde. Ich fluchte und überlegte, ob ich nach einem Zimmer suchen sollte. Konnte ich die Arbeit, die zuhause auf mich wartete, verschieben? Der Abgabetermin stand fest. Ich konnte mir diese Unzuverlässigkeit nicht leisten, außerdem hasste ich sie. Eine weiße Winterlandschaft vor den Fenstern. Schneebedeckte Felder und Wiesen verschmolzen mit dem Himmel. Kein Laut, nur das Rattern des Zuges. Sogar die Smartphones schwiegen. Autos und Häuser trugen Schneehauben, kein einziger Mensch war unterwegs. Wie ausgestorben lagen die Dörfer, gezuckert standen die Bäume wie das Lebkuchenhaus meiner Tochter als Kind, alles lag im Winterschlaf. Mit zweieinhalbstündiger Verspätung stieg ich in Eisenach aus dem Zug und sah mich um. Ich hatte zwei Fotos aus unterschiedlichen Jahren von seiner Frau gesehen. Eines, als sie sich kennengelernt hatten: Eine attraktive, gut gekleidete Frau, groß und aufrecht, noch keine Fünfzig, stand neben ihm.

Auf dem anderen Foto saß sie, achtundzwanzig Jahre später, kaum noch für mich erkennbar, neben dem Rollstuhl ihres Mannes, kurz vor seinem Tod. Niemand, der diesen Bildern glich, stand auf dem Bahnsteig oder in der Bahnhofshalle. Draußen schneite es große Flocken, sie gesellten sich zu denen, die bereits die Straßen bedeckten und die Schritte dämpften. Beim zweiten Gang durch die Bahnhofshalle sah ich eine Frau, die, auf einen Stock gestützt, in einer windgeschützten Ecke stand. Etwas an ihrem schmalen Gesicht kam mir bekannt vor. Sie trug einen dreiviertellangen braunen Wildledermantel, die Beine steckten in einer rotgrün-karierten Hose. In einer Hand hielt sie drei Rosen. Als ich auf sie zuging, setzte auch sie sich zögerlich in Bewegung, blieb vor mir stehen, streckte mir dann aber die Rosen zur Begrüßung entgegen.
Im Taxi fuhren wir zu ihr. Langsam und sich am Geländer festhaltend, stieg sie die drei Stockwerke nach oben zu ihrer Wohnung. Der dunkle Flur erinnerte mich an den fensterlosen Flur meiner Kindheit, in dem ich bei Gewittern Zuflucht gesucht hatte. Als sie das Licht einschaltete, sah ich Fotos von Enkeln und Urenkeln an der Wand, darunter eine schmale Kommode mit Nippes, ein Schuhregal mit Hausschuhen. Weder Enkel noch Urenkel hatte es in unserem Flur gegeben. Da war nur die Garderobenstange mit den Mänteln gewesen, unter die wir zu Nikolaus unsere Schuhe gestellt hatten, darauf hoffend, dass Mutter Geld genug hatte, um sie zu füllen. Jetzt sah ich getigerte Stoffrollen vor den Türen, sie hielten die kalte Luft ab. Durch die hohen Fenster im Wohnzimmer blickte man auf die Straße. Eine hell lackierte Schrankwand links, darin ein Fernseher, ein Strauß roter Tulpen, das Sofa mit Kissen und Kuscheltieren gegenüber. Ein ausladender Lehnstuhl, ihr Stuhl, verdeckte einen Teil der Fenster. Zum Glück habe sie den Kaffee noch nicht gekocht. »Immer diese Verspätungen!« Sie nahm ein großes Kuchenpaket aus dem Kühlschrank der kleinen Einbauküche. Sechs Tortenstücke trug ich auf einem Kristallteller ins Wohnzimmer. So wie meine neuen Nichten und Neffen darum besorgt waren, ob sie mir mit ihrem Auftauchen nicht zu viel zumuteten, so fragte ich mich das jetzt, wenn ich in das von Sorgen gezeichnete Gesicht der Frau sah, die sich mühsam in ihren Sessel setzte. Was konnte ich erzählen, was fragen, womit sie konfrontieren? Ich bat erst einmal sie, etwas zu er-

zählen. Von sich und ihm, ihrem Mann, meinem Bruder.
Seit sechzehn Jahren lebte sie in dieser Wohnung, davon nun bald acht Jahre allein. Aber die Kinder hielten Kontakt zu ihr, meist schrieben sie zwar nur oder telefonierten. Dreimal in der Woche ging sie zum Grab, jeden Tag in die Wohnung ihres Sohnes aus erster Ehe, versorgte die Katze und die Wäsche des Junggesellen dort. »Habe ja sonst nichts weiter zu tun, nachdem mein Mann nicht mehr da ist.« Nach der Wende war es schwer geworden. Vor allem für die Älteren. Ihr Mann war 1990 ja schon über fünfzig und alles andere als gesund. Sie waren in die Nähe von Potsdam gezogen. Dort hatte ihr Bruder den beiden eine Anstellung in einer Gastwirtschaft besorgt, ihr in der Küche und ihm als Kellner, aber schon bald übertrug man ihm die Leitung der Gaststätte. Warum er seine letzte Anstellung verloren hatte, darüber schwieg sie. Ich sah den kummervollen Ausdruck auf ihrem Gesicht und fragte nicht weiter. Sie wollte wissen, ob ich bequem sitze, ob mir warm genug sei, ob ich ein Glas Sekt wolle. Nachdem sie mir eine weitere Tasse Kaffee angeboten hatte, stocherte sie mit der Kuchengabel in der Käsetorte auf ihrem Teller. Ich war gespannt, wie es weiterginge, aber sie schien eine Pause zu brauchen. Wie lange ich meinen Bruder nicht gesehen hatte, das interessierte sie. Als sie hörte, dass es sechzig Jahre waren, kam nur ein klägliches »mein Gott« aus ihrem Mund. Später war sie dann putzen gegangen, wenn das Geld nicht gereicht hatte. Sie sagte, putzen sei doch auch eine Arbeit, der man sich nicht schämen müsse. Außerdem, ganz ohne Beschäftigung in diesem Alter, das sei kein Leben. Nicht für solche wie sie und ihren Mann. Wieder schwieg sie und sah aus dem Fenster. Ich hatte Zeit, darüber nachzudenken, wie es möglich war, dass man meinem Bruder immer wieder solche Posten anvertraut hatte, auch noch, nachdem er vorbestraft war. Ich dachte an meine Eltern und meine Schwester, niemand hätte ihm zugetraut, dass er einmal eine Belegschaft mit vielen Angestellten führen würde. Aber dann erfuhr ich, dass die Gaststätte, wie viele Betriebe, von der Treuhand übernommen worden war und obwohl sie besser lief, seit ihr Mann die Leitung übernommen hatte, wurde sie ein Jahr später geschlossen. »Das kann sich niemand vorstellen, der das nicht erlebt hat. Das ganze lange Leben war plötzlich nichts mehr wert! Und wovon sollte man leben?« Ich kannte die

Situation aus den Erzählungen meiner Schulkameraden und deren Verbitterung darüber. Ich wollte sie nicht so zurücklassen, wollte, dass sie wusste, es hatte auch für ihren Mann eine glückliche Zeit gegeben. Bevor ich zum Zug musste, erzählte ich von ihm als Kind im Hof, vom Schlittschuhlaufen auf den Pulverweiden, von den Besuchen auf der Rabeninsel, von unserem Setter. Beim Abschied umarmte sie mich, sagte: »Komm bald wieder Ruth, ich habe noch so viele Fragen.«

Ole

Ich weiß nicht, was aus mir geworden wäre, hätte es Rose, meine Stiefmutter, nicht gegeben. Als Mutsch starb, war ich, der Jüngste der Geschwister, gerade fünfzehn. Schon vorher hatte ich nur Blödsinn im Kopf, fand, dass mir das zustand. Immer wurden die Größeren deshalb bestraft, bis auf das eine Mal, als sie merkte, dass die Geschwister gar nicht da waren und die Rolle Kekse, die ich im Schrank entdeckt und mir einen nach dem anderen in dem Mund geschoben hatte, nicht gegessen haben konnten. Aber sonst hieß es immer: »Ach, der Kleine!« Dabei war ich schon damals der Größte unter den Kumpels, mit denen ich unterwegs war. Ich musste doch bemerkt haben, dass ihr Haar nicht mehr glänzte, sie müde aussah, ja, ich weiß es, wollte einfach nicht glauben, dass es etwas bedeutete. Von ihrer Krankheit wusste ich ja nichts. Aber auch, wenn ich es geahnt hätte, ich konnte mir einfach nicht vorstellen, ohne sie zu sein. Als sie mich verlassen hatte, drehte ich völlig durch. Wenn ich daran denke, was ich alles angestellt habe! Es war ja niemand da, der auf mich wartete, der kontrollierte, wann ich nach Hause kam, mit wem ich unterwegs war, wo ich war, wenn ich eigentlich in der Schule sein sollte. Gut, dass ich kein Geld für Drogen hatte! Aber zum Betrinken hat es immer gereicht. Bloß vergessen, das alles! Armin lebte schon länger nicht mehr mit uns, er war im Erzgebirge geblieben. Sein Verhältnis zu Vater war miserabel. Sandra war verheiratet, da waren nur noch Ulrike und ich. Seit Vater nicht mehr bei uns wohnte, kümmerte er sich kaum noch um uns. Aber nun, nach Mutschs Tod, war er für mich verantwortlich. Verantwortung und Vater! Größere Gegensätze gibt es nicht! Ins Heim wollte er mich stecken. Es wäre ihm egal gewesen, wenn ich dort vollends versackt wäre! Es war Rose, die durchsetzte, dass ich zu ihnen kam. Wie sie das nur fertig gebracht hat! Normalerweise konnte niemand Vater von dem abbringen, was er wollte. Er war von einer unglaublichen Zähigkeit und Sturheit. Damit zog er alles durch.

Ich zog in die Nähe von Potsdam in ihre Wohnung. Eineinhalb Zimmer für alle drei. Tagsüber war niemand zuhause, die beiden arbeiteten in der Gaststätte, die Vater damals leitete. Wie er das bloß immer geschafft hat! Immer vom Kellner oder der Urlaubsvertretung zum Chef! Die Leute fielen reihenweise auf ihn rein. Heute frage ich mich manchmal, ob da etwas anderes im Spiel war. Seine Angestellten lobten ihn über den grünen Klee. Bis auf seine Neider, die müssen ihn dann angeschwärzt haben.

Schon vorher war mir ja die Schule einerlei gewesen. Aber jetzt erst recht. Mein Groll war riesengroß. Ich war kein angenehmer Zeitgenosse. Rose aber saß mit einer Engelsgeduld nach der Arbeit bei mir, bis aus den Sechsen und Fünfen Dreier und Vierer geworden waren. Nie werde ich ihr das vergessen! Sie hörte mir zu bis spät in den Abend, unterschrieb meine Arbeiten, auch die Entschuldigungen für die Tage, die ich nicht in der Schule aufgetaucht war. So schaffte ich den Abschluss. Ihretwegen wäre ich gern in der Nähe geblieben, aber Vater meldete mich an der polnischen Grenze zu einer Lehre als Maschinist an. So weit fort von Potsdam wie es nur ging. Vielleicht hätte er mich in seiner Umgebung geduldet, wenn ich auch Koch geworden wäre, wie Armin und Ulrike. Aber ich hatte keine Lust dazu. Einfach keine Lust! Vielleicht war ihm auch meine Aufsässigkeit zu viel und dass Rose mir ihre freie Zeit widmete. Mir kam es wie eine Strafe vor, mit sechzehn allein im Lehrlingsheim. Da war nichts weit und breit. Ich kannte keinen Menschen, saß jeden Abend in meinem Zimmer und trank so lange Bier, bis mein Geld alle war. Am liebsten wäre ich abgehauen, aber wohin? Nicht einmal auf alles einschlagen konnte ich, wenn mich die Wut überfiel, die Kontrolle dort war streng. Immer tauchte jemand unerwartet auf. Ich war ausgeliefert. Wie ich die zwei Lehrjahre durchgestanden habe, daran habe ich kaum eine Erinnerung.

DIE MAUER FÄLLT

Ole

Und dann fiel am 9. November 1989 die Mauer. Die Leute machten ein Geschrei, als hätten sie nun Zugang zum Schlaraffenland. Nie hatte ich mich um Politik gekümmert. Darüber war zu Hause nicht gesprochen worden. Bei uns Kindern ging es um Wichtigeres. Ich hatte nur eines im Sinn, möglichst bald, ohne mich anzustrengen, ein gutes Leben zu führen. Viele sagten ja, jetzt ginge das richtige Leben los. Man könne reisen, alles kaufen, müsse nicht mehr auf ein Auto warten, bekäme die Wohnung nicht mehr zugeteilt. Sogar Ersatzteile gäbe es nun für alles, was man Jahrzehnte notdürftig in stand gehalten hatte. Das Paradies auf Erden! Das glaubten viele, am Anfang wenigstens, und für manche hat sich das auch erfüllt. Aber da waren auch solche, die etwas zu verlieren hatten, die nicht von ihren Posten wollten, nicht aus den Datschen, solche, die am System hingen. Was die Wende genau bedeutete, begriff ich erst viel später. Ich jedenfalls ließ mich treiben. Man konnte leicht krumme Geschäfte machen in dieser Zeit, in der alles durcheinander gekommen war. Wo niemand mehr wusste, was galt. Das Alte jedenfalls nicht mehr. Und wie das Neue ging, wer sollte das schon wissen. Ich war nicht der Einzige, der davon profitierte. Mit dem bisschen, das man hatte, wurden Wucherpreise erzielt. Ich fand eine Uniformjacke der Volksarmee auf dem Müll und verscherbelte sie. Jemand zahlte mir dreihundert Westmark dafür. Wenn ich daran denke, dass mein Meister mich fragte, ob ich für ihn 4.000 Ostmark eins zu eins in Westmark umtauschen könne! Er hatte auf einen neuen Wartburg gespart. Ich hatte ja nichts auf der hohen Kante, klar machte ich das für einen Hunderter. Er kaufte zwar keinen Wartburg, nahm mich aber auf eine Spritztour in seinem gebrauchten Ford Mustang mit nach Berlin, wo sich die Menschen vor den Schaufenstern die Nase platt drückten. Ich wagte kaum zu denken, dass ich so ein Auto später einmal haben wollte! Und wie begehrt plötzlich unser alter Wartburg im Westen war! Es war eine Welt, die Kopf stand. Erst langsam begriff ich, was es bedeutete, dass ich meinen Lohn nun in Westmark bekam. Dieses Geld hatte ja für uns Ossis einen ganz besonderen Geruch! Damit hatte man nur in den Intershops Dinge kaufen können, die sonst nicht zu haben waren. Jetzt lagen sie in jedem Schaufenster. Nur zuzugreifen brauchte man.

Es dauerte, bis ich verstand, was in dieser neuen Welt galt. Ich hatte keine Ahnung davon gehabt, was nach der Wende alles passiert war. Die Euphorie, die herrschte, hatte sich auch einige Zeit auf mich übertragen. Jahre später erst erfuhr ich, dass es die »Treuhand« gab, dass da nicht alles gut gelaufen war, dass die Streiks wegen der Schließung von Fabriken stattfanden. Einer von der Gewerkschaft erzählte, dass der Chef der Treuhand erschossen worden sei. Das hatte eine Diskussion ausgelöst. Bald geisterten Begriffe wie »abgewickelt« oder »Ausverkauf« durch den Betrieb und dreißig Jahre nach dem Mauerfall sind sie immer noch zu hören, dort, wo ich heute wohne. Es ging eben in einigen Dingen nicht so, wie es sich viele von der Wiedervereinigung versprochen hatten. Dass die Preise für öffentliche Verkehrsmittel und Mieten stiegen, Betriebe und Bahnstrecken lahmgelegt wurden, in denen sie gearbeitet und ihr Geld verdient hatten, das hatte ja keiner gewollt. Auch unsere Fabrik wurde abgewickelt, noch vor der Gaststätte, in der Vater und seine Frau arbeiteten. Jetzt waren Vater und ich gleichgestellt. Beide waren wir arbeitslos. Er war sechsundfünfzig und ich einundzwanzig.

Ruth

Niemand, den ich kannte, hatte noch an die Wiedervereinigung geglaubt. Und dann dieser Jubel! Ich war gerade auf dem Weg zu meiner Mutter. Sie saß vor dem Fernseher und schrie zusammen mit den Menschen am Brandenburger Tor, winkte ihnen zu, so, als sei nicht nur die Berliner Mauer gefallen und sie befände sich mitten unter ihnen. Dabei war das Branden-

burger Tor noch nicht geöffnet. Tränen liefen ihr über die Wangen, obwohl es niemanden mehr dort gab, wo wir herkamen, und nichts, was uns gehörte. Das hatten wir stehen und liegen lassen, um unsere Haut zu retten. Mir war es mit nicht einmal zwanzig Jahren nicht schwergefallen, meine Habseligkeiten zurückzulassen, was hatte ich schon, aber für Mutter hatte es bedeutet, alles, was sie in fünfzig Jahren um sich versammelt hatte, aufzugeben. Ein kompletter Neuanfang! Ich vermisste den Kontakt zu meinen Freunden und Kommilitonen, denn niemand von ihnen wagte es, mit mir Kontakt zu halten, nachdem ich bei der Vollversammlung der Universität als Staatsverräterin beschimpft worden war. Sie wussten, wie sie andere abschrecken konnten! Nun schien nach den vielen Jahren mit dem Fall der Mauer ein Stück der alten Heimat zurückerobert. Ich hatte die Montag-Demos in der Republik verfolgt, die Treffen in der Nicolaikirche, aber ich hatte nicht daran geglaubt. Der 17. Juni steckte mir noch in den Knochen. Mit dreizehn Jahren war ich in der Menschenmenge auf dem Marktplatz gestanden, voller Hoffnung, den Vater, den Bruder, die Schwester wiedersehen zu können, ohne den Besuch der Oberschule, der bevorstand, gestrichen zu bekommen. Eine Menschenmenge wogte zwischen Überraschung und Freude. Die Lautsprecherdurchsagen hallten über die Türme der Marktkirche hinweg, in die wir manchmal Weihnachten zur Mitternachtsmesse gingen. Sie versprachen baldige Freiheit, bessere Versorgung, Erleichterung der Arbeitsbedingungen. Ich jubelte neben der Schulkameradin, deren Vater einer der höchsten Funktionäre im System war. Ein Glück, dass ich es damals nicht wusste. Doch dann die Streiks, die Panzer, die Toten. Die Zahlen wurden hinter vorgehaltener Hand weitergegeben. Die sowjetische Armee war zu Hilfe geeilt, hatte den Aufstand niedergeschlagen. Man munkelte, es habe außer der Toten eine Menge Verhaftungen gegeben. Im Neuen Deutschland war zu lesen, dass die Saboteure in ihre Grenzen verwiesen worden seien. Nun könne man sich wieder der Erfüllung der Jahrespläne und dem Aufbau des Sozialismus zuwenden. Man versprach die Normen zu lockern, sonst änderte sich wenig. In der Schule wurde der Aufstand nicht erwähnt. Ich hatte mich umsonst gefreut, umsonst mitgejubelt. Übrig blieb Resignation. Als noch im gleichen Jahr auch in der CSSR der Aufstand niedergeschlagen wurde, drei Jahre später dann in Ungarn - auch dort war die Sowjetunion zur Stelle - wuchs die Angst. Die Hoffnung auf ein Wiedersehen schlief ein. Die Berichte vom Prager Frühling verfolgte ich schon in Westdeutschland am Fernseher, der in der Teakholz-Wand in unserem Reihenhaus stand. Aber mir fehlte der Glaube auch dann noch.

Doch nun war sie da, die Wende. Ich fragte mich, wie zwei so verschiedene Welten zusammengeführt werden sollten. Welten, die ich beide kannte, die mir so unterschiedlich vorkamen wie Himmel und Hölle. Aus der einen war ich gekommen und musste feststellen, das es nicht leicht war, in der anderen Fuß zu fassen. Aber jetzt war die Grenze offen. Unbedingt wollte ich die Orte wiedersehen, in denen ich, bis ich neunzehn war, gelebt hatte. Ein Freund, ein kritischer Beobachter der Welt des Westens, begleitete mich. Noch immer mit Herzklopfen und ungläubig fuhr ich über die Grenze. Zum ersten Mal gab es keine Kontrolle, kein stundenlanges Warten, keine Schikanen. Als erstes wollte ich das Internat in Thüringen wiedersehen. Dort hatte ich vier Jahre bis zum Abitur unter strengster Beobachtung im getakteten Tagesablauf verbracht. Als ich einzog, war ich nicht einmal vierzehn. Vierzig Jahre später folgte ich nun dem neuen Rektor durch das Kloster mit dem düsteren Innenhof, der mir mit seinen von Efeu bewachsenen Mauern jetzt noch bedrückender erschien. Die Räume brauchten dringend Farbe und Putz. Und Aufmerksamkeit. Das Holz der Treppe war fasrig. In dem Zimmer, das ich mit sechs anderen Mädchen geteilt hatte, standen noch immer die sieben Schreibtische, sieben Stühle, sieben Spinde. Dort hatten wir die Tage verbracht, wenn der Unterricht und das Mittagessen zu Ende waren. Die zweieinhalb Arbeitsstunden täglich, um den Schulstoff zu festigen, immer unter Aufsicht. In den Schlafsälen standen wie ehemals die Eisenbetten und auch die unendliche Reihe der Waschbecken, eines neben dem anderen, hatte sich nicht verändert nach vierzig Jahren. Die Zeit schien stehengeblieben zu sein. Als uns der Rektor in seine Wohnung führte, dunkle sechsundvierzig Quadratmeter, die er mit drei Kindern bewohnte, schämte ich mich meiner weißgetünchten achtundsiebzig, die ich inzwischen allein bewohnte. Trotzdem war ich glücklich, als wir durch den Park gingen, der zu der Klosteranlage gehörte, suchte die Stelle, an der wir gebadet hatten. Sie war der Flurbereinigung zum Opfer gefallen. Danach machten wir uns auf den Weg nach Weimar. Ein Muss für den Freund, der fast jeden Satz Schillers kannte und auf dessen Freiheitsliebe schwor. Das Vorzeigezentrum war von Menschenschlangen vor den Supermärkten geprägt. Sie erinnerten mich an die vielen Tage, an denen ich enttäuscht wieder abgezogen war, ohne das seltene Obst oder Gemüse zu ergattern. Im Unterschied zu damals waren die Regale hier voll. Ich hatte in den vielen Jahren, die ich im Westen lebte, meine Überraschung darüber vergessen, als ich, noch neu dort, zum ersten Mal über einen Markt ging. Da lagen Berge von Erdbeeren, Äpfeln und Apfelsinen. Gemüse, das ich nicht einmal beim Namen kannte, eine Stiege neben der anderen. Auch vor den Auslagen der Blumenläden hatte ich ungläubig gestanden, mich gefragt, wie das alles zur gleichen Zeit blühen könne. Inzwischen war es zu einer Selbstverständlichkeit geworden. Es war ein Schock, als wir später nach Halle fuhren, wo ich mit der Familie gelebt hatte. Weinend lief ich durch Straßen mit Häusern, deren Fenster mit Pappe vernagelt, deren Balkone notdürftig abgestützt waren, die Fassaden geschwärzt von Kohlestaub. Unser Haus mit dem zehn Meter langen Flur stand kurz vor dem Einsturz. Dass es ein Jugendstilhaus war, das hatte ich als Kind nicht begriffen. Schön war es und ich hatte es geliebt. Den langen Flur, den Wintergarten und das Waschhaus, in dem man im Dunst des Waschkessels unsichtbar wurde. Die Tür war offen, vorsichtig stieg ich in den ersten Stock, dabei glitten meine Finger über das Holzgeländer der geschwungenen Treppe, über die Intarsien der breiten Wohnungstür unserer ehemaligen Wohnung. Hinter dieser Tür hatte ich auf den Bruder gewartet, um ihn gebangt, wenn er auf dem Schwarzmarkt unterwegs war. Zu klingeln wagte ich nicht.

Sandra

Schon lange vor dem Fall der Mauer ahnte ich, dass ich unter dem Niveau lebte, das ich zu leisten in der Lage war. Es musste doch mehr in mir stecken als Menschen die Speisekarte vorzulegen, ihre Bestellungen und Beschwerden entgegenzunehmen, wenn sie endlich aus der Warteschlange des Lokals an einen Tisch geführt wurden. Hätte Vater uns bloß nicht mit seinen nie versiegenden Ansprüchen eine bessere Schulbildung vermasselt. Dabei war es sein Anspruch, dass wir lernten und gute Noten nach Hause brachten. Nur dass niemand darauf achtete. Nach dem Abschluss der polytechnischen Oberschule ging Vater mit mir zur Berufsberatung. Beratung nannte sich das, lachhaft! Es gab zwei Alternativen für mich: Köchin oder Serviererin. Vater hatte Koch gelernt und mein älterer Bruder Armin stand seit vier Jahren in der Küche. Ich wollte mich nicht an ihnen orientieren, wollte etwas anderes ausprobieren und wurde Serviererin. Ich bin ein freundlicher Mensch, aber die Unzufriedenheit der Gäste an mir abprallen zu lassen, gelang mir nicht. Aufträge waren mit aller Sorgfalt zu erfüllen, so war es bei uns zu Hause gewesen. Aber wie sollte ich das machen? Mal war das Leipziger Allerlei zu kalt, der Sauerbraten nicht sauer genug, die Kartoffeln verkocht und die Soße zu dünn oder zu dick. Oder die Senfeier waren aus, gerade heute. Ich servierte doch nur das, was in der Küche gekocht wurde. Es gab keine Alternative!

Als die Wende kam, war ich zweiundzwanzig, mein Sohn vier. Nichts hielt mich mehr dort, wo ich war. So schnell wie möglich raus aus dem alten Leben, diesem bis ins kleinste Vorbestimmte, das war alles, was ich dachte. Mein Mann hatte Verwandte drüben, die uns drängten, zu kommen. Auch er sah Chancen für seinen Beruf, die sich, wo wir lebten, nicht erfüllten. Die letzte Zeit vor der Wende hatte er gehofft, dass es eine Änderung gäbe. Die Unzufriedenheit war größer, der Protest hörbarer geworden. Es hatte Gerüchte gegeben, dass da etwas bevorstünde. Die Menschen träumen sich was zusammen, dachte ich, wenn

er davon erzählte. Aber nun war es tatsächlich wahr. Los, geht's, in ein neues Leben, eines das wir erfinden müssen. Das eigene! Wir luden die nötigsten Sachen in ein Auto und fuhren los. »Lasst den alten Krempel dort, hier gibt's gebrauchte Möbel in Hülle und Fülle«, hatte die Tante meines Mannes gesagt. Trotzdem hat es mir die Sprache verschlagen, als ich sah, was dann als Sperrmüll alles auf der Straße stand.
Schon als Kind hatte ich mich um kranke Tiere gekümmert, sie gefüttert und gepflegt. Bei uns zuhause war das unmöglich gewesen. »Vier Kinder sind Arbeit genug«, höre ich Mutter heute noch sagen, aber bei einer alten Frau ein paar Häuser weiter konnte ich alles anschleppen, was Hilfe brauchte. Sie lebte allein und freute sich über Gesellschaft. Vögel, die aus dem Nest gefallen waren, eine Maus hatte ich aus einer Falle befreit, dabei war das Bein hängengeblieben, sogar ein Eichhörnchen hatte ich aus den Fängen eines Raben gerettet. Es war mein Geheimnis geblieben. Seit Mutters Tod war mir immer wieder durch den Kopf gegangen, wie schön es wäre, zu heilen. Am liebsten hätte ich Medizin studiert. Aber ich hatte kein Abitur, ein kleines Kind und einen Mann, der auf Montage war. Onkel und Tante machten große Augen, als sie hörten, ich wolle Ärztin werden. Mein Mann sagte, ich solle die Kuh im Stall lassen. »Ich auf Montage und du Ärztin, na danke. Lass dich doch von dem ganzen Hokuspokus hier nicht verrückt machen, du bist Serviererin, das ist doch ein guter Beruf.« Ich war nicht gewohnt, um etwas zu kämpfen, begrub meinen Traum erst einmal. Aber etwas Neues lernen, das wollte ich auf jeden Fall. Was hatte ich für Möglichkeiten? Was konnte ich mir zutrauen? Was musste ich dafür wissen, was tun? Ich hörte mich um. Eine Abendschule zu besuchen, um das Abitur zu machen, kam für mich mit Mann und Kind nicht in Frage. Man schlug mir eine Ausbildung zur Altenpflegerin vor, das käme doch meiner Vorstellung nahe, helfen zu wollen. Das war der erste Schritt auf einen neuen Weg. Ich war glücklich, war voller Zuversicht, lernte und lernte in jeder freien Minute. Zum ersten Mal in meinem Leben begriff ich, über welche Kräfte ich verfügte. Dass ich meinen Sohn, den ich über alles liebte, immer wieder abgeben musste,

damit ich es schaffte, fiel mir nicht leicht. Ich hing sehr an dem Jungen, zweifelte daran, ob es richtig war, was ich tat, aber ich schaffte die Prüfungen. Einen Job zu finden war leicht. Aber schon nach einem Jahr stellte ich fest, ich wollte nicht nur helfen, ich wollte auch heilen. Wie sicher ich wusste, was ich wollte! Wieder begann ich mich umzuhören, wusste inzwischen, dass ich selbst aktiv werden musste, denn dort, wo jetzt mein Zuhause war, wurde einem nichts zugeteilt wie früher. Dann begann meine Ausbildung als Krankenschwester. Mein Mann tobte, kam oft später nach Hause. Wieder bestand das Leben aus lernen, den Jungen von einem zum anderen zu schleppen, damit er versorgt war. Ab und zu machte ich mir Vorwürfe, ich gab ihn nun weg, wie wir früher weggeben worden waren. Das Leben nahm einen völlig anderen Verlauf, einen, in dem nichts mehr festgelegt, nichts unverrückbar war. Manchmal war das beängstigend. Auch wenn mein Mann und ich ein paar gute Jahre hatten, die Ehe klappte nicht mit den Möglichkeiten, die mir in der neuen Welt offenstanden. Er war bei den alten Maßstäben stehengeblieben, war zufrieden mit seiner Arbeit, seinen Kumpels dort und dem Bier. Sonst brauchte er nichts. Ich aber lernte neue Menschen kennen, die über Dinge sprachen, von denen ich bisher nichts gehört hatte. Ich begriff, was es alles gab, vom dem ich keine Ahnung hatte. Daran wollte ich teilhaben. Wir stritten, wenn er nach Hause kam, sagte, mir sei der Westen zu Kopf gestiegen, er genüge mir wohl nicht mehr und trank immer mehr. Als er nach mir schlug, zog ich gegen seinen Willen aus. Außer meinem Sohn war nun nichts mehr da aus der alten Welt, an dem ich mich festhalten konnte. Immer wieder geriet ich in einen Strudel, der mir den Boden unter den Füßen wegzuziehen drohte, denn das alte Leben war längst nicht begraben oder vergessen. An vielen Stellen spürte ich, wie es mich behinderte. Ich musste in die Jahre, die zwar hinter mir lagen, aber an mir hingen und mich einengten wie ein Kettenhemd, noch einmal eintauchen.

ERINNERUNGEN

Ulrike

Heute ist Vaters Todestag. Nun ist er schon acht Jahre nicht mehr da. Aber ich vermisse ihn noch immer. Schon wenn der Januar zu Ende geht, wird es trüb in mir. Alles, was ich sonst mobilisieren kann an Freude, das will nicht klappen. Nicht einmal beim Tanzen, das mich leicht und beschwingt sein lässt. Es ist für mich Medizin, die ich mir verschrieben habe, seit ich weiß, dass arbeiten und sich beweisen wollen nicht alles sein kann. Aber warum musste ich dafür erst zusammenklappen?
Seine Familie, die wir endlich gefunden haben, hilft mir, mit seinem Tod zurechtzukommen. Es ist, als würde er durch sie weiterleben. Und irgendwie stimmt das. Seit ich bei seiner Schwester war, weiß ich es. Sie hat die gleiche Art, wenn ihr etwas nicht gefällt, die Zunge seitlich aus dem Mund zu strecken, genauso, wie er es tat. Und nicht nur das. Auch die Unterlippe wölbt sie beim Nachdenken auf die selbe Weise wie er. Manchmal benutzt sie die gleichen Wörter, spricht sie genauso aus. Heiß und kalt wird mir dabei. Wie das bloß möglich ist! Aber ich brauche das, es gibt mir Halt. Auch dass wir uns sofort entdeckt haben in der großen Bahnhofsvorhalle, uns so gut verstehen, so, als kennen wir uns schon lange. Es erstaunt mich, vor allem aber freut es mich. Wie ich früher am liebsten jeden Tag seine Stimme gehört hätte, so möchte ich die ihre jetzt täglich hören. Oft schicke ich ihr eine Sprachnachricht, hoffe, dass sie mir ebenso antwortet. Und meistens tut sie es. Mir kommt es so vor, als entdecke ich einen neuen Zweig, und warte darauf, dass die ersten Blätter zum Vorschein kommen, wenn endlich der Frühling da ist. Wie glücklich mich das macht, dass sie ihn gern hatte, ihn vermisst und gesucht hat und nicht glauben wollte, dass er nicht mehr lebt! Jetzt gibt es außer mir noch jemanden, der ihn geliebt hat, trotz allem. Vater wäre froh gewesen, sie wiederzusehen, von ihr zu

erfahren, wie sie gelebt hat in den vielen Jahren ohne ihn, dass sie sich im Leben behauptet hat. Das lasse ich mir von keinem ausreden. Vor dem Einschlafen habe ich ihm davon erzählt, dass seine Schwester nun da ist. Dass wir uns gut verstehen. Die anderen sagen, ich hätte einen Vogel und bilde mir nur ein, dass er auf meine Fragen antwortet. Doch ich weiß es. Auch sie müssten es eigentlich wissen, sie kennen ihn doch ebenfalls. Aber wir sind alle verschieden. Sandra quält sich damit rum, dass sie auf alles allein kommen muss und Ole verlässt sich lieber auf das, was er sehen und anfassen kann. Für ihn sind das nun seine Paragraphen. Bei Armin bin ich mir unsicher, er entgleitet mir mehr und mehr, aber Tante Ruth traue ich zu, dass sie auch mit Menschen spricht, die nicht mehr da sind.

Ruth

Als Ulrike mich fragte, ob ich auch mit den Toten spräche, musste ich an meine Großtante denken. Tante Anna glaubte felsenfest daran und sprach mit ihnen, wann immer ich mit ihr auf den Friedhof ging. Meistens an einem Mittwoch. Nachdem wir die Gräber unter den mächtigen Bäumen vom Unkraut befreit, die Grabsteine poliert und frische Blumen aus ihrem Schrebergarten in die Vasen gestellt hatten, erzählte sie ihrem Mann, der Schwester oder dem Schwager, auch dem Neffen, was sie erlebt hatte. Und dann lauschte sie und ich mit ihr. Wenn sie dann lachte, musste sie etwas gehört haben, das ich nicht hören konnte, so sehr ich mich auch bemühte. Manchmal weinte sie, dann nahm ich ihre weiche Hand, die alle Sorgen weg streicheln konnte, in meine Kinderhand. Solange sie lebte, hat sie für das Licht in meinem Leben gesorgt. Ich sehe noch heute ihr breites, freundliches Gesicht mit der hohen Stirn, darüber das graue Haar, das zu ihrem Kummer dünner und dünner wurde, sehe uns am Tisch sitzen und aus Zeitungspapier Konfetti für den Silvesterabend stanzen. Kam ich zu ihr, winkte sie von Weitem aus dem Fenster im dritten Stock, als habe sie schon lange auf mich gewartet. Manchmal durfte ich bei ihr schlafen, eines der größten Geschenke, die man mir machen konnte. Dafür nahm ich sogar das düstere Klo eine halbe Treppe tiefer mit der zerschnittenen Zeitung, die als Klopapier dort hing, in Kauf. Am Abend legten wir Würfelzucker für den Storch auf das Fensterbrett im Schlafzimmer, damit er ihr endlich das Kind bringen würde, das sie so gern gehabt hätte. Enttäuscht sah ich ihn am anderen Morgen noch immer dort liegen und sie lächeln. Als ich einige Mädchen darüber sprechen hörte, dass die Kinder nicht vom Storch gebracht würden, ließ ich sie stolz an meinem neuen Wissen teilhaben, sagte, den Zucker könnten wir uns sparen für ihren Kaffee. Auch dieses Mal lächelte sie und sagte, es gäbe da verschiedene Möglichkeiten, sie bevorzuge eben Zucker. Nie hat sie mich mit meinen Sorgen allein gelassen, was mich auch plagte, sie hörte zu und wusste Rat. Als es für meinen Bruder zuhause zu arg wurde, hat sie ihn zu sich geholt, jedenfalls für eine Weile. Er muss sie ebenso geliebt haben wie ich. Das wurde mir klar als ich unter den Papieren, die sich in der braunen Ledermappe befanden, seinen Personalausweis fand. Darin hatte er die Namen seiner Eltern mit Anna und Otto angegeben. Die Namen von der Großtante und dem Großonkel, von denen Tante Anna lachend sagte: »Unsere Namen kann man vorwärts und rückwärts lesen.«

Tante Anna

Wie gern hätte ich selbst Kinder gehabt! Auch Otto war verrückt danach. Auf seiner Tour als Briefträger hatte er immer etwas für sie in der Tasche. Warum es bei uns nicht geklappt hat, das weiß ich nicht. Meine Schwester kriegte ein Kind nach dem anderen, erst die drei Jungen und dann das Mädchen. Sie war der Augenstern ihres Vaters. Und auch wir hatten das Kind gern bei uns. Dass ihr Vater so früh sterben musste, noch dazu in einer Zeit, als es immer schwieriger wurde! Es war eine Schande! Die Weimarer Republik zusammengebrochen, der Ernährer weg, keiner wusste, wie es weiterging. Meine Schwester war nicht daran gewöhnt, zu arbeiten. Das war damals so. Sie hatte Hauswirtschaft gelernt wie viele Frauen zu dieser Zeit. Nach dem Krieg hat sich das dann alles verschoben. Da hatten die Frauen bewiesen, dass sie nicht nur kochen, waschen und Kinder erziehen konnten. Aber davon hatten wir noch keine Ahnung. Als die drei Söhne meiner Schwester ihre Arbeit verloren und das Geld immer weniger wert war, musste das Mädchen ran. Mit sechzehn! Auf dem Dorf war das normal, aber wir lebten ja in der Stadt. Berthel war ein gutes Kind, fröhlich, sie sang gern, hatte eine wunderschöne, klare Stimme und wie anschmiegsam sie war! Mit Otto kam sie bestens zurecht. Ich glaube, er vergaß manchmal, dass sie gar nicht sein Kind war. Es tat uns leid, dass sie nach dem Tod des Vaters dafür sorgen musste, dass etwas zu essen auf dem Tisch stand. Fünf Mäuler waren zu stopfen. Es war für alle nicht leicht, auch für uns nicht, aber sie war noch so jung und schon in der Pflicht. Ihr Vater hatte ganz andere Pläne mit ihr gehabt, hatte ihr Gesangsunterricht versprochen. Sie wollte Sängerin werden. Und vielleicht hätte es geklappt mit ihrer Stimme. Meine Schwester war völlig überfordert mit der neuen Situation. Sie wurde von Tag zu Tag biestiger. Dieses und jenes und alles war ihr nicht recht. Ich konnte ihre Nörgeleien manchmal nicht mehr hören. Ob Berthel diesen Mann geheiratet hat, von dem ihr alle in der Familie abgeraten haben, damit sie von zuhause weg kam? Ich glaubte schon damals nicht, dass es nur wegen des Kindes war. Dafür hätte es eine Lösung gegeben. Vielleicht hätten wir es adoptiert, hätte es mir vorstellen können. Mit Berthels Mann konnte keiner viel anfangen. Auch ich nicht. Er hatte etwas Unnahbares. Immer hatte ich das Gefühl, er hat sie nicht aus Liebe geheiratet. So war es ja dann wohl auch. Dabei träumte sie von der großen Liebe. Ob sie jemals mit ihm glücklich war, weiß ich nicht. Aber das Lied, das ich so gern von ihr hörte »Ich bin ja heute so verliebt«, das sang sie dann nicht mehr. Dass er sie nach dem Krieg verlassen hat, obwohl sie zu ihm gestanden hatte in dieser Situation, das muss schlimm für sie gewesen sein. Unanständig fand ich das. Aber so war er wohl, immer auf seinen Vorteil bedacht. Sie sprach nicht darüber, über solche Dinge sprach ja kaum jemand, aber wenn später die Rede von ihm war, wurde ihr Gesicht hart, so ähnlich wie das ihrer Mutter, meiner Schwester. Das muss man sich mal vorstellen, statt sich zu freuen, dass das Mädel ein Kind kriegt, sagt sie zu Berthel:

»Hast ja gewusst, wie es reingekommen ist, nu sieh zu, wie's wieder rauskommt!« Wie man nur so hartherzig sein kann! Ich konnte kaum abwarten, dass es endlich da war. So ein hübsches Baby und erst, als das Mädchen größer wurde! Immer hübscher wurde es. Dann kam ein Jahr später gleich noch der Junge. Mit ihm sah es gar nicht gut aus. Er war anders, von Anfang an. Ich hatte die Kinder viel bei mir, habe sie geschaukelt, sie ausgefahren, aufgepasst, wenn die Eltern sich amüsieren wollten. So unterschiedlich die beiden! Das Mädchen von Anfang an mit dichten, dunklen Haaren, mit schwarzen Augen wie der Vater, sogar Augenbrauen hatte sie sofort, und der Kleine fast kahl. Jedenfalls auf dem Kopf hatte er keine Haare. Und die anderen waren nach einer Weile auch zum Glück verschwunden. Das hatte ich noch nie gesehen, der ganze kleine Körper völlig behaart. Aber er war so ein lieber Junge, still, vorsichtig, ein bisschen ängstlich. Manchmal dachte ich, er fürchtet sich vor seiner Mutter. Dabei gab er sich alle Mühe, sie nicht zu stören, ging ihr oft aus dem Weg, schon als kleines Kind. Wann es angefangen hat, dass sie ihn so vertrimmte, das weiß ich nicht mehr. Aber es wurde immer schlimmer. Er kam dann bei mir vorbei, verheult, noch schniefend. Als er mit der aufgeplatzten Stirn vor der Tür stand, da wusste ich, jetzt muss ich ihr ins Gewissen reden. Das ging zu weit! Sie muss lernen, sich zu beherrschen! Einen richtigen Vater hätte der Junge gebraucht, aber der war ja immer weg. Erst im Krieg, dabei war er gar nicht Soldat, aber das habe ich erst später erfahren. Und dann ist er aus seinem ersten Leben aus- und in ein zweites, feineres eingestiegen. Da kannte er mich kaum mehr. Als der Junge immer verstockter wurde, habe ich ihn zu mir geholt. Ich hatte ja drei Zimmer und der Otto lag schon auf dem Friedhof. Aber die neunzig Mark Witwenrente reichten nicht mal im Osten, wo das Brötchen nur fünf Pfennige, das Brot vierundsechzig und die Straßenbahn zwanzig Pfennige kostete. Bohnenkaffee war Luxus. Woher hätte ich denn acht Mark dafür hernehmen sollen? Bei mir gab's Muckefuck, aber mit viel Zucker. Auch wenn ich vieles im Garten hatte, immerhin dreißig Mark kostete die Miete. Das Geld reichte hinten und vorne nicht. Da zog er wieder zurück zur Familie und ich nahm einen

Untermieter. Als ich später hörte, dass der Junge abgehauen war, dachte ich, das hat er gut gemacht. Jetzt kann sie ihre Wut über das schwierige Leben nicht mehr an ihm auslassen. Der Vater würde sich um ihn kümmern, dem ging es ja schon gut dort drüben im Westen. Aber da ist er wohl gar nicht gewesen. Ich stelle ihn mir mit einer großen Familie vor, sehe alle im Garten sitzen, so wie wir früher in meinem Schrebergarten mit der Laube und dem Plumpsklo gesessen haben.

Berthel, die Mutter von Marianne, Ruth und dem Bruder

Ich möchte ein bisschen von meinem Leben erzählen. Das war früher kaum möglich. Immer war ich damit beschäftigt, es zu meistern, seit mein Vater mich nicht mehr begleiten konnte. Nie wieder habe ich mich einem Menschen so verbunden gefühlt wie ihm. Es kam einfach nicht vor, dass er ohne eine Kleinigkeit für mich nach Hause kam, dass er mir etwas zeigte oder erzählte. Ich kannte keinen besseren Menschen als ihn. Weil meine Stimme so hell war wie der Klang beim Aneinanderstoßen der Gläser, sagte er, ich müsse Sängerin werden. Es ging uns gut. Mein Vater war Prokurist in einem großen Lebensmittelgeschäft der Stadt. Während andere schon wenig zu essen hatten, war bei uns der Tisch immer gedeckt. Ich konnte es nicht glauben, als ich hörte, er müsse sterben. Er selbst hat es mir gesagt und dabei geweint. Ich flehte meine Mutter an, ihm zu helfen, aber sie schob mich mit einer harschen Gebärde beiseite und sprach kaum noch. Ihn so zu sehen – er konnte bald nichts mehr essen – war für mich furchtbar. Er starb, als ich sechzehn war. Als meine Brüder ihre Arbeit verloren, bewarb ich mich um eine Stelle im Büro und ernährte von dem wenigen Geld, das ich verdiente, die Familie. Die Stimmung zuhause war kaum auszuhalten. Ab und zu ging ich zum Tanzen, wenn einer meiner Brüder mich begleitete. Allein, das wäre ja in dieser Zeit unmöglich gewesen. Im Tanzsaal lernte ich meinen ersten Freund kennen, er war gerade dabei, sein Jurastudium abzuschließen. Für ihn tippte ich nach der Arbeit Seite um Seite seiner Examensarbeit. Als er das Examen bestand, hatte ich einen Sektkoller, nie vorher hatte ich Alkohol getrunken. Wir gingen öfter aus und ich war froh über die Ablenkung, dass ich raus kam. Zu Hause wurde die Luft immer dicker. Mein jüngster Bruder schimpfte auf die NSDAP, der älteste verbot ihm das Wort und Mutter wurde immer dünner. Wir hatten zwar nicht darüber gesprochen, aber ich dachte, wir würden bald heiraten. Er hatte ja nun einen Beruf und Juristen würden sicher nach wie vor gebraucht. Warum er mich immer seltener im Büro abholte und dann gar nicht mehr kam, verstand ich nicht. Er ließ sich einfach nicht mehr blicken. Mutter machte giftige Bemerkungen und legte mir dann seinen Brief auf meinen Teller. Er schrieb, er ginge bald in eine andere Stadt, habe dort Arbeit gefunden. Dann hörte ich nichts mehr von ihm. Ich wusste, dass es schwer war, Arbeit zu bekommen, aber warum hatte er mich nicht gefragt, ob ich mitkäme?

Und dann, einen Tag nach meinem einundzwanzigsten Geburtstag, sprach mich ein junger Mann an, als ich an der Saale saß und darüber nachdachte, dass mir nun niemand mehr etwas vorschreiben konnte, auch meine herrschsüchtige und oft schlechtgelaunte Mutter nicht. Er machte einen eleganten Eindruck, trug helle Knickerbocker und eine dazu passende Jacke. Das sah gut aus zu seinen schwarzen, lockigen Haaren und den pechschwarzen Augen. Sie waren wirklich pechschwarz. Das hatte ich noch nie gesehen. Später habe ich oft darüber nachgedacht, was das für Augen waren, die mich so durchdringend angesehen hatten. Jedenfalls standen sie im Gegensatz zu meinen hellen, mal grauen, mal blauen Augen, je nachdem, wie ich mich fühlte. Auch seine Haut war dunkler als meine, die nur schwer braun wurde. Wir trafen uns von da an öfter, gingen tanzen, manchmal auch in ein Lokal zum Essen. Er hatte eine gute Stellung in einer Firma, die Lebensmittel vertrieb, wie Vater früher. Und dann erwartete ich ein Kind. Ich wusste, was das für eine Schande war, wagte kaum, es ihm zu sagen. Aber er schien sich zu freuen, sagte, dann heiraten wir bald. War ich erleichtert! Jetzt würde alles gut werden! Nachdem meine Mutter erst getobt hatte, stimmte auch sie der Heirat zu. Wir heirateten so schnell es ging, damit man die Schwangerschaft noch nicht unter dem Hochzeitskleid sah. Sechs Monate später war unsere Tochter da mit einem dunklen Haarschopf, so dunkel wie seiner. Ich war selig. Dass es später alles anders kam, hätte ich mir nie vorstellen können.

Ruth

Ich erinnerte mich, dass meine Mutter erzählt hatte, die beiden älteren Brüder seien gegen ihre Heirat gewesen. Nur der jüngere, er hatte immer einen frechen Spruch auf den Lippen, habe gesagt: »Wo die Liebe eben hinfällt und damit du nicht so allein damit bist, heirate ich am gleichen Tag.« Er war auch der Einzige, der später zu ihr hielt, bis er eingezogen wurde. Er hatte versucht, sich untauglich zu melden, um diesem Wahnsinn, den dieser Österreicher angezettelt hatte – noch viel später waren das seine Worte – zu entgehen. Aber all seine Tricks wurden durchschaut, das Hinken, das er übte, das Augenzwinkern, die Schwindelanfälle, bei denen er sich fallen ließ. Sie fielen nicht darauf rein. Er musste in die Soldatenkluft. Widerwillig fügte er sich, bedauerte, dass er sich nicht rechtzeitig, wie er es erwog, aus dem Staub gemacht hatte, und beneidete seinen Bruder, der inzwischen als Beamter unabkömmlich war. Er aber war mit Leib und Seele Arbeiter, nie würde er in solch eine Partei eintreten. Auch der mittlere Bruder war ein Anhänger der neuen Partei, die allen Arbeit versprach, auch ihm endlich wieder. Er hatte sich freiwillig gemeldet und fiel bereits im ersten Kriegsjahr. Immer wieder beklagte Mutter später, dass niemand ihr beigestanden habe, auch der unabkömmliche Bruder nicht. Wann immer sie ihn um Unterstützung bat, habe er sie mit den Worten aus dem Rathaus nach Hause geschickt, sie habe es so gewollt, seinen Rat nicht befolgt, nun solle sie sehen, wie sie und ihre drei Kinder satt würden. Das Verhältnis war bis zu seinem Tod dadurch getrübt, dass er die Lebensmittelkarten unter Verschluss hatte und nicht ein einziges Mal etwas davon herausrückte. Nur seine Frau, eine Schneiderin, hatte Mitleid mit Mutter. Heimlich brachte sie die für uns Kinder genähten Sachen zur Großtante.

Wenn ich an den Krieg denke, dann zweifle ich manchmal an den Bildern, die oft ungewollt vor meinen Augen erscheinen. Menschen, die auf der Straße liegen und sich nicht bewegen, dicke Heizungsrohre in einem riesigen Raum, Männer in Uniformen. Möglicherweise ist es nicht alles so gewesen, wie ich es vor mir sehe. Aber mit Sicherheit kann ich mich an Mutters kalte, nasse Hände erinnern, wenn wir die Treppe aus dem dritten Stock Stufe für Stufe nach unten in den Luftschutzkeller gingen. Die beiden Großen, jeder mit einem kleinen Koffer, hinter uns. Auch an die schwarzen Stiefel des Mannes, der unter uns mit den Zwillingen wohnte. Ein Nazi. Ihre weizenblonden Haare waren zu Affenschaukeln hochgebunden. Ich sehe unser Haus ohne Dach und die hellroten Fackeln, als der Bahnhof brannte. Es sind Bilder, die ich wie einen Film ein- und ausschalten kann. Auch an das Haus in Stolberg konnte ich mich noch lange Zeit genau erinnern, an den Kachelofen mit der Ofenbank, auf der ich schlafen durfte, an den alten Mann im Schaukelstuhl, an den Geruch nach vielen Menschen, die, wie wir, dort unterschlüpfen mussten. Nur wie klein und niedrig das alte Fachwerkhaus war, begriff ich erst, als ich es nach der Wende wiedersah. Es lag am Ende einer langen Dorfstraße und, so unglaublich es klingen mag, ich erkannte es nach fünfundvierzig Jahren sofort, trotz des neuen Anstrichs und der Blumenkästen, die sicher damals nicht auf den Fensterbrettern gestanden hatten. Aber der alte Mann, der sich nicht gescheut hatte, uns und andere Flüchtende aufzunehmen, war nicht mehr da. Bei ihm hätte ich mich gern bedankt. Als ich nach den vielen Jahren in dem Straßendorf vor fast leeren Schaufenstern stand, fragte ich mich, wie der Bruder und die Schwester diese Zeit empfunden hatten. Marianne war schon elf und er beinahe zehn, als die Panzer der Amerikaner durch die Dorfstraße gefahren waren und Apfelsinen und Schokolade verteilt hatten. Dort hatten Menschen in den Fenstern gelegen und die mutigsten sogar in den Türen gestanden. Niemals hatten wir darüber gesprochen. Auch darüber nicht, warum wir uns dort verstecken mussten.

Sandra

Vater hatte manchmal von einem Aufenthalt im letzten Kriegsjahr gesprochen, von einem Schloss, das oberhalb des Dorfes lag. Wenn es niemand bemerkte, hatte er sich mehrmals dorthin geschlichen. Sie hatten zwar strengstes Verbot, das Haus zu verlassen, aber seine Mutter war oft tagelang nicht im Haus. Sie war »hamstern«, damit sie zu essen hatten. Einmal hatte ihn ein Mann in einem Jägeranzug vor dem Schloss angehalten und gefragt, wen er suche. Er wusste nicht, was er sagen sollte, jedenfalls nicht die Wahrheit. Dann log er und sagte, seine Mutter sei sicher hier, um etwas zu essen zu holen, sie hätten nichts mehr. »Dann wollen wir mal nachsehen«, muss der Mann gesagt haben, und sie gingen tatsächlich ins Schloss. Er führte Vater in eine riesige Küche mit einem offenen Feuer. Dort saßen sie an einem schweren Holztisch und der Mann wollte wissen, wo er denn wohne. Weil Vater wusste, das er das nicht verraten durfte, sagte er, sie seien auf der Flucht. Er bekam zu essen und zu trinken und nach einer Weile brachte der Mann ihn mit einem Brotlaib und zwei Büchsen Wurst wieder dorthin, wo sie sich getroffen hatten. Auf dem Weg zurück brach Vater sich immer wieder ein Stück von der Brotkruste ab. Mir kam das wie eine der Geschichten vor, aus denen ich Hoffnung schöpfte, die ich in meinem grünen Sessel gelesen hatte. Da musste er im gleichen Alter gewesen sein wie ich, als wir in der schönsten Stadt meiner Kindheit noch alle zusammenlebten. Manchmal träume ich noch davon.

Mein vier Jahre älterer Bruder Armin war zu dieser Zeit mein absoluter Held. Da kam keiner Anderer ran! Er war für uns Kleinere zuständig. Weil unsere Eltern die Abende in der Gastwirtschaft mit dem Tanzsaal und der Bühne verbrachten, hatte er sich um die Kinder zu kümmern. Es war seine Aufgabe, uns zur rechten Zeit ins Bett zu bringen und darauf zu achten, dass wir keinen Blödsinn verzapften. Was auch immer passierte, er sollte uns unbeschadet durch die Nächte bringen. So erwarteten es die Eltern von ihm, wie auch vieles andere. Erst später, als ich selbst ein Kind hatte, dachte ich darüber nach, wie überfordert er gewesen sein musste. Er war gerade elf. Meine kleine Schwester Ulrike und ich spielten leidenschaftlich gern Verkaufen. Meistens war ich die Verkäuferin und Ulrike kaufte ein. Was sie noch immer voll Leidenschaft tut. Wir holten sämtliche Gewürze aus den Küchenschränken, zwischen Klotür und Flur schoben wir einen Stuhl als Ladentheke. Auf dem Klodeckel, das war unsere Waage, verpackten wir alles fein säuberlich. Zu dieser Zeit war die Küchentür noch nicht verrammelt und verriegelt, wenn die Eltern nicht zuhause waren. Erst später, als Vater nicht mehr bei uns wohnte, ersann die Mutter ein ausgeklügeltes System, das uns den Zugang zu allem Essbaren verwehrte, wenn sie nicht da war. Die Eltern gingen um sieben aus dem Haus, also noch lange keine Bettzeit. Keiner da, der etwas wollte oder zu beanstanden hatte. Einmal wollte Ulrike unbedingt Bohnen kaufen, also stieg ich auf einen Stuhl in der Küche und holte die Tüte aus dem Schrank. Beim Abwiegen fiel sie mir aus der Hand. Dieser Schreck, das ganz Klo voller Bohnen. Die Kleine weinte, wir sammelten alle auf, die wir finden konnte und schoben sie zurück in die Tüte. Als Mutter das nächste Mal Bohnen kochte, wunderte sie sich, wie meine Haarspange, ein Maikäfer, dorthin gekommen war. Ulrike musste sie aus Versehen eingepackt haben. An diesem Abend war Armin nicht zuhause geblieben. Er hatte Freunde in der Stadt, die er heimlich traf. Wenn wir allein waren, war das schon recht einsam, manchmal gruselte ich mich. Aber Ulrike durfte das nicht merken. Ich nahm dann ein Bilderbuch und erzählte ihr Geschichten bis sie einschlief. Wenn Armin von seinen Ausflügen nach Hause kam, musste er alles wieder so herrichten, dass niemand seine Abwesenheit bemerkte. Warum die Eltern so streng mit ihm waren, weiß ich nicht, aber er bekam häufig Stubenarrest. Dann saß er in seinem Zimmer und guckte aus dem Fenster. Stundenlang, saß nur da und bewegte sich nicht. Keiner durfte zu ihm. Wenn er nicht zuhause war, schlich ich mich in sein Zimmer und schaute mir alles an, was er dort aufbewahrte. Sein Schreibtisch war immer perfekt aufgeräumt. Jeder Stift hatte seinen Platz, alle angespitzt. Es gab keinerlei

Unordnung. So kriegte ich das nie hin! Ich setzte mich auf seinen Stuhl, das beruhigte mich, wie auch seine Anwesenheit. Alles war übersichtlich, alles roch nach ihm, alles gehörte meinem Helden, dem ich nacheiferte. All die Dinge wollte ich auch haben. Ich sah mir deshalb jede Kleinigkeit genau an, damit ich wusste, was ich mir demnächst wünschen würde. Obwohl ich mich bemühte, alles genau so hinzulegen, wie es vorher war, merkte er es immer. Wie zornig er dann werden konnte! Aber verpetzt hat er mich nie. Nur an sein Heiligtum, das Rennrad, das er besaß, wagte ich mich nie. Damit raste er durch die Straßen, frei und unbeschwert.

Für Armin war ich gut und richtig. Stundenlang hat er sich später Zeit genommen und mit mir gelernt, wer weiß, wie meine Noten sonst ausgesehen hätten. Ich las gern, aber Hausaufgaben, das war nichts für mich. Besonders Mathe war mein Genickbruch, vor allem die Textaufgaben. Wie sollte einer wissen, was die wollten mit ihren komischen Formulierungen! Armin wusste es und erklärte es mir. Den »Erlkönig« konnte ich beinahe singen, so oft musste ich den aufsagen, bis er zufrieden war. Stolz stand ich dann vor der Klasse und ratterte die Ballade herunter. Manchmal, wenn ich geweint habe, durfte ich in sein Bett. Noch heute vermisse ich ihn am meisten von allen, vermisse seinen bissigen Humor, sein Lachen. Wenn er in meiner Nähe ist, fühle ich mich aufgeräumt, geborgen und gehalten. Aber wann ist das schon? Er hat sich immer mehr von uns zurückgezogen, ich weiß nicht einmal genau warum.

Wenn ich über früher nachdenke, weiß ich, dass ich kein besonders glückliches Kind war, aber an vieles erinnere ich mich nicht. Doch dass die kleine Schwester immer gern gesehen war, von Vater vor allem, das begleitet mich noch heute. Sie war ein echter Wonneproppen, schien das perfekte Kind zu sein, ließ sich von allen herumtragen, strampelte, kreischte. Alles! So, als sei es eine Selbstverständlichkeit. Ich daneben, Nägel kauend, immer Herpes am Mund, immer unsicher, rumeiernd, wenn ich etwas wollte. Was war bloß mit mir los? Was stimmte nicht mit mir? Ich passte doch inzwischen auch schon mal auf die beiden Kleineren auf, gab mir redlich Mühe, aber es war unmöglich, den Eltern alles recht zu machen. Wenn etwas schief ging, war die Mutter schnell mit einer Ohrfeige zur Hand. »Oben ist da, wo die Augen sind«, einer der Sprüche.

NEUORIENTIERUNG

Ruth

Seit ich mit meiner neuen Familie in einem engen Kontakt stand, war kaum für etwas anderes Zeit. Ich schlief unruhig, so, als sei am Tag nicht genug Zeit dafür, alles aufzunehmen, darüber nachzudenken, die eigenen Erinnerungen aufsteigen zu lassen. Sogar im Traum war ich damit beschäftigt. Da will ich mit Freunden zum Konzert, ein ganz besonderes soll es sein. Wir haben die drei letzten Karten ergattert. Noch sind wir bei mir zuhause, dort habe ich etwas Dringendes zu erledigen und bin voller Unruhe. Die anderen stehen schon gestiefelt und gespornt und warten. Endlich bin ich so weit, will gehen, weiß aber nicht mehr, wo mein Autoschlüssel ist. Ich werde nervös. Einer der beiden erinnert sich, dass ich ihn in die Innentasche der Jacke gesteckt habe. Tatsächlich ist er dort. Aber wo ist das Auto? Ich habe es seit Tagen nicht benutzt und vergessen, wo es steht. Die Freundin erinnert sich und läuft schon voraus. Mir fällt ein, dass ich noch etwas vergessen habe, kehre um und verliere sie so aus den Augen. Schließlich ist da ein Weg, der an einer Baustelle entlangführt. Ich hatte ihn schon vor Tagen nicht gehen wollen, schmal und glitschig kommt er mir vor. Aber es ist eine Abkürzung und ich will die beiden wiederfinden, also gehe ich ihn. Bald komme ich in ein Gebiet mit antiken Gebäuden, Säulen, weiten Hallen, davor stehen Menschen, die sie bewundern. Endlich sehe ich die Freundin ein Stück weiter, sie winkt mir und hat das Auto in der alten, baufälligen Baracke einer Autowerkstatt gefunden. Die Arbeiter dort wollen gerade Feierabend machen, aber der Älteste führt mich zu meinem Auto. Verwundert sehe ich den Dreck und die vielen Dellen, denke: Wie ist das möglich, ich habe es doch gerade vor ein paar Wochen gekauft? Es steht schief und eingezwängt zwischen anderen. Ich sitze auf dem Fahrersitz, der Monteur neben mir. Mir erscheint es unmöglich, durch diese Enge zu kommen, da nimmt er das Lenkrad und lenkt das Auto vorbei an den anderen, bis es auf einem freien Platz steht. Ich bin erstaunt, wie leicht es geht.

Als ich einer Freundin von dem Traum erzählte, fing sie schallend an zu lachen. Ich fand daran absolut nichts lächerlich, eher verwirrend. Auch als sie sagte, ich würde wohl mit der neu aufgetauchten Familie die Kontrolle über mein geordnetes Leben verlieren, dachte ich, es sei eine ihrer tiefgründigen Deutungen, die sie gern an den Mann brachte. Ich bestimmte mein Leben vorwiegend allein und war damit zufrieden. Soweit hatte sie recht. Aber Kontrolle, wie sie das nannte, das klang irgendwie festgefahren, unflexibel. Dabei hielt ich mich für spontan. Hatte ich das nicht oft genug bewiesen? Hatte die Wohnung, das Land, die Art der Arbeit, die Männer gewechselt. Doch ihre Worte gingen mir nach. Mir fielen Situationen ein, da hatte ich Menschen beneidet, die von Familienfesten berichteten, für die keine Wohnung, kein Haus groß genug war. Sie hatten deshalb eine Pension oder ein Lokal gemietet, um beieinander sein zu können. Bei meinem Besuch in Sizilien hatte ich es so erlebt. Da war die Verwandtschaft ins Haus geströmt, als meine sizilianische Freundin und ich für ein paar Tage dort aufgetaucht waren. Keine Viertelstunde war man allein gewesen. Trotz aller Freundlichkeit, die auch mir entgegengebracht wurde, hatte ich damals gedacht, wie glücklich ich mich schätzen könne, allein und damit in Ruhe zu leben. Jetzt dachte ich an den Schrecken, der mich erfasst hatte, als ich die vielen Menschen auf dem Foto gesehen hatte, die von einem Tag auf den anderen zu meiner Familie geworden waren. Familie, das hatte für mich Einschränkung bedeutet, sich fügen. Dahin wollte ich auf keinen Fall zurück! Würden diese Menschen nun mein Leben aus dem so lange eingeübten Takt bringen? Würde ich das überhaupt wollen oder vertragen? Während dieser Überlegungen kündigte der Hahnenschrei meines Smartphones eine neue Nachricht an. Armin, der älteste Sohn meines Bruders, hatte geschrieben, derjenige, der ihm am ähnlichsten ist.

Armin

Es ist noch heute schwer für mich, nachzuvollziehen, wie das Leben meines Vaters verlaufen ist. Meistens habe ich weder Zeit noch Lust darüber nachzudenken. Aber von Zeit zu Zeit geschieht es doch. Natürlich gibt es darin Stationen, die mir inzwischen bekannt sind, auch Gründe für seine Abwesenheit. Aber noch immer weiß ich nicht, was er für ein Mensch war. Was ihn veranlasst hat, zu handeln, wie er es tat. Wie er die Konsequenzen übersehen konnte, die seine Handlungen nach sich zogen und ihn uns entzogen. Ein Vater ist für einen Jungen die Person, der er nacheifert, sein Bezugspunkt, die Person, zu der man heranreift als Junge. An ihm sieht und erfährt man, was man einmal als Mann sein wird, wie man zu gehen, zu stehen, zu handeln hat. Wie man sich Freunden, einer Frau, die man liebt, seinen Kindern gegenüber verhalten wird. Sozusagen ein bereits bestelltes Feld, das man abernten kann. Das Einzige, was für mich auf diesem Feld wuchs, waren sein Ehrgeiz, sein Fleiß, sein unermüdlicher Kampf um Anerkennung. Aber nie wollte ich den Weg gehen, den er gegangen ist. Bin ich ihn nicht doch gegangen?

Dass man sein Kind lieben kann, weiß ich erst, seit meine Tochter und meine Enkel auf der Welt sind. Es war eine Entdeckung, die mich für eine Weile vollkommen ausgefüllt hat. Ich lag neben meiner Tochter, verfolgte jeden ihrer Atemzüge, bangte bei der kleinsten Verzögerung des nächsten. So war das. Und es war herrlich! Aber es ist beinahe in Vergessenheit geraten, nur selten weiß ich es noch. Heute habe ich nicht genügend Zeit, weder für sie noch für Freunde. Dabei möchte ich nicht so ein unnahbarer Mensch sein wie mein Vater. Und das bin ich auch nicht, nicht in Situationen, in denen ich mich sicher fühle. Aber noch immer ist es so wie früher. Ich sorge mich um andere, nicht um mich. Noch immer bin ich der »große Bruder«, der sehen muss, dass alles in Ordnung geht. Nur, dass die Geschwister jetzt erwachsen und gar nicht mehr in meiner Nähe sind. Dabei habe ich diese Woche mit vollem Schwung angefangen. Hier ist es noch kalt, aber die Luft ist klar, es sind keine Wolken am Himmel. Ein schöner Sonnenaufgang war das heute. Doch nun bin ich schon wieder in den Firmen unterwegs, die mir keine Luft lassen. Die Arbeiten haben die Heinzelmännchen am Wochenende nicht erledigt. Also bleibt mir nichts anderes übrig, als es selbst zu tun. Diese Firmen fordern ihren Tribut und unendlich viel Zeit. Mir fehlt Ruhe für mich und für andere Dinge im Leben. Die viele Arbeit und die damit verbundene Abwesenheit von zuhause hat vieles verändert. Ich liebe meine Arbeit und das, was ich tue, tue ich aus vollem Herzen. Ich bin mit Leib und Seele dabei. Es gibt Momente, in denen ich vollkommen glücklich bin. Das alles aufzubauen, ist nicht einfach gewesen, und es gab in der Tat herbe Rückschläge. Aber immer wieder bin ich aufgestanden und habe von vorn begonnen, immer wieder mit Erfolg. Doch der Preis dafür ist sehr hoch. Familie, Freunde, Freizeit, all das bleibt auf der Strecke. Für vieles ist es einfach zu spät, manches kann ich vielleicht noch in die Spur bringen. Jedenfalls gebe ich mir Mühe. Dass alles nicht leicht werden würde, war mir klar, dass es so schwierig sein würde, nicht. Was ich bräuchte, ist Zeit, doch die zerrinnt mit einer schon fast ungeheuerlichen Beharrlichkeit und Monotonie. Sie lässt sich durch nichts ablenken oder aufhalten, zerrinnt gnadenlos wie Sand zwischen den Fingern. Ein Grund mehr, innezuhalten und sich über das Leben, mein Leben, Gedanken zu machen. Aber kommt dann nicht alles wieder hoch, was ich viele Jahre erfolgreich verdrängt habe, ist wieder präsent, als sei es nie weg gewesen? Allein bei dem Gedanken wird mir flau im Magen. Alles kann man nicht auflösen. Vieles benötigt Zeit und Einsicht, um zu erkennen, wo die Stärken und die Schwächen liegen. Ich erkenne mich manchmal nicht wieder, wenn ich über mein Leben nachdenke. Wer bin ich? Wer war ich? Wieso kenne ich mich so wenig? Vieles, wirklich vieles, war gut und manches sogar schön. Aber der Rest! Auch er hat dazugehört und mich zu dem geformt, der ich heute bin. Ein Mann von 55 Jahren mit einer Menge Erfahrungen und Eindrücke. Komisch, wenn ich es so schreibe, ist es viel leichter, als wenn ich allein darüber nachdenke. Ich sollte vielleicht … mal sehen … Bei allem, was ich mir so ansehe und worüber ich nachdenke, muss ich mir immer wieder deutlich machen, dass ich die Dinge ja überstanden habe. Mit der richtigen Brille wird vieles leichter, der Blick klarer und schärfer. Die Brille ist es! Man muss nur aufpassen, das man sie auch auf hat. Wenn ich geschrieben habe, dass ich kaum noch Freunde habe oder hatte, dann frage ich mich schon, warum. Wollte ich überhaupt Freunde oder Kumpels? Warum vertraue ich dem Leben nicht? Mir nicht? Ich gehe meinen Weg meist allein, und das tut mir gut. So komme ich zur Ruhe, kann über vieles nachdenken und auf die für mich wichtigen Dinge schauen. Ich habe geschrieben »ein Mann von 55 Jahren«, aber nur, weil es so im Ausweis steht. Gefühlt bin ich es noch lange nicht, und wenn es nach mir ginge, ach, dann ... Aber das geht eben nicht. Alles Stück für Stück. Ein Freund hat zu mir gesagt: »Alle wichtigen Menschen dieser Welt liegen auf Friedhöfen.« Da werde ich vielleicht auch bald liegen, wenn ich so weitermache. Wie klein der Kosmos mit einem Mal wird, wie unwichtig die so vermeintlich wichtigen Dinge des Lebens. Natürlich will ich wichtig sein. Ein kleines Stück habe ich mit meiner Arbeit dazu beigetragen, dass diese Welt besser wird und einfacher für die Menschen. Das ist es, was ich will. Das Buch der Ideen läuft schon fast über. Schön ist es, in dem Büchlein zu blättern und zu sehen, was schon erreicht ist. Auch so manches, was nicht beabsichtigt war. Gut für die Seele und für das ICH.

Ruth

Als ich die Nachricht von Armin las, spürte ich das Bemühen und gleichzeitig die Angst, sich dem zu stellen, was er erlebt hatte. Niemand von seinen Geschwistern weiß etwas von der Zeit, als er das einzige Kind der Eltern war. Dabei sorgen sie sich um ihn, haben Angst, dass er zusammenklappt. Ich würde ihm gern beistehen und kann es ebenso wenig, wie ich meinem Bruder beistehen konnte. Wieder einmal blättere ich in der Ledermappe seines Vaters. Dort entdeckte ich eine Anklageschrift.
»Der ehemalige Gaststättenleiter ... wird angeklagt, als Täter vorsätzlich fortgesetzt handelnd durch Untreue in Tateinheit mit Unterschlagung und

versuchtem Betrug staatliches Eigentum geschädigt zu haben. In der Zeit vom 23.2.1963 bis 6.4.1963 hat er insgesamt sechs fingierte Rechnungen hergestellt und diese zu seiner Entlastung an den HO-Kreisbetrieb weitergeleitet. Der Betrag, den der Beschuldigte in die fingierten Rechnungen einsetzte, belief sich auf 13.662,70 DM. Am 24.05.1963 unterschlug er aus den Tageslöhnen der HO-Gaststätte einen Betrag von ca. 7.400 DM und verbrauchte dieses Geld für seinen persönlichen Bedarf. Die Beurteilungen und Leumundsberichte bringen zum Ausdruck, dass er in seiner Tätigkeit als Gastronom gute Arbeit geleistet hat, dass er jedoch den Hang zum Blenden hatte und auch gern über seine Verhältnisse lebte. Gesellschaftlich hat sich der Beschuldigte innerhalb des Betriebes sowie in der Stadt ebenfalls betätigt. Auf Grund seiner fundierten gastronomischen Kenntnisse wurde er auch als Urlaubsvertretung eingesetzt. Am 24.5.1963 hat der Beschuldigte festgestellt, dass seine betrügerischen Manipulationen aufgedeckt worden sind. Um sich der Verantwortung zu entziehen, unterschlug er die Tageserlöse in Höhe von 7.400 DM und verließ mit unbekanntem Aufenthalt die Stadt. Nachdem er nach eigenen Aussagen einen großen Teil des Geldes in Berlin für Bekleidungsgegenstände ausgegeben hatte, verausgabte er den Rest des Geldes während eines Campingaufenthaltes mit seiner Frau. Der Beschuldigte hat bewiesen, dass er absolut nicht gewillt war, das Eigentum unseres Staates zu achten, sondern seine Bestrebungen gingen dahin, sich auf Kosten der Gesellschaft zu bereichern, um ein möglichst angenehmes Leben zu führen. Dem Beschuldigten war bekannt, dass das Volkseigentum (VE) als ökonomische Grundlage unserer Arbeiter- und Bauernmacht unantastbar war und jeder Rechtsbrecher, der sich daran vergreift, unnachsichtig zur Verantwortung gezogen wird. Dem Beschuldigten war auch bekannt, dass es seine Pflicht war, als verantwortlicher Handelsfunktionär das sozialistische Eigentum zu schützen und zu mehren. Es wird nunmehr die Aufgabe des Gerichtes sein, den Beschuldigten für seine verbrecherische Handlungsweise zur Verantwortung zu ziehen, damit er künftig das sozialistische Eigentum achten lernt, die sozialistische Gesetzlichkeit respektiert und die Normen des gesellschaftlichen Zusammenlebens einhält.«

Jetzt wusste ich, warum er nicht da gewesen war, als Armin 1963 geboren wurde. Er war zu sechs Jahren Zuchthaus verurteilt worden. In einem handgeschriebenen Brief, der ebenfalls in der Akte lag, hatte er gegen das Urteil Berufung eingelegt. Zum ersten Mal sah ich seine Schrift. Klein und spitz, irgendwie unbeholfen, nicht unbedingt die eines Erwachsenen. Er hatte geschickt formuliert, auf Mängel im System hingewiesen, die ihn verleitet hätten, schrieb, er bereue sein Verhalten, und versprach Besserung. Die Formulierungen waren so gewählt, dass ich dachte, er hatte genau gewusst, was sie hören wollten, hatte sie durchschaut und das für seine Argumentation genutzt. Immerhin erreichte er damit, dass die Zuchthausstrafe von sechs Jahren auf drei Jahre und sechs Monate verringert wurde. Sobald sich eine Gelegenheit ergibt, werde ich Armin danach fragen.

Waltraud

Ich bin die Mutter der vier Kinder. Als unser Ältester geboren wurde, waren wir noch nicht verheiratet. Sein Vater verstand es mit den Frauen, so wie ich es mit den Männern verstand. Darin waren wir uns ähnlich. Vielleicht auch, dass wir beide höher hinauswollten. Er kam eines Abends, als ich hinter der Bar stand, setzte sich auf einen Hocker mir gegenüber. Als ich fragte, was er trinken wolle, sagte er: »Das, was du trinkst.« So eine Einladung hatte ich, obwohl ich nicht neu im Geschäft war, noch nie bekommen. Ich ließ den Korken einer Flasche »Rotkäppchen« knallen, direkt vor seiner Nase. Er zuckte nicht mit der Wimper, nahm sein Glas und hielt es mir entgegen. Das gefiel mir. Er war anders als die Kerle, die sonst hierher kamen. Alles war sauber an ihm und in seinen Augen war eine große Sehnsucht. Eine, die ich auch kannte, seit ich keinen Platz mehr in der Welt hatte. Er blieb, bis die Flasche leer war und ich Feierabend hatte. Nicht eine Minute hatte ich daran gezweifelt, was er wollte. Als er mich vor der Tür küsste und sagte: »Ich komme morgen wieder«, war ich platt. Und tatsächlich war er wieder da am nächsten Abend. Genau um die gleiche Uhrzeit und genau auf dem selben Barhocker. Die Jungs, die sonst mit mir ihre Scherze machten und manchmal auch mehr, guckten sich komisch an. Aber er strahlte etwas aus, sodass ihn keiner anquatschte oder anrempelte. Wir tranken wieder »Rotkäppchen«. Der hat's, dachte ich, denn ich hatte ja nicht viel, außer, wenn mir jemand mal was zusteckte. »Sonderration« nannte ich das. Ich legte mein ganzes Programm auf. Es klappte. Als ich Feierabend hatte, gingen wir zu mir. Er wusste genau, wie man eine Frau anfasst. Als er ging, es war noch nicht hell, sagte er, er käme wieder. Die nächsten Tage kam er aber nicht. Naja, dachte ich, auch einer, der nur Sprüche kloppt, aber am Wochenende stand er vor meiner Tür. Das ging zwei oder drei Monate so. Dann war ich schwanger. Ich wusste ja nicht, dass er verheiratet war. Er hat mich so komisch angeguckt, als ich ihm von dem Kind erzählte, dann genickt und gesagt, das ginge schon in Ordnung. Dann ist er eine Weile nicht aufgetaucht. Ich kann keinem sagen, wie ich mich gefühlt habe. Es kam mir wie eine Ewigkeit vor, bis er dann wieder da war. Da erfuhr ich, dass er verheiratet war. Ich wusste nicht, was ich machen sollte. Ich wurde immer runder, kaufte mir ein Mieder, um alles in Form zu halten. Mein Chef wollte wissen, wer mich so gut fütterte, lachte anzüglich und tätschelte mir den Hintern. Für eine Abtreibung war es zu spät und später brachte ich einen Jungen zur Welt. Aber es dauerte nur ein paar Tage, dann war er tot. Wir haben beide geweint, dabei hatten wir ja kein Zuhause für das Kind. Warum ich danach nicht Schluss gemacht habe, weiß ich nicht. Immer wieder kam er und immer wieder wollte ich, dass er kam. Als ich zum zweiten Mal schwanger war, versprach er, sich scheiden zu lassen. Das hat er auch. Aber dann saß er vier Jahre lang im Zuchthaus, gerade als das Kind auf die Welt kam und ich wusste nicht einmal, warum er saß. Wir schrieben uns, aber ich war mit dem Jungen allein. Das ging irgendwie nicht gut. Auch der wäre fast gestorben. Aber gewollt habe ich das nicht. Nur eben nicht gewusst, wie es weitergehen sollte. Das Heim war sicher keine schlechte Lösung. Schließlich war ich auch im Heim gewesen, wo soll man denn hin, wenn keiner da ist. Sein Vater saß ja und ich musste Geld verdienen. Es war eine schwere Zeit für mich. Ich war so froh, als er schrieb, dass wir heiraten würden. Er hatte nur einen Tag und eine Nacht Ausgang dafür. Aber bei uns klappte es immer. Das nächste Kind war unterwegs. Dieses Mal war es ein Mädchen, die Sandra. Bei ihrer Geburt war er schon wieder auf freiem Fuß. Wir waren nun wie eine richtige Familie: Vater, Mutter und zwei Kinder. Dabei hatte ich mir nie Kinder gewünscht. Ich glaube, er auch nicht.

Ruth

So ähnlich hatte auch meine Familie begonnen. Die Mutter schwanger, dann die Heirat. Und kurz darauf das nächste Kind. 1935, ein Junge. ER. Auch er kaum lebensfähig. Die Abwesenheit des Vaters hatte andere Gründe, aber auch er war selten zuhause. Der Ehrgeiz hatte ihn gepackt. Er kontrollierte die Filialbetriebe der Lebensmittelfirma in der Stadt. Sein Chef wollte, dass der Umsatz stieg, zu einer Zeit, als die Weltwirtschaft zusammenbrach und es in Deutschland mehr als sechs Millionen Arbeitslose gab. Aber die Firma stand gut da und er trug dazu seinen Teil bei. Er hatte Erfolg. Damit war und blieb er der Stolz und die in Erfüllung gegangene Hoffnung der Mutter, bei der ich, seit ich zur Schule ging, alle großen Ferien verbringen musste. Keiner meiner Einwände half. Warum ich mich in diesem geduckten Haus mit den Gänsen im Hinterhof und dem Plumpsklo so unwohl fühlte, begriff ich erst Jahrzehnte später. Wenn ich über das Leben meines Bruders nachdachte, erschien mir alles wie eine Wiederholung. Sein Leben und das Leben meines Vaters verschwammen manchmal zu einem einzigen Leben. Und vielleicht war die Welt ja auch so, dass es nichts Neues gab, das alles schon so oft geschehen war, ein ewiges Rad, das sich drehte und drehte, und wir waren nur ein winziger Teil davon, der es vorwärtstrieb. Ich stellte mir einen Dialog zwischen meiner Mutter und der Mutter der Kinder vor, so wie ich mir auch manchmal einen Dialog mit denen vorstellte, die nicht mehr lebten oder wie ich es getan hatte, wenn ich eine neue Sprache lernte. Schließlich kannte ich die Menschen, die nicht mehr da waren, gut genug, um zu wissen, was sie antworten würden. Aber die beiden Frauen erschienen mir so unter-

schiedlich, dass mir am Anfang gar nichts einfallen wollte. Dann aber hörte ich sie von der großen Liebe sprechen und davon, dass man den Männern nicht glauben könne, weil sie nicht hielten, was sie versprachen. Dass das Leben einfach zu schwierig sei, um es allein durchzustehen. Das musste auch der Grund für Mutter gewesen sein, der sie in die Arme des nächsten Mannes getrieben hatte. Sie hatte wohl genug davon, sich von morgens bis abends darum zu sorgen, wie wir satt würden, etwas zum Anziehen hätten und uns ordentlich benähmen. Drei Jahre nach der Scheidung von meinem Vater, ich war neun, beschloss sie, ihrem Friseur in den Westen zu folgen, einem Mann, der ebenso dunkle Haare hatte wie mein Vater und den ich nur in seinem weißen Friseurkittel oder in einem hellen Trenchcoat kannte. Zuhause bei uns war er nie gewesen. Er hatte bereits den eigenen kleinen Salon in der Großen Ulrichstraße verlassen, dessen Duft ich genoss, wenn ich nach der Schule dort manchmal vorbeiging, und wollte im Westen sein Glück finden. Nur Mutter und ich, jede mit einem Koffer, fuhren mit dem Zug zu ihm. Sie meldete mich in der Schule in der Nähe seiner Wohnung an und fuhr zurück, um unsere restlichen Sachen zu holen. In zwei oder drei Wochen wollte sie zurück sein und bis dahin regeln, was aus den Großen werden sollte. Es waren Schulferien und ich war oft allein zuhause. Wenn mir langweilig war, kramte ich in den Schubfächern und fand etwas, was aussah wie ein Luftballon, aber keiner war. Als ich den Friseur am Abend danach fragte, zeigte er mir, was man damit machen konnte. Ich verstand nicht, was es bedeutete, hatte aber ein komisches Gefühl. Sonntag danach gingen wir zu einem Kinderfest in einer Gartenanlage in der Nähe seiner Wohnung. Wir Kinder wurden aufgefordert, etwas vorzutragen, ein Gedicht oder ein Lied. Wer sich traute, bekam eine Tafel Sarotti-Schokolade. Schokolade kannte ich nicht, Kakao war ein Luxusgut in der DDR, zu besonderen Anlässen gab es Vitalade. Ich wusste, dass ich gut vortragen konnte und war damals noch nicht scheu. Ich stieg also auch auf den Stuhl wie die anderen Kinder und begann, wie ich es gern tat, eine Geschichte zu singen. Mitten in der Geschichte, hob mich jemand vom Stuhl und gab mir die Tafel Schokolade. Was war los, ich war doch noch gar nicht fertig? Hatte ihnen meine Geschichte nicht gefallen? Oder war es, weil ich aus dem Osten war und man im Westen keine Geschichten, sondern nur Lieder singen durfte? Als eine Frau, die zugehört hatte, sagte, ich solle lieber bei ihnen wohnen bis meine Mutter zurückkäme, sie sei immer zuhause und könne mir vieles zeigen, fand ich das keine schlechte Idee. Ich sah den Friseur an, der sagte, das ginge in Ordnung und sicher hätte Mutter nichts dagegen. Die Frau packte meinen Koffer und wir gingen zu ihr. Dort blieb ich, bis Mutter mich eine Woche später abholte und wir nach Hause zurückfuhren. Sooft ich auch darüber nachgedacht habe, nie ist mir eingefallen, was ich damals gesungen habe.

DIE STASI

Ulrike

Erst später habe ich erfahren, dass mein Vater mehrmals wegen Betrugs angeklagt wurde. Die Worte, die uns Kindern früher auf der Straße nachgerufen wurden, verstand ich anfangs nicht oder nahm sie nicht ernst, später wehrte ich mich. Wenn jemand »Knasti« rief, dann antwortete ich »Spasti«. Damit waren wir meiner Meinung nach quitt. Außerdem gab es immer ein paar Lacher. Das tat gut. Zum ersten Mal wurde mir bewusst, was es für mich wirklich bedeutete, dass Vater im Gefängnis gesessen hatte, als ich in der Berufsschule war. Am ersten Tag sollten wir uns vorstellen. Einer nach dem anderen stand auf, wir waren Mädchen und Jungen. Jeder sagte seinen Namen und noch ein paar Worte dazu, warum man Koch werden wollte. Dabei war von Wollen bei mir nicht wirklich die Rede. Die Frau von der Berufsberatung hatte es vorgeschlagen und auch Vater fand es gut, wenn ich den gleichen Beruf erlernte wie er. Zu dieser Zeit wollte ich, was Vater wollte, außerdem wusste ich, was mich in dem Beruf erwarten würde, es war berechenbar. Selbst wenn meine Noten ausreichend gewesen wären, um Abitur zu machen, hätte ich abgelehnt. Die Vorstellung, in einem Internat und ohne meine Geschwister zu leben, weckte die unguten Erinnerungen an die Wochenkrippe, und wenn ich eines nicht wollte, so war es die Wiederholung der Erfahrungen, die ich dort gemacht hatte. Als ich aufstand, wie alle anderen vor mir, winkte die Lehrerin ab, sagte, ich könne mich setzen, jeder in der Klasse wisse ja wohl, wer ich und wer mein Vater sei. Schließlich sei das stadtbekannt. Da stand ich nun mit meinen ein Meter und achtzig und versuchte, die Tränen zurückzuhalten. Kein einziger Spruch viel mir ein. Ich schwor mir, nie mehr zu weinen, was auch immer passiere. Der Schwur hat bis heute Macht über mich, dabei wünsche ich mir manchmal, ich könnte wieder weinen. Während der gesamten zwei Jahre der Lehre piesackte mich diese Frau, wo sie nur konnte. Ich strengte mich an, bekam aber kein Bein auf die Erde. Da packte mich die Wut, etwas, das bei mir so gut wie nie vorkam. Ich war immer darauf bedacht, dass alles ohne Ärger vonstatten ging, machte höchstens eine meiner flapsigen Bemerkungen, die mehr und mehr zu meinem Markenzeichen wurden. Aber hier würden sie ihre Wirkung verfehlen. Bei einem Schulausflug holte ich sie ein, ging ein paar Schritte neben ihr und fragte schließlich, ob sie glaube, ich könne etwas dafür, was mein Vater getan habe, und ob sie denke, dass es so leicht für mich sei. Sie sah mich erstaunt an, legte einen Schritt zu und ließ mich stehen. Aber sie hat mich nie mehr vor den anderen schlecht behandelt.

Als ich Vaters Akten zum ersten Mal in der Hand hatte, war er schon sechs Jahre tot. Und sie waren nicht vollständig. Mein kleiner Bruder Ole hat mit der ihm eigenen Sturheit um sie gekämpft, die ich immer an ihm gehasst habe. Schon als Kind war er ein unverbesserlicher Sturkopf! Aber inzwischen bin ich ihm unendlich dankbar, dass er nicht aufgegeben hat. Ich weiß noch, wie er mich nach Vaters Tod anrief und erzählte, unsere Stiefmutter habe merkwürdige Dinge im Schrank gefunden, mit denen sie nichts anzufangen wisse. Namen, die niemand kannte. Er hatte sofort den Verdacht, als er davon hörte, dass da etwas dahinter stecken müsse. Er war von uns Vieren derjenige, der Vater am wenigstens vertraute. Anfangs dachte ich, er wolle ihm etwas anhängen, als späte Rache dafür, dass er ihn nach Mutters Tod ins Heim stecken wollte. Ich glaube, er schob Vater auch die Verantwortung für den frühen Tod der Mutter zu. Aber bald ging für uns alle das Rätseln los. Hatte Vater seinen Namen geändert, um etwas Schlimmes zu vertuschen? Hatte er jemanden auf dem Gewissen? War er ein Spion? Da überschlugen sich die Gedanken auch in meinem Kopf. Aber ich brachte es einfach nicht fertig, ihm etwas Schlechtes zuzutrauen. Wir konnten seine Namensänderung einfach nicht verstehen, sie uns nicht erklären. Armin wollte anfangs nichts damit zu tun haben. Aber er hat sich dann doch gefreut, als wir herausfanden, dass Vater mit diesen Zetteln eine Spur zu seiner wirklichen Familie gelegt hatte. Ob für Vater selbst oder für uns, das frage ich mich manchmal. Da waren die Namen von seinem Vater und seiner Mutter, die der beiden Schwestern. Und sogar deren Geburtsdaten. Das bedeutete, dass es noch mehr Familie als nur uns gab. Als ich das begriff, war ich glücklich: Da war doch noch etwas, an das wir uns halten konnten. Nur wusste keiner, wo wir sie finden sollten. Erst später hatte Ole dann eine Idee. Bin ich froh, dass er sich nicht durch Armin davon abbringen ließ! Dass Vater im Gefängnis gewesen war, hat an meiner Liebe zu ihm nichts geändert. Zwar finde ich vieles nicht richtig, was er getan hat. Doch ich glaube fest daran, dass er Gründe gehabt haben muss. Ich hoffe, dass seine Schwester etwas darüber erzählen kann. Wenn ich an meiner Liebe zu ihm zu zweifeln beginne, denke ich an die Worte aus einer Rede von Franziskus, die ich kürzlich gelesen habe. »Das Leben anzunehmen, kann auch bedeuten, all das willkommen zu heißen, was nicht vollkommen, rein oder gefiltert, aber deswegen nicht weniger liebenswert ist. Ist jemand, nur weil er behindert oder zerbrechlich ist, der Liebe nicht würdig? Ist jemand, nur weil er Fehler gemacht hat, weil er krank ist oder weil er im Gefängnis sitzt, der Liebe nicht würdig?« Wir sind ja in der DDR nicht gläubig aufgewachsen. Lange habe ich nie eine Kirche von innen gesehen, aber diese Worte haben für mich Gültigkeit. Sie erlauben mir von höchster Stelle, was ich immer gefühlt habe und noch immer fühle. Ich liebe meinen Vater und er bleibt auch mein Held, allerdings ist er nun leicht beschädigt.

Ruth

Ich war neunzehn, als mich vor dem Kinoeingang im Leipziger Stadtzentrum einer von drei Männern ansprach und sagte, ich solle mitkommen. Seine bestimmte Art sagte mir, ich könne weder eine Frage stellen noch mich dieser Aufforderung widersetzen. Schon hatte er mich an meiner Winterjacke aus der Schlange der Studenten gezogen, die wie ich dar-

auf warteten, zur Feierstunde eingelassen zu werden. Wie schon einige Male vorher, sollte ich dort zur Eröffnung ein Gedicht vortragen und nach der offiziellen Rede durch das Programm führen. Obwohl ich nur nach mehreren Eingaben und unter strengen Auflagen wegen der Westverwandtschaft zum Studium zugelassen worden war – einmal im Monat musste ich mich beim Rektor melden –, schätzte man auch hier meine Begabung, mit Worten umzugehen. Ich war so überrascht, dass ich weder wahrnahm, ob uns jemand beobachtete, noch etwas erwiderte. Die Männer führten mich zu einem Auto ein paar Straßen weiter. Bei einem großen Neubau mit vielen Fenstern stiegen zwei der Männer mit mir aus und brachten mich in ein Zimmer im zweiten Stock. Ich zählte die Stufen beim Hinaufgehen, versuchte, mich zu beruhigen, denn ich ahnte inzwischen, dass ich im Gebäude der Stasi war. Im Gedächtnis geblieben von dem Raum sind mir verdunkelte Fenster, ein Schreibtisch, eine grelle Lampe darauf, ein Mann mir gegenüber, die beiden anderen saßen an der Seite. Frage folgte auf Frage in den nächsten vier Stunden. Manchmal stand einer der Männer auf, ging aus dem Zimmer, kam wieder, stellte die selbe Frage noch einmal. Anfangs wusste ich überhaupt nicht, worauf sie hinauswollten. Bei allen Fragen ging es darum, wie wir lebten, wo meine Mutter und ihr Mann Geld aufbewahrten, wie viel sie verdienten, ob meine Mutter Pelzmäntel habe, wie viel Taschengeld ich bekäme, ob ich mit meiner Schwester und mit meinem Vater in Verbindung stünde. Ich kannte einen Journalisten in Westberlin, hatte ihn dort auch schon einige Male besucht, einmal hatte er mich über die Grenze geschmuggelt, und dachte, ihre Fragen hätten damit zu tun. Wenn sie das rausbekämen, dann wäre mein Studium vorbei. Das bedeutete ab in die Fabrik zur Bewährung. Erst als sie nach der Geldkassette im Kleiderschrank fragten, die der Stiefvater wie seinen Augapfel hütete, und um die sich zwischen ihm und Mutter schon mancher Streit entzündet hatte, war mir klar, wofür sie Beweise suchten. Erst einmal schwieg ich, dachte nach, versuchte meine Aufregung zu zähmen und es gelang mir. Nein, aus der Kleinen werdet ihr nichts herauskriegen, die wird sich nicht verplappern, sie ist nämlich jetzt auf der Hut. Von der erfahrt ihr nicht, dass wir abhauen wollen, schließlich wollen wir nicht im Zuchthaus landen. Fragt bis ihr schwarz werdet! Es war nackte Wut, die ich empfand, spielte aber die Rolle der Kooperationsbereiten so gut, und log, was das Zeug hielt. Schließlich hatte ich zwei Jahre zuvor in Babelsberg an der Schauspielschule die Eignungs- und Aufnahmeprüfung nicht umsonst bestanden. Nach vier Stunden musste ich meine Aussagen unterschreiben und wurde mit dem Hinweis auf die Straße geführt, dass meine Angaben am nächsten Morgen bei getrennten Verhören meiner Mutter und meines Stiefvaters überprüft würden. Bis dahin war mir jeder Kontakt zu ihnen untersagt. Damit hatte ich nicht gerechnet. Eine enorme Aufregung erfasste mich. Ich ging zitternd durch die Straßen, versuchte, mich zu beruhigen, suchte nach einer Lösung. Als ich an einem Kino vorbeikam, kaufte ich, noch ohne eine bestimmte Absicht, eine Karte und setzte mich ins Dunkle. Hier sah mich niemand, hier hatte ich Zeit, Zeit, die ich jetzt dringend brauchte. Ich musste ihnen zuvorkommen. Aber welche Möglichkeit hatte ich? Wie konnte ich unbemerkt nach Halle kommen? Vor mir lief bereits der Film, von dem ich eine Stunde später nicht einmal wusste, wovon er handelte. Zunächst ging ich in Gedanken noch einmal alle Fragen durch und überlegte, welche Antworten ich gegeben hatte, die nicht den Tatsachen entsprachen. Dann fasste ich einen Plan. Es war ein großes Risiko, aber ich hatte keine Wahl.

Eine Studienfreundin hatte mir einmal ihre Wohnung für eine Nacht überlassen, weil ich in meinen acht Quadratmetern keinen Männerbesuch empfangen durfte und wissen wollte, was genau der Mann, der einige Jahre älter war als ich, von mir wollte. Zu mehr als heftigen Küssen im Dunklen war ich bisher nicht bereit gewesen. Aber ich war neugierig geworden. Zu dieser Freundin ging ich. Sie erschrak, als ich an diesem Abend vor ihrer Tür stand, sie in unsere Pläne einweihte, die DDR zu verlassen, und fragte, ob sie bereit sei, noch am selben Abend zu meiner Mutter zu fahren. Nie werde ich es ihr vergessen, dass sie, ohne eine Frage zu stellen, ihren Mantel anzog, sich ein Kopftuch umband und den Zug nahm. Sie fuhr nicht direkt zu mir nach Hause, sondern, so wie wir es besprochen hatten, zu einer Bekannten meiner Eltern. Die Frau rief meine Mutter an und sagte, sie müssten unbedingt heute zum Fernsehen kommen, es gäbe eine Sendung, die sie auf keinen Fall verpassen dürften. »Wirklich auf keinen Fall verpassen, diese einmalige Chance.« Es war die Wiederholung, die meine Mutter aufhorchen ließ. Vor dem laufenden Fernseher übergab meine Freundin ihr den Zettel, auf dem ich meine Aussagen aufgelistet hatte. Ich hatte in ihrer Wohnung nicht eine Minute geschlafen, bis ich spät in der Nacht die Tür gehen hörte und sie sagte: »Auftrag ausgeführt.« Als ich am nächsten Mittag nach Halle fuhr, war meine Mutter gerade vom Verhör zurückgekommen. Sie war blass und verstört, die Augenringe waren tiefer und dunkler also sonst, aber es schien alles gutgegangen zu sein. Unsere Aussagen deckten sich. Doch als der Stiefvater nach einer Stunde zurückkam, sagte er, man habe nur ihm und Mutter den geplanten Urlaub im Mai an einem der Berliner Seen gestattet, dem Platz, von dem aus wir nach Westberlin wollten. Damit stand fest, sie hatten unseren Plan durchkreuzt, hatten uns in der Hand. Der Stiefvater paffte dicke Rauchwolken, Mutter weinte und ich war über diese infame Art, die Familie zu erpressen, so aufgebracht, dass ich ein Ventil brauchte. Ich benahm mich so, als sei ich davon überzeugt, dass unsere Wohnung verwanzt war, fragte die vermeintlichen Horcher, ob ich meine Aussagen vor den Herren der Staatssicherheitsbehörde noch einmal wiederholen solle, falls sie diese nicht richtig verstanden hätten. Es war verrückt, half mir aber über diese Ungerechtigkeit hinweg, dass sie mich zurückbehalten wollten, ohne jegliche Anbindung. Ein Pfand!

Ole

Dass die Stiefmutter wenige Wochen nach Vaters Tod mich, den Jüngsten, anrief und von Zetteln erzählte, auf denen vier Namen und Geburtsdaten von Menschen standen, die sie nicht kannte, hatte wohl damit zu tun, dass ich Vater später, als er krank und ohne Arbeit war, ab und zu geholfen hatte. Er hatte mir leid getan. Ich fragte bei meinen älteren Geschwistern nach, aber niemand konnte mit diesen Namen etwas anfangen. Ulrike, die den besten Draht zu Vater hatte, erinnerte sich an ein Gespräch, in dem er seine Namensänderung einmal kurz erwähnt hatte. Aber ganz sicher war sie sich nicht. Von dem Moment an war ich hellwach und überlegte, wie ich mehr über den Mann, dessen Name auf den Zetteln stand, erfahren konnte. Er war 1908 geboren. Ich hatte bereits zu diesem Zeitpunkt die Vermutung, es könne sich um den Vater meines Vaters handeln. Siebenundzwanzig, das war doch ein gutes Alter, um Vater zu werden. Aber was konnte ich tun? Ich hatte nichts als den Namen und das Geburtsdatum des Mannes. Nach einigem Grübeln, es waren weitere Wochen vergangen, erinnerte ich mich an einen Vortrag über eine Wehrmachtsauskunftsstelle, den ich einmal gehört hatte. Es hatte mich fasziniert, dass es ein Archiv gab, das alle Einheiten im Krieg aufgelistet hatte, einschließlich der Namen der Männer, die darin gedient hatten. Dorthin wandte ich mich, um nach einiger Zeit zu erfahren, dass niemand mit diesem Namen dort registriert sei. Der Mann war also nicht im Krieg gewesen, dabei gehörte er zu den Jahrgängen, die im Zweiten Weltkrieg eingezogen wurden, es sei denn, sie waren unabkömmlich oder kriegsuntauglich. Eine Spur, die ins Nichts führte. Ich musste aufgeben, was mir schwer fiel, weil ich mir ziemlich sicher war, dass dieser Name uns weiterführen würde. Außerdem bin ich darin, nicht aufzugeben, meinem Vater ähnlich. Nach einer Weile startete ich einen neuen Versuch und stellte fest, dass auch der Geburtsort, den mein Vater angegeben hatte, nicht existierte. Er hatte, wie bei seinem Namen, einige Buchstaben verändert und ihn nach Österreich verlegt. Einer Freundin fiel die Ähnlichkeit mit einem Ort in Sachsen-Anhalt auf. Dort kannte sie jemanden beim Standesamt und so erfuhr ich, dass ein Mann mit diesem Namen dort gelebt hatte und verheiratet gewesen war. Seine Ehefrau trug den Namen, der ebenfalls auf den Zetteln stand. Das Ehepaar hatte drei Kinder. Die erste Tochter war 1934 geboren, der Sohn, wie mein Vater, 1935 und eine weitere Tochter 1940. Auch das entsprach den Angaben auf dem Zettel. Nun war ich einen Schritt weiter: Ich hatte seine Familie gefunden, zwei Jahre nach seinem Tod. Voller Stolz erzählte ich es den Geschwistern, doch der Älteste sagte, ich solle die Finger davon lassen, wer könne wissen, was da alles auf uns zukäme. Wir hätten uns endlich ein unbescholtenes Leben aufgebaut, es jedenfalls versucht, das wolle er sich nicht wieder kaputtmachen lassen. Er wolle nur seine Ruhe! Sonst nichts! Ich dachte, vielleicht hat er recht. Vater hat uns so oft enttäuscht, belogen, allein gelassen und uns einiges im Leben vermasselt. Meine Schwester Ulrike aber, die Vater noch immer bedingungslos liebte und ihn gegen alle Einwände verteidigte, bohrte und bohrte. Sie hoffte, dass wir etwas fänden, das ihn entlasten könne. Aber ich war angesteckt von den unguten Gefühlen des Bruders und unternahm nichts weiter. Doch ich grübelte, während ich durch die Straße ging, in der ich mit Vater nach Mutschs Tod gelebt hatte. Schon länger hatte es mich beschäftigt, dass ihm trotz seiner Gefängnisstrafen immer wieder verantwortungsvolle Posten anvertraut worden waren. Das war völlig unüblich gewesen in der DDR. Ich glaube, es verging ein weiteres Jahr. Dann fragte ich bei dem Bundesbeauftragten für die Stasi-Unterlagen nach.

Ruth

Auch ich hatte nach der Wende dort nachgefragt, aber keine Auskunft bekommen. Die Anfrage sei nicht begründet. Der Gedanke, dass mein Bruder mit meinen Verhören bei der Stasi in Verbindung stehen könne, war mir bei unserem ersten Klassentreffen nach der Wende gekommen. Ich war voller Aufregung dorthin unterwegs gewesen, hatte mir die Menschen, die ich über vierzig Jahre lang nicht gesehen hatte, so vorgestellt, wie ich sie kannte. Endlich hatte ich auch die Adresse und Telefonnummer einer Freundin, mit der ich seit der dritten Klasse zur Schule gegangen war. Bei unserem ersten Telefonat erfuhr ich, dass sie mit einem Schüler aus der nächsthöheren Klasse verheiratet war. Mit seinem Namen verband ich die Erinnerung an eine Vollversammlung, bei der er beschuldigt wurde, einem Mitschüler in der Turnhalle 1,60 Mark gestohlen zu haben. Wie oft die Wörter Volkseigentum, Schädigung des sozialistischen Gedankengutes und die unabdingbare Nacherziehung im Sinne des Arbeiter-und Bauernstaates in der Rede unseres Russischlehrers vorkamen, ist mir entfallen, aber dass der Junge von der Schule ausgeschlossen wurde und zwei Jahre für diese 1,60 Mark im Jugendgefängnis gesessen hatte, daran erinnerte ich mich wieder. Als ich aus dem Zug stieg, stand die Freundin auf dem Bahnsteig. Ich erkannte sie am herzförmigen Mund und den hohen Wangenknochen, um die ich sie beneidet hatte, und ging auf sie zu. Auch sie erkannte mich. Noch bevor wir uns die Hand gaben, fragte sie, ob ich Schauspielerin geworden sei. Als ich verneinte und sie »Dann war ja alles umsonst!« erwiderte, begriff ich, dass sie gedacht hatte, ich habe die DDR deshalb verlassen. Und das hätte sie, eine überzeugte Anhängerin des Staates und der Partei, das wurde mir in den nächsten Stunden unseres Zusammenseins klar, mir höchstwahrscheinlich im Nachhinein noch vergeben. Denn damals hatten alle Mitschülerinnen bedauert, dass man mich in Babelsberg nicht aufgenommen hatte. Viele Male hatte ich sie mit den Worten aus Grillparzers Tragödie Sappho »Hier sitze ich einsam und verlassen«, die ausdrückten, wie ich mich im Internat fühlte, zum Weinen gebracht. Es war mein Geheimnis geblieben, dass ich mich geweigert hatte, der Forderung der Funktionäre nachzukommen, mit der Aufnahme in die Schauspielklasse jede Verbindung zu Vater und Schwester in Westdeutschland abzubrechen. Dieses für mich unvorstellbare Ansinnen bedeutete das Aus meines Traumes und des Lebens, das mir damals vorschwebte. Ein Leben, in dem ich sichtbar und hörbar war. Alles, was man nicht denken, nicht sagen konnte, was nicht sein durfte, wollte ich auf die Köpfe unter mir herunterhageln lassen, um die Menschen aus ihrem Dämmerzustand aufzuschrecken. Diesen Traum hatte ich damals begraben müssen. Vielleicht hätte ich sonst in einem der Theaterstücke von Heiner Müller mitgespielt, solange sie noch nicht verboten waren. Aber über all das hatte ich geschwiegen und schwieg auch jetzt. Wir fuhren zum Hotel, in dem sie mir ein Zimmer bestellt hatte, weil sie glaubte, für mich, eine Wessi, sei ihre Zweieinhalb-Zimmer-Wohnung nicht gut genug. Das Wort war mir bis dahin in seiner einschränkenden Bedeutung nicht klar gewesen.

Das Klassentreffen begann am nächsten Tag. Vor dem Tor der Klosteranlage standen bereits ein paar Leute, als wir eintrafen. Die meisten kamen mir nicht bekannt vor. Ich suchte nach den Gesichtern von damals. Nach dem mit einer fast griechischen Nase, nach einer Frau mit einem dunklen und einem hellen Auge, nach dem breiten Lächeln des Mädchens mit dem Pferdeschwanz, nach derjenigen, deren Mutter mein zerrissenes Kleid wieder in Ordnung gebracht hatte. Ich sah nicht eines von ihnen. Dort standen Menschen, die mir viel älter vorkamen, Frauen mit dauergewelltem Haar, manche grau, manche blondiert, die meisten trugen Konfektionsgröße vierundvierzig und Kleidung, die schon seit vielen Jahren nicht mehr in meinem Kleiderschrank hing. Auch einige Männer mit Bäuchen hatten sich dort versammelt, viele bereits mit schütterem Haar. Auch davon kam mir keiner bekannt vor. Endlich entdeckte ich zwei mir vertraute Gesichter. Die beiden hatten in der Bank hinter mir gesessen, nun waren sie verheiratet. Auch sie hatten mich erkannt und mit meinem alten Spitznamen begrüßt. Als wir später alle zusammensaßen, erfuhr ich, dass sich zwei Mitschülerinnen kurz nach der Wende umgebracht hatten, viele hatten ihre Arbeit verloren, »abgewickelt«, sagte einer und griff nach dem dritten Bier. Er sah so aus, wie ich mir Menschen vorstellte, die sich aufgegeben haben. Ich vermisste einen Mitschüler, der aus der gleichen Stadt kam wie ich, und fragte nach ihm. Eine Weile war es still, ich dachte, auch er könne gestorben sein, aber dann sagte jemand mit einem eigenartigen Lächeln: »Der ehemalige Stasi-Offizier traut sich wohl nicht. Schließlich hat er uns schon damals ausspioniert.« Man muss mir meinen Schrecken angesehen haben, denn meine Nachbarin sagte, so seien eben die Zeiten gewesen. Als ich durch den Park ging, schoss mir zum ersten Mal der Gedanke durch den Kopf, dass mein Bruder mit den Verhören etwas zu tun gehabt haben könne. Später sprach der Russischlehrer, ein Mann von siebzig Jahren, in der Kapelle des Innenhofes. Unglaublich, er gebrauchte noch immer das gleiche Vokabular! Glaubte er wirklich noch immer, dass nur durch unabdingbare Erziehung hin zu sozialistischen Werten in der Gemeinschaft, welche die Unterdrückung der Bedürfnisse des Individuums beinhalte, die Welt zum Guten verändert werden könne? Während seiner Rede betrachtete ich den gekreuzigten Jesu hinter seinem Rücken, der nun nicht mehr durch die Konterfeis von Ulbricht und Stalin verdeckt war wie vor vierzig Jahren.

Ole

Das Ausmaß der Kontrolle über die Menschen, dort, wo ich aufgewachsen bin, wurde mir erst klar, als ich mich Jahre später durch meinen Beruf damit beschäftigte. Ich arbeitete inzwischen in einer Kanzlei, in der auch Anfragen eingingen, die sich auf die Überwachungen während der DDR-Zeit bezogen. Die Antragsteller erhofften sich, durch uns leichter an Daten zu kommen, wollten wissen, wie sie am besten vorgehen sollten. Es dauerte eine Weile, bis ich begriff, welch riesige Datenmengen vom Ministerium für Staatssicherheit erfasst und gespeichert worden waren. Obwohl nach einer Anweisung von Mielke kurz nach dem Mauerfall ein Teil der Akten abtransportiert und vernichtet worden war, gab es noch beinahe 40 Millionen Karteikarten und über einhundert Kilometer Akten. Es würde Jahre dauern, bis alles gesichtet und aufbereitet war. Noch im Nachhinein beschlich mich ein unangenehmes Gefühl bei dem Gedanken, dass all meine Gänge und Dummheiten, auch die kleinen Straftaten als Jugendlicher, aufgezeichnet worden waren und nun dort zu finden seien. Nie hatte ich jemandem, auch meinen Geschwistern nicht, davon erzählt.
Nach Mutters Tod rutschte ich mehr und mehr ab. Kein Interesse an der Schule, auch später kein Interesse an der Arbeit in der Fabrik. Ich ging einfach nicht mehr hin. Aber es war nicht mehr wie früher im Osten, wo man ermahnt worden war, wo einen jemand geholt hatte, wenn man nicht erschien. Die Zeiten hatten sich geändert, und weil die Belegschaft nach der Wende reduziert werden sollte, bekam ich die Kündigung. Nun stand ich auf der Straße. Wie sollte ich mich als ehemaliger Ostbürger mit den sozialen Sicherungssystemen auskennen? Arbeitslosengeld, Sozialhilfe und was es sonst noch gab. Wer hätte mir auch davon erzählen sollen? Schon bald hatte ich kein Geld

mehr, konnte die Miete nicht bezahlen, hatte nichts zu essen. Wären meine Kumpels nicht gewesen, ich wäre komplett abgestürzt. Ab und zu kauften sie für mich ein. Sonst besorgte ich mir mein Essen eben ohne Geld. Ich war auch handwerklich geschickt und kam auf die Idee, die öffentlichen Telefone so zu manipulieren, dass das Geld darin stecken blieb. Nachts sammelte ich es ein und kaufte mir am nächsten Tag Weißbrot und Butter für die Woche. Das war's. Es muss Weihnachten/Silvester 1990/91 gewesen sein, da war ich völlig am Boden, als Vater mir eine Stellenanzeige aus der Zeitung schickte. Ein Kumpel und ich fuhren deshalb nach Berlin. In einem Büro warteten wir, bis nach einer Stunde ein Mann in einem Opel Omega vorfuhr, gut gekleidet, wohlgenährt, das Gegenteil von uns. Er brachte uns in eine Pension in der Nähe der Stadt, sagte wir hätten Glück, hier gäbe es Essen und ein Bett für uns. Als Gegenleistung mussten wir Zeitschriften-Abos verkaufen. »Praline«, »Neue Revue«, »Freizeitwoche«, »Stern« und »Geo«. Ich war in eine »Drückerkolonne« geraten, Zeitschriften-Abo-Verkäufer am Rande der Legalität. Wir waren ein komischer Haufen von Tagträumern und gescheiterten Existenzen. Nur mit solchen konnte man so etwas machen, jeder Andere hätte das durchschaut. Der Chef war aus Hannover, später kam ein Schlägertyp mit dem Pitbull-Terrier Dillgow dazu. Wie die Heuschrecken zogen wir von Stadt zu Stadt und versuchten mit allen Tricks, »Scheine« zu schreiben. Am Abend waren sie abzuliefern. Die besten Storys fielen meinem Zimmernachbarn ein. Wie viele tote Tanten und Mütter der den älteren Frauen servierte, damit sie unterschrieben! Wieso fielen mir solche Sachen nicht ein? Ich war doch auch nicht blöd. Die Kunst bestand darin, dass die Abos nicht storniert wurden, denn wenn das Abo kippte, kam es zu bösen Szenen. Es gab kein Essen und man drohte uns mit Prügel und Kündigung. Seit ich mitbekommen hatte, wie einer meiner Kumpel im Nachbarzimmer verdroschen worden war, hatte ich Angst und dachte über Flucht nach. Aber noch bevor ich einen Plan hatte, wurde ich mit zwei Kumpels mitten in Mecklenburg-Vorpommern aus dem Auto geworfen. Da standen wir nun in der Nähe des Kummerower Sees, nicht einmal die Sachen, die uns gehörten, durften wir mitnehmen. Bei Nacht liefen wir quer über das flache Land zum nächsten Bahnhof und fuhren schwarz nach Hause. Wenn ich heute daran denke, kommt es mir wie ein Film vor.

Das alles kam mir wieder in den Sinn, als ich an den Antrag dachte, den ich so viele Jahre danach gestellt hatte, weil ich wissen wollte, ob es eine Akte über unseren Vater gab, und entschied, ihn wieder zurückzuziehen. Zum einen wollte ich nicht, dass meine Geschwister erfuhren, was ich angestellt hatte, zum anderen spürte ich eine Beklommenheit bei dem Gedanken, was da alles zum Vorschein kommen könnte. Was, wenn Vater tatsächlich jemanden auf dem Gewissen hätte und wir es nicht mehr ignorieren könnten? Muss man denn alles wissen, oder ist es nicht besser, vor bestimmten Dingen die Augen zu verschließen? Über solche Sachen grübelte ich. Aber Ulrike bat mich, nicht aufzugeben, das hätten wir noch nie gemacht, das gäbe es nicht in unserer Familie. Ich ließ mich breitschlagen. Nach einiger Zeit erhielt ich die ersten Akten. Zum Glück stand darin nichts über mich und diese Zeit, für die ich mich heute noch schäme. Aber es war ersichtlich, dass Vater verschiedenen Mitarbeitern der Behörde - ihre Namen waren geschwärzt - Auskünfte über Gäste der Gastwirtschaft und Personen, die er kannte, gegeben hatte. Ebenfalls las ich, dass er für die Stasi angeworben werden sollte. Es existierte ein Blatt mit seinen Daten und die Berichte der IM über ihn, sowie ein weiteres Blatt, das seine Anwerbung bestätigte. Eine unterschriebene Verpflichtung war nicht dabei. Noch immer wussten wir nicht, ob sie vernichtet worden war oder gar nicht existiert hatte.

Ulrike

Ich bin noch heute froh, dass ich Ole davon überzeugen konnte, den Antrag nicht zurückzuziehen. Auch wenn wir damals nicht wussten, was da zu lesen sein würde. Und obwohl wir nicht so ein enges Verhältnis haben, wie es zwischen mir und Armin besteht, seit ich denken kann, tat er es. Dass es solche Unterschiede zwischen den Geschwistern geben kann, wir haben doch alle die gleichen Eltern! Und auch wenn ich es nicht gern sehe, es gibt sie. Armin war mir einfach näher. Es war seine Art, seine Wärme. Ich denke oft an die Zeit, als wir noch Kinder waren. Wir hatten zu wenig von Vater und Mutter, aber wir hatten uns. Als großes Glück empfinde ich das bis heute, auch wenn wir nun über ganz Deutschland verstreut leben. Manchmal gehe ich in Gedanken die vielen Wohnungen durch, in denen wir gewohnt haben. Am liebsten denke ich an die Neubauwohnung im Braunkohlegebiet. Da war ich glücklich gewesen, ahnte nicht, was alles noch kommen würde. Als wir danach das eine Jahr im Schigebiet wohnten, hatte Armin Aufsicht am Hang, an dem ich mich mit Freunden getroffen hatte. Ich war schon damals bereits lang und stakelig, eine richtige Bohnenstange, kriegte die Kurve nicht und fuhr mit vollem Schwung in den Bach. Pitschnass war ich, bald ein Eiszapfen, hatte Angst, so nach Hause zu gehen. Ich wusste, da würde es etwas setzen. Mutter war nicht zimperlich, fand immer etwas an mir. Bis heute weiß ich es nicht, warum das so war, habe nur so eine Ahnung. Wir gingen in sein kleines Zimmer, er gab mir eine Hose und einen Pullover von sich, Sachen die an mit schlotterten. Er konnte so herrliche Witze machen, wir kugelten uns, dabei trocknete er meine Sachen mit seinem Föhn. Es war nicht das einzige Mal, dass er mir beistand, aber er konnte auch ganz schön egoistisch sein. Ich habe die Geschichte schon vielen Leuten erzählt, wie er einmal mit einer Tüte mit zehn Spritzkuchen vom Bäcker kam und einer nach dem anderen vor unseren Augen in seinem Mund verschwand. Wir drei Kleinen stierten auf die Tüte, die dünner und dünner wurde, und konnten es nicht fassen. Erst als er neun Stück gegessen hatte, bemerkte er unsere Blicke und fragte: »Äähh, möchte etwa jemand einen?« Viel später, als ich beschlossen hatte, die Zeit, als wir Kinder waren, genauer unter die Lupe zu nehmen, dachte ich, dass er manchmal nicht richtig da gewesen war. Irgendwie weggetreten. Aber wo genau er war, das weiß ich bis heute nicht. Heute ist er derjenige von den Geschwistern, von dem ich am wenigsten erfahre. Ich kann nur mutmaßen, wie

es ihm geht. Oft erinnert er mich an Vater. Die gleichen Gesten, das gleiche Lächeln, auch der war oft nicht erreichbar, nicht einmal für mich. Dabei hätte ich so viel darum gegeben. Warum Armin mit Vater ab einem bestimmten Zeitpunkt nichts mehr zu tun haben wollte, auch dann nicht, als er bereits dement war, weiß niemand. Nicht einmal, als er im Sterben lag, ist er gekommen. Da ist an ihn noch heute nicht ranzukommen! Keiner kann das, nicht einmal seine Frau. Bei Vaters Beerdigung habe ich ihn zum ersten Mal weinen sehen. Lange habe ich überlegt, wie ich an den Brief kommen könnte, den er ihm ins Grab gelegt hat. Zu gern hätte ich gewusst, was da drin stand. Aber ich konnte das Grab ja nicht wieder aufbuddeln!

ZURÜCK ZU DEN WURZELN

Ruth

Was hätte Mutter wohl dazu gesagt, dass ihr Sohn doch so alt geworden ist und eine ganze Menge Kinder in die Welt gesetzt hat? Dass sie nicht nur ein, sondern fünf Enkelkinder hat, die auf ihren Schoß krabbeln, gewickelt, gebadet, gefüttert werden wollen. Wäre sie auch mit seinen Kindern so liebevoll umgegangen wie mit meiner Tochter Toni? Oder hätte sie ihr ganzes Augenmerk darauf gerichtet, dass auch bei seinen Kindern etwas zum Vorschein käme, das ihre Nerven bis aufs Äußerste anspannte oder sogar überspannte? Ich glaube kaum, dass sie in der Lage gewesen wäre, von ihrer Behauptung, er sei längst tot, Abstand zu nehmen und sich mit dem Leben des Sohnes auseinanderzusetzen. Diesem Leben, das sie ihm vorausgesagt hat. Einem Leben außerhalb der gültigen Moral. Sie hätte sich dann manches fragen müssen: Warum er sich von der Familie löste, warum er sie sogar verschwieg und auslöschte, so gut es ging, sodass sie nur noch auf kleinen Zetteln zwischen seiner Wäsche weiterlebte bis zu seinem Tod. Das hätte sie wohl kaum gewollt. Vielleicht wäre sie überrascht gewesen, zu hören, dass er noch ihren Geburtstag wusste, an dem wir früher die Rotdornsträucher in der Umgebung unserer Wohnung plünderten, um ihr eine Freude zu machen, ihr Gesicht für diesen Tag aufzuhellen. Der Sohn war ja groß genug, um die blühenden Zweige in den Franckeschen Stiftungen zu erreichen, mit denen wir ihren Platz schmückten, während Marianne das Frühstück machte. An diesem Tag zogen wir alle an einem Strang, ähnlich wie an den Weihnachtstagen, bis die Familie danach zerfiel und jeder wieder seiner Wege ging. So war es, wenn meine Erinnerung mich nicht täuscht, bis schließlich nur noch ich mit Mutter und ihrem neuen Mann übrig blieb.

Meine Tochter beschreibt eine Großmutter, in der ich meine Mutter nicht wiedererkenne. Immer für sie da, liebevoll, um ihr Wohl bemüht. Eine Großmutter, die lachen kann, die sie mit in die Berge nimmt, sie ermuntert, noch und noch ein Stück zu laufen. Die geduldig nach der Arbeit die ersten unbeholfenen Wörter des Kindes verbessert, sie in die Badewanne steckt, wenn ihr der Bauch wehtut, an ihrem Krankenbett sitzt. Nur die Ausflüge in die Fantasie des Kindes machten ihr Schwierigkeiten. Dem Hund, der nicht da war, mit dem Toni trotz seiner offensichtlichen Abwesenheit unter dem Tisch sprach, ihm Anweisungen gab, wann er zu bellen hatte, ihm sagte, dass er nun sein Fressen bekam, das konnte sie nicht als gegeben hinnehmen. Für solcherlei Fantasien gab es in ihrem Leben keinen Platz. Dem Leben, das voll von Sorgen und Enttäuschungen war, in dem der Kampf ums Überleben alle Kraft beanspruchte. Wie musste es sich anfühlen, dass ihre Kinder sie vorzeitig verließen. Dass jene sie zurückließen, denen sie während des Krieges das Leben gerettet hat.

Berthel, die Mutter von Marianne, Ruth und dem Bruder

Ich war hundertprozentig davon überzeugt, dass mein Sohn nicht mehr lebt. Es war nicht nur zu meinem Schutz, wie meine Tochter denkt, jedenfalls nicht ausschließlich. So, wie ich ihn bisher kannte, musste ich davon ausgehen. Sonst, das hatte ich bisher nie anders erlebt, hätte er sich irgendwann gemeldet, und sei es auch nur, um nach Geld zu fragen. Er hatte einfach keine Standfestigkeit, kein Durchhaltevermögen, kein Gefühl dafür, was Recht und Unrecht ist. Von einer Situation mogelte er sich zur nächsten. Schon in der Schule war das so. Wenn er keine Lust hatte, ging er nicht hin, trieb sich irgendwo herum. Die Lehrer hatten gut reden. Kontrollieren sollte ich ihn. Aber wer hätte dann das Geld verdient? Bei Entschuldigungen machte er meine Schrift nach, täuschend echt. So ein Kerl! Hätte er doch bloß seine Fähigkeiten besser genutzt! Aber er hatte alles andere im Kopf. Weder erledigte er seine Aufgaben, noch lernte er, dabei war er nicht wirklich dumm. Über seine Fische im Aquarium wusste er alles, auch über Hunderassen und Gesteinsarten. Vor dem Gesundheitsatlas, der im Kleiderschrank lag, konnte er Stunden sitzen. Ich hatte ihn dort versteckt, damit Ruth sich nicht vor den hässlichen Fotos erschrak. Aber das brauchte er doch alles gar nicht. Er tat einfach nur, wonach ihm der Sinn stand, war stur wie der Ziegenbock, der unter den Obstbäumen der Lebensmittelgroßhandlung graste, in der sein Vater arbeitete. Da half nur eines. Jedenfalls wusste ich nichts Besseres. Noch immer ist mir unerklärlich, woher er diesen Charakter hatte.

Ich kann von mir behaupten, dass ich immer getan habe, was nötig war, auch wenn ich das nicht gut fand. Es ist mir alles andere als leicht gefallen, mit sechzehn. Eigentlich hätten meine älteren Brüder Mutter und mich ernähren sollen nach dem Tod des Vaters. Ich hatte keine Jugend wie andere! Als Dank dafür hat mein Bruder, obwohl er es gekonnt hätte, mich ohne jegliche Unterstützung, sogar ohne Lebensmittelkarten für die Kinder, aus dem Rathaus wieder nach Hause geschickt. Dabei kriegten wir schon lange keine Zuteilung mehr vom Winterhilfswerk. Unser Haushaltsvorstand hatte nicht das richtige Blut. Die Familie meines Bruders kannte keinen Hunger, ihnen hat es an nichts gefehlt. Ein bisschen Unterstützung wäre doch das Mindeste gewesen, auch wenn er meine Heirat nicht gebilligt hat. Selbst wenn er die Schwierigkeiten, die ich danach hatte, vorhersehen konnte. Ich konnte das nicht. Wie können Männer bloß so herzlos, so eigennützig sein? Auch für meinen Mann habe ich den Kopf hingehalten, habe ihn nicht verraten, sogar als Blockwart habe ich mich angedient. Bloß damit sie uns in Ruhe ließen. Der Nazi unter uns hatte es doch darauf angelegt, dass sie uns auf die Schliche kamen. Als der Krieg vorbei war und wir alle überlebt hatten, atmete ich auf. Jetzt kommt das gute Leben, dachte ich. Aber da kam er mit dieser Frau aus Polen. Ich konnte einfach nicht glauben, dass da zwischen ihnen nichts war. Ich sah doch, wie sie ihn anhimmelte, wenn er in die Küche kam. Aber er leugnete es. Als er die Russen eines Nachts in unsere Wohnung brachte, die die Polin später mitnahmen, war ich froh. Nun würde wieder alles wie vor dem Krieg. Wir hätten zu essen, würden als Familie in die Heide fahren oder auf die Rabeninsel, er würde mir ein Stück Verantwortung abnehmen. Aber dieser Mann war nicht mehr der, den ich geheiratet hatte. Ein Bündel voller Unruhe, das nachts im Bett stöhnte und sich von einer Seite auf die andere warf. Ein halbes Jahr später hat er seinen Koffer gepackt und ist ausgezogen. Dieses Mal für immer.

Wieder war ich mit den Kindern allein. Ich war dreiunddreißig, das konnte doch nicht das ganze Leben so weitergehen! Mein Friseur machte mir nicht nur die Dauerwelle billiger, später auch umsonst, er machte mir auch den Hof. Er hatte diese schwarzen Haare wie mein Mann, hatte Geld genug, um mich mal zu einem Nusshörnchen mit Bohnenkaffee auf die Leipziger Straße einzuladen. Sogar ein Päckchen Zigaretten steckte er mir ab und zu in die Tasche. Ich teilte sie ein, eine am Morgen und eine am Abend. Cabinet Filter, sie reichten zehn Tage. Ich leistete mir höchstens mal eine halbe Schachtel Casino für eine Mark. Wenn ich daran denke, dass ich wegen diesem Hallodri beinahe meine beiden Großen verlassen hätte. Warum bin ich bloß immer auf solche Männer reingefallen! Das war schon der Dritte. Manchmal verachte ich die Männer und schiebe eine heilige Wut auf sie. Wenn die mich packt, dann kann ich für nichts garantieren. Ich habe sie auch gespürt, als ich erfuhr, dass der Junge die Unterschrift gefälscht hatte. Ich darf gar nicht daran denken, vielleicht hätte ich ihn dieses Mal totgeschlagen, aber er hatte sich ja schon aus dem Staub gemacht. Gott sei Dank! Später habe ich öfter an ihn gedacht, mich gefragt, was aus ihm geworden ist, ob er wirklich tot war. Aber das habe ich für mich behalten. Wem hätte ich es denn erzählen sollen?

Ruth

Inzwischen hatte ich meine Arbeit für den Verlag abgeschlossen und saß nun wieder unter dem Drachenbaum im Süden, wohin es mich im Winter immer zog. Hier las ich, hier schrieb ich, dachte nach. Es gab kaum einen Platz, an dem ich mich so geborgen fühlte wie unter seinem Blätterdach, das mich an den Struwwelpeter denken ließ, der seine Suppe nicht essen wollte, wie ich die Graupen während des Krieges. Sie waren in meinem Mund immer mehr geworden und, kaum war der Teller leer, wieder ans Tageslicht gekommen. Zunächst kannte ich den Namen des Baumes noch nicht, dachte aber gleich, als ich ihn zum ersten Mal sah, an einen Drachen. Es lag an diesem mächtigen, grauen Stamm, der sich aus verschiedenen Stämmen zusammensetzt, mit der von Schrunden übersäten Rinde. Bricht ein Stück ab, bildet sich an dieser Stelle ein neuer Stamm, wie bei einem Drachen, dem man den Kopf abgeschlagen hat. Mit den Jahrhunderten entsteht auf diese Weise seine Urgestalt. Es gibt Exemplare, von denen behauptet wird, sie seien tausend Jahre alt. Ein Bewohner, der meine Vorliebe für einheimische Pflanzen kannte, erzählte mir, dass früher die Ureinwohner der Insel mit dem Harz des Baumes, dem Drachenblut, Verletzungen geheilt und ihre Toten mumifiziert hatten. Ich erinnerte mich an Geschichten, an Sagen, in denen der böse Drache einen Schatz oder eine Jungfrau bewachte und nur ein Held oder eine Gottheit das Tier besiegen konnte. Dass an dem abgeschlagenen Kopf gleich mehrere neue Köpfe nachwuchsen, hatte mich als Kind in große Ängste versetzt. Ich hatte es so gedeutet, dass man gegen das Böse nicht ankam. Erst als mir meine Großtante Anna die Nibelungensage vorlas, beruhigten sich meine Träume, in denen viele Male der Drache mit seinen feurigen Augen erschienen war, um mich zu verschlingen. Ich wusste nun, und das beruhigte mich, es gab ein Mittel dagegen: das Drachenblut. Aber wo und wie war es zu finden? Tante Anna wäre von mir nicht so vergöttert worden, hätte sie nicht auch dieses Mal Rat gewusst. Als ich wieder einmal bei ihr übernachtete, kam sie mit einer Flasche roter Flüssigkeit in die Küche, in der ich mich gerade in der Waschschüssel wusch. Sie streckte mir die Flasche mit einem Lächeln entgegen und sagte, sie habe es in einer Apotheke entdeckt. Ich las das Etikett: Drachenblut. Ab heute, es war eine Vollmondnacht, müsse ich mich einen Monat lang damit einreiben, dann könne mir niemand mehr etwas anhaben. Seit diesem Abend rieb ich mich mit der leicht klebrigen Flüssigkeit ein, immer darauf bedacht, nicht das kleinste Stück Haut zu vergessen, um unverletzlich zu werden. Das hatte ich mir vorgenommen. Meine Haut wurde von Tag zu Tag glatter, die kleinen Unregelmäßigkeiten verschwanden und meine Gewissheit wuchs, nun könne mich niemand mehr verletzen. Ich trank auch einige Male davon, wie ich es gelesen hatte, aber so sehr ich mir das wünschte, die Sprache der Vögel konnte ich nicht verstehen und auch den Kanarienvogel der Nachbarin konnte ich damit nicht zum Sprechen bringen. Wie sie es damals geschafft hatte, an den Saft von Granatäpfeln zu kommen, den sie mit Apfelsaft aus ihrem Schrebergarten vermischte, das Geheimnis nahm sie mit ins Grab.

Endlich hatte ich Zeit und Ruhe, die Informationen über meinen Bruder zu sortieren, die Orte, an denen er gelebt hatte, im Internet aufzurufen. Im Erdkundeunterricht, so hieß es bei uns bis zum Abitur, wurden wir mit den Namen der Hauptstädte fremder Länder bombardiert, mussten sie runterrattern können, ohne auch nur die geringste Vorstellung von dem Land zu haben, zu denen sie gehörten. Denn über seine Geografie, seine Menschen, seine Geschichte erfuhren wir nichts. Ich kannte vielversprechende Namen wie Buenos Aires, Santiago de Chile, Bogotá, Quito, Tokio und erfand am Abend im Bett Geschichten dazu. Aber wo die Orte in dem Land, in dem wir lebten, lagen oder wie sie zu erreichen waren, das wusste ich nicht. Das Erzgebirge lag für mich meilenweit entfernt, ebenso wie Brandenburg. Nur nach Dresden waren wir mit der Schule gefahren. Erstaunt stelle ich jetzt fest, dass die Wohnorte meiner neuen Familie gar nicht so weit auseinanderlagen, wie ich dachte.

Ole

Fünfzehn Umzüge - und ich bin erst sechsundvierzig! Wie soll man da zur Ruhe kommen? Auch bei meinen Geschwistern ist es nicht viel anders. Wenn ich bloß wüsste, was uns so treibt! Das kann doch nicht immer so weiter gehen! Gerade angekommen und wieder los. Wie ein Zwang! Sandra nennt es das »Fort-Gen« und ist überzeugt davon, dass wir es geerbt haben. Sie ist am bodenständigsten von uns Kindern. Man sieht es schon von außen. Wir anderen drei sind lang und mager, sie ist kleiner und stabiler. Außen wie innen. Bei ihr hole ich mir gern Rat. Sie hat etwas, das ich nicht habe, kann analysieren und ist trotzdem mit dem Herzen dabei. Wenn ich nicht weiß, wohin, dann fahre ich zu ihr. In ihrem Haus gibt es immer einen Platz für mich. Ein Fachwerkhaus mit einem großen Grundstück, das sie mit ihrem Mann und den Hunden bewohnt. Dort ist meine Sicherheit, wenn ich das Alleinsein nicht mehr ertrage. Die Zeit, die ich letztes Weihnachten dort verbracht habe, hat mir gutgetan. Ich war, wie alle, aufgewühlt, nachdem wir nun endlich Vaters Familie gefunden hatten. Darüber sprachen wir viel, blätterten in alten Briefen und Fotos, durchforsteten Vaters Ledermappe nach noch mehr Unterlagen. Es war, als würde ein Schiff, das auf Grund gelaufen ist, nun nach oben gezogen und wieder flott gemacht. Alles musste neu geordnet, die entstandenen Schäden registriert und eingedämmt werden. Das wurde uns klar. Aber wie sollte das gehen? Womit fing man an? Auf der einen Seite waren wir dankbar dafür, auf der anderen tauchten Dinge auf, von denen wir Abstand genommen hatten und das am liebsten auch weiterhin tun würden. »Jetzt geht es ans Eingemachte«, sagte Sandra. Da merkte ich erst, an wie wenig Konkretes ich mich erinnerte. Es gab nur einen Begriff, der bei mir für das unangenehm Erfahrene stand: Vernachlässigung. Deprivation nannte es die Frau, die mich nach meinem Zusammenbruch vor einem Jahr begleitet hatte. Aber wie findet man einen Weg zurück, ohne dass es einen umhaut?

Und schon überlege ich wieder, wohin ich als Nächstes ziehen könnte. Dabei weiß ich, ich kann es mit absoluter Gewissheit sagen, dass Potsdam die Stadt meiner Wahl wäre. Vielleicht, weil mir Rose, die Stiefmutter, damals mit so viel Unterstützung zur Seite gestanden hatte wie vorher und nachher niemand mehr in meinem Leben. Vielleicht auch, weil mich die tausendjährige Geschichte dieser Stadt nicht loslässt. Für Geschichte interessiere ich mich schon lange, das sind doch unsere Wurzeln. Ein Teil der Stadtgeschichte spielt auch in Vaters Leben eine wichtige Rolle. Zwar war er noch nicht geboren, als Hitler hier am 21. Mai 1933 den Reichstag eröffnete, doch als die Staatsmänner im Schloss Cecilienhof in der Potsdamer Konferenz zusammensaßen, war er bereits zehn. Beides sind Ereignisse, die auch ihn betrafen, die ihn vielleicht so werden ließen, wie er war. Ob er wusste, dass die ersten beiden Spione über die Glienicker Brücke ausgetauscht wurden, als er seit zwei Jahren wieder in der DDR lebte? Vater hat nie über Politik gesprochen. Ab und zu hat er gesagt, dass man bei dem einen oder anderen Nachbarn nicht alles sagen dürfe. Das war's. Kann schon sein, dass es ihn nicht interessiert hat. Ich habe erst spät angefangen, mich um Politik zu kümmern, da gab es die DDR schon eine Weile nicht mehr. Als Jugendlicher hat es mir genügt, dass wir Rockmusik hören und Jeans tragen durften. Das war zu meiner Zeit ja schon erlaubt. Sogar gegen lange Haare unternahm keiner mehr was! Sie brauchten ja die Jugend. Aus etwas anderem bestand mein damaliges Leben nicht. Heute heißt das »easy go lucky« oder »abhängen«, wir nannten es »gammeln«. Das war, was ich wollte. Erst als ich beschlossen hatte, dass ich von vorn anfangen, etwas lernen wollte, beschäftigte ich mich auch mit Politik. Dass die Siegermächte Deutschland wie einen Kuchen unter sich aufgeteilt hatten, wusste ich vorher nicht, hatte mir auch keine Gedanken darüber gemacht, dass die Menschen, die nun in verschiedenen Zonen lebten, nicht mehr zu ihren Verwandten konnten.

Ich bin gern in Potsdam, ich fühle mich sicherer hier als in jeder anderen Stadt. Alles ist mir vertraut. Wenn ich durch das Belgische Viertel gehe, komme ich nie ohne eine Tasse dieser dickflüssigen Schokolade mit einer Sahnehaube davon. Man kann sie nur löffeln, zum Trinken ist sie zu zähflüssig. Oft zieht es mich in die Gartenanlagen von Schloss Sanssouci auf eine der Bänke im Schatten. Dann träume ich von der Liebe, so wie damals in der Schule. Noch immer. Das erste Mädchen, für das ich mich interessierte, war eine Klassenkameradin, aber ich wusste gar nicht, was ich mit ihr anfangen sollte. Niemand hatte uns aufgeklärt. Bei uns zuhause existierte der Körper nicht, außer zum Arbeiten. In Sachen Mädchen war und blieb ich ein Spätzünder. Nie hätte ich mich getraut, in der Disco einem Mädchen Avancen zu machen. Da war eine Knutschfreundin zum Ausprobieren. Mit Liebe hatte das nichts zu tun. Ich wollte wissen, wie es geht, weil alle davon sprachen. Als ich gerade anfing mit meiner ersten Freundin zu gehen, kam Mutters Tod dazwischen und ich musste zu Vater. Zu dieser Zeit hätte ich nicht einmal wahrgenommen, wenn ein Mädchen sich für mich interessiert hätte. Ich war viel zu beschäftigt mit mir, der Schule, der Trauer. Meine Antennen standen auf Durchzug. Mit achtzehn traf ich Christine, das war ein tolles Mädchen, hübsch, klug und nicht so kompliziert. Wir waren unzertrennlich. Warum hatte ich bloß irgendwann das Gefühl, dass etwas nicht stimmte? Dass sie mich nicht genug liebte? Bei Nacht und Nebel bin ich von ihr weggefahren. Habe einfach Schluss gemacht.

Noch immer vertraue ich nicht wirklich auf die Liebe. Manchmal, wenn ich an den Havelseen bin, setze ich mich in eines der Boote. Beim Schaukeln erlebe ich ein durch nichts zu ersetzendes Gefühl von Geborgenheit. Ein Gefühl, für das ich vieles hergeben würde und das ich sonst nicht kenne. Als ich Sandra davon erzählte, sagte sie lachend: »Das würdest du doch gar nicht vertragen. Und nicht nur du nicht. Ich glaube, auch für den Großen ist es irgendwann aus dieser Welt verschwunden und bisher nicht wieder aufgetaucht. Für euch ist Geborgenheit doch eher so etwas wie für den Teufel das Weihwasser.« Was die sich rausnahm! Ich wollte empört widersprechen, aber sie legte mir den Finger auf den Mund und sagte, ich solle erst einmal darüber nachdenken. Ich tue es, aber zu einem Ergebnis bin ich noch nicht gekommen.

Ruth

Wien, die Stadt meiner Vorfahren, die Stadt, bei deren Besuchen mir am Abend immer der Nacken wehtat, weil ich mich nicht sattsehen konnte an den Fassaden der Prachtbauten in der Ringstraße, die die Stadt wie eine Stadtmauer umgibt. Auch ins Burgtheater, an dem Bruno Ganz als junger Mann bereits in Thomas Bernhards »Alte Meister« zeigte, was einmal aus ihm werden würde, musste ich bei jedem Besuch. Ebenso faszinierte mich Taboris Art, Theater zu machen, wenn ich sah, was dabei herauskam, dass er keine Ruhe gab, bevor er die Schauspieler nicht bis an ihre Grenzen gebracht hatte. Nie habe ich das Theater vergessen können, stellte mir sogar manchmal vor, ich würde unter seiner Regie auf der Bühne stehen. Als ich in einem kleinen Wiener Theater »Sappho« sah, konnte ich die Tränen nicht zurückhalten. Dieses Mal war ich es, die weinte. Und heute ist das Theater nun ein Teilaspekt meines Berufes geworden.

Zum ersten Mal war ich nach Wien gefahren, weil ich wusste, dass mein Großvater Simon dort gelebt hatte. Wie die Kinder meines Bruders hatte auch ich nach dem Tod meines Vaters Unterlagen mit einem leicht fauligen Kellergeruch im Souterrain seines Hauses gefunden. Ich las, dass der Großvater mit seiner Familie, er hatte neun Geschwister, aus dem damaligen Österreich-Ungarn nach Wien gezogen war. Eine Adresse fand ich nicht, wohl aber seine Geburtsurkunde und einen Hinweis, dass er als Zwilling geboren worden war. Ich erinnerte mich daran, dass Vater einmal vor Jahren über einen Besuch in der Wiener D'Orsaygasse gesprochen hatte. Dieser Besuch musste ihn als Kind sehr beeindruckt haben. Da nie jemand den Großvater erwähnt hatte, auch die Großmutter nicht, als sie noch lebte, und ich erst mit vierzig erfuhr, dass man ihn nach Buchenwald gebracht hatte, wollte ich wissen, wie er vor seinem Tod gelebt hatte und was aus meinen Verwandten geworden war. Ich nahm den Nachtzug nach Wien. Es war Sommer und die Klimaanlage war ausgefallen. Mit fünf fremden Menschen lag ich schweißgebadet im Liegewagen, bis ich mich noch vor dem Morgengrauen entschied, den Rest der Fahrt auf dem Gang zu verbringen und die Landschaft an mir vorbeiziehen zu lassen.

Ich hatte mir eine kleine Pension nicht weit vom Dom ausgesucht. Noch bevor ich mich dort meldete, saß ich im Kaffee vor dem Stephansdom, der sich in den gegenüberliegenden Glasfassaden spiegelte, und wartete auf einen »Einspänner«, ohne zu wissen, was ich da bestellt hatte. Bald stand vor mir ein Glas ohne Henkel mit einer gewaltigen Schlagobershaube, darunter ein Espresso, der meine Müdigkeit vertrieb. Den Staubzucker ließ ich weg, weil ich jeden Espresso, seit ich ihn in Italien kennengelernt hatte, zuckerlos trank. Dann begab ich mich auf die Suche. Die D'Orsaygasse ist eine kleine Straße im neunten Bezirk. Es dauerte keine halbe Stunde, bis ich von meiner Pension, vor der die Fiaker hielten und die Kutscher sich Worte zuwarfen, die ich nicht verstand, dort angekommen war. Ich war an kleinen, alten Häusern vorbeigegangen, über denen nur noch die Schilder von der Existenz verschiedener Handwerksbetriebe zeugten. Am Ende der Straße befand sich eine Apotheke. Sie hatte den Stürmen der Jahrzehnte getrotzt. Dort hinein ging ich, hoffend, dass auch die Erinnerung derer, die sie betrieben, von diesen Stürmen so unbeschädigt geblieben war, wie die Einrichtung. Die Apothekerin, eine Frau von etwa fünfzig Jahren, wusste nichts aus der Zeit zu berichten, als meine Familie dort gelebt haben musste. Sie war erst nach dem Krieg nach Wien gekommen. Da ich nicht genau wusste, in welchem der wenigen Häuser der Großvater gewohnt hatte, ging ich, mit Vaters Erzählung von einer eleganten Wohnung mit hohen Räumen und einem Lüster im Kopf, die Gasse mehrmals auf und ab. Dann entschied ich, dass es eines der Häuser links der Apotheke sein musste. Lange stand ich dort, hoffte, dass sich ein Fenster oder eine Tür öffnete. Aber es regte sich nichts. Ich ging ein Stück weiter und stand bald vor einem Altenheim in der Nähe. Auch dort konnte mir niemand Auskunft geben. Man schickte mich zum ehemaligen jüdischen Friedhof, der durch den Flur des Heimes zu erreichen war. Dort lagen verstreut Grabsteine mit hebräischen Buchstaben, die ich nicht entziffern konnte. Ich saß auf einer Bank, bis die Vögel aufhörten, ihr Abendlied zu singen. Als ich am nächsten Tag zur jüdischen Gemeinde ging und dem Mann, der die Tür mit undurchdringlicher Miene und einem Gewehr im Anschlag bewachte, mein Anliegen vortrug, kam ich mir vor wie ehemals in der DDR. Unter strengsten Vorkehrungen durfte ich eintreten, nachdem meine Tasche durchsucht und ich abgetastet worden war. Ich saß vor einem Schreibtisch, dahinter eine Wand voller Akten, und konnte mein Glück kaum fassen, als ich hörte, meine Urgroßmutter sei in der Abteilung sieben auf dem Hauptfriedhof begraben. Über den Verbleib der restlichen Familie konnte niemand eine Auskunft geben. Es war ein riesiger Friedhof mit vielen Abteilungen und niemand da, den ich fragen konnte. Die Buchstaben der Abteilungen waren nicht chronologisch geordnet. Ich ging durch die Reihen, ohne einer Menschenseele zu begegnen. Dann kam ich an einem Feld voller Steinen von Gräbern vorbei, die während des Zweiten Weltkriegs zerstört worden waren. Nun lagen sie hier aufgetürmt, ein Mahnmal. Schon mehrmals hatte ich die Kennzeichnungen gelesen, aber die Nummer sieben nicht entdeckt. Ich beschloss, hoffnungslos geworden, umzukehren, stand noch unter einem Baum, und obwohl es windstill war, vernahm ich über mir ein Knarren. Als ich nach oben sah, entdeckte ich links davon die Kennzeichnung, die ich seit mehr als einer Stunde vergeblich gesucht hatte. Es spukt, dachte ich, und kurz danach stand ich vor dem bereits halb versunkenen Grabstein der Urgroßmutter.

Simon, der Vater von Marianne, Ruth und dem Bruder

Ich war froh, dass ich bereits in der Stadt lebte und arbeitete, als sie meinem Vater in der Reichskristallnacht den Laden zerschlugen und ihn abtransportierten. Mein Bruder, mit dem mich zu dieser Zeit nicht mehr viel verband, hatte das Auto vorfahren hören, war aus dem Fenster in den Hof gesprungen und hatte sich in der Scheune versteckt. Er war mir in allen sportlichen Disziplinen und auch an Körperkraft überlegen, ebenso in Dingen, die handwerkliches Geschick erforderten. Wahrscheinlich hat ihn das gerettet. Noch in der gleichen Nacht verließ er das Dorf und schlug sich bis zum Ende des Krieges durch. Wie er das fertiggebracht hat, weiß ich nicht, wollte es auch nicht so genau wissen. Ich fragte nicht. In dieser Zeit musste jeder sehen, wo er blieb. Mutter war, nachdem sie Vater mitgenommen hatten, zu einer Freundin gegangen, hatte mich von dort aus angerufen und berichtet, was vorgefallen war. Sie war durch den Bauernhof, auf dem sie aufgewachsen war, an ein hartes Leben gewöhnt. Nie hatte ich sie weinen sehen, aber jetzt am Telefon brach ihr die Stimme. Auf keinen Fall solle ich kommen, sie sei nur wenig verletzt, ich solle bloß gut auf mich aufpassen. All das brachte sie kaum heraus, und ich war froh, dass sie mich nicht darum bat, zu kommen.

Ich hatte zu dieser Zeit bereits eine Familie mit zwei kleinen Kindern. Das Mädchen war vier und der Junge drei. Das Mädchen war mein Augenstern, aber mit dem Jungen verband mich nichts. Er sah mich oft fragend, beinahe bettelnd an. Ich wusste nicht, was ich mit ihm anfangen sollte. Nie konnte ich mir erklären, warum das so war. Ich habe später, als er einmal völlig überraschend bei mir im Westen auftauchte, mich um Hilfe bat und dann aber wieder verschwand, zum ersten Mal darüber nachgedacht. Etwas an ihm erinnerte mich an meinen Bruder, der nicht wirklich etwas aus seinem Leben gemacht hatte. Nach dem Krieg arbeitete er als Angestellter in einem Fotolabor. Er tat nun das, was unser Vater gemacht hatte, als er endlich auf Drängen der Mutter sesshaft geworden war und im Dorf den kleinen Fotoladen betrieben hatte. Bis November 1938. Wenn der Bruder auf Skiern stand oder stundenlang durch die Wälder stromerte und irgendetwas sammelte, dann war er glücklich. Aber damit verdient man sich eben nicht seinen Lebensunterhalt.

Unterdessen hatte ich hart gearbeitet, oft bis in den späten Abend. Und manchmal, wenn ich mit den Russen Tauschgeschäfte machte, Schnaps gegen Lebensmittel, die dringend gebraucht wurden, auch nachts. Ich wusste, was ich wollte, und habe dafür gesorgt, dass ich es erreichte. Wenn ich daran denke, wie arm wir gewesen waren! Das kleine, geduckte Haus im Dorf, das Klo auf dem Hof, die paar Hühner und Gänse, die zu besonderen Tagen in den Kochtopf kamen. Nur auf den polnischen Bauernhöfen im Krieg, wo wir alles Essbare beschlagnahmten, habe ich es noch so erlebt. Mutter war immer mit irgendetwas beschäftigt, das sie verkaufen konnte. So hat sie uns durchgebracht. Was mit Vater passiert ist, hat sie nicht verkraftet. Aber ich habe mich nicht unterkriegen lassen, habe es, anders als der Vater und der Bruder, zu etwas gebracht. Keiner sollte mir ansehen, woher ich kam und das tat auch niemand. Nach dem Krieg begann ein neues Leben für mich. Ich wurde geachtet und geschätzt. Mein Chef, der Mann, dem ich mein Leben verdanke, schätzte mich nicht nur, er behandelte mich wie einen Sohn. Die kniffligsten Aufgaben übertrug er mir, weihte mich in alles ein. Er vertraute mir.

Dass er 1951 in den Westen gehen musste, weil ihn jemand wegen seiner Parteizugehörigkeit angeschwärzt hatte, das war ein Schlag für mich. Aber in der neuen Zeit, die ja nicht rosig war, sah manch einer eine Gelegenheit, sich Vorteile zu beschaffen, da diente man sich eben an. Nie habe ich erfahren, wer es war, aber ich hatte den Hausmeister in Verdacht, einen grobschlächtigen Mann mit einem schlimmen Dialekt. Er hatte seine Anstellung erst nach dem Krieg begonnen. Bald danach war es auch bei mir so weit. Auch mich hatte jemand angezeigt. Ich fragte mich, wie sie das über meine Rolle im Krieg rausgekriegt hatten. Zum Glück wurde ich jedoch rechtzeitig gewarnt. Aber es war ein schwerer Anfang im Westen. Das Geld, das wir mitgebracht hatten, war ja dort nicht viel wert. Wir tauschten es eins zu vier, zogen erst einmal aufs Dorf, obwohl ich mir geschworen hatte, nie wieder in einem Dorf zu leben. Durch nichts wollte ich an die Zeit erinnert werden. Aber man lebte dort billiger und ich wusste, ich wollte mich wieder selbständig machen. Und ich schaffte es. Bald kannten mich die Leute in unserer Kleinstadt. Nicht nur diejenigen, die in mein Geschäft kamen, auch die Angestellten sahen zu mir auf. Die Bank gab mir Kredite. Ich war ein angesehener Mann, hatte es zum zweiten Mal geschafft, zu entkommen. Und dann stand eines Tages mein Sohn ohne Vorwarnung im Laden und bat mich, ihm zu helfen. Trotz meiner Bedenken schickte ich ihn nicht weg, gab ihm Arbeit. Aber anstatt dankbar dafür zu sein, hetzte er mir die Kripo auf den Hals. Es gab genug Vorurteile gegen Leute, die aus dem Osten kamen. Das konnte ich mir nicht leisten, das war zu viel. Seitdem ist er für mich gestorben. Ich wollte nicht einmal wissen, ob sie ihn gefasst haben. Dieser Mensch hatte keinerlei Rückgrat.

Ruth

Meinen Onkel habe ich erst zu Vaters fünfundsiebzigstem Geburtstag kennengelernt. Ein drahtiger Mann, Anfang siebzig, nicht größer als ich. Er war mit seiner Frau gekommen, einer Sächsin, deren Abstammung nicht zu überhören war. Sie war einen Kopf kleiner als er, ein bisschen rundlich, mit einem so freundlichen Kindergesicht, dass man bemüht war, ihr nicht weh zu tun. Ich wusste, dass es seine zweite Frau war. Ihr Besuch war der erste Kontakt seit Langem zwischen den Brüdern. Die beiden waren noch nie in seinem Haus gewesen, in dem mein Vater seit 1963 mit seiner zweiten Frau lebte, jetzt sahen sie sich alles genau an. Die Tante staunte über das eingelassene Blumenfenster beim Esstisch, so ein Beet mitten in der Wohnung, dass es das gäbe, der Onkel lobte den Swimmingpool, den er später zu meinem Erstaunen mit einem Kopfsprung durchtauchte, obwohl das Thermometer gerade mal fünf Grad plus zeigte. Aber er war ein sportlicher Mann, sobald es den ersten Schnee gab stand er auf Skiern, beteiligte sich am Eisschwimmen und trainierte die Jugend beim Wettschwimmen. Er sprach viel, lachte gern, griff beim Kuchen kräftig zu. Dieser Mann war das Gegenstück zu meinem Vater. Die Wintersonne lockte nach draußen und als ich mit ihm durch den Garten ging, sagte er, wie sehr er sich freue, noch am Leben zu sein und nun auch die Kinder seines Bruders kennenzulernen. Ohne dass ich danach gefragt hätte, begann er, von früher zu erzählen, von dem kleinen Haus, in dem ich mich gefürchtet hatte, von dem Terrier, der nur nach Hause kam, um zu fressen, von seiner Mutter, die im Krieg hausieren gehen musste, um zu überleben. Ich war erstaunt, denn ich wusste von Vaters Arbeit im Lebensmittelgroßhandel und fragte, warum er die Mutter nicht versorgt habe. »Ach, du weißt es gar nicht«, sagte er und setzte sich auf einen der ausladenden Korbsessel vor das Panoramafenster des Wohnzimmers, an dem schon mancher Vogel sein Leben gelassen hatte. Jetzt standen dort die Geburtstagsgäste zu zweit und zu dritt im Gespräch. Als wir nach einer Stunde durchgefroren wieder zu den anderen kamen, wusste ich, woher meine Großeltern stammten, wann sie aus Posen nach Deutschland gekommen waren und was in der Kristallnacht geschehen war. Beim nächsten Besuch fragte ich meinen Vater danach. Er schien erstaunt über meine Frage zu sein und beschwor mich, ich solle bloß niemandem davon erzählen. Niemals, warum, das müsse er mir ja wohl nicht erklären.

DIE SUCHE

Sandra

Ich erfuhr erst Jahre später, dass Vater an meinem sechsten Geburtstag verhaftet und nach Bautzen ins Zuchthaus gebracht worden war. Seit Mutter sich einen Mann ins Haus geholt hatte, der mit uns lebte, glaubte ich zwar nicht mehr an seine Krankheit, aber was wirklich geschehen war, erfuhr ich erst in einem Gespräch mit Armin, als ich weinte, weil wir umgezogen waren und ich die Gaststätte und meine Freunde vermisste. Seit Vaters Verhaftung hatte sich Armin dort, wo wir gelebt hatten, kaum noch auf der Straße blicken lassen. Ihn hatten sie gehänselt, angepöbelt, sein Rennrad versteckt. Außer zur Schule war er nur im Dunkeln unterwegs gewesen. Ich hatte daran wenig Erinnerungen. Vielleicht war ich bereits zu dieser Zeit in den Büchern verschwunden und hatte mir die verschiedenen Möglichkeiten zu leben einverleibt. Aber auch Vater hatte dort nicht länger bleiben können. Hatte ich nicht mitbekommen, dass er sich im Schlafzimmer versteckte, wenn es klingelte? Oder hatte ich auch das vergessen?

Ich vermisste noch eine ganze Weile die Gaststätte, unser Kinderparadies, aber bald war der kleine Ort im Erzgebirge für mich eine gute Alternative. Die Natur kroch bis an unser Haus heran, etwas, was ich noch heute liebe. Ich begann, neue Freundschaften zu knüpfen. Oft war ich in der Wohnung meiner Freundinnen, eines Geschwisterpaars aus meiner Klasse. Bei ihnen zuhause standen Bücher im Regal, es gab Musikinstrumente, die Eltern aßen mit uns am Tisch. Erwachsene sprachen mit uns dreizehnjährigen Mädchen, sie interessierten sich für uns. Wollten wissen, was wir gemacht haben, was wir in der Schule lernten. Ein völlig anderes Leben. Das gab es! Meine Freundinnen spielten ein Instrument, die eine Geige, die andere Oboe. Das Zusammensein mit ihnen nahm nun einen großen Platz in meinem Leben ein, am liebsten wäre ich dort eingezogen. Ich saß oft beim Üben dabei und war fasziniert. Die Musik hatte eine ganz eigene Kraft, sie rührte an etwas, das ich nicht kannte. Zuhause bettelte ich um eine Flöte. Umsonst. Vater war nicht ansprechbar, »Firlefanz« war das in Mutters Augen. Armin vermisste ich sehr. Er lebte nicht mehr mit uns, hatte im gleichen Ort ein winziges Zimmer, dort, wo er in die Kochlehre ging. Warum das so war, darüber wurde nicht gesprochen. Fragen kam einfach nicht in Frage. Wir Kinder hatten einfach keine Stimme. Ole kriegt noch immer glänzende Augen, wenn er von unserer Zeit dort spricht. Er nennt es sein Paradies. Auch er hatte einen Freund gefunden, einen stillen Jungen, mit dem er oft unterwegs war. Stundenlang waren sie im Wald, um Blätter zu sammeln und ihre Umrisse auf ein Blatt Papier zu übertragen oder sie zum Trocknen in eines der Schulbücher zu legen. Auch eine Steinsammlung legte er sich an. Aus manchen blinkte es wie Silber, andere sahen aus wie weißgefärbtes Glas. Wir beide jedenfalls hätten dort noch lange leben wollen, aber schon nach wenigen Monaten sagte Vater, er hielte es wieder nicht aus. Ein neuer Umzug, schon nach einem Jahr, weit weg von meinen Freundinnen, von Armin, von der Lehrerin, die ich mochte! Mein Weinen half nichts, mein Herpes wuchs, ich hatte wilde Träume, in denen ich mich im Wald versteckte, mir ein Baumhaus baute und eine Flöte fand. Sie hing an einem Baum und am Flötenkopf war ein Zettel mit meinem Namen. Aber was Vater beschloss, das führte er aus und duldete weder eine Frage noch einen Widerspruch. Er mietete eine Vier-Zimmer-Altbauwohnung und wir mussten packen. Ich tat es voller Widerwillen und hasste ihn.

Das neue Zuhause lag in der Oberlausitz, nahe an der deutsch-polnischen Grenze. Eine Gegend, bei der mir noch immer Kälteschauer über den Körper laufen, wenn jemand davon spricht. Aus dem Boden gestampfte Häuser im Nichts. In der Sprache des Kummocke-Landes hießen Kartoffeln plötzlich »Abern«, gestern »jenn Tag« und morgen »murne«. Dorthin ging es nun für Mutter und uns drei Kinder. Armin blieb in seinem kleinen Zimmer zurück und beendete dort, wo wir gewohnt hatten, seine Lehre als Koch. Als Vater sagte, er selbst ziehe nicht mit in die neue Wohnung, dachte ich erst, er mache einen Scherz. Das konnte er doch nicht ernst meinen, warum blieben wir dann nicht im Erzgebirge? Die Mutter zuckte die Schultern und fing an zu weinen, sagte, er zöge zwar in den gleichen Ort, würde aber bei seiner neuen Freundin wohnen. Es war eine jüngere Frau, die immer nett zu uns war, wenn wir dort auftauchten. Ich weiß nicht, wie die Mutter das alles überstanden hat, sie allein mit uns dreien in der neuen Umgebung, Vater mit der Freundin nur ein paar Straßen weiter. Jeden Morgen fuhr sie mit dem Betriebsbus in die Fabrik, in der sie in der Küche arbeitete. Mit dem nicht gerade üppigen Lohn von 500 Mark musste sie uns durchbringen, denn von Vater kam nichts Regelmäßiges. Wie meistens verbrauchte er das, was er verdiente, für sich selbst. Und auch das schien nicht zu reichen. Seit dieser Zeit war Ole für die Mutter ungeheuer wichtig. Wann immer sie Zeit hatte, steckten sie zusammen. Ich war kaum noch für ihn da, war damit beschäftigt, dass nun alles wieder von vorn losging, neue Schule, neue Nachbarn, die Suche nach neuen Freunden. Manchmal verließ mich der Mut, ich fragte mich, warum sollte ich mich darauf einlassen, wieder von vorn anzufangen? Wer wusste denn schon, für wie lange es diesmal war! Ich zog mich in mich zurück und las. Die Bücher, von denen ich nun eines nach dem anderen verschlang, wurden so lange zu meiner Nahrung bis der Jugendclub, den wir gemeinsam mit den Nachbarskindern aufbauten, mein Zuhause wurde. Dort begann eine neues Leben. Alles, was man über das Frauwerden lernen konnte, erfuhr ich im Club. Ein eingeschworenes Team waren wir, zu dem auch bald Ulrike gehörte. Dass Vater auch dort nicht lange blieb, das ahnte ich noch nicht.

Ruth

»Fort-Gen« nannte es Ulrike bei ihrem Besuch, als sie über die vielen Umzüge der Familie sprach, und mich fragte, ob ich auch davon befallen sei. Das sei doch wohl eine Familienkrankheit. Noch ehe ich geantwortet hatte, begann sie von einem Krankenhausaufenthalt, als sie fünf war, zu erzählen. Sie hatte sich in der Wochenkrippe mit Ruhrbakterien angesteckt. Monatelang war sie mit einem Jungen aus der Kindergruppe auf der Isolierstation des Kinderkrankenhauses gelegen. Vom Fenster aus konnte sie die Mutter und Geschwister winken sehen, was sie zwar freute, aber zum Weinen brachte. Nur der Vater war nie dabei. Sie hatte ihn vermisst und große Angst gehabt, dass er sie nicht mehr lieb habe, weil sie nun krank sei, immer dünner werde und ins Bett mache. Noch immer konnte sie sich an die Tür mit der Klappe erinnern, an die Hände der Schwestern in Handschuhen. Nicht das kleinste Stück Haut wegen der Ansteckungsgefahr. Sie hatten die Wände mit einem Stück Seife abgerieben, damit alles sauber wurde, aber als sie am andren Morgen nicht sauber, sondern dunkler geworden waren, dachte sie, nun müsse sie zur Strafe für immer im Krankenhaus bleiben. Am Tag, an dem sie entlassen werden sollte, hatte sie einen Rückfall, da stand für sie fest, das war die verdiente Strafe. Es folgten weitere lange Wochen ohne Körperkontakt, durch die Scheibe von der Familie getrennt. Lachend sagte sie, die Ruhr sei dann zwar vorbei gewesen, aber mit dem »Fort-Gen« sei sie wohl, wie alle Familienmitglieder, bis heute infiziert.

Bisher hatte ich meine vielen Umzüge eher auf einen Anteil des Blutes meines Großvaters geschoben, denn als ich sie zählte, übertraf ich noch die Zahl meines Neffen, der sie als seine Besonderheit begriffen hatte. Ich kam auf achtzehn, drei mehr als er, war ja erheblich älter. Ich konnte mir gut vorstellen, dass er mit seiner Art, in der Welt unterwegs zu sein, meinen Rekord noch brechen würde. Ich jedenfalls hatte meine Tochter gebeten, dass sie mir auf die Finger schlagen solle, falls ich noch einmal auf die Idee käme und mich ein neues Domizil lockte. Das hatte sie bereits bei meinem letzten Umzug getan. Eindringlich hatte sie mich ermahnt, ohne

Aufzug nicht höher als in den ersten Stock zu ziehen. Dabei liebte ich es, aus der obersten Etage auf die Dächer zu schauen und die Menschen unter mir in der Straße zu beobachten. So hatte ich es vom Dachgarten in der elften Straße im Village herunter oft getan. Aber ich befolgte ihren Rat, wohnte nun schon seit acht Jahren in einem Haus ohne Aufzug im ersten Stock. Dafür stieg ich von Zeit zu Zeit auf den Schlossturm der Stadt und beobachtete die Menschen, die auf der Wiese unter den alten Bäumen lagen oder Boccia spielten.

Eine meiner Freundinnen beschäftigte sich schon länger mit der Hirnforschung in der Hoffnung, man könne das Vergessen, das auch ihr mehr und mehr Kummer bereitete, mit einer neuen Methode stoppen oder sogar rückgängig machen. Sie berichtete von einer Studie, die behauptet, dass sich die Erfahrungen der Vorfahren in unseren Genen niederschlügen. Ich fand das interessant, dachte, das könne eine Erklärung für mein »Fort-Gen« sein. Denn schon mein Großvater war, wie ich nun wusste, viel unterwegs gewesen und schließlich stammten wir ja von den Nomaden ab. Mir gefiel der Gedanke auch deshalb, weil sich damit die brutalen Familienkämpfe und Religionsfehden erklären ließen, auch die Behauptung einiger meiner Bekannten, dass der Mensch aus nichts etwas lerne, immer das Gleiche wiederhole, selbst nach einem so schrecklichen Krieg. In den Kriegsjahren war das Zuhause auch für uns kein Ort der Zuflucht gewesen. Vielleicht hatten diese Hungerjahre meinen Bruder dazu gebracht, Koch zu werden, falls sein in den Unterlagen angegebener Beruf stimmte. Jedenfalls hatte er als Koch gearbeitet und war während seiner gesamten Berufstätigkeit bis zur Wende damit beschäftigt, dass etwas auf den Tisch kam. Dafür war er 1980 sogar als »Aktivist der sozialistischen Arbeit« vorgeschlagen worden.

Vorschlag zur Auszeichnung als »Aktivist der sozialistischen Arbeit«:
»Der Kollege ... ist seit 1982 als Küchenleiter in der Zentralküche und seit Beginn des Jahres 1983 als Leiter der Speisenproduktion für die Versorgung der Belegschaft des Tagebaus ... tätig. Unter seiner Leitung wurde

eine systematische Speisenproduktion und Imbissversorgung quantitätsseitig um 15% unter Einhaltung der qualitativen Parameter erreicht. Bei der Vorbereitung und Einführung der Gefrierkostproduktion in der Zentralküche wurden unter seiner Leitung, mit hohem persönlichem Engagement, die technischen, organisatorischen und umfangreichen hygienischen Voraussetzungen zur Aufnahme dieser Speisenproduktionsform in sechs Monaten geschaffen. Über 42 Ausgabestellen für Gefrierkostessen bieten allen Essensteilnehmern auch an dezentralen und Einzelarbeitsplätzen die Möglichkeit, an der Versorgung mit einer warmen Mahlzeit teilzunehmen. Mit hohem persönlichem Einsatz stellte sich der Kollege ... Versorgungsaufgaben. Die Versorgung der Winterarbeitskräfte und der vietnamesischen Werktätigen konnte unter seiner Leitung wesentlich verbessert werden. Gewerkschaftlich tätig in der Küchenkommission gibt er dieser alle Unterstützung. Durch seine aktive persönliche Mitarbeit konnte die Brigadearbeit im Kollektiv der Zentralküche im Jahr 1982 aktiviert werden. Als Verantwortlicher für die Lehrlingsausbildung ‚Koch' übermittelt der Kollege aus seinen Erfahrungen den Lehrlingen das theoretische und praktische Wissen für den erfolgreichen Abschluss des Lehrberufes.«

Dass man ihn kurz darauf verdächtigt hatte, auch hier seinen Lohn mit illegalem Verkauf von Zigaretten aufgebessert zu haben, konnte man ihm zwar nicht nachweisen, es hatte aber zur Beendigung des Arbeitsvertrages geführt.

Ole

Seit ich weiß, dass Vater nicht nur einmal im Gefängnis gesessen und man ihn bereits vor meiner Geburt ein weiteres Mal wegen Schädigung des Volkseigentums zu sechs Jahren Zuchthaus verurteilt hat, kann ich mir besser erklären, dass wir anders lebten als die meisten meiner Freunde. Es war für mich eine Selbstverständlichkeit, dass wir ein Auto hatten, mit dem wir Ausflüge machten. Eine meiner schönsten Erinnerungen. Es wurde gesungen, gelacht. Vater war ein ganz anderer in der

Natur. Da fühlte ich mich ihm näher, plötzlich war eine Verbindung zwischen uns spürbar. Bis heute gehe ich auf in der Natur, wie auch als Junge bei den Wanderungen, die ich mit meinem besten Freund machte. Auch ich bin dann ein anderer, bin unbeschwert und mache mir keine Sorgen, ob ich liebenswert, ob ich richtig bin. Wenn ich darüber nachdenke, was Vater für ein Mensch war, dann kommt es mir so vor, als sei er mindestens zwei, wenn nicht gar drei Personen in einer gewesen. Der Vater in der Natur, der andere, der wie besessen gearbeitet hat, uns streng erzog, der wollte, dass wir lernen. Und dann der Vater, der seine Identität verändert hat, seine Position unrechtmäßig ausnutzte, um seinen aufwendigen Lebensstandard zu finanzieren. Dabei hat er mich einmal gezwungen, mit ihm zusammen zur Kaufhalle zu gehen. Ich hatte dort ein Messer, mit dem ich schnitzen wollte, eingesteckt, ohne es zu bezahlen. Vater hatte mich damit erwischt, gefragt, woher ich es hätte, und verlangt, dass ich es zurückbringe. Mit undurchdringlichem Gesicht stand er neben mir, als ich es zurückgab und mich entschuldigte. Wie passt das zu dem Mann, der immer wieder im großen Stil Aufträge und Rechnungen fälschte und zigtausende Mark vom sozialistischen Eigentum für sich abzweigte? Oder war es gar nicht so und das Geld kam aus einer anderen Quelle? Das ist noch herauszufinden.

Wir waren zwar vier Kinder, aber die Mieten und Grundnahrungsmittel waren billig dort, wo wir lebten. Andere kamen ja auch mit den nicht so üppigen Löhnen und Gehältern aus. Als ich geboren wurde, verdienten die Eltern zusammen 1.100 Mark. Heute weiß ich, dass man davon keinen Moskwitsch kaufen konnte, auch keinen Farbfernseher für fünftausend Mark und keine Waschmaschine. Auch nicht diese Kleidung, die wir mit einer Selbstverständlichkeit trugen und um die wir von anderen Kindern beneidet wurden. Aber als Kind hatte man doch keine Vorstellung davon, was die Dinge kosteten. Lange dachte ich, dass seine Neider Vater etwas anhängen wollten und ihn beschuldigt hatten, um selbst einen Vorteil zu erlangen. Heute weiß ich, dass zu dieser Zeit bei uns mit allem Möglichen geschoben wurde. Auch die

Bonzen rissen sich völlig ungestraft noch ganze andere Sachen unter den Nagel. Ich brauche nur an das Interview mit Margot Honecker zu denken, die sich noch nach dem Tod ihres Mannes beklagte, man habe sie aus ihrem Haus mit den goldenen Wasserhähnen vertrieben und sie in zwei Zimmer unters Dach gesteckt. Es hat es ihm sicher leichter gemacht, sich nicht an das zu halten, was Recht und Unrecht ist. Aber wer bestimmt das schon? Ändert es sich nicht mit denen, die darüber das Sagen haben? Man hatte mir ja auch das Angebot gemacht, IM zu werden, dabei war ich noch gar nicht achtzehn gewesen.

Ruth

Ich hatte mir in den vielen Jahren, in denen ich meinen Bruder nicht mehr gesehen habe, immer wieder Gedanken darüber gemacht, wie er wohl inzwischen gelebt hat. Warum ich davon überzeugt war, dass er lebte, wusste ich nicht. Ich wusste es einfach. Einmal, kurz nach der Wende, besuchte ich meine ehemalige Schulfreundin in Sangerhausen. Ich war vierzig Jahre nicht mehr in dieser Gegend gewesen. Jetzt fuhr der Zug an halb zerfallenen Bahnwärterhäuschen mit den eingeschlagenen Scheiben vorbei, an Industriebauten aus Backstein, die ungenutzt entlang der Geleise standen und verfielen. Nie hatte ich früher daran gedacht, dass mein Bruder in der ehemaligen DDR leben könne, aber als ich aus dem Bahnhof kam und auf den Bänken in einer Anlage Männer sah, die alles andere als nüchtern waren, musterte ich jeden Einzelnen. Mit Herzklopfen, auch mit einiger Beruhigung, stellte ich fest, dass er wohl nicht unter ihnen war. Aber konnte ich sicher sein? Schließlich hatte ich ihn so lange nicht gesehen, hatte auch auf dem Klassentreffen die meisten nicht wiedererkannt. Dabei hatten wir vier Jahre auf engstem Raum gelebt. War er, wie viele Männer in seinem Alter, kräftiger geworden, hatte einen Stiernacken, sein welliges Haar verloren, war es nun weiß oder geschoren? Ich versuchte das Bild, das ich von ihm hatte, als er vierundzwanzig war, zu verändern. Es gelang mir nicht. Ein anderes Mal dachte ich bei einer Veranstaltung, der Mann, der Montaigne las, könne mein Bruder sein.

Warum ich auf diese Idee kam, kann ich nicht sagen. Jedenfalls nahm ich all meinen Mut zusammen und ging nach der Lesung zu ihm. Ich fragte, ob er in Halle geboren sei. Er sah mich erstaunt an. Da wusste ich: Es waren seine Augen, die nicht ganz geöffnet waren. Der Mann war in Norddeutschland, nicht in Halle geboren. Als ich ihm erklärte, er erinnere mich an meinen Bruder, betonte er, wie leid es ihm tue, dass er es nicht sei. Er sei ein Zugvogel geworden, weil er weder eine Schwester noch sonst jemanden habe, nur der Wein helfe ihm darüber hinweg. Darauf stießen wir an. Wenige Jahre später las ich, dass er gestorben war.

Bei meinem Besuch bei Rose, seiner letzten Frau, hatte sie mehrmals einen Ausspruch erwähnt: »vierzig Jahre Schweigen«. Sie hatte aber auch betont, dass ihr Mann dieses Schweigen nie gebrochen habe. Auch nicht, als die vierzig Jahre vorbei waren. Immer wieder dachte ich an diese Worte und war überzeugt, dass sie mit einer seiner Inhaftierungen zu tun hatten. Niemand kann bis heute sagen, ob und warum er in Hohenschönhausen eingesessen ist. Normalerweise waren dort Menschen inhaftiert, die versucht hatten, die DDR zu verlassen, oder die Kritik an ihr übten. Wenn er es überhaupt versucht hatte, dann konnte es nur vor seiner Einbürgerung in die DDR gewesen sein. 1962 hatte Walter Ulbricht erklärt, der Sieg des Sozialismus sei eine historische Gesetzmäßigkeit, es sei nur eine Frage der Zeit, bis auch der Westen es begreife. Als sich seine Prophezeiung nicht erfüllte, wurden zwei Jahre später neue Personalausweise ausgegeben. Ich hatte seinen in der hellbraunen Mappe gefunden. »Bürger der Deutschen Demokratischen Republik« stand dort, dann der Name, der sich von meinem durch zwei Buchstaben mehr unterschied, und ein Foto, auf dem er so verletzlich aussah, dass es mich rührte. Ich wusste, dass ab 1968 alles als Verbrechen galt, was die Souveränität und den Frieden in der DDR gefährdete. Darunter fiel nicht nur das ungenehmigte Verlassen der DDR, auch Sabotage, staatsfeindliche Hetze und Schädigung des Staates. Stand nicht in dem Urteil, dass er den Sozialismus geschädigt hatte? Aber auch schon vorher war der Versuch, die DDR zu verlassen, mit Zuchthaus bestraft worden. Das wusste ich ja. Dass ich den Herren bei meiner ersten Vernehmung keine Beweise für unsere beabsichtigte Flucht geliefert hatte, schien sie zu wurmen. »So schnell geben die nicht auf«, hatte Mutter gesagt. Und sie hatte recht. Ich wurde noch mehrere Male aus den Seminaren der Universität geholt. Auch der Rektor drohte mir, sollte ich nicht mit den Behörden kooperieren, sei es mit dem Studium vorbei. Dass es mir doch gelang, die DDR zu verlassen, war sicher der unglaublichen Wut geschuldet, die sich in mir ausgebreitet hatte, nachdem sie mir untersagt hatten, mit den Eltern in die Nähe von Berlin zu fahren. Sie überlagerte sogar die Angst vor der Entdeckung. Erpressen ließ ich mich auch dieses Mal nicht. Seit Babelsberg wusste ich, nur mit Lügen kommt man an sein Ziel. Hatte es mein Bruder auch gewusst und für sich genutzt?

Armin

Ich bin mal wieder unterwegs. Dabei brauche ich dringend Ruhe, aber noch immer gibt es genug zu tun. Nie habe ich gedacht, dass es so schwer sein könne. Das Schlimmste ist, nicht zu wissen, wo hinten und vorne, oben und unten ist. Ole lässt sich nicht so durcheinanderbringen, hat immer die Nase vorn, dabei ist er der Jüngere. Ich bin völlig durch den Wind und außer Puste. Gestern habe ich lange mit meiner älteren Schwester über unsere Kindheit gesprochen. Das hat sehr viel aufgewühlt. Wie die ganze Situation, seit die Tante aufgetaucht ist. Es wird einfach zu viel für mich. Alles, was in meinem Leben nicht so ist, wie es sein sollte, was ich getan oder nicht getan habe, das kommt in den letzten Wochen und Monaten hoch. Dazu noch der Job, der mich zu hundert Prozent fordert. Ich beginne den Tag um vier Uhr und komme selten vor neunzehn Uhr aus der Firma. Das geht an Körper, Geist und Seele, auch an die Beziehung. Alles ist viel zu viel. Das weiß ich auch. Abstand wäre gut. Aber wie? Zu viele Anforderungen, noch immer. Jetzt bin ich gerade in der Schweiz angekommen. Berge, Schnee und kalte Luft. Das tut gut. Aber es müsste anhalten, nicht dauernd etwas dazwischen funken. Diese kleinen Episoden, ganz unerwartet tauchen sie auf. Sie sind einfach nicht tot zu kriegen. Da fährt der Vater mit seinem dicken Auto an der Tankstelle vor. Wieso besitzt er so einen Wagen, wenn er nicht genug Geld hat, um es Mutter für uns Kinder zu geben? Er hält neben meinem Motorrad, tankt, und ohne auch nur »Guten Tag« zu sagen braust er wieder davon. Dabei hat er mir in die Augen gesehen. Ich wäre bereit gewesen, wieder einen Schritt auf ihn zuzugehen. Aber nein, nichts tut er, gar nichts. Das ist doch kein Vater! Das ist ein grausamer Egoist! Dann steigt die Erinnerung an diesen fürchterlichen Geruch aus den Teekannen in der Kinderkrippe in mir auf, natürlich war es kein Alu wie heute, sondern einfaches, billiges Blech. Immer nur weg von den Eltern, die ersten sechs Jahre. Die Geschwister, zum Glück gab es die, und mein Eselchen, ich habe dieses kleine Tier aus Stoff geliebt. Aber es ist nicht mehr da. Wenn ich mich auf die Bilder einlasse, dann spüre ich wieder die Blicke der Nachbarn, sehe das höhnische Grinsen, als sei das nicht schon Jahrzehnte vorbei. Wieso hört das denn nie auf? Manchmal habe ich Angst, dass ich gegen den nächsten Baum fahre. Aus Verzweiflung oder aus einer Riesenwut. Aber ich will das nicht. Ich will einen neuen Weg finden.

Ruth

Wut war ein Begriff, den ich mit einem Kinderbild von mir verband. Ich stehe im Hof der Gebäudeanlage, in der wir im Krieg lebten, im Dirndl mit weißer Schürze, mit weißblonden Locken, etwa drei Jahre alt, und beiße in meinen Unterarm. Ich selbst hatte keine Erinnerung daran, aber meine Mutter erzählte mit Vergnügen jedem, der es hören wollte, die dazu passende Geschichte. Immer, wenn ich wütend war, grub ich meine Zähne so fest in meinen Unterarm, dass man noch eine ganze Weile später den Abdruck von Ober- und Unterkiefer sehen konnte. Es gab noch eine andere Geschichte, sie musste sich in einem ähnlichen Alter zugetragen haben. Meine Schwester besaß eine Puppe, die sie wie ihren Augapfel hütete. Ich glaube, es war ein Geschenk unseres Vaters. Nur sie allein spielte damit, trug sie durch die Gegend, kämmte und wusch sie. So sehr ich auch bettelte und weinte, ich durfte sie nicht einmal anfassen. Immer, wenn meine Schwester nicht im Zimmer war, saß die Puppe für mich unerreichbar hoch oben auf einem Regal. Eines Morgens, sie war in der Schule und ich allein im Zimmer, schob ich einen Hocker an das Regal, stieg hinauf und bekam die Puppe an den Füßen zu fassen. Sie steckten in schwarzen Lackschuhen mit einer Schnalle, ähnlich wie meine Sonntagsschuhe. Daran zog ich sie herunter und drückte sie fest an mich. Das Celluloid war kühl und die Zöpfe kitzelten mein Gesicht. Ich legte sie auf das Bett, ließ ein paar Mal die Schlafaugen auf und zuklappen. Mit einem Tuch, das auf dem Tisch lag, wusch ich sie und deckte sie dann zu. Ich hatte weder eine Puppe noch einen Bären wie andere Kinder und schlief immer mit dem Bettzipfel im Arm ein. Aber jetzt hatte ich diese wunderschöne Puppe, wiegte sie und erzählte ihr die Geschichte vom Wolf und den sieben Geißlein. Ich wusste, meine Schwester würde bald aus der Schule kommen und durfte nichts merken. Bei dem Versuch, die Puppe wieder auf das Regal zu setzen, fiel sie auf den Boden. Dass sie nicht tat, was ich von ihr wollte, muss mich so geärgert haben, dass ich so lange auf ihr herum trampelte, bis das Gesicht ganz flach war. Dann ging ich zu Mutter in die Küche. Ich weiß nicht, ob ich ein schlechtes Gewissen hatte, aber als meine Schwester weinte, nach mir schlug und Mutter sagte, ich sei doch noch klein, war ich überzeugt, dass es so richtig war.

Sandra

Zu Vaters 60. Geburtstag waren wir Kinder nach Eisenach gekommen. Nur Armin nicht, aber wir waren ja gewohnt, dass er bei ihm nicht mehr auftauchte. Vaters Freund war da, soweit ich weiß, der Einzige, den er jemals hatte, Jürgen oder Jochen. Wir saßen in der Esplanade mit Blick auf die St.-Georgen-Kirche und den Marktplatz. Wie Vater es gern hatte, ließ er auftragen, dass die Schwarte krachte. Er wie immer mit Anzug und Krawatte, die Schuhe auf Hochglanz geputzt, das inzwischen weiße Haar akkurat gescheitelt. Wir waren froh, mal wieder alle zusammen zu sein, aßen, tranken und machten unsere Scherze. Ulrike und ich schnitten Fratzen, etwas, das wir seit Kindertagen taten, um die anderen zum Lachen zu bringen, auch uns selbst und noch immer taten wir es mit Erfolg. Es wurde bei uns auch früher zuhause getrunken, aber wie alles andere musste das Stil haben. Doch an diesem Abend war Vater total betrunken. Noch nie hatte ich ihn so gesehen. Er war nicht mehr in der Lage, aufrecht zu gehen, schwankte und lallte, war unfähig, allein nach Hause zu gehen. Rose und ich hakten ihn unter, zur Wohnung waren es nur wenige Minuten. Im Schlafzimmer, kaum saß er auf dem Bett, verlor er jegliche Kontrolle und begann so heftig zu weinen, dass auch mir die Tränen kamen.

Er begann, von der Zeit im Gefängnis zu sprechen. Sein Aufenthalt dort war zuhause nie erwähnt worden. Immer hatten alle so getan, als habe er sich nichts zuschulden kommen lassen, als habe es diese Aufenthalte nicht gegeben. Nun aber brach ein Wortschwall aus ihm heraus, der nicht enden wollte. Er erzählte, wie sie nachts alle zwei Stunden geweckt wurden, dass das Licht in der Zelle auch nachts brannte, dass er nur auf dem Rücken schlafen durfte. Es gab Tage, da durfte er sich nicht einmal auf das Bett setzen. In einer besonderen Zelle hörte man keinen einzigen Ton, außer dem Knallen des Türriegels. Er sprach von Schlägen, von stundenlangem Stehen, zum Teil mit den Füßen im Wasser, von LKWs aus der Bundesrepublik, die durch den Osten fuhren und dort beschlagnahmt worden waren. Die Waren hatten sie dann zu sortieren. Er nannte die Namen von Schriftstellern und Künstlern, die ebenfalls dort gewesen waren. Ich kannte keinen der Namen und hatte sie bald wieder vergessen. Es war ein Schock für mich, ihn so zu sehen, das alles zu hören, Zeuge dieses jammernden Elends zu sein, das mein durch nichts zu erschütternder, strenger Vater war. Dieser Vater, der sich nie gehen ließ, der so hart sein konnte, dass ich ihn oft am liebsten angeschrien hätte, jetzt litt er und schämte sich. Dann saß er zusammengesackt auf dem Bett und atmete schwer. Ich streichelte seine Hand, bis er ruhiger wurde und einschlief, aber dann musste ich aus diesem Zimmer. Es war zu viel für mich. Alles, was gegolten hatte, galt nicht mehr. Ich war aufgewühlt, wusste nicht, wie es weiterging, wohin mit diesem Wissen. Was sollte ich den Geschwistern sagen? Erst einmal musste ich mich beruhigen. Ich lief durch einige Straßen, vorbei an Menschen, die in der Sonne saßen und nichts von alledem wussten. Als ich in die Esplanade kam, waren die anderen bester Laune. Ich sagte nur, Vater schliefe und auch ich sei müde. Und das war ich. Etwas, an das ich trotz vieler Entbehrungen geglaubt hatte, war zerbrochen. Erst viel später, als ich stabiler war, konnte ich mich auf meine Erinnerungen aus der Zeit einlassen, als er aus dem Gefängnis gekommen war. Vorher hatte ich nie daran denken wollen. Jetzt erinnerte ich mich aber wie abgemagert, krank und depressiv er gewesen war. Wegen seiner Bauchspeicheldrüsenentzündung aß er nun morgens Haferbrei statt der mit Wurst belegten Stullen, trank Tee statt seinem geliebten Bohnenkaffee mit drei Löffel Zucker. Vater, den jeder für einen starken Mann hielt, hatte Angst gehabt, wenn es klingelte. Auch das wusste ich jetzt wieder.

Ruth

In den sechziger Jahren, in denen drei der Kinder geboren wurden, hatte ich in einem Reihenhaus auf der grünen Wiese gelebt. Fünf Häuser, wie Bienenwaben aneinandergeklebt, mit schmalen, langen Gärten, davon getrennt die nächsten fünf und danach die übernächsten. Unweit davon ein Einkaufszentrum, ein Kindergarten, eine Schule. Und jede Menge Frauen, die ihre Aufgaben auf der grünen Wiese verrichteten, während ihre Männer den langen Tag über das Geld für die Kreditraten verdienten. Ein Glücksfall, so schien es mir, nach den zwei Zimmern vorher, davon abgeteilt die Küchenzeile und das Klo auf der Diele, die wir mit einer anderen Familie geteilt hatten. Zum Duschen waren wir einmal in der Woche in die Badeanstalt gegangen. Jetzt konnte ich los! Konnte ein Haus einrichten, eine Bleibe schaffen für unsere kleine Familie. Schöner und größer, als unsere Wohnung in Halle, die wir drei Jahre zuvor verlassen hatten. Ich stürzte mich auf den Garten, pflanzte Erdbeeren, von denen ich nie genug bekommen konnte. Schon die Walderdbeeren, die wir nach dem Krieg bei den seltenen Ausflügen in der Heide gesucht hatten, nachdem die Angst vor den Russen abgeklungen war, wollte ich nicht mit den Geschwistern teilen. Jetzt hingen dicke Früchte über dem Stroh auf einem Beet, das so groß war wie unser Wohnzimmer. Einkochen kam nicht infrage. Dafür hatte ich lange genug sonntagmorgens mit Eimern und Taschen beladen in der Straßenbahn gesessen, in der wir zum Schrebergarten des Stiefvaters gefahren waren. Mit allem beladen, was sich haltbar machen ließ, waren wir am Nachmittag den gleichen Weg zurückgekommen, hatten es präpariert, in Gläser abgefüllt und im Wecktopf für die nächsten Jahre konserviert. Am nächsten Tag hatte Mutter alles stolz in die Speisekammer hinter die Gläser vom letzten Jahr gestellt, wo die Früchte wie schon ihre Vorgänger langsam die Farbe verloren, bis man die Erdbeeren von den Pflaumen und den Aprikosen nur noch durch ihre Größe unterscheiden konnte. Aber jetzt kochte ich unermüdlich Erdbeermarmelade, bald füllten die Gläser das Regal in der Speisekammer in unserem neuen Haus. Ich ließ Wicken am Zaun entlang ranken und berauschte mich an ihren Farben, pflanzte alles, was ich erstehen konnte, damit es um uns wuchs und blühte. Damit ein neues Leben voller Hoffnung beginnen konnte und das alte Leben vergessen machte. Das Leben voller Einschränkungen und Verbote, voller Angst. Für Toni, unsere Kleine, stellten wir das aufblasbare Schwimmbecken auf die noch ungepflasterte Terrasse hinterm Wohnzimmer in den Matsch. Hier war sie in ihrer roten Lederhose an der frischen Luft, konnte im Dreck wühlen und anschließend baden. Eine »Idylle«, wie die Nachbarn sagten, und auch ich dachte das. Voll Stolz führte ich die Besucher durch die beiden Etagen. Mutter sagte, was für ein Glückspilz ich sei mit einem Mann, einem Haus, und das alles in einem freien Land. Vater monierte die Nachbarn, sie guckten einem ja direkt auf den Teller, das sei er nicht gewohnt, aber für den Anfang gar nicht so übel. Marianne ließ sich nicht blicken. Aber nichts bremste meinen Enthusiasmus, zu pflanzen, zu jäten, einen Sandkasten für Toni zu bauen und es uns schön zu machen. Mein Mann verschwand am Morgen. Mit dem neuen Auto, auf Raten gekauft, fuhr er zur Arbeit in die nächste Stadt und kam spätabends zurück. Am Wochenende zog er sich in sein Arbeitszimmer zurück, das neben dem Kinderzimmer lag. Nach einer Weile war der Garten dicht bepflanzt, das Haus war dekoriert. Vater bemerkte bei seinem nächsten Besuch, dass er nun unbeobachtet essen könne auf der Terrasse. Als Toni drei war, brachte ich sie in den Kindergarten. Es begann sich langsam etwas in mir auszubreiten, für das ich keinen Namen hatte. Ab und zu kam meine Nachbarin zum Kaffee. Ich begann, kleine Teppiche zu knüpfen, ein Hobby, das zu dieser Zeit in Mode war, und hängte sie an die Wände. Manchmal fuhr ich mit der Straßenbahn in die Stadt, durchwühlte die Stoffreste im Kaufhaus. Ich hatte ein Händchen für Schönes und Preiswertes, das war gut, denn unser Budget war nicht gerade üppig: zwölfhundert Mark brutto für einen Juristen im ersten Arbeitsjahr. Das Haus war abzubezahlen, das Benzin kostete, Urlaub war nicht möglich. Immer hatte ich mir vorgestellt, die Länder, deren Namen man mir im Erdkundeunterricht eingebläut hatte, zu sehen. Ich war Mitte zwanzig, war voller Neugier auf die Welt und dort, wo ich lebte, umgaben mich Stille und Gleichförmigkeit. Ich hatte jetzt auch einen Namen für den Zustand, der immer mehr Platz beanspruchte in mir. Ich langweilte mich. Ich konnte es denken, so oft ich wollte, dieses: »Sei nicht undankbar, man muss schätzen, was man hat und guck mal auf die Anderen, du bist doch ein Glückspilz.« Aber es half nicht. Ich fühlte mich eingesperrt in dem zweistöckigen, schmalen Reihenhaus, das meine Nachbarn für ihr Paradies hielten und mit dem Metermaß im Vorgarten die Stiefmütterchen setzten. Auch mein Mann war glücklich. Endlich hatte er nach einer Lehre auch sein Studium abgeschlossen, ein Haus gebaut, einen Baum gepflanzt und ein Kind gezeugt. Das war seine Antwort auf die Frage, wie es ihm ginge. Mir schien es, als sei ich nur Staffage in diesem Ganzen, wenn er voll Stolz darüber sprach und mir das Wirtschaftsgeld zuteilte. Ich war für Haus, Garten und Kind zuständig. In dieser Zeit, in der man noch die Zustimmung des Ehemannes brauchte, um einen Vertrag zu unterschreiben, eine durchaus gängige Vorstellung, an der mein Mann, zehn Jahre älter, hing. Nach den

Einschränkungen im Krieg und danach übergangslos in der DDR, hatte ich einen ausgeprägten Freiheitsdrang, der sich jetzt einen Weg suchte. Aber worin bestand diese Freiheit, stand sie mir überhaupt zu? War es nicht nur eine fixe Idee von etwas, das gar nicht existierte? So hatte ich es bisher erlebt. Schon in der DDR hatte ich beim Singen von »Die Gedanken sind frei« an all das gedacht, was ich im Osten nicht denken, nicht sagen durfte, was nicht möglich war. Gewissensfreiheit wurde ja erst 1968 in die DDR-Verfassung aufgenommen, auch wenn man dort darunter etwas anderes verstand, als ich es mir vorstellte. Es gab, solange ich dort lebte, nur ein Gewissen, und das war die Partei, die sich alle Freiheiten herausnahm. Lange hatte ich nur davon träumen können, mich frei zu bewegen, hinzufahren wo ich wollte, zu lernen, was ich wollte. Jetzt gab es die Gelegenheit, ich musste nur den Mut aufbringen, den Mund wieder aufzumachen. Lange tat ich nichts. Doch das Gefühl bohrte, bis es sich dann entlud und zur Trennung führte. 1969 verließ ich die Idylle auf der grünen Wiese mit dem großen Erdbeerfeld und den Wicken. In dem schmalen Einbauschrank vor dem Schlafzimmer stapelten sich all meine erstandenen Kostbarkeiten: Stoffreste, die ich später zu nützlichen Dingen wie Kissen, Vorhängen, Decken für unsere kleine Wohnung vernähte.

Nun begann ein neuer Abschnitt, jetzt stürzte ich mich ins Studium, so wie ich mich vorher auf den Garten gestürzt hatte. Ich konnte lernen, was ich schon immer gern getan hatte, durfte, anders als beim Studium in Leipzig, die Seminare selbst bestimmen. Auch die Referate und Bücher schrieb mir niemand vor. Zum ersten Mal bekam ich ein Gefühl, was es bedeutete, frei zu sein, über meine Kräfte uneingeschränkt von Vorschriften zu verfügen. Das weckte Energien, die ich nicht kannte. Darüber vergaß ich die Anstrengung, auch die Einschränkungen, die es gab. Kaum Geld, kaum Zeit, wenig Schlaf, einen Platz für Toni zu suchen, während ich in der Uni war. Ahnungslos beobachtete ich 1968 die Vorgänge in der Uni, wunderte mich, was da vor sich ging, warum Seminare ausfielen und überall Spruchbänder hingen. Bloß keine Spruchbänder mehr! Ich glaube, ich las sie nicht einmal. Ich wollte nichts als meinen Studienab-

schluss, den Beginn meiner Freiheit und verpasste die 68er-Bewegung. Ich war neunundzwanzig, als mein vermeintlich selbstbestimmtes Leben begann. Zwei Jahre vorher war Ulrike geboren und mein Bruder aus der Haft entlassen worden. Vielleicht hatte er ebenfalls gedacht, für ihn begänne nun ein besseres Leben. Eines, das ihn die Erniedrigung vergessen ließ. Ein Neuanfang, bei dem es so lief, wie er es sich vorstellte. Toni fragte mich, da war sie schon erwachsen, ob wir in dem Haus ohne ihren Vater gelebt hatten. Ich war überrascht, dachte aber dann und sagte es auch: »So gut wie.« Denn tatsächlich konnte ich ihn kaum dort ausmachen. Weder im Wohnzimmer noch im Garten, eher morgens, wenn er ins Auto stieg und winkte, bevor er losfuhr. Und so war es auch, wenn ich nach einer Erinnerung an meinen Bruder in unserer Wohnung suchte. Außer an das Bett in seinem Zimmer, in dem ich mit ihm lag, wenn Mutter früh zur Arbeit gegangen war, konnte ich ihn nicht sehen. Er musste schon früh unterwegs gewesen sein.

Armin

Ich habe das alles weggedacht. Die Polizisten, die vor mir standen und Vater zu seinem zweiten Gefängnisaufenthalt abholten, die Handschellen, die Limousine, mit der er verschwand. Nie werde ich mir ein schwarzes Auto kaufen. Wenn ich die Augen schließe, kann ich noch immer das Motorgeräusch hören. Damals war ich zehn. Von einer Minute auf die andere brach meine Welt zusammen. Übrig blieben eine weinende Mutter, zwei Schwestern, die sich an mich klammerten, ein schreiendes Bündel, mein Bruder, und ein Gefühl, für das ich damals noch keinen Namen kannte. Bisher waren uns die Menschen in der Stadt mit Bewunderung und Respekt begegnet, nun grinsten die Nachbarsjungen, wenn sie nach Vater fragten. Ich ging den Menschen aus dem Weg, baute eine Mauer, hinter der mich kaum noch etwas berührte. Oft blieb ich in meinem Zimmer und starrte in ein undurchdringliches Nichts. Nur für die Geschwister war ich da. Ich war für sie zuständig, wenn Mutter ins Schützenhaus ging und dort hinter der Bar stand.

Wenn es dunkel war, traf ich mich manchmal mit einem Freund, dem einzigen, der zu mir stand. Dann ließ ich die Kleinen allein und hoffte, dass es gut ging. Als wir dort endlich wegzogen, nachdem Vater seine Strafe abgesessen hatte und auch die drei Jahre Bewährung zu Ende waren, wohnte ich nicht mehr bei der Familie. Einerseits eine Erleichterung, denn ich wusste nicht, wie ich Vater, der so anders geworden war, begegnen sollte. Andererseits fühlte ich mich abgeschoben. Dass nun alles wieder aufgewühlt wird, ist kaum auszuhalten. Aber die Geschwister geben keine Ruhe mehr, seit sie Vaters Schwester ausfindig gemacht haben. Diese Frau, die Vaters Leben vor seinem neuen Leben kennt, die von ihm erzählen kann und auch möchte. Ich habe Angst davor. Fürchte, dass es noch schlimmer kommen könnte, dass ich so schutzlos dastehe wie der »Junge mit Pferd« von Picasso. Es sind so viele Dinge passiert, für die ich mich schäme, an denen ich möglichst nicht rühren möchte. Bevor ich keine Lösung finde, kann ich Vaters Schwester nicht unter die Augen treten.

Ulrike

Ich war zehn, als wir von dort wegzogen, wo Vater es nicht mehr aushielt. Zum Glück gab es dort auch eine Schwimmhalle. Sandra und ich waren beide gute Schwimmerinnen. Wir gehörten zu den besten unseres Jahrgangs. Heute kommt es mir so vor, als hätte mich das Schwimmen davor bewahrt, aufzugeben. Ich spürte Kraft, wenn ich das Wasser zerteilte, wusste, das bin ich und sonst niemand. Es sind meine Arme, meine Beine. Wenn ich als Erste anschlug, war das ein Triumph. Ich zählte. Auch, als man uns zu den Meisterschaften vorschlug und Vater mir auf die Schulter klopfte, wusste ich, ich zählte noch immer für ihn, und war froh, dass er endlich wieder da war. Ich kann mir nicht vorstellen, dass ich zu dieser Zeit wusste, dass er im Gefängnis gewesen war. Wir waren ja darauf getrimmt, nicht so viel nachzudenken, nicht nachzufragen, einfach zu funktionieren. Zu tun, was man von uns erwartete.

Heute denke ich viel über Vater nach, über seine Ruhelosigkeit, seinen Geltungsdrang, seinen Egoismus, nehme ihn in Schutz, wenn die Geschwister ihn anklagen. Auch mir gefiel es nicht, dass wir nach einem Jahr bereits wieder von dort wegzogen, weil Vater das so beschlossen hatte. Wieder zusammenpacken, wieder raus und wieder alles neu. Nichts, woran man sich halten konnte. Dabei hatten wir uns in dem Wintersportort noch nicht eingewöhnt. Am schlimmsten fand ich, dass er nicht mit in diese neue Wohnung einzog. Er gab mir doch die Richtung vor. Man sah mir an, wenn er sich zu einem Besuch angekündigt hatte. Dann war ein Strahlen in meinen Augen und die Freunde sagten: »Aha, dein Vater kommt.« Mit ihm stimmte die Welt wieder. Als Sandra später zu mir sagte, Vater habe unsere Beziehungen zu Männern geprägt, da hielt ich das für Blödsinn, den ihr jemand eingeredet hatte. Vielleicht ihre neue Freundin. Die war einige Jahre älter und hielt sowieso nichts vom anderen Geschlecht. Deine vielleicht, dachte ich und begann erst darüber nachzudenken, zu welchen Männern ich mich hingezogen fühlte, nachdem einige meiner Beziehungen völlig danebengegangen waren.
Die ersten Plänkeleien hatten im Jugendclub begonnen, den wir nahe der polnischen Grenze mit aufbauten. Dort verbrachten wir mehr Zeit als zuhause, wo uns niemand vermisste. Dort fanden wir unsere Freunde. Wenn jemand am Abend die Runde machte und nachsah, ob wir gegangen waren, hockten wir ohne einen Mucks hinter den Getränkekästen und beölten uns, weil wir sie ausgetrickst hatten! Die Frage: »Was läuft?«, war der Eingangsdialog. Wir Mädchen waren die Ischen und die Jungs die Macker. Seit die Regierung beschlossen hatte, auf die Jugend zu setzen, trugen wir Jeans, die Jungen ließen sich die Haare wachsen. Ob die da oben wollten, die Jugend solle sich wohl fühlen, oder ob sie begriffen hatten, dass man uns dringend brauchte, das war uns egal, damals machte ich mir keine Gedanken darüber. Wir bekamen, was wir wollten. Sogar den eigenen Rock'n'Roll, nachdem der Lipsi als Rock'n'Roll-Alternative nicht eingeschlagen hatte. Jetzt rockten wir zu den »Puhdys«, zu »City«, »Electra« und »Keimzeit«. Darin fan-

den wir uns wieder. Das war unser Leben. Im Club merkte ich, dass ich den Jungen gefiel, trotz meiner kleinen Brüste, die nicht so recht wachsen wollten. Mutter hatte deshalb eines Tages aus der Küche, in der sie arbeitete, zwei Schweinezitzen mitgebracht, sie vor mich auf den Tisch gelegt und gesagt: »So muss das aussehen, bevor sich die Männer für dich interessieren.« So war sie, die Mutter, obwohl ich das nicht lustig fand. Wer den Spruch losließ: »Kein Arsch und keine Tittchen, sieht aus wie Schneewittchen«, das weiß ich nicht mehr, aber er galt ohne Zweifel mir, obwohl ich blond und bleich war. Aber dass solche Sprüche gut ankamen, dass verstand ich, denn alles grölte. Oft stand ich vor dem Spiegel und sah, dass sich weder vorn noch hinten etwas tat. Völlig anders als bei meiner Schwester. Trotzdem wollten die Jungen neben mir sitzen, drückten sich schon mal an mich und versuchten, mit mir allein zu sein. Manche waren kleiner als ich, die abgebrochenen Zwerge wollte ich auf keinen Fall. Wie sah das denn aus! Ich war bereits mit vierzehn hochgewachsen und maß einen Meter und achtzig. Der größte unter ihnen, er war schon älter, ein Bäcker, durfte dann auch das, was die anderen nicht durften. Aber immer achtete ich darauf, dass es nicht zu viel wurde. Denn Mutters Ausspruch »unten stinkts« tat seine Wirkung, egal, wie oft wir uns am Tag auch dort wuschen. Nach ihm kam der Nächste. Ich war süchtig danach, gewollt zu werden, die körperliche Nähe gefiel mir. Wir kannten ja Berührungen zuhause so gut wie gar nicht. Höchstens Mutters Ohrfeigen oder die seltenen Kniffe und Puffe von Armin, wenn wir ihm nicht gehorchten. Gerda, ein dralles Mädchen, beeindruckte mich mit ihren Sprüchen. Sie waren nicht so derb wie die von Mutter, aber wenn sie etwas losließ, brüllten wir. Es schien ihr gar nichts auszumachen, dass die Jungen sie »Wuchtbrumme« nannten, dass keiner von ihnen um sie warb. Ich bewunderte sie und fing an, mir ihre Sprüche zu notieren, ab und zu ließ auch ich dann einen vom Stapel. Auch bei mir klappte es. Als Sandra mit siebzehn schwanger wurde, entschied ich, mich möglichst bald zu verloben, damit Mutter ihren Spruch nicht wiederholten musste, wie blöd man sein müsse, um einen unehelichen Balg in die Welt zu setzen.

Danach hielt ich mich oft bei der Familie meines Freundes auf. Seine Mutter nannten wir Oma Babbel. Eine Frau, deren liebevoller Wortschwall sich über mich ergoss wie ein warmer Sommerregen, wann immer ich auftauchte. Aber nicht nur ihre Worte nahmen kein Ende, auch ihr Bemühen um mein Wohlergehen war beinahe unerschöpflich. Sie hatte ein Herz so groß wie die Sonne. Balsam war das. Der erste Platz, an dem ich genügte, so, wie ich war. Als einer ihrer anderen Söhne mit seiner neuen Familie eine Bleibe brauchte und die Wohnung dafür nicht groß genug war, zog mein Freund in mein Zimmer. Damit alles seine Richtigkeit hatte, verlobten wir uns an dem Tag, als meine Schwester heiratete. Meine Güte, war ich stolz! Und die anderen machten Augen! Heute frage ich mich, ob ich mich damals nicht mit Oma Babbel verlobt hatte. Mutter hatte zwar zugestimmt, dass mein Freund zu mir gezogen war, aber immer hatte sie etwas an ihm auszusetzen. Er war nicht klug genug für ihre Tochter, hatte kein Auto, weder sein Beruf noch sein Gesicht gefielen ihr. Bei mir lief das unter: »Sie ist ja bloß eifersüchtig, weil Vater bei der anderen lebt.« Aber nie hätte ich gewagt, Mutter zu widersprechen, als sie verlangte, mein Verlobter solle wieder ausziehen. Vielleicht wollte sie auch mich aus dem Haus haben, damit sie nur noch mit Ole, ihrem Kleinen, leben konnte. Klein, naja, er war ja schon größer als ich, ein Fahnenmast, nur dass nichts daran flatterte. Sie lud meinen ersten Freund ein, sagte, ich sei ja nun wieder frei, und verlangte, dass ich wieder mit ihm ging. Doch die Neuauflage unserer Beziehung hielt nicht lange.

DIE MÜTTER

Sandra

Ich war einen Tag, bevor mein Sohn auf die Welt kam, achtzehn geworden. Voller Neugier und Stolz betrachtete ich dieses winzige Wesen. Ich hatte es gegen alle Einwände gewollt, hatte es in mir wachsen lassen, wusste, es war ein Teil von mir, etwas, das mir niemand streitig machen konnte. Das Erste, das nur mir allein gehörte. Die Worte der Mutter, dass damit das Leben vorbei sei, sich von nun an alles nach unten – und das meinte sie auch sehr körperlich – bewege, ließ ich an mir abprallen wie damals die Gemeinheiten der Nachbarjungen, als Vater im Gefängnis saß. Tat wie damals, als nähme ich es nicht wahr. Ich wollte das Kind, alles andere war mir egal! Wenn ich dieses kleine Wesen ansah, dann spürte ich eine Wärme in mir aufsteigen, die ich noch nie wahrgenommen hatte. Niemand würde mir das wieder nehmen, das schwor ich mir. Ich wohnte seit der Hochzeit nicht mehr bei der Mutter und den Geschwistern. Wir hatten eine kleine Wohnung, mein neues, soundsovieltes Zuhause, in dem ich den Kleinen beim Schlafen beobachtete, ihn trug, mit ihm nach den neuesten Schlagern durch die beiden Zimmer tanzte. »Ohne dich schlaf ich nicht ein«, der Hit der Münchner Freiheit wurde zum Bindeglied zwischen mir und meinem Sohn. Jede Geste nahm ich in mich auf. Das Stirnrunzeln, das Verziehen des Mundes, die Bewegungen der Finger. Niemals würde ich dieses Kind in eine Wochenkrippe geben, das wusste ich. Und mein Mann war damit einverstanden. Zum ersten Mal dachte ich darüber nach, ob die Mutter uns jemals so betrachtet hatte, ob ihr die Gefühle, die ich nun empfand, womöglich fremd waren. Jahrelang hatte sie uns dort abgegeben, ohne eine Miene zu verziehen. Ja, sie hatte auch für uns gesorgt, war Tag für Tag arbeiten gegangen. Das war sicher nicht leicht gewesen, seit Vater nicht mehr bei uns wohnte. Aber als wir klein waren, musste das Leben doch für sie anders ausgesehen haben. Schon immer hatte sie sich auch Freiheiten genommen. Als Vater im Gefängnis in Bautzen gewesen war, hatte es diesen Mann gegeben. Er wohnte so lange bei uns, bis Vater wieder da war. Wir hatten uns an ihn gewöhnt. Ulrike hatte ihn angelacht, sich an ihn geschmiegt, sich von ihm küssen lassen. Sie hatte ihn um den Finger gewickelt, das konnte sie schon damals besser als ich. Er gehörte einfach dazu. Aber die vielen Männer, die sie nun mit nach Hause brachte, seit wir ohne Vater lebten. Oft stand ein Mann mit Brötchen in der Küche, wenn ich aufstand. Jemand, den ich noch nie gesehen hatte. Immer wieder ein anderer. Die Mutter richtete sich nach der Arbeit her und zog mit ihrer Freundin los. Die beiden ließen sich aushalten, kamen oft angetrunken und nie allein zurück. Ich schämte mich, war wütend, war gerade dabei, selbst eine Frau zu werden. Ich wollte keine Mutter haben, die einen Kerl nach dem anderen anbrachte. Eines Morgens schrie ich sie an: »Du bist 'ne richtige Nutte!« Sie lachte nur und schob mich aus der Küche. Wenig später bin ich dann mit meinem Mann zusammengezogen. Sollte sie doch machen, was sie wollte!

Danach wohnten nur noch Ulrike und Ole bei ihr. Ulrike war in der Ausbildung. Wie schon Armin und der Vater wurde sie Köchin. Eines Tages kam sie völlig entnervt bei mir vorbei, sagte, sie müsse für den nächsten Tag sechshundert Kohlrouladen für die Belegschaft eines Werkes zubereiten. Mein Kleiner ging schon in den Kindergarten. Ich hatte genügend Zeit und versprach, zu helfen. Als ich noch mit dem Krautgeruch in Kleidern und Haaren bei der Mutter vorbeischaute, lag die mit aufgequollenem Bauch auf dem Sofa und krümmte sich vor Schmerzen. Sie war nie krank gewesen, hatte nie geklagt. Ihr Bauch sah zum Fürchten aus. Deshalb brachte ich sie in die Poliklinik und holte danach den Kleinen ab. Wir hatten Ole gesagt, die Mutter sei zu einer Untersuchung im Krankenhaus. Wir wussten, wie sehr er an ihr hing. Als ich am selben Abend noch im Krankenhaus anrief, bat man mich, am nächsten Morgen vorbeizukommen. Ulrike ging zur Arbeit, Ole in die Schule und ich ging, nachdem der Kleine im Kindergarten war, ins Krankenhaus.

Dort erfuhr ich, dass Mutter nur noch wenige Tage zu leben hatte. Ich saß an ihrem Bett, hörte ihr Stöhnen, wusste nicht, was zu tun war. Ich war gerade zwanzig und hatte keine Ahnung vom Sterben. Ich dachte an Ulrike in der Werksküche, an Ole in der Schule, die er hasste, an Armin, der weit weg war, und an Vater, der bereits nach Potsdam weitergezogen war und eine neue Freundin hatte. Die nächsten Tage saß ich an Mutters Bett. Am Vormittag des dritten Tages richtete sie sich plötzlich auf wie ein Blatt, das vom Wind aufgewirbelt wird, und sank dann zurück auf das Kissen. Da wusste ich, es ist vorbei. Wie lange ich noch dort bei ihr gesessen habe, weiß ich nicht. Es kam mir wie ein Ewigkeit vor. Erst als die Schwester kam, begann für mich die Zeit wieder zu laufen. Eine Zeit ohne Mutter. Ich musste es den anderen mitteilen.

Ole

Als Ulrike mir sagte, Mutter sei zu einer Untersuchung im Krankenhaus, hatte ich mir nichts weiter dabei gedacht. Mutter arbeitete unermüdlich, seit ich mich erinnern konnte. Die Arbeit in der Großküche, die sie machte, seit Vater nicht mehr bei uns wohnte, war nicht leicht. Stehen, schleppen, darauf achten, dass die Zutaten rechtzeitig geliefert wurden, und sich sonst behelfen. Zusätzlich hatte sie sich zur Küchenleiterin ausbilden lassen, damit sie mehr verdiente. Drei Kinder zu unterhalten, das war nicht leicht. Vater half kaum. Dass sie sich am Abend auch mal amüsieren wollte, das sah ich ihr nach. Sie war noch keine fünfzig. Ich war froh, dass sie nicht mehr so viel weinte wie zu der Zeit, als Vater uns verlassen hatte. Nur, dass sie sich betrank, gefiel mir nicht, weil ihr Gesicht, das ich über alles liebte, dann außer Form geriet. Als sie nach zwei Tagen noch immer nicht wieder zuhause war, stellte ich fest, dass ich keinen Appetit auf die Kohlrouladen verspürte, die Ulrike aus der Werksküche mitgebracht hatte. Dabei waren Kohlrouladen eines meiner Lieblingsgerichte. Sie lagen auf meinem Teller in der braunen Soße, rochen gut, wenn auch nicht so gut wie die, die Mutter kochte. Mein Magen krampfte, ich kriegte keinen Bissen runter. Normalerweise war ich mit meinen damals fünfzehn Jahren kaum satt zu kriegen, mindestens drei verdrückte ich sonst davon. Ich wuchs und wuchs, war dünn wie ein Spargel und der Längste in meiner neuen Klasse. Dass Sandra, die nicht mehr mit uns lebte, jetzt aber schon den zweiten Tag in der Wohnung war und mit uns aß, ließ den Verdacht in mir aufsteigen, dass etwas nicht stimmte. Dass die Schwestern mir etwas verschwiegen. Ich wagte nicht zu fragen, ging aber am dritten Tag nach der Schule ins Krankenhaus. Die Augen der Krankenschwester, die ich nach Mutsch fragte, sehe ich noch heute manchmal vor mir. Sie waren weit geöffnet und hellbraun und fingen nach einer Weile an, in einer Flüssigkeit zu schwimmen. Sie nahm meine Hand und führte mich in ein Zimmer. Es roch nach lauter Dingen, die ich nicht kannte. Ich sah Flaschen und Behälter, mit Blut gefüllte Reagenzgläser. Noch bevor sie etwas sagte, wusste ich es, drehte mich um und rannte los. Rannte, bis ich an unserem Haus ankam, stürmte die Treppen hinauf und setzte mich auf die Treppe der Wohnungstür gegenüber.

Ulrike

Als ich vom Betrieb aus Sandra anrief, weil ich wissen wollte, wie es Mutter ging, war da nur ihr Schluchzen in der Leitung. Ich zog meinen Kittel aus, ging zur Küchenleiterin und sagte, ich müsse dringend nach Hause. Da ich sonst nie fehlte und meine Aufgaben immer ohne Widerspruch erledigte, nickte sie, als sie sah, dass mir die Tränen über die Wangen liefen. Ich hatte noch immer das Tuch, das die Haare zusammenband, auf dem Kopf, als ich zur Wohnung kam. Ole saß auf der Treppe und weinte. Als ich ihn umarmen wollte, schrie er mich an. Auch Sandra konnte ihn nicht überreden, in die Wohnung zu kommen. »Nie, nie im Leben betrete ich diese Wohnung wieder«, sagte er.
Wir versuchten, Vater zu erreichen, der inzwischen in der Nähe von Potsdam lebte und arbeitete. Als nach Stunden endlich jemand abnahm, war seine Freundin Rose am Apparat. »Ach je, ob er das in seinem Zustand verträgt«, war alles, was sie sagte. Ich wusste nicht, von

welchem Zustand sie sprach. Schon seit er nach Thüringen gezogen war, hatten wir zu meinem Bedauern wenig Kontakt und kürzlich hatte er uns eine neue Adresse in Potsdam mitgeteilt. Ich hatte ihn vermisst, aber wenn ich darüber sprach, waren der Mutter die Tränen gekommen und ich versuchte, mich mit der Arbeit und den Freunden im Jugendclub abzulenken. Und doch, als Vater am nächsten Tag anrief, spürte ich die gleiche Sehnsucht wie immer. Ich wusste ja, er würde uns nicht im Stich lassen. Aber er sagte, er könne auf keinen Fall zur Beerdigung kommen, das würde er nicht verkraften. Wir sollten alles organisieren, er würde sich wieder melden. Es war das erste Mal, dass ich dachte, da drückt sich einer aber ganz gewaltig. Ahnte er denn nicht, in welcher Situation wir Kinder uns befanden? Das konnte ihm doch nicht gleichgültig sein! Wir waren fünfzehn, achtzehn und zwanzig. Aber ich fand auch diesmal eine Entschuldigung für ihn. Sandra war außer sich, als sie es hörte, und Ole schnaubte nur: »Typisch Vater.«

Einige Tage nach der Beerdigung stand er unangekündigt vor der Tür. Er war gekommen, um Ole, der noch nicht volljährig war, ins Heim zu bringen. Es war blanker Hass, den ich in den Augen meines Bruders sah, kleine, enge Schlitze, aus denen es blitzte, als er aufstand und das Zimmer verließ. Mein Verhältnis zu ihm war nicht besonders gut, ich hatte ihm oft seine Beziehung zur Mutter geneidet. Für mich war er ein Egoist, der nur an sich dachte und auf sein Ziel zusteuerte, ohne links und rechts zu gucken. Aber ich wusste, diese Heimunterbringung durfte auf keinen Fall geschehen. Ich rief Sandra an und sagte nur: »Es ist dringend, Vater ist da.« Die Stadt, in der wir lebten, war nicht groß, man musste an einigen der neugebauten Häuserblocks vorbei, auch am Rhododendron-Park. Sie stand kurz darauf in der Wohnung und fragte, wohin Ole denn führe, sie habe ihn gerade in der Nähe des Bahnhofs gesehen. Wir hatten in der ganzen Aufregung nicht bemerkt, dass er einige Sachen in seine Sporttasche gepackt und sich aus der Wohnung geschlichen hatte. Ich hatte Vater bis dahin nur einmal wütend gesehen, bei einem Ereignis, das viele Jahre zurücklag und das ich unbedingt vergessen wollte. Jetzt ballten sich seine Hände zu Fäusten, damit schlug er auf den Tisch und fauchte: »Wenn ich den Kerl zu fassen kriege ...«. Zu meiner Verwunderung beendete Sandra seinen abgebrochenen Satz. »Dann wirst du so auf ihn einschlagen und -treten wie damals auf Armin, oder ?« Da war sie wieder, die Szene, ich hatte sie nicht vergessen. Ich sah meinen großen Bruder auf dem Boden liegen, Vater über ihm. Mit Fäusten und Füßen bearbeitete er ihn, bis Sandra sagte: »Vater, was machst du denn?« Ich hatte es auch gesehen, war unfähig gewesen, etwas zu sagen oder zu tun, mich von der Stelle zu bewegen. Damals war er bleich geworden, und das wurde er auch jetzt bei ihren Worten.

Ich weiß nicht, wo Ole sich aufhielt, bis Vater wieder in seinen Dacia gestiegen und davon gebraust war. Erst als ich zwei Tage später von der Arbeit kam, war er wieder da. Ich war zum ersten Mal allein in der geräumigen Wohnung gewesen, ohne Mutter, ohne Sandra, ohne den Bruder. Auch wenn es nur zwei Tage gewesen waren, bekam ich doch eine Ahnung davon, wie mein Leben nun weitergehen würde. Allein, auf mich gestellt. Mir wurde es eiskalt bei dem Gedanken. Noch war Ole bei mir, aber ich wusste, Vater war erziehungsberechtigt und würde versuchen, seinen Plan durchzusetzen. Ich weiß nicht mehr, ob ich erleichtert oder bereits in den Strudel der Verzweiflung gestürzt war, als Vater anrief und sagte, er habe es sich anders überlegt, Ole werde vorläufig bei ihnen leben. Eine Woche später kam er mit Rose, die dafür gesorgt hatte, dass Ole zu ihnen kam. Sie half ihm, seine Sachen zu packen, sagte, sie freue sich, dass er zu ihnen ziehe, und legte den Arm um ihn, als sie zum Auto gingen. Alles, woran ich mich noch klammern konnte, war die Wohnung, mein Zuhause, koste es, was es wolle. Daraus würde mich niemand vertreiben.

Ruth

Ich hatte erst vor einigen Monaten meinen vierzigsten Geburtstag gefeiert, überzeugt davon, dass mir noch eine ebenso lange Lebenszeit bevorstünde. Ausgelassen waren wir gewesen, hatten darüber gewitzelt, was nun als Nächstes anstand, welche Chancen sich mit der erreichten

Reife böten, beruflich und auch sonst. Man hatte mir eine zweite Ehe vorausgesagt. Ich hatte es als Halbzeit betrachtet und gedacht, es sei eine gute Gelegenheit, die Menschen, die mich bis dahin begleitet hatten, zusammenzubringen. Alle lud ich ein, auch Menschen, die sich weder jemals gesehen hatten, noch zusammenpassten, manche in Overalls, andere im schwarzen Anzug, Achtundsechziger und Religionsfanatiker, einen Vizekonsul und den Mann, mit dem ich ein kurzes Verhältnis nach der Ehe gehabt hatte. Menschen zwischen dreißig und siebzig saßen auf Polstern, standen am Buffet in der Küche und im Garten, waren und blieben sich fremd. Auch mein Vater mit seiner Frau und meine Mutter mit ihrem Mann waren dabei. Sie waren die Ältesten und Konservativsten der zusammengewürfelten Gesellschaft und hielten sich, abseits von den anderen, aneinander fest. Wenn ich in Vaters Gesicht sah, wusste ich, was er dachte: Typisch Revoluzzer. Das war der Ausdruck, den er für mich passend fand.

Drei Monate später war mein Vater am Telefon. Es geschah nicht oft, dass er mich anrief. Seine sonst recht scharfe Stimme klang vorsichtig, als er sagte: »Es ist jemand gestorben.« Seine Schwiegermutter, dachte ich. Sie war weit über siebzig und lebte bei ihm im Haus. Eine Frau, die wunderbar kochen konnte und eine Zitronencreme zum Nachtisch servierte, die ich nie vergessen werde. Noch bevor ich ihm meine Anteilnahme aussprechen konnte, sagte er: »Es tut mir leid, aber ich muss dir sagen, deine Mutter ist tot.« Ich dachte im ersten Moment, er mache einen Scherz. Meine Mutter war noch keine siebenundsechzig. Mein Vater und sie lebten hunderte Kilometer auseinander, außerdem war sie seit Ewigkeiten mit meinem Stiefvater verheiratet. Aber mein Vater war kein Mensch, der scherzte. Nie! Mutter war im Haus meiner Schwester beim Feuermachen zusammengebrochen. Ich weiß nicht, wie lange ich noch vor der Handpuppe saß, an der ich gerade gearbeitet hatte, unfähig mich zu bewegen, etwas zu denken. Es zu verstehen. Wir hatten noch am Tag vorher telefoniert, da hatte sie sich beklagt, dass ihr Mann sie allein im Haus meiner Schwester, die im Urlaub war, zurückgelassen hatte. Als ich begriffen hatte, dass es weder ein Scherz noch eine Verwechslung war, bekam ich Atemnot und rief meine Tochter an. Ich bat sie, zu kommen. In den folgenden Wochen wurde mir klar, welchem Trugschluss ich an meinem 40. Geburtstag erlegen war. Möglicherweise hatte ich viel weniger Zeit, als ich gedacht hatte.

Rose

Ich mache mir Gedanken darüber, ob ich schuld am Tod der Mutter seiner Kinder bin. Sie war doch noch viel zu jung! Keine fünfzig. Ohne Mann und ohne Arbeit komme ich leicht ins Grübeln. Als wir uns in Bad Liebenstein kennengelernt haben, war er ja noch mit ihr verheiratet. Er sagte zwar, er habe schon damals nicht mehr bei der Familie gelebt, aber vielleicht stimmt das ja gar nicht. Ich habe kein gutes Gefühl. Immer war ich für klare Verhältnisse und als ich hörte, der Junge solle ins Heim, wusste ich, da mache ich nicht mit. Das würde ich mir nicht nachsagen lassen, falls er sich doch meinetwegen hatte scheiden lassen. »Der Junge kommt zu uns,« habe ich gesagt, und ihm dabei in die Augen gesehen. Dass ich ihn tatsächlich überzeugen konnte, kann ich noch heute kaum glauben. Aber ich wusste, was aus solchen Menschen wird. Deshalb habe ich nicht nachgegeben wie sonst. Es war das erste Mal, dass ich gewagt hatte, dafür einzustehen, was ich wollte. Und es war richtig. Dieser dünne Kerl, mindestens einen Kopf größer als ich, schon mit fünfzehn, und mit einem Gesicht, als habe er in eine unreife Birne gebissen. Der musste doch wieder lachen, sich freuen können. In der Zeit, die wir nicht in der Gaststätte arbeiteten, würde ich mich um ihn kümmern. Jede Minute. Aber erst einmal räumte ich, als wir ankamen seine Sachen in unseren Kleiderschrank. Viele waren das ja nicht. Ein Fach reichte.

Ich kann mich nicht mehr an meine Mutter erinnern. Ich war wohl zu klein. Später hat keiner mir gesagt, warum sie fort ist. Warum ich immer denke, dass sie mit einem Zirkus mitgegangen ist, weiß ich wirklich nicht. Aber wenn ein Zirkus in der Stadt ist, muss ich hin. Vielleicht hängt sie ja da oben am Trapez, meine Mutter. Ich suche mir dann immer die aus, die die gewagtesten Kunststücke macht und denke, wenn das Seil bloß nicht reißt. Wie man nur auf solche Ideen kommt! Komisch, auch mein Mann wusste ja nicht, was aus seiner Mutter geworden ist. Er hatte zwar immer behauptet, sie sei beim Bombenangriff 1944 in Bochum umgekommen. Aber warum hat er dann immer mal wieder gesagt: »Ich möchte so gern wissen, was aus meiner Mutter geworden ist. Ob sie wohl noch lebt?« Das passt doch nicht zusammen. Vielleicht kann man ohne die Vorstellung einer Mutter nicht gut leben und dann macht man solche Sachen. Vielleicht war er auch schon ein bisschen dement, damals. Man merkt es ja am Anfang nicht. Denkt, er hat zu viel intus oder schlecht geschlafen. Wer weiß, was ihn alles beschäftigt. Vor allem nach der Wende. Das kann keiner verstehen, der das nicht erlebt hat. Mit fünfzig gehörst du zum alten Eisen, nur dass kein Schrotthändler kommt und dir noch was dafür zahlt. Aussortiert wie Müll und ab in die Tonne. Er, der immer Erfolg hatte, die Angestellten zu nehmen wusste, na, und die Frauen auch, den wollte plötzlich keiner mehr. Immer wieder hat er es versucht, hat sich immer wieder beworben. Die vielen Briefe, die er mir gezeigt hat. Eine Absage nach der anderen. Oft haben sie nicht einmal geantwortet. Da hat er zu trinken angefangen. Jedenfalls habe ich es vorher nicht gemerkt. Vielleicht hat er ja schon zu seinem sechzigsten Geburtstag damit angefangen. Wie er an dem Tag von der Zeit im Gefängnis geredet hat, vor mir und seiner Tochter! Dieser Mann! Jeder hat ihn für etwas Besonderes gehalten, für einen ganz starken Mann, ich auch. Und dann heult er plötzlich los wie ein Kind, erzählt solche Sachen. Was macht man da? Aber das mit seiner Mutter, das hat ihn beschäftigt. Immer wieder, auch noch, als er im Heim war. Da hat er sogar einmal zu mir »Mutter« gesagt und geweint.

DER RICHTIGE WEG

Armin

Wieder einmal habe ich nicht einhalten können, was ich mir vorgenommen habe. Und wie immer schäme ich mich dafür. Nachdem meine Geschwister Vaters Schwester nun kennen, habe ich angekündigt, dass auch ich sie besuchen werde. Ulrike schwärmt von ihr, schickt mir Fotos, Ole und Sandra haben mir geschrieben, wie wohl sie sich bei ihr in Spanien gefühlt hätten. Da dachte ich, weil ich die Insel von einem Besuch vor vielen Jahren kannte, ich werde zu ihr fliegen. Das wird mir guttun. Die Wärme, die Sonne, das Meer. Ausspannen, mal Abstand von allem. Dort kann ich sie mir in aller Ruhe mit der gebotenen Vorsicht angucken. Was soll denn schon passieren? Ich weiß, sie wartet darauf, dass wir uns kennenlernen, das hat sie schon mehrmals geschrieben. Wenn ich nur wüsste, was sie von unserem Treffen erwartet. Immer diese Sache mit den Erwartungen seit ich denken kann. Deshalb habe ich mich in letzter Minute entschieden, lieber doch keinen Flug zu buchen. Dabei hatte ich mich schon angekündigt. »Einen Rückzieher machen« nennt meine Schwester Sandra das. Nun habe ich ein schlechtes Gewissen, ein Gefühl, das ich seit Langem kenne, dem ich gern aus dem Weg gehe und auch demjenigen, der es verursacht hat. In diesem Fall die Tante.

Ich habe Zeit gewonnen, wobei ich ja nie Zeit genug habe, weil mein Leben davon bestimmt ist, ihr hinterherzulaufen. Nie gibt es genug davon, weder, um alles zu erledigen, was zu tun ist, noch für neue Ideen, die ich umsetzen möchte. Nicht einmal für alle Gedanken, die ich mir machen möchte. Manchmal denke ich, was hätte ich für ein gutes Leben, wäre ich Koch geblieben. Warum ich es geworden bin, das habe ich mich später immer wieder gefragt. Ab einem bestimmten Zeitpunkt genügte mir die Antwort nicht mehr, »weil Vater es so bestimmt hat«. Meine Noten hatten sich innerhalb nur eines Jahres entscheidend verbessert, nachdem wir ins Erzgebirge gezogen waren und meine Lehrerin in mir jemanden erkannte, den bisher niemand gesehen hatte. Ich schloss die Schule mit »sehr gut« ab. Es wäre für mich möglich gewesen, auf eine weiterführende Schule zu gehen. Aber ich glaube, Vater hätte es nicht gern gesehen und auf einen Streit mit ihm habe ich es nie wieder ankommen lassen. Außerdem konnte ich mir nicht vorstellen, von den Geschwistern getrennt in einem Internat zu leben. Ich ahnte ja noch nicht, dass sie bald wieder an die polnische Grenze weiterziehen mussten und die nächste EOS wäre in Bautzen gewesen. Diese Stadt war für mich durch Vaters Gefängnisaufenthalt ein Ort, an dem ich nie wieder sein wollte. Die wenigen Male, in denen ich dort mit der Mutter gewesen war, hatte ich erfolgreich verdrängt. Aber ich wusste, dort würden die Erinnerungen wieder auftauchen. Ich blieb im Erzgebirge, auch, als die Familie weiterzog, und beendete meine Lehre. Mir gefiel es dort, die Arbeit war gut, ich dachte gar nicht daran, etwas zu ändern. Das wäre auch sicher so geblieben, wenn ich Rudi nicht getroffen hätte.

Nach Abschluss der Lehre, hatte ich schon bald eine eigene Familie. Meine Frau kannte ich, seit ich getrennt von der Familie wohnte. Wir lernten beide im selben Betrieb, sie Serviererin, ich Koch. Ein gutes Team. Und das waren wir, lebten zusammen auf zwölf Quadratmetern und waren glücklich. Erst nachdem unser Kind geboren wurde, hatten wir eine Zweizimmerwohnung, zwar ohne jeden Komfort, aber so war das damals dort, wo wir lebten. Ich war zwanzig, ein junger glücklicher Vater. Zum ersten Mal sah ich Zerbrechlichkeit, Kraft und Wut vereint in dem kleinen Körper unserer Tochter. Ich war fasziniert davon, konnte sie kaum aus den Augen lassen. In jeder freien Minute saß oder lag ich neben ihr. Ich wachte über ihren Schlaf, ihren Atem, über ihr Lächeln, darüber, dass nichts von alledem verlorenging.

Als ich später zur Volksarmee ging, war es die erste längere Trennung von der Kleinen. Man hatte mich überredet, mehr als die üblichen achtzehn Monate zu dienen. Schon im Betrieb war ich immer wieder von den Werbern der NVA angesprochen worden, meinen Dienst anzutreten und dem Staat zu helfen, seine Grenzen zu verteidigen. Während ich dann schließlich beim Grenzschutz meinen Dienst tat, war ich in ständiger Sorge um die Kleine. Immer hatte ich Angst, ihr könne etwas geschehen, dabei war meine Frau bei ihr. Auf den Wachtürmen sah ich Westdeutschland zum ersten Mal. Unter mir lagen Dörfer mit Wiesen und Häusern, aus denen der Rauch aufstieg. Weiter weg bewegten sich Menschen, klein wie Puppen. Sie mähten die Wiese, pflügten die Felder, gingen mit dem Hund spazieren. Sobald sie sich der Grenze näherten, sollte ich Alarm geben. Vor allem aber, wenn in der Dunkelheit jemand versuchte, den Grenzzaun zu überwinden, um von unserer Seite aus in eben dieses Dorf zu kommen, das vor mir lag. Nach Anruf hatten wir dann zu schießen. Wenn bloß keiner abhauen will, wenn ich Dienst habe, wie oft hatte ich das gedacht. Und ich hatte Glück. Ich weiß nicht, ob ich geschossen hätte, ich war ja gedrillt darauf, alle Anordnungen zur Zufriedenheit auszuführen, außerdem hatte ich Frau und Kind. Stand auf Verweigerung des Befehls nicht Gefängnis oder Zuchthaus? Wie soll man sagen können, was man in solch einer Situation getan hätte. Erst nach der Wende wurden die Zahlen von den vielen Menschen bekannt, die beim Versuch, die DDR zu verlassen erschossen worden waren. Viel später erfuhr ich aus den Unterlagen meines Vater, dass ich observiert worden war. Man hatte mich als Kader vorgesehen. Warum sie dachten, ich würde mich dafür entscheiden, weiß nicht. Ich weiß noch nicht einmal, ob ich es abgelehnt hätte. Aber dann kam die Wende und alles wurde anders. Ich wurde schneller als vorgesehen entlassen und war wieder bei meiner Frau und der Kleinen. Da war mit mir noch alles in Ordnung gewesen. Aber sicher würde Vaters Schwester weiter fragen, wird wissen wollen, wie ich danach gelebt habe.

Ruth

Dass es uns trotz der Verhöre geglückt war, die DDR im Mai 1960 zu verlassen, war einer der Momente, die mein Leben verändert hatten und mir Mut machten. Da war zwar anfangs noch lange das Erschrecken, wenn ich daran dachte, was uns erwartet hätte, wäre der Plan gescheitert. Von Bautzen hatte ich gehört, vom gelben Knast, in dem es unmenschliche Zustände und grausame Verhöre geben sollte. Niemand von uns hätte das durchgestanden. Es hatte nicht viele Ereignisse in meinem Leben gegeben, die wie ein Film in mir aufgezeichnet und abrufbar waren, aber diese Flucht gehörte dazu. Meine Mutter war mit ihrem Mann seit einer Woche in der Nähe von Berlin am Müggelsee. Von dort aus, so hatten wir es vor den Verhören geplant, wollten wir in den anderen Teil Deutschlands gelangen. Dass ich zurückbleiben musste, diesen Urlaub also nicht mit ihnen verbringen durfte, hatte unsere Pläne vereitelt. Ich dachte immer wieder darüber nach, welche Möglichkeit es gab, nicht als Einzige zurückbleiben zu müssen. Und dann hatte ich eine Idee: Niemand hat dir verboten, Leipzig zu verlassen, übermorgen ist Mutters Geburtstag. Ich werde nach der Uni in mein Zimmer gehen, sagen, ich fahre nach Halle, stattdessen werde ich von Leipzig aus zum Müggelsee fahren. Mutter schicke ich ein Telegramm :»Überraschung. Ankomme mit Abendzug. Grund Geburtstag. Bitte abholen. «Alles andere würde Mutter schon herausfinden, hoffte ich. Die Adresse kannte ich, zur Not müsste ich mich dann allein durchfragen.

Ich sehe mich zum soundsovielten Mal meinen Schlafanzug, eine russische Grammatik, meinen Personalausweis und den Sozialversicherungsausweis in die Sporttasche legen, das Zimmer abschließen, meiner Wirtin zuwinken und sagen: »Bis Sonntagabend dann!«. Als ich aus dem Haus komme, sehe ich mich um, gehe zur Straßenbahn. An der Haltestelle stehe ich mit anderen Wartenden. Die Zeit dehnt sich. Vorsichtig sehe ich mich um, entdecke niemanden, der mich beobachtet. Aber würde ich denjenigen erkennen? Endlich kommt die Bahn, ich steige ein, ich schwitze.

Es sind die ersten wärmeren Tage im Mai. Das rot-schwarz-gestreifte Jerseykleid, ein Geschenk meiner Schwester, ist zu warm. Unbehelligt steige ich am Bahnhof aus, kaufe die Fahrkarte. Dazwischen sage ich im Stillen meinen Text auf: »Ich fahre zum Geburtstag meiner Mutter, sie wird morgen fünfzig. Das muss ich mit ihr feiern.« Ich habe Angst, ich könne diese paar Sätze vergessen, dabei lerne ich mit Leichtigkeit lange Gedichte und Rollen in kurzer Zeit auswendig. Aber wie unter einem Zwang wiederhole ich Satz für Satz, bis ich auf dem Bahnsteig stehe. Ich betrachte jeden Einzelnen. Der im grauen Anzug könnte einer von denen sein, die jeden meiner Schritte beobachten, aber ich sehe kein Parteiabzeichen wie bei dem korpulenten Mann mit der Stirnglatze und der schwarzen Aktentasche neben ihm. Da steht ein Paar eng aneinandergeschmiegt. Ich pfeife vor mich hin, so wie ich es immer tue, seit der Bruder sich einen Spaß daraus machte, hinter der Tür zu stehen, wenn ich auf den Trockenboden kam, um Wäsche aufzuhängen. Es hilft, beruhigt. Der Zug kommt. Ich finde einen Platz am Fenster neben einem Mann mit schwieligen Händen. Er riecht nach Bier, hat die Augen geschlossen. Die Frau mir gegenüber hat das gleiche strohblond gefärbte Haar, das störrisch vom Kopf absteht, wie Mutter. Sie packt ein Butterbrot aus und gräbt ihre gelben Zähne hinein. Als Letzter steigt ein junger Mann ein. Er ist in meinem Alter, schleppt einen großen, braunen Koffer mit zwei Schnappschlössern ins Abteil, hievt ihn ins Gepäcknetz und setzt sich an die Tür. Er wirkt nervös. Ich höre seinen Atem. Es ist schon dämmrig, als wir losfahren. Mir kommt es so vor, als zuckele der Zug extra langsam, ab und zu hält er an. Ich schließe die Augen, aber dann höre ich den Atem des jungen Mannes noch stärker. Ablenken, ich schlage die Grammatik auf. Russisch ist eine schwierige Sprache, mit ihren sechs Fällen und den vielen Präpositionen, nach denen sich jedes Wort richtet und verändert. Ich lerne gern, aber nicht diese Sprache, die Sprache der Besatzer. Wenn alles gut geht, lasse ich unsere Besatzer und deren Sprache bald hinter mir. Jetzt aber schlage ich eine der schwierigen Konjugationen auf, lese im Flüsterton die Formen, bis die Frau sagt: »Immer schön fleißig, unsere Jugend.« Ich schrecke zusammen. Ist sie es, die mich beobachtet? Bisher hatte ich nur Männer dafür in Betracht gezogen. Als der Zug hält, sagt sie: »Jetzt ist

Kontrolle.« Ich halte mich an den Wörtern vor mir fest, als Schritte und Stimmen näher kommen, tue ich so, als ginge mich das alles nichts an, als läge in den kyrillischen Buchstaben vor mir mein ganzes Leben. Ein Schäferhund und drei Männer in Uniform stehen im Abteil. Noch wirken die Kriegserinnerungen nach. Mein Herz kommt aus dem Rhythmus. Sie wollen, dass der junge Mann seinen Koffer aus dem Gepäcknetz holt. Einer nimmt seinen Personalausweis. Die Stimme, als er fragt, wohin er wolle, erinnert mich an die Stimmen beim Verhör. »Urlaub«, sagt der junge Mann. »Mitkommen«, sagt der mit dem Hund. Während die beiden das Abteil verlassen, halte ich mit der einen Hand das aufgeschlagene Buch auf dem Schoß, mit der anderen meinen Personalausweis. Jetzt bin ich dran. Ich schaue in ein schmales Gesicht, wasserblaue Augen durchleuchten erst mich, dann meinen Ausweis. »Ihr Gepäck«? Ich zeige auf die Sporttasche neben mir. Der Vopo nickt, gibt mir den Personalausweis zurück. Die Frau mit Mutters Haaren muss ihren Koffer öffnen. Ein Stück nach dem anderen legen sie ihr in den Schoß. »In Ordnung«, sagt der mit den wasserblauen Augen. Während die Vopos das Abteil verlassen, packt die Frau alles wieder in den Koffer. Der mit der Bierfahne schüttelt den Kopf. Ich lese weiter kyrillische Buchstaben und denke, wann fahren wir denn endlich weiter? Auf dem Bahnsteig sind Stimmen, Rufe, Pfiffe zu hören. Wir haben bereits anderthalb Stunden Verspätung. Mutter wird auf dem Bahnhof stehen und warten. Ihr Blutdruck wird steigen und steigen. Ob sie auch ohne mich gehen werden? Der Zug setzt sich wieder in Bewegung. Noch immer ist der Platz an der Tür leer. Schemenhaft taucht das Gesicht meines Bruders auf, der vor ein paar Monaten aus dem Aufnahmelager verschwunden ist, und ich wünsche mir, er würde mit Mutter und dem Stiefvater auf dem Bahnsteig stehen.

Ulrike

Ich denke oft darüber nach, warum es für uns Kinder so schwer ist, den richtigen Weg zu finden. Es kommt mir vor, als seien wir noch immer, jeder auf seine Weise, auf der Suche danach. Liegt es an den Umständen, die wir durch den Wechsel von Ost nach West zu bewältigen hatten, oder hat es mit Vater tun, der bis zu seinem Ende keinen Weg gefunden hat, der ihn zufrieden machte? Seit ich von Tante Ruth weiß, dass es in seiner Ursprungsfamilie durch den Krieg und auch später keine Stabilität gab, erscheint es mir plausibel, dass es für ihn schwierig war, zu entscheiden, was gut oder schlecht, vertretbar oder verwerflich war. Wie Schwimmen in unbekannten Gewässern. Ich erinnere mich gut daran, wie es war, als mein Mann mir nach der Wende vorschlug, nach Westdeutschland zu ziehen. Er war bereits vorher mit seiner Firma in Norddeutschland gewesen und nun bot man ihm an, dort zu arbeiten. Da ich an meinen Freunden hing, die mir nach dem Tod der Mutter beigestanden hatten, mit denen ich glückliche Stunden verbracht hatte, war ich nicht sofort einverstanden. Aber weil er immer öfter auf Montage war und ich ihn vermisste, willigte ich schließlich ein. Eine heiße Abschiedsfete im Club bis in die frühen Morgenstunden. Wie ließen nichts aus. »Die Titanic geht unter«, schrie ich und machte ein paar Schwimmbewegungen. Das letzte Mal Applaus. Sie würden mir fehlen.

Es war eine große Stadt, in der wir lebten. Der erste Schock waren die vielen Autos. Statt der gewohnten Grünflächen, sah ich nun auf Häuserfronten mit parkenden Autos davor. Was mir lange Zeit erstrebenswert erschienen war, ängstigte mich plötzlich. Ich fühlte mich fremd und eingeengt. Auch die Sprache der Menschen war gewöhnungsbedürftig. Nicht einen Buchstaben verschluckten die Leute. Jedes Wort akkurat und deutlich, auch das war neu für mich. Wann konnte ich mich endlich einmal ausruhen auf dem, was ist, was ich kenne und verstehe? Der einzigen Sicherheit. Andererseits waren da die Geschäfte mit all den Dingen, die ich mir lange gewünscht hatte. Jetzt lagen sie zum Greifen nah. Schon immer war ich eine leidenschaftliche Einkäuferin gewesen, soweit mein Geld gereicht hatte. Für meine Klamotten war ich berüchtigt, das hatte ich genossen und mir Sachen genäht, die ich im Fernsehen gesehen hatte. Nun war es wie ein Rausch, die Kleider, Schuhe, die Taschen zu sehen, sie anzufassen und manches davon nach

Hause zu tragen. Nie verschwand es sofort im Kleiderschrank. Ich dekorierte es als eine Art Gemälde, fotografierte es und schickte es an meine Freunde, die ich zurückgelassen hatte. Sie sollten wissen, wie gut es mir jetzt ging. Die Dinge füllten zwar nicht das Loch, das entstanden war, aber sie halfen. Außerdem waren da noch das neue Auto, der Farbfernseher und die Gefriertruhe. Das würde sich schon alles finden. Da ich mir vorgenommen hatte, nicht so jung und ungeplant wie Sandra ein Kind zu bekommen, machte ich mir Gedanken darüber, ob es nun an der Zeit sei. Mein Mann bekam ein Gehalt, das wir aus der DDR nicht gewohnt waren, wir hatten eine Dreizimmerwohnung, also Platz für ein Kinderzimmer. Ich arbeitete zwar noch in meinem Beruf, aber es befriedigte mich nicht. Ein Kind, das wäre etwas Neues, eine Herausforderung. Ich konnte planen, suchte einen Kinderwagen, eine Wickelkommode und ein Kinderbett. Ich strickte und nähte. Dem Kind sollte es an nichts fehlen. Es dauerte zwar noch eine Weile, aber als ich fünfundzwanzig war, hatten wir ein kleines Mädchen und ich blieb zuhause. Die ersten drei Jahre, so hatte ich es mit meinem Mann besprochen, der ebenso wie ich die Wochenkrippe durchgestanden hatte. Unser Kind auf keinen Fall! Manchmal, wenn ich die Kleine wickelte, dachte ich an die Zeit dort, auch an die Zeit im Kinderkrankenhaus, dachte an das Zubereiten der Mahlzeiten in der großen Werksküche mit den riesigen Töpfen. Dann kam es mir so vor, als sei ich einen Schritt weiter.

Natürlich tauchte durch das Kind wieder die Frage auf, was Vater uns mit auf den Weg gegeben hatte. Warum er und die Mutter uns weggegeben hatten, bis wir mit sechs in die Schule kamen. Ich war mir noch immer sicher, dass er mich geliebt hatte. Aber wieso hatte er nicht gespürt, was ich spürte, wenn ich meine Tochter auf dem Arm hielt? Wenn ich das Blitzen ihrer Augen sah, wenn sie die ersten Schritte machte, wenn sie nicht durchsetzen konnte, was sie wollte, und schrie? Es war eine große Herausforderung für mich, das alles zu sehen, zu spüren, zu erleben. Es anzunehmen. Ich wollte unbedingt einen neuen Weg finden, einen, der sich von dem der Eltern unterschied und hoffte, dieses Kind würde mir dabei helfen. Als Sandra mich auf meine pfiffigen Klamotten ansprach, durch die ich mich von den Nachbarn abhob, erschrak ich.

Ole

Mit Vater hatte ich seit Längerem keinen Kontakt mehr. Von meiner Stiefmutter, mit der ich jede Woche telefonierte, erfuhr ich, dass es für Vater immer schwerer wurde, Arbeit zu finden, nachdem die Gaststätte bei Potsdam abgewickelt worden war. Er bekam eine Absage nach der anderen. Ich konnte mir Vater nicht untätig vorstellen. Bei allem, was ich an ihm auszusetzen hatte, was mir auf die Nerven ging, seine Unbeständigkeit, seine Geltungssucht, seine Sturheit, musste ich anerkennen, dass er immer mit vollem Einsatz gearbeitet hatte. Jetzt, auf dem Abstellgleis mit sechsundfünfzig, ohne Herausforderung, ohne Anerkennung, ohne Einkommen, das würde er nicht verkraften. Als ich hörte, dass er einen Campingplatz an der Edertalsperre übernehmen wollte, war ich beruhigt. Dort würde er aufleben. Ich wusste, es gab dort noch einen kleinen Laden, der geschlossen worden war, auch den wollte er wieder zum Leben erwecken. Ich hatte keinen Zweifel daran, dass es ihm, wie immer, wenn er sich etwas in den Kopf gesetzt hatte, gelingen würde. Was ich nicht wusste, war, wie stark er in den letzten Jahren abgebaut hatte.

Als ich die beiden dort besuchte, erschrak ich über seinen Zustand. Er, der immer aufrecht gegangen war, lief nun gebeugt und kam mir um viele Jahre gealtert vor. Zum ersten Mal sah ich ihn nicht mit Anzug, weißem Hemd und blankpolierten Schuhen. Er begrüßte mich im Trainingsanzug und eingestaubten Turnschuhen. Sein Gesicht hatte etwas von seiner ursprünglichen Strenge und Festigkeit verloren. Voller Stolz lief er vor mir her, zeigte mir den Platz, die kleine, einfache Wohnung neben dem Laden, den er wieder auf Vordermann bringen würde. Ich dachte, da hat er sich aber viel vorgenommen, aber er begann, von seinen

Plänen zu erzählen. Ein kleines Café mit selbstgebackenem Kuchen und eine Stehbar wollte er aufmachen, sprach von einer Werbekampagne, und ich fragte mich, wie das alles gehen solle. Aber ich wusste, ihm zu widersprechen, half nicht. Ich blieb übers Wochenende, mähte die Wiese für die Zelte, auf der das Gras kniehoch stand, und half, die Wände im Laden zu streichen. Vater setzte sich von Zeit zu Zeit, die Stiefmutter brachte Kaffee und Stullen mit Leberwurst und Schmalz. Ich bemerkte, dass sie ihn besorgt ansah. Später flüsterte sie mir zu, sein Herz sei nicht in Ordnung, der Arzt habe zu einem Schrittmacher geraten. Ich rief meine Geschwister an und sagte, wir sollten die beiden für den Anfang unterstützen. Immerhin war er unser Vater. So kam es, dass Sandra mit ihrem Mann und ich mit meiner Frau nun die Wochenenden an der Edertalsperre verbrachten und dort mithalfen. Der Laden lief, der Campingplatz war auch ohne Werbekampagne beliebt. Die Stiefmutter stand hinter der Theke, buk Brot und Kuchen, mit Sandra kümmerte sie sich um die sanitären Anlagen. Wir Männer schleppten die Waren an, Vater plauderte mit den Gästen. Aus der Bar war bis jetzt nichts geworden. Aber immer wieder erwähnte er sie, sagte, wo alles so gut liefe, könnten wir doch ein kleines, vorgefertigtes Holzhaus kaufen. Das wäre der Clou, weit und breit nicht zu finden. Er habe nur im Moment gerade kein Geld dafür, aber wenn wir Kinder zusammenlegten … Wir lehnten ab, fuhren noch ein weiteres Jahr immer wieder dorthin und unterstützten die beiden. Dann erfuhren wir, was mit Vater los war.

Rose

Ich habe es lange nicht wahrhaben wollen. Liebe macht blind, sagt man ja, und so war es auch bei uns. Ich schob die schlechte Stimmung, seine plötzlichen Ausbrüche, auf die Situation, in der er war. Erst hatten sie die Gaststätte in Potsdam geschlossen, obwohl sie gut lief, dann war da die Sache an seinem sechzigsten Geburtstag, als er vom Gefängnis erzählt hatte. Von einem Tag auf den anderen ohne Arbeit, da muss etwas in ihm zerbrochen sein. Er war ja daran gewohnt, alles zu erreichen, was er wollte, immer war er der Chef gewesen, hatte das Sagen gehabt. Der Mercedes, den er sofort nach der Wende gekauft hatte, war sein ganzer Stolz gewesen. »Meinen Chefwagen« nannte er ihn. Als wir nach Mallorca flogen, sagte er: »Jetzt haben die uns nichts mehr voraus.« Die, das waren die Wessis. Doch dann kamen nur Absagen auf seine Bewerbungen. Anders als vorher wurden jetzt Zeugnisse verlangt, die er nicht vorweisen konnte. Dabei kochte er wunderbar. Aber eben nur das, was bei uns gekocht wurde, die Ostküche. Dass nun Italiener, Griechen, Inder und die gehobene Küche »in« waren, das war neu. Was kannten wir schon davon? Dabei hätte er auch das sicher gelernt, es gut, vielleicht sogar besser gemacht. Wie alles, was er anpackte. Aber man ließ ihn nicht. Und dann ging es auch an der Edertalsperre nicht weiter. Es war zu viel für alle, auch für die Kinder. Die brauchten ja auch ihr Leben, das hatte der Junge an einem Wochenende gesagt. Für uns beide allein war es nicht zu schaffen. Ich weiß noch, an dem Abend, bevor wir dort abfuhren, war er sternhagelvoll. Das war die letzte Fahrt mit dem »Chefwagen«, danach war der Motor kaputt. Aufgeben zu müssen, das war für ihn schlimm, vor allem für sein Herz. Ich musste ihn drängen, zum Arzt zu gehen, hatte Angst um ihn, er atmete bei jeder kleinen Anstrengung schwer. Als er hörte, er müsse in die Klinik, da helfe nur ein Herzschrittmacher, wurde er ganz blass. Man kann ja in der Klinik nicht alles bestimmen, das war ihm immer wichtig gewesen, also dachte ich, das sei der Grund. Aber das war es nicht. Als der Arzt sagte: »Sie müssen aufhören zu trinken«, wurde sein Gesicht feuerrot und ich dachte, na, was der sich rausnimmt, mein Mann trinkt doch nur, wenn es wirklich brennt. Dass ich es nicht ernst genug nahm, merkte ich erst später. Noch nicht einmal, als er bei »Schwarze und Schlichte«, einem alten Familienunternehmen, als Vertreter arbeitete. Der musste doch probieren als Vertreter für Spirituosen, das redete ich mir ein, wenn ich etwas roch. Als er sagte: »Das ist keine Arbeit für mich, das ›Klinkenputzen‹, da wusste ich noch nicht, dass man ihn vor die Tür gesetzt hatte. Er sprach so wenig und über sich schon gar nicht. Dabei hätte er mir doch alles sagen können.

Ruth

Ich habe mich oft gefragt, warum es in Familien so viele Geheimnisse gibt, Dinge, die geschehen sind und nicht ausgesprochen werden. Liegt es am fehlenden Vertrauen in die Welt, in die Menschen, dass man es so fest in sich verschließt und hofft, dass es nie wieder ans Licht kommt, dass man es besser vergisst? Schon Großmutter Selma und Vater hatten Dinge aus der Vorkriegszeit und Kriegszeit verschwiegen. Den Großvater gab es einfach nicht, er war gestorben und fertig! Es war nicht gelogen, aber die ganze Wahrheit war es eben auch nicht. Auch Vater hatte nicht preisgegeben, was in der Hitlerzeit passiert war. Welche Rolle er gespielt hatte. Erst, als er bereits dement war, hatte er dem Zeitungsreporter davon erzählt. Und wieso hatte denn mein Bruder, als dritter in dieser Familienreihe, eine neue Identität angenommen? Um seine Ursprungsfamilie auszulöschen, die ihm unerträglich schien, um sich zu retten oder sich Vorteile zu verschaffen? Bisher hatten weder seine Kinder noch ich eine Antwort darauf gefunden. Vermutungen, ja, die hatten wir. Wir fragten uns, was genau er mit der Stasi zu tun gehabt hatte, warum er in Hohenschönhausen gewesen war, wo politisch Verfolgte auf ihre Anklage warteten. Wie es zu seinen Verurteilungen gekommen war. Wir kamen keinen Schritt weiter. In den Akten stand nur, dass er wegen Betrugs und Unterschlagung inhaftiert worden war. Wenn das stimmte, so wie es da stand, dann war das nicht leicht für mich. Dann hatte er gelogen, war kriminell geworden, wie Mutter, Vater und Marianne behauptet hatten, ohne es tatsächlich wissen zu können. Immer noch schwankte ich zwischen der Haltung, ihn zu verdammen wie der Rest meiner Familie, und dem Versuch, Erklärungen für sein Verhalten zu finden. Es musste sie geben! Hätte er noch gelebt, hätte ich ihn gedrängt, etwas darüber zu sagen, hätte nach Gründen gegraben, wie es meine Schwester genannt hat. Wir waren uns doch nah gewesen. Aber hätte er es gewagt, sich mir anzuvertrauen? Hätte er sich nicht geschämt, dass er gescheitert war? Etwas, von dem ich nun weiß, dass es dasjenige war, dass er auf keinen Fall wollte. Nicht einmal seiner Frau gegenüber hatte er sein Geheimnis gelüftet. Zum wiederholten Mal nehme ich seinen Ausweis der Deutschen Demokratischen Republik, ausgestellt Anfang 1960, zur Hand, wünsche mir, dass ich dort eine Antwort fände. Ich sehe das von Sensibilität und Trauer gezeichnete Gesicht und fühle mich ihm auf einmal so nah wie damals, als er noch bei uns lebte.

Ulrike

Wie leicht man scheitern kann, das weiß ich, wenn ich an die Zeit nach Mutters Tod denke. Von da an wohnte nur noch ich in den vier Zimmern mit dem grünen Sessel von Sandra, dem weißen Fellhocker mit dem Metallgestell, dem blauen Klappsofa, das durchgesessen war. Auch die Anbauwand und all die Dinge, die wir drei Kinder mit der Mutter geteilt hatten, umgaben jetzt mich allein. Ich lief durch die Räume, setzte mich in den grünen Sessel, auf das durchgesessene, blaue Sofa, legte meinen Kopf auf das weiche Fell des Hockers, aber nirgendwo hielt ich es länger als ein paar Minuten aus. Wo ich auch saß, hörte ich Sandras Schluchzen, die Worte des Pfarrers bei der Beerdigung, sah Ole auf der Treppe sitzen, so wie ich einmal dort gesessen hatte, bis Mutter nach Hause kam und fragte, was ich hier zu suchen hätte. Da hatte ich gerade die Lehre angefangen und sollte in die Baracken für Lehrlinge ziehen. Das hatte Mutter entschieden, damit sie sich mehr um den Jüngsten kümmern konnte. Es waren einzelne kleine Holzverschläge am Rand der Stadt. Ich ging dorthin, wollte sehen, wo in den nächsten zwei Jahren mein Zuhause sein würde. Schon auf dem Weg beschlich mich ein ungutes Gefühl. Oft zog sich die Arbeit in der Küche bis in die Abendstunden hinein und ich dachte, dass ich dann im Dunklen dorthin laufen müsse. Bei diesem Gedanken überfiel mich völlig unerwartet die Erinnerung an einen späten Abend, als ich aus der Wirtschaft gekommen war, in der ich als Schülerin mein Taschengeld aufbesserte. Ich war dort beliebt wegen meiner lockeren Sprüche, war pünktlich und zuverlässig. Ich hatte bemerkt, dass mir einer der Gäste gefolgt war, war schneller und schneller gelaufen, aber nicht schnell genug. Ich hatte versucht, nicht mehr an den Vorfall zu denken, und nie darüber gesprochen. Mutter, da war ich mir sicher, hätte mir die Schuld gegeben, so wie immer, und ich konnte sie sagen hören: »Wenn man so rumläuft mit diesen langen Zotteln und so aufgeputzt, musst du dich nicht wundern, wenn die Männer dich greifen.« Damals hatte ich meine Sachen wieder in Ordnung gebracht und war in die Wohnung geschlichen. Schlafen konnte ich nicht, nicht einmal weinen. Ich wusste nur, ich muss meine Arbeit in der Wirtschaft aufgeben und werde spätabends nicht mehr allein unterwegs sein. Und nun sollte ich in einem von diesen Holzverschlägen wohnen, ganz auf mich allein gestellt? Ich war sechzehn, trug meine Haare, die mir lockig über die Schultern fielen, noch immer ebenso lang. Ich konnte es mir einfach nicht vorstellen. Trotzdem ging ich am ersten Abend dorthin, aber als ich angekommen war, erfasste mich Panik. So schnell ich konnte, lief ich nach Hause. Weil die Mutter mir den Schlüssel abgenommen hatte und niemand zuhause war, saß ich auf der Treppe, bis sie kam und fragte: »Was machst du denn hier? Kannst wohl nicht ertragen, dass ich mit dem Jungen mal allein sein will?« Das war nun wirklich nicht der Grund, aber es stimmte, dass ich oft eifersüchtig auf Ole gewesen war.

Aber das war ja nun vorbei, auch für ihn. Mutter war tot. Für einen kurzen Augenblick spürte ich eine Art Genugtuung bei dem Gedanken. Mir wurde heiß, kurz darauf schämte ich mich. Scham war ein Gefühl, das ich nicht ertragen konnte. Noch heute kann ich es nicht. Sobald es aufsteigen will, mache ich einen Scherz. Das klappt. Damals ging ich zu der in die Schrankwand eingelassenen Bar und goss mir aus der vordersten Flasche ein Glas ein. Es war Korn, von dem Mutter immer gesagt hatte: »Es ist ja Getreide, eben nur flüssig.« Kurz darauf verschwand das Schamgefühl, auch die Genugtuung, ebenso wie das Gefühl, nicht zu wissen, wie es weitergehen sollte. Ich fühlte mich wie auf einer Wolke aus Watte und schlief ein. Am nächsten Morgen wachte ich viel zu spät auf, um rechtzeitig bei der Arbeit zu sein. Wieder lief ich von einem Zimmer ins andere, wieder saß ich hier und dort, stand wieder auf, rief bei der Arbeit an, sagte, ich sei krank. So ging das tagelang. Wenn ich mich schlecht fühlte, weil ich gelogen hatte, goss ich mir wieder einen Korn ein, und als die Flasche leer war, griff ich nach der nächsten. Meine Firma wollte eine Krankschreibung sehen, deshalb ging ich zum Arzt, erklärte, ich käme mit der Situation nicht zurecht. Er verschrieb mir Beruhigungstabletten, sagte, sie würden mir den Verlust erleichtern, ich solle erst einmal zwei Wochen zuhause bleiben. Es vergingen diese zwei und weitere Wochen, in denen ich die Beruhigungstabletten schluckte und eine Flasche nach der anderen leerte. Ab und zu kam einer aus dem Jugendclub vorbei, hatte etwas zu essen dabei, fragte, warum ich nicht mehr käme. Sie wollten mich aufheitern, brachten mir meine Lieblingsplatte »Am Tag, als Conny Kramer starb«. Ich ließ sie Stunden hintereinander laufen, heulte zur Stimme von Juliane Werding, sah sie mit ihrer Gitarre vor mir und dachte, das Sterben wäre auch das Beste für mich.

Besonders schlimm wurde die Situation, als meine Geschwister kamen und einen Teil der Möbel und Sachen mitnehmen wollten. Ihr Erbe. Die Wohnung wurde leerer und leerer. Außerdem verlangten sie Geld für die Sachen, die ich behalten wollte. Aber ich hatte kein Geld, nicht einmal genug, um für mich einzukaufen. Ich rief Vater an, er war einsilbig, sagte, er würde mir zwar gern helfen, aber er habe gerade so viel, wie er selbst brauche. Dann legte er auf, ohne zu fragen, wie es mir ging. Wenig später war die Stiefmutter am Apparat, wollte wissen, wie viel Geld ich denn brauche. Als sie hörte, dass es dreitausend Mark waren, die ich den Geschwistern zahlen sollte, schnaufte sie. Nach einer Weile sagte sie, ich solle mir deshalb keine Sorgen machen, sie würde mir das Geld leihen. Zurückgeben könne ich es ihr nach und nach. Ich war froh, machte mir keine Gedanken darüber, woher sie so viel Geld hatte. Ich war viel zu beschäftigt damit, was mit meinen Geschwistern los war. Warum wollten sie so viel Geld von mir? Sie mussten doch sehen, wie es mir ging! Manchmal stieg Zorn in mir auf, wenn ich daran dachte, aber wohin damit? Sie bekamen schließlich, was sie forderten. Ich sackte noch tiefer ab, dachte, nun ist es bald soweit mit mir wie mit Conny. Wäre Oma Babbel nicht eines Tages gekommen, wer weiß.

Ruth

Als Tante Anna starb, brach für mich eine Welt zusammen, an die ich geglaubt hatte. Schon als ich ins Krankenhaus kam und sie kaum noch erkannte, wusste ich, es geht etwas zu Ende und ich kann es nicht aufhalten. Sie hatte mehr als die Hälfte ihres Gewichts verloren, da wölbte kein Bauch mehr wie früher die Bettdecke, dünne Arme lugten darunter hervor. Sie konnte weder Essen noch Trinken bei sich behalten. Ich saß neben ihr in einem Saal mit vielen Betten, hielt ihr die magere Hand und versuchte, nicht zu weinen. Wenige Tage nach meinem Besuch war sie tot. Sie hatte einen Brief hinterlassen, in dem sie schrieb, ich solle von ihren Sachen die Nähmaschine und das Bild, das über der Kommode hing, bekommen. Es war ein Aquarell von der Rabeninsel. Ihr Mann hatte es dort gemalt. An einem Wochenende sollte die Wohnung ausgeräumt und die Sachen verteilt werden. Tante Anna war dreiundsiebzig, als sie starb. Mit zwanzig hatte sie geheiratet und war in diese Wohnung gezogen, in der ich sie besucht hatte, wann immer es möglich war. Alle Möbel hatten fünfzig Jahre auf dem Buckel mit all ihren Nutzspuren. Der kleine, runde Tisch mit dem gelben Lampenschirm, der an manchen Stellen von der Hitze braun geworden war, der Wohnzimmertisch, auf dem das Schneidern kleine Vertiefungen und Löcher hinterlassen hatte. Darüber hing die Glühbirne in der Fassung. Fünfzig Jahre hatte das Sofa ihr Gewicht getragen, sodass sich die Sprungfedern durchdrückten. Im Schrank und in der Kommode lag das Bettzeug aus Leinen. Es war dünn vom langen Gebrauch, manches geflickt mit der Nähmaschine, die nun mich zur Erinnerung an sie begleiten sollte. Ihr Mann hatte nach dem Krieg seinen Beamtenstatus verloren und nachdem er gestorben war, musste sie von neunzig Mark DDR-Rente leben.

Wir waren alle in der Wohnung versammelt, in der ich die wohligsten Stunden meiner achtzehn Jahre verbracht hatte. Ich nahm das Bild von der Wand und wickelte es in ein Laken. Jemand hatte die Wäsche aus der Kommode auf den Tisch gelegt. Schnell griffen nun auch die anderen nach Laken, Bezügen, Kopfkissen und den vom vielen Schrubben auf dem Waschbrett hart gewordenen Handtüchern. Der Onkel, der schon während der Nazizeit bei der Gemeinde gearbeitet hatte und noch immer dort arbeitete, stieg auf den Tisch, drehte die Glühbirne aus der Fassung, reichte sie seiner Frau, die sich umsah, ob es nicht noch eine weitere davon gäbe. »In der Küche«, sagte jemand. Dahin verschwand der Onkel gegen den Protest eines Ehepaares, das ich nur wenige Male gesehen hatte. Auch sie hatten es auf Glühbirnen abgesehen. Alles, was im Wohnzimmer und in der Küche nicht niet- und nagelfest war, landete innerhalb der nächsten Stunde in einer Tasche, einem Koffer, einem Kopfkissenbezug. Die Möbel wollte der Sohn des Ehepaars abholen. Ich stand da und dachte an den Schrebergarten, in dem sich die Amseln, wenn die Wasserbirnen reif waren, auf den Baum stürzten und ihn innerhalb einer Stunde leer fraßen. Während der ganzen Zeit erwähnte niemand auch nur mit einem Wort die Großtante. Kein Wort des Bedauerns. Alle rafften die wenigen Dinge zusammen, die ihr gehört hatten. Damals schwor ich mir, beim Tod eines Menschen nichts weiter als ein Andenken mitzunehmen.

Da meine Familie klein war und es nur wenige Menschen gab, die mir etwas vererben würden, dauerte es eine Weile. Als Nächste starb meine Mutter. Sie war gemessen an dem Besitz der Großtante eine wohlhabende Frau, bewohnte mit dem Stiefvater eine modern eingerichtete Wohnung. Sie hatten ja nach der Flucht aus der DDR alles neu anschaffen müssen. Die Wäsche war noch nicht verschlissen, die Möbel gut erhalten. Sogar ein bisschen Schmuck hatte sie. Ich hatte Interesse an ihrem Ring mit dem Aquamarin, einem Geschenk meines Vaters zur Hochzeit. Aber mein Stiefvater, ein Pfennigfuchser, befand ihn als zu wertvoll und gab mir stattdessen einen goldenen Armreif. Den nahm ich und legte ihn hinter das Glas einer kleinen Vitrine. Als zwanzig Jahre danach mein Vater starb, gab es einige Dinge von Wert. Es war ihm lange Zeit gut gegangen. Da lagen in jedem Zimmer fein geknüpfte Perserteppiche, auch chinesische. Es gab wertvolle Möbel, die Gläser und das Geschirr waren vom Feinsten. Als wir das Haus räumen mussten, entschied ich mich für den kleinen, in Kirschholz gefassten Spiegel und die bauchige Glaskanne mit einem silbernen Deckel. In der Kanne serviere ich noch heute meinen Gästen Waldmeisterbowle.

Sandra

Natürlich wollte ich den grünen Sessel. Seit er nicht mehr im Erzgebirge im Wohnzimmer stand, weil es zu klein für alle Möbel gewesen war, gehörte er mir. Im Schneidersitz hatte ich viele Jahre, an die hohe Lehne geschmiegt, darin gesessen und gelesen. Vater konnte ich damit zur Weißglut bringen und auch die Mutter schimpfte, weil ich nicht hörte, wenn sie nach mir riefen. Lesen war meine Welt, in der ich verschwinden und hoffen konnte. Die Personen, die in den Büchern vorkamen, zeigten mir, dass es noch andere Welten gab als unsere. Ich las von Abenteuern, die sie bestanden, von Gefahren, denen sie trotzten, von Wünschen, die erfüllt wurden, von Aufforderungen, denen sie sich widersetzten, aber auch von Schmerz und Verlust. Und Mutters Tod war für mich ein Verlust, auch wenn ich vieles an ihr auszusetzen und nun schon eine eigene Familie hatte. Er riss eine Lücke in meinem Leben, vor der ich nicht wusste, wie ich sie füllen sollte. Der Sessel kam mir in den Sinn und weil Ulrike die Wohnung behalten wollte, bestand ich auf den Sessel und noch ein paar andere Sachen. Wir konnten ihr nicht die ganze Wohnung ausräumen, deshalb kam einer von uns auf die Idee – wer es war, das kann ich nicht mehr mit Sicherheit sagen –, sie könne uns das Erbe ausbezahlen. Eine ihrer Freundinnen sprach mich an und sagte, das könnten wir nicht verlangen, sie habe doch selbst kein Geld. Aber wir hatten ja alle nicht viel. Außerdem dachte ich daran, wie oft meine Schwester etwas bekommen hatte, sie, der kleine Wonneproppen, was ich auch liebend gern gehabt hätte. Immer hatte sie sich ein Stück Liebe geholt, bei Mutters Freund, bei der Babbel, bei Vater sowieso. Für ihn gab es doch nur Ulrike, sein »Schnutchen«. Mit ihr war er allein nach Berlin gefahren, hatte ihr diesen blöden Berliner Bären gekauft und eine blaue Jacke, mit der sie immer rumlief. Das hatte auch Mutter wütend gemacht. Und jetzt blieb sie auch noch in unserer Wohnung. Auch ich hätte vier Zimmer mit Balkon den zwei Zimmern, das Kinderbett neben dem Ehebett, vorgezogen. Damals machte ich mir keine Gedanken darüber, dass sie ja auch einen Preis gezahlt hatte. Als sie mich später darauf ansprach, musste ich eine Weile nachdenken. Ich konnte mich nicht mehr an die Einzelheiten erinnern. Wie vieles andere war auch das versackt.

Erst nach der Trennung von meinem Mann begriff ich, wie schwer für Ulrike das Leben damals gewesen sein musste. Denn bald lebte auch ich unter ähnlichen Umständen wie sie nach dem Tod der Mutter. Immer wieder hatte ich versucht, die Ehe am Leben zu halten, sie zu kitten, schon wegen des Kindes, aber unsere Interessen hatten sich, seit wir in den Westen gezogen waren, immer weiter auseinanderentwickelt. Mein Mann lief in Freizeitklamotten herum, war zufrieden, wenn der Fernseher lief und er, mit einem Bier nach dem anderen, seinen Frust von der Arbeit vergaß. Oft torkelte er dann aus dem Zimmer, während ich mich hinter meine Bücher klemmte. Als mein Mann eines Abends von einem Arbeitskollegen haubitzenblau nach Hause gebracht wurde und nach mir schlug, schlief ich bei einer Kommilitonin. Am anderen Tag packte ich meine Sachen und zog vorübergehend zu ihr. Mein Mann tobte, sagte, den Jungen könne ich vergessen und auch Geld bekäme ich keines von ihm. Ich könne sehen, wie es sich ohne ihn lebe. Doch ich wusste, ich konnte dort nicht bleiben. Tatsächlich bekam ich keinen Pfennig, aber nach einigen Gesprächen willigte er ein, dass ich meinen Sohn sehen konnte. Dass die Zeit danach so schwer sein würde, hatte ich mir nicht vorstellen können. Als Erstes brach ich mein Studium zur Krankenschwester ab und arbeitete wieder als Altenpflegerin, damit ich mir ein Zimmer mieten konnte. Mein Sohn kam ab und an zu mir, manchmal holte ich ihn von der Schule ab und wir gingen ins Schwimmbad oder ein Eis essen. Ich wusste, wir würden uns nicht verlieren. Wenn er mich umarmte, war alles andere vergessen. Sonst saß ich nach der Arbeit erschöpft in meinem Zimmer zur Untermiete und fühlte mich einsam in den wenigen fremden Möbeln. Die Arbeit war nicht schlecht, ich konnte mich in die Menschen hineindenken. Aber es war nicht das, was ich eigentlich wollte. Auch körperlich fühlte ich mich nicht stark genug. Ich musste einen Ausweg finden und hatte keine Idee, wie.

Eine der Bewohnerinnen, die ich in dem Heim betreute, war seit einem Schlaganfall gelähmt. Die Art, wie sie versuchte, sich verständlich zu machen, rührte mich. Ich war gerade dabei, sie in den Rollstuhl zu setzen, als es klopfte. Die Dozentin, bei der ich eine Anatomie-Vorlesung gehört hatte, stand vor mir. Sie war gekommen, um ihre Mutter zu besuchen. Da ich oft in der vordersten Reihe gesessen hatte, um nichts zu verpassen, schien sie sich an mich zu erinnern und fragte, ob ich denn nicht mehr studiere. Sie habe mich als eine aufmerksame Studentin im Gedächtnis. Das war ich auch gewesen, hatte mir jede Kleinigkeit notiert, weil ich fürchtete, ich sei nicht klug genug, um alles zu behalten. Ich erzählte ihr, dass ich für mich selbst aufkommen müsse, seit ich mich getrennt hatte. Dass mir ein Mensch Mut zusprach, daran glaubte, ich würde das Studium schaffen, das war brandneu. Sie riet mir, mich zum nächsten Semester wieder einzuschreiben und ein Stipendium zu beantragen. Nur mein unbezwingbarer Wille, vermutlich das beste, was man von Vater erben konnte, ließ mich die nächste Zeit mit so gut wie keinem Geld überstehen. Danach brachte ich zehn Kilo weniger auf die Wage, aber mein Diplom nach Hause.

ZURÜCK NACH SECHZIG JAHREN

Ruth

Ich versuchte, mir Sandra vorzustellen, wie sie damals ausgesehen hatte. Auf den Fotos, die ich von ihr und den Geschwistern bekommen hatte, hat sie viele Gesichter. Die Haarfarbe wechselt ebenso häufig wie die Frisuren und der Gesichtsausdruck. Nur die Figur bleibt die gleiche. Mit dieser Wandlungsfähigkeit bildete sie eine Ausnahme unter den Geschwistern. Die anderen erkannte ich auf jedem der Fotos, egal, wie alt sie waren. Sie probiert noch, wer sie ist, das Feste der anderen fehlt ihr, dachte ich und begann darüber nachzudenken, wie sich unsere Geschichten nach dem Entschluss, die Ehe zu verlassen, doch glichen. Nicht genügend Anregung, das schmale Haushaltsgeld, die Anstrengungen, um zum Ziel zu kommen. Als wir zum ersten Mal telefonierten, erzählte sie mir von einer zweijährigen Spezialausbildung, die sie gerade abgeschlossen hatte, und beendete unsere Unterhaltung mit den Worten, ohne Herausforderung sei das Leben nichts wert. Es fiel mir nicht schwer, das zu bestätigen. Immer wieder hatte es Zeiten in meinem Leben gegeben, in denen es begann, fad zu werden und ich mich auf die Suche gemacht hatte nach etwas, das mich forderte. Bisher hatte ich es immer gefunden. Noch immer konnte ich mir nicht vorstellen, meine Arbeit für den Verlag ganz und gar aufzugeben, auch wenn mein Alter mich zwang, weniger unterwegs zu sein. Als sie mich baten, über die Leipziger Buchmesse zu schreiben, war ich nicht aufzuhalten. Dort hatte ich vor sechzig Jahren studiert, außerdem interessierte es mich, wie sich die immer stärker wachsende Online-Szene auf die Branche auswirken würde, wie sich unabhängige Verlage dagegen behaupteten. Als ich allerdings hörte, in vier Tagen würden dreitausendsechshundert Lesungen stattfinden, also neunhundert am Tag, hätte ich beinahe abgelehnt. Es gab jedoch noch einen anderen Grund, warum ich den Auftrag annahm. Mein Geburtsort Halle lag nur zwanzig Minuten entfernt. Ich suchte in den Portalen nach einer kleinen Wohnung und entdeckte sie in der Altstadt unweit des Marktplatzes. Als Ulrike hörte, dass ich ein paar Tage in Halle sein würde, fragte sie, ob ich nicht Lust habe, ihr und ihrem Mann die Geburtsstadt ihres Vaters zu zeigen. Auch meine Tochter kannte Halle nicht und wollte dazukommen. Ich war, von dem Abstecher nach der Wende abgesehen, seit sechzig Jahren nicht mehr in der Stadt gewesen, in der ich geboren wurde und aufgewachsen war. Was würde mich dort erwarten? Konnte ich sicher sein, ob ich noch dorthin fände, wo wir damals gelebt hatten? Aber ich plante meine Arbeit so, dass der Samstag frei blieb, und sagte zu.

Mit dem Taxi fuhr ich zu der Wohnung. Anfangs kam mir vieles fremd vor, doch als wir in die Nähe der Altstadt kamen, erkannte ich manches wieder. Nicht immer wusste ich, wie die Kirchen heißen, aber auch der junge Mann, mit dem ich an ihnen vorbeifuhr, musste die Namen googeln. An einer schmalen Gasse hielt er, wenige Meter weiter war mein Zuhause für die nächsten Tage, eine helle Wohnung unterm Dach mit einem kleinen Balkon, in der ich mich auf Anhieb wohl fühlte. Am Samstag frühstückten wir alle in einem urigen, kleinen Café. Das Sofa, auf dem ich versank, die Bilder an den Wänden, der Nippes, der dort stand, alles stammte aus den letzten hundertfünfzig Jahren. Nur der freundliche und zu Späßen aufgelegte Wirt war aus der Jetztzeit. Danach gingen wir an restaurierten Häusern vorbei, in denen kleine Ladengeschäfte ihre Waren anboten. Selbstgenähtes und -gestricktes, Tee, Kaffee aus Nicaragua, Lederwaren. Ein Eldorado für die kreative Ulrike, die selbst nähte und nichts lieber tat, als einzukaufen. Als wir aus der schmalen Straße traten, standen wir auf dem Marktplatz. Ich hatte ihn vier Jahre lang auf dem Schulweg zu Fuß überquert, bei schlechtem Wetter auch mit der Straßenbahn. Am 17. Juni

1953 hatte ich dort gestanden und gehofft, ich könne bald Vater und Bruder wiedersehen. Einiges hatte sich seit dem Umbau verändert, aber der Rote Turm, das Wahrzeichen der Stadt, stand noch. Ulrikes Mann sagte, er habe sechsundsiebzig Glocken. Auch die Türme der Marktkirche sah ich schon von Weitem und schließlich entdeckte ich das Kaufhaus, in dem ich ein Paar Schuhe ergattert hatte, dunkelblau mit Schnallen. Ich war gerade vorbeigekommen, als die seltene Lieferung eingetroffen war, und hatte zugegriffen. Jetzt stand ich mit meiner Tochter, Ulrike und ihrem Mann dort und die Straßenbahnen ratterten mit Getöse auf den alten Schienen an uns vorbei. Ulrikes Mann war während seiner Ausbildung zum Organisten hier gewesen und dirigierte uns Richtung Kirche. Ich war beeindruckt von der Schlichtheit und Größe des spätgotischen Baus, hatte mich als Kind bei den Besuchen der Weihnachtsmette mehr für die Krippe interessiert. Es gab eine große, goldverzierte Orgel im Westflügel, die ich gerade bewunderte, als von der gegenüberliegenden Seite Orgelmusik ertönte. »Das ‚Träumchen' spielt für dich und deinen Bruder«, sagte Ulrike und zeigte auf ihren Mann auf der Empore. In ein Gemälde eingebaut stand dort eine kleine Orgel. Wir setzten uns, lauschten und ich dachte, was für ein erhabenes Gefühl, diesen riesigen Raum mit Klang füllen zu dürfen. Als es still wurde, wollte ich aufstehen, aber sie hielt mich zurück und zeigte auf die Orgel im Westflügel, die ich bewundert hatte. Während ihr Mann nun dort saß und spielte, hing ich meinen Erinnerungen nach.

Dann war ich gefragt. Die drei baten mich, sie zu unseren Wohnungen zu führen, zu Orten, an denen wir uns aufgehalten hatten. Ich hatte mir vorher nicht einmal die Zeit nehmen können, auf einen Stadtplan zu schauen, und stand nun orientierungslos auf dem großen Platz. Als ich die Straße nannte, in der wir vor der Flucht gewohnt hatten, schaltete meine Tochter das Smartphone an, deutete in eine Richtung und nannte einen Straßennamen, der mir bekannt vorkam. Ich ging los mit meinen roten Schuhen, den bequemsten, die ich hatte. Sie waren nicht wie die des Papstes aus weichem Leder vom Schuhmacher aus Novara in Norditalien. Ich hatte auch nicht zwei Paar für den Sommer und zwei Paar

für den Winter, sondern nur ein einziges Paar, und das war aus Stoff mit federnden Sohlen, aber sie schienen den Weg zu kennen.
Ich entdeckte das Gebäude, ehemals eine Buchhandlung, in der ich meine Reclamhefte gekauft hatte. Jetzt gab es dort Kosmetik und Wellness-Artikel. Gegenüber lag indische Kleidung in den Auslagen. Am Eselsbrunnen standen Touristen und fotografierten. Später führten mich die Schuhe an dem Gasthaus vorbei, in dem sich einer von Mutters Verwandten nach dem Krieg umgebracht hatte, und bald danach sah ich eine Hochstraße, die ich nicht kannte. Darunter führte der Weg weiter zur Waisenhausbuchhandlung. Jetzt war ich mir sicher, wir waren richtig. In die Franckesche Stiftung, die dahinter lag, war meine Schwester zur Schule gegangen. Das Kinogebäude, die »Fettbemme«, dort hatte ich für fünfzig Pfennige meine ersten Filme gesehen, stand noch, allerdings war es nicht mehr in Betrieb. Dort, wo ich vergeblich nach Spangen oder Gummiringen für die Einweckgläser gesucht hatte, war jetzt ein Haarsalon. Die Fensterscheiben der »Nordsee« ein paar Häuser weiter waren blind. Dann standen wir am Rannischen Platz, von dem sternförmig die Straßen abgingen. Ohne zu zögern überquerte ich zwei Straßen und bog in die dritte ein. Ich war die ganze Zeit über ein paar Schritte vorausgegangen, um mich besser konzentrieren zu können. Jetzt hielt ich an und sagte:» Gleich sind wir da.« Das Haus Nummer sieben erkannte ich an dem Balkon, auf dem ich im Konfirmationskleid fotografiert worden war. Den schwarzen Moirestoff dafür hatte mir Vater geschickt und Tante Anna hatte es genäht. Daneben lag der Erker und daneben das Schlafzimmer mit dem dreiteiligen Spiegel. Alles frisch renoviert. Es gab kein großes Holztor mehr, auch keinen Zugang zum Treppenhaus, dafür einen Fahrstuhl. Wir gingen in den Hof. Wo wir früher den Teppich in den Schnee gelegt hatten, damit die Farben wieder strahlten, und ihn anschließend auf der Teppichstange trocknen ließen, standen jetzt Büsche. Das alte Backsteingebäude gab es nicht mehr. Dort hatten wir trotz strenger Verbote gespielt. Auf einem der neu entstandenen Parkplätze hielt ein Auto. Der Mann, der ausstieg, wohnte seit fünf Jahren hier.

Toni

Ich laufe Mutter mit den beiden hinterher und wie immer muss ich mich bemühen, mit ihrem Tempo Schritt zu halten. Nur an wenigen Stellen bleibt sie stehen, um in das, was sie sieht, einzutauchen und uns davon zu erzählen. Dann stehen wir im Hof des Hauses, in dem sie, seit sie neun war, gewohnt hat. Sie deutet auf den Balkon mit dem Küchenfenster im ersten Stock und auf das Fenster daneben, hinter dem das Bett ihres Bruders stand. Meine Cousine will wissen, wo genau, doch der Mann aus dem Auto sagt, so existiere der Raum nicht mehr, der Grundriss sei bei der Sanierung vor fünf Jahren verändert worden. Die Namen, die Mutter nennt, ehemalige Mitbewohner, kennt er nicht. Inzwischen wohnen hier lauter Zugezogene. Der Mann schimpft über die Schwierigkeiten, die es beim Umbau gegeben hatte, auf die Leute vom Denkmalschutz, früher seien alle froh gewesen, wenn sie die Häuser überhaupt irgendwie vor dem Einsturz hatten retten können, und jetzt mache man so ein Brimborium. Er wohne jetzt gern hier, obwohl seine Kinder ihm davon abgeraten hatten, in diese Gegend zu ziehen. Schon zu DDR-Zeiten habe sie einen schlechten Ruf gehabt. Mutter scheint erstaunt darüber zu sein. Als wir zwei Straßen weiter beim Haus der Großtante ankommen, fängt sie an zu weinen. Sie hat die Hausnummer vergessen, versucht, sich zu erinnern und kann sich nicht zwischen zwei nebeneinanderstehenden Häusern entscheiden. Aber in einem hatte die Großtante im dritten oder vierten Stock immer auf sie gewartet. Eines ist noch immer deutlich erkennbar ein Vorkriegsbau, es hat einen neuen Anstrich. Das daneben ist als Altbau nicht mehr zu erkennen. Die Fassade des anderen besteht aus glatten, grünen Kunststoffflächen mit modernen Fenstern. Nur an der Höhe der Häuser kann man erkennen, dass sie sich einst geglichen haben müssen. Ich sehe Mutter die Enttäuschung an, aber dann läuft sie wieder vor uns her zu der Wohnung, die sie nach dem Krieg einige Jahre lang bewohnt haben.

Schon nach wenigen Häusern kommen wir in eine völlig andere Gegend. Links stehen frisch renovierte Bürgerhäuser aus der Jahrhundertwende in verschiedenen Farben, rechts Jugendstilvillen auf üppig angelegten Grundstücken, über die besonders Mutter staunt. Daran kann sie sich nicht erinnern, weiß nur, dass sie aus einer besseren in eine schlechtere Gegend gezogen waren. In den meisten der Villen befinden sich jetzt Immobilienbüros, Anwaltspraxen und Kosmetiksalons. Am Ende der Straße hält sie an und deutet auf die Fenster eines dreistöckigen Hauses im ersten Stock. »Herrenzimmer, Esszimmer, Wohnzimmer und Kinderzimmer. Dahinter ist die Diele, in der ich mit dem Setter um die Wette gelaufen bin, und auf der anderen Seite sind der Garten, die große Küche mit dem Wintergarten und zwei Schlafzimmer.« »Wieso zwei?«, will Ulrike wissen. Einen Moment denkt Mutter nach, dann erzählt sie von Bronja, der Frau, die ihr Vater aus dem Krieg mitgebracht hat. Auch ich erfahre erst jetzt, dass die Polin bei ihnen gelebt hat, bis ein paar betrunkene Russen, die eines Nachts mit Mutters Vater nach Hause gekommen waren, sie mitnahmen. Wir sind seit vier Stunden unterwegs und müde, aber Mutter will noch zu dem Gelände, das auf der anderen Straßenseite hinter einer Mauer liegt, die Franckesche Stiftung. Eine weitläufige Anlage, die kleinen Häuser sind herausgeputzt. Ein Knabenchor in schwarzen Anzügen wartet auf seinen Einsatz. An der Waisenhausmauer liegt die Apotheke, in der sie Salmiakpastillen gekauft hat, auch die Schule ist dort, in die sie die ersten vier Jahre ging. Mich erinnert sie an eine Kaserne, grau mit kleinen Fenstern. Jetzt ist bei uns allen die Luft raus. Wir wollen einen Kaffee und Ulrikes Mann auf jeden Fall etwas Süßes.

Ulrike

Etwas erzählt zu bekommen und etwas vor Augen zu haben, sind zwei vollkommen verschiedene Dinge. Das wurde mir klar, als ich mit meiner Tante auf den Spuren des Vaters in Halle unterwegs war. Wir hatten uns ja bereits gesehen und über vieles gesprochen, aber als ich im Hof des Hauses stand mit der Wohnung, in der auch Vater gelebt hatte, durchlief mich ein Kälteschauer. Dabei schien die Sonne. Ich hatte ja das Zimmer nie gesehen, aber jetzt konnte ich ihn mir im ersten Stock oben im Bett unter dem Fenster liegend vorstellen und den Ballon mit dem Johannisbeerwein davor blubbern hören. Später im Park der Franckeschen Stiftung stand er in seinem Ritterkostüm mit der langen Feder am Hut vor seiner älteren Schwester, genauso, wie ich es auf dem Foto gesehen hatte. Auch die Tante stand vor ihm, mit den gleichen neugierigen, blanken Augen, die sie noch immer hat. Nur der Baum voller weißer Blüten, an dem wir vorbeigingen, war nicht auf dem Foto gewesen. Mutter hatte mir früher oft vorgeworfen, dass ich mir Dinge zusammenspinne, und so war es wohl auch jetzt, denn ich hätte schwören können, dass dieses Bild, das ich vor mir sah, real war. Sogar Vaters Geruch hatte ich in der Nase, den Geruch, den ich auch nach acht Jahren noch immer vermisse. Ich war plötzlich durchlässig, ohne Schutz und kann es mir nur so erklären, dass etwas durch seine Schwester wieder lebendig geworden ist. Ich wage das alles kaum auszusprechen, auch meinen Geschwistern gegenüber nicht, obwohl ich feststelle, dass die neue Situation, dass es nun doch eine Familie gegeben hat und gibt, auch in ihnen Erinnerungen weckt, die im Tiefschlaf gelegen haben. An der Tante bemerke ich die gleiche Eile und Dringlichkeit, die ich von Vater kenne. Alles muss jetzt, sofort sein, als wäre der nächste Moment zu spät dafür, als wäre dann das Leben zu Ende. Sie sagt ja auch manchmal: »Das muss jetzt sein, viel Zeit habe ich nicht mehr.« Aber daran, dass sie, gerade erst aufgetaucht, bald nicht mehr da sein wird, will ich nicht denken. Manchmal erschrecke ich über ihre Eile, denn Vaters stetes Vorwärtsdrängen hat nicht nur sein Leben bestimmt und letztlich zerstört. Ich mache ihm keine Vorwürfe wie die anderen, begreife durch manches, was ich nun weiß, dass ihm etwas gefehlt hat, das unverzichtbar ist, um gut zu leben. Erst seit ich mit meinem Mann, meinem »Träumchen«, lebe, habe ich für mich selbst einen Teil davon gefunden. Langsam bekomme ich eine Ahnung davon, dass ich noch so einige Brücken vor mir habe.

Als ich mich nach Mutters Tod dank der Hilfe von Oma Babbel und Freunden wieder hochgerappelt hatte, ging ich wie früher in den Club. Nahm das alte Leben wieder auf. Da war auch der Bruder meiner Freundin. »Lass mich bloß mit deinem blöden Bruder in Ruhe«, sagte ich, wenn sie seine Vorzüge lobte, ihn mir empfahl, so wie der Küchenchef mir die Mitgliedschaft in der SED empfohlen hatte. Aber ich wollte weder den Bruder noch das Parteibuch. Ich wollte nur eines: auf keinen Fall allein sein und im Club war ich das nicht. Hier waren Freunde, hier gab es Rockmusik, der Song »We will rock you« löste »Conny Kramer« ab und »Über sieben Brücken musst du gehen« wurde zu meinem Favoriten. Wir tranken, wir rauchten, wir tanzten, rockten zu »City« und »Elektra«, sprachen darüber, wie wir uns das Leben vorstellten. Es gab Hoffnung. Irgendwann sagte ich nicht mehr »blöder Bruder« zu ihm und er nicht mehr »blöde Zicke«. Wir trafen uns nun auch außerhalb des Clubs und ich dachte, ich habe es geschafft.

VERMUTUNGEN

Ruth

Ich wartete auf Nachricht von Armin. Seit er seinen Besuch auf der Insel mit dem Drachenbaum kurzfristig abgesagt hatte, war es still um ihn geworden. Er war abgetaucht wie sein Vater, als er die DDR verlassen hatte, wie schon mein Vater. Es rührte an den alten Gefühlen. Ich wusste zwar von den Geschwistern, es war nicht ungewöhnlich, dass er sich eine Weile nicht meldete, aber der Drang, ihn zu erreichen, wuchs. Zumal ich wusste, dass er meinem Bruder so ähnlich war. Wenn ich fragte, was er tat, entstand ein betretenes Schweigen. Nach der Wende hatten die Menschen aus dem anderen Teil Deutschlands eine Chance gewittert, endlich auch am Wirtschaftsboom teilhaben zu können. Die Banken warben um Kunden in den neuen Ländern und waren weniger zögerlich bei der Kreditvergabe. Ein Klassenkamerad hatte einen Altbau auf Kredit gekauft. Für knapp eine Million. Schon bei der Renovierung war ihm das Geld ausgegangen und das Modegeschäft, das seine Frau dort aufgemacht hatte, lief nicht wie erwartet. Ein Notverkauf, sie schimpften auf das System und blieben auf einer Menge Schulden sitzen. Bisher hatten sie nur die Planwirtschaft mit allen ihren Nachteilen gekannt, nun mussten sie feststellen, dass die Marktwirtschaft anderen Gesetzen folgte, die sie um einen Teil ihrer Rente brachten.

Da meine Versuche, Näheres über Armin zu erfahren, ohne Erfolg blieben, war ich auf Vermutungen angewiesen. Ich dachte, vielleicht hat er ein Restaurant aufgemacht und sich damit übernommen. Er war ja Koch, stellte ihn mir in der Küche eines mittleren Restaurants vor, in der er mit ein paar Leuten die Speisen zubereitete, die seine Frau dann servierte. Womöglich würde ich eines Tages in seinem Restaurant essen, ohne es zu wissen und wenn ich, wie mein Vater, darauf bestünde, vom Chef persönlich bedient zu werden und er stünde vor mir, dann würde ich sagen: »Übrigens, ich bin die Tante Ruth. Die Schwester deines Vaters.« Lauter solche Dummheiten gingen mir durch den Kopf. Es gab nichts Konkretes, da blieb genügend Raum für meine Fantasie. Aber dann erfuhr ich von der Nichte, dass seine Frau eine andere Adresse hatte als er. Ich dachte daran, dass er von Dingen geschrieben hatte, die nicht mehr gerade zu rücken waren. Gehörte seine Ehe dazu? Hatte er ebenfalls ein Geheimnis wie sein Vater? »Hab Geduld, es hat wirklich nichts mit dir zu tun, er wird es dir schon irgendwann sagen«, meinte Ulrike, als ich mit ihr darüber sprach. Es, was war das? Und was wusste sie davon?

Ole

Mein Bruder rief mich an und sagte, es ginge ihm nicht gut. Immer nur Arbeit und so vieles sei den Bach runter. Er wisse kaum noch weiter und brauche dringend eine Auszeit: Aber es ginge nicht, wie schon so viele Jahre lang, sonst bräche alles zusammen. Ich wusste nicht, was ich sagen sollte, hätte ihm gern vorgeschlagen, eine Radtour zu machen. Wir sind beide gern in der Natur. Und jetzt im Frühjahr, wo alles zu neuem Leben erwacht, ist es besonders schön. Das frische Grün der Blätter, der Duft des Ginsters, die Farne, die ihre Blätter aufrollen, der warme Wind. Aber aus den vergangenen Jahren wusste ich, dass er ablehnen würde, und fragte, was ihn denn so fertigmache. Wie immer, wenn ich danach fragte, erfuhr ich, dass alles zu viel sei, dass er es nicht schaffen und manches nicht mehr zurechtrücken könne. Ich verkniff mir zu sagen, er solle weniger tun und sich Unterstützung holen, weil ich seine Antwort darauf schon kannte, und fing an, von mir zu erzählen. Von der Woche, die ich mit den Kindern verbracht hatte, von dem Urlaub mit Nora, meiner neuen Liebe. In diesen drei Wochen mit ihr hatte ich verstanden, dass sich die Dinge oft ohne unser Zutun unbeirrbar weiterentwickeln, unabhängig von unseren Gedanken, Wünschen, Hoffnungen und Ängsten. Mir war klargeworden, ich wollte in der Nähe meiner Kinder bleiben. Das Bewusstwerden, dass ich in

Gedanken bereits vierhundert Kilometer weit weg wohnte, hatte mich zutiefst erschreckt. Ich hatte zwar darüber nachgedacht, wie ich mit den Mädels in Kontakt bleiben könnte, nur in ihre Welt hatte ich mich nicht versetzt. Das bemerkte ich, als ich vor dem Urlaub mit Vaters Schwester telefoniert und ihr erzählt hatte, dass ich plante, nach Wien zu ziehen. Von einer Wohnung, die Nora und ich uns schon angesehen hatten, wollte ich erzählen, aber so weit kam ich nicht. Sie unterbrach mich und sagte: »Aber wie sollen die Kinder dich denn dann erreichen? Sie können doch nicht wie du ins Flugzeug steigen. Weißt du, was vierhundert Kilometer für Kinder bedeuten?« Natürlich hätte ich es wissen können. Vater hatte es uns ja zur Genüge spüren lassen. Aber ich hatte zu sehr an die Erfüllung meiner Liebe gedacht. Mit einer Episode aus ihrem Leben machte Tante Ruth mir deutlich, wie stark das Gefühl sein kann, jemanden zu vermissen. Es war eine unglaubliche Geschichte. Was da hätte passieren können! Sie war mit falschem Ausweis in den Ferien für eine Woche von der DDR nach Westdeutschland gefahren. Ein Journalist hatte ihn ihr besorgt und sie in seinem Auto mitgenommen. Da war sie siebzehn. Eine Woche hatte sie mit der Schwester und dem Vater verbracht, wusste nun, wie sie lebten, was sie dort taten, wie es ihnen ging. Dann war sie zurückgefahren und ebenso unbehelligt wie auf der Hinfahrt wieder über die Grenze gekommen. Erst viel später war ihr klar geworden, in welche Gefahr sie sich damit begeben hatte. Aber das Gefühl, Vater und Schwester unbedingt sehen zu müssen, war stärker gewesen als die Angst vor den Kontrollen an den Grenzübergängen. Die hatte sie so gut es ging unterdrückt. Diese Geschichte wirkte in meinem Urlaub nach. Ich dachte oft an die Kinder, vermisste sie so, wie ich sie lange nicht vermisst hatte, und wusste nun, ich würde bald in eine Wohnung ziehen, in der auch genügend Platz für die beiden Mädchen war. Nach Potsdam.

Als der Entschluss gefasst war, fiel mir ein, wie froh ich damals gewesen war, als Ulrike mich gefragt hatte, ob ich nicht zu ihnen ziehen wolle. Sie lebte mit ihrem Mann bereits in Norddeutschland. Solange Mutsch lebte, hatte ich Dinge getan, manches auch gelassen, damit sie es sah, sich mit mir freute, mich dafür liebte. Mit achtzehn bekam ich eine Einzimmerwohnung zugeteilt. Ein Bett, ein Tisch, zwei Stühle, zwei Kochplatten und ein Kühlschrank. Dort saß ich, hörte Musik, traf ab und zu das eine oder andere Mädchen. Aber nichts hatte Bedeutung, man konnte es tun oder auch lassen. Die Zeit bei den Drückern hatte mir den Rest gegeben. Ich hing völlig fertig herum, ohne zu wissen, wie es für mich weitergehen sollte. Mir fehlten die Ideen, was für mich bei der Wiedervereinigung herausspringen könnte. Die Erfahrung mit dem Zeitungsabo-Verkauf lähmte mich. Danach saß ich da mit absolut nichts. Sobald ich allein war, tauchte die Frage auf, wozu das alles, eine Frage, auf die ich keine Antwort wusste. Als Ulrike eines Abends klingelte, erst wortlos die leeren Raviolidosen und Bierflaschen in eine Plastiktüte packte, mit Stirnrunzeln den Tisch abwischte, dann eine Pizza auf zwei Pappteller verteilte und fragte, ob ich nicht zu ihnen ziehen wolle, hier sei doch nichts mehr für mich zu holen, da kamen mir die Tränen.

Ruth

Die vielen Nachrichten, die mich auf unterschiedlichen Wegen erreichten, waren mehr, als ich aufnehmen und verarbeiten konnte. Und es war ja nicht nur ihr Leben, das mich beschäftigte. Auch ich war gefragt, beinahe achtzig Jahre nochmal an mir vorbeiziehen zu lassen und zu befragen. Manchmal telefonierte ich auch mit den Kindern. Schon immer, wenn ich eine Stimme hörte, hatte ich das Gefühl der größeren Nähe, und am liebsten teilte ich mit jemandem einen Raum. Das war schon immer so gewesen. Vor ein paar Tagen, es war regnerisch und so kalt gewesen, selbst die Raben saßen geduckt und bewegungslos auf ihrem Aussichtsposten, hatte ich versucht, die Daten chronologisch zu ordnen. Aber ich war nicht dazu in der Lage gewesen. Manchmal widersprachen sich die Aussagen der Kinder, es gab Zeit- und Informationslücken, zu denen sich niemand bisher geäußert hatte, dann hieß es wieder, sie könnten sich nicht erinnern oder es sei vor ihrer Zeit gewesen, Armin, als Ältester, müsse es doch wissen. Aber Armin schwieg. Noch immer. Vor allem blieb die Zeit im Dunklen, als ihr Vater mit siebzehn seine Familie und damit auch mich verlassen hatte. Wo hatte er sich aufgehalten? Was hatte er gemacht? Warum war er in die DDR zurückgekommen? Weil weder die Kinder noch ich etwas darüber wussten, hatte nun auch ich einen Antrag bei der Stasi-Behörde gestellt. Es war die letzte Möglichkeit, etwas darüber zu erfahren. Doch die Behörde verlangte eine Sterbeurkunde, um mich als Schwester anzuerkennen, aber die hatte ich nicht, denn gestorben war er unter einem anderen Namen. Ich sollte Beweise für den Verwandtschaftsgrad beibringen, suchte nach meiner und seiner Geburtsurkunde, die hatte ich nach der Wende vom Standesamt Halle erhalten, als ich wissen wollte, ob ein Todeseintrag vorläge. Damals hatte ich eine weitere Urkunde bekommen, die besagte, dass er 1956 geheiratet hatte und zwei Jahre später geschieden worden war. Eine Spur, hatte ich gedacht und nach einiger Zeit auch die erste Frau meines Bruders ausfindig gemacht. Ich rief sie an, aber sie bat mich, sie um Himmels Willen in Ruhe zu lassen, an diese schlimme Zeit wolle sie nicht erinnert werden.

Wieder einmal hieß es, Geduld aufzubringen, abzuwarten, ob die Behörde mich als Schwester anerkannte. Aber ich hatte diese Eigenschaft ebenso wenig wie mein Bruder sie gehabt haben musste. Wie schon öfter, seit ich vor ein paar Monaten die Ledermappe mit dem Segelschiff auf Fahrt bekommen hatte, blätterte ich darin, hoffte auf das »Sesam öffne dich«. Und tatsächlich fand ich einen Eintrag von einem »Studio 15« in München. Als ich ihn las, erinnerte ich mich, dass Ole bei seinem Besuch erwähnt hatte, der Vater habe dort gearbeitet. Ich googelte und fand einen Artikel mit der Überschrift »Aufbruch in ein neues Leben«. Das passt, dachte ich, jedenfalls hatte mein Bruder das sicher gehofft, als er uns verließ. Seit ich vierzig war, hörte ich gern Jazz, aber nach dem Krieg, als der Jazz nach Deutschland kam, war ich gerade fünf gewesen. Da hatte ich noch Kinderlieder gehört und gesungen. Jetzt las ich, dass das neue Leben nach dem Krieg auch in der Musik spürbar und hörbar geworden war. Die GIs brachten aus ihrer Heimat neue Musik mit, auch nach München: den Jazz. Anfangs war er nur in den amerikanischen Soldatenkneipen zu hören gewesen und von den meisten als »Negergedudel« bezeichnet worden. Die Kneipen waren keine Orte für Zartbesaitete. Schlägereien waren dort an der Tagesordnung. Meistens ging es um die »Fräuleins«, sie hatten als einzige Deutsche Zutritt und verdienten dort den Lebensunterhalt für die ganze Familie. Nachdem 1952 das »Studio 15« in der Leopoldstraße 15 eröffnet worden war, mauserte es sich zur Topadresse der Münchner Jazzszene. Hier hatte der Bruder also gearbeitet. Hier musste er auch das gute Englisch gelernt haben, von dem Sandra gesprochen hatte. Aber wann und was hatte er gemacht? Hatte er hinter der Bar gestanden, Cocktails und Milchshakes gemixt, vielleicht die Gläser gespült? Oder hatte er, wie später als Gaststättenleiter, die Gäste beobachtet und seine Eindrücke weitergegeben? Das wusste ich bereits aus den Stasiunterlagen der Kinder. Was werde ich noch alles erfahren, wenn die Behörde mir endlich antwortet?

Ulrike

An das Jahr kann ich mich nicht erinnern, aber Ole war schon zum zweiten Mal verheiratet, als er mich bat, ihn und Vater auf einer Reise zu begleiten. Der habe darum gebeten, ihn in die Nähe von Braunschweig zu fahren. Er allein, das wäre nicht so gut, ich hätte doch den besseren Draht zu ihm. Es wäre schon besser, ich führe mit. Ich rief Vater an und hörte, er müsse unbedingt noch einmal dorthin, er kenne da jemanden von früher. Da Zahlen, auch Jahreszahlen, für mich keine große Bedeutung haben, weiß ich nicht, wie alt Vater damals war, vielleicht Mitte bis Ende fünfzig. Aber ich erinnere mich sehr genau an seine Aufregung bereits auf der Fahrt, da waren seine Hände pausenlos in Bewegung. Auf seine Anweisung hin fuhren wir nicht in die Stadt, sondern durch eine flache, ländliche Gegend. Ab und zu ließ er Ole anhalten, stieg aus und sah sich um. Schließlich dirigierte er das Auto auf eine schmale Straße, die zu einem abgelegenen Bauernhof führte.

In einiger Entfernung davon hielten wir. Er blieb sitzen, sah sich nach allen Seiten um und nickte. »Hier ist es.« Wir gingen das letzte Stück zu Fuß. Mit jedem Schritt schien sich Vaters Gesicht zu verjüngen und zu entspannen. Auf meine Frage, wer denn hier wohne, sagte er: »Später.« Dann standen wir auf einem Bauernhof, um uns weit und breit nichts als Felder. Eine Gegend, in der sich Fuchs und Hase »Gute Nacht« sagen. Vater schien das nicht zu stören, er ging zielstrebig auf eines der Gebäude zu und klingelte. Es war das Wohnhaus. Ein Mann in meinem Alter öffnete. Vater nannte den Namen einer Frau, darauf drehte sich der Mann um, rief etwas in einer Sprache, die ich nicht verstand, und kurze Zeit später stand eine alte Frau in der Tür. Jetzt sprudelte es aus Vater heraus, er habe als junger Mann mit einem Kumpel auf dem Hof gearbeitet und sei gekommen, um sich zu bedanken. Es sei eine seiner schönsten Zeiten gewesen. So viel hatte ich ihn selten hintereinander sprechen hören. Die alte Frau bat uns ins Haus und führte uns in die gute Stube, nahm die Schutzbezüge von Sofa und Sesseln. Immer wieder schaute sie Vater an, dann schien sie sich zu erinnern, fragte, ob es in den Fünfzigern gewesen und ob er der Norbert sei. An den erinnere sie sich gern, immer hätte er zugepackt und seine Späße gemacht. Als Vater verneinte, schien sie das Interesse an uns zu verlieren und wenig später gingen wir wieder zum Auto.

Vater sprach kein Wort auf dem Rückweg. Er wirkte wie versteinert. Ich dachte nach, ob er jemals diese Gegend erwähnt hatte, aber es fiel mir nichts dazu ein. Ole erinnerte sich, dass die Stiefmutter ihm erzählt hatte, Vater sei in einem englischen oder amerikanischen Flugzeug, Genaueres wusste sie nicht mehr, nach Norddeutschland geflogen und dort abgesetzt worden. Wir rätselten, was das zu bedeuten hatte. Ole sagte: »Ich traue ihm zu, dass er schon damals nicht immer auf dem rechten Weg war. Es kann doch sein, dass er für die Amis oder die Tommys etwas ausspionieren sollte. Du kennst vielleicht die Gepflogenheiten der Besatzer nach dem Krieg nicht. Aber auf der Glienecker Brücke haben sie jede Menge Agenten ausgetauscht, direkt vor meiner

Nase. Nur damals hatte ich keine Ahnung davon. Vielleicht wollte er Rose auch nur imponieren mit der Geschichte. Bei ihm weiß man nie.« Mir ließ die Sache keine Ruhe, zu gern hätte ich gewusst, wie er dort hingekommen war. Vielleicht hätte Armin es gewusst, aber ich hatte aufgegeben, ihn nach Vater zu fragen. Aber dass er dort gewesen war in den Fünfzigern, dessen war ich mir sicher.

Ruth

Ich denke an die Zeit nach dem Krieg, als er noch bei uns lebte. Eng damit verbunden ist der Schwarzmarkt, dieser Supermarkt der Nachkriegszeit. Wer etwas zum Tauschen hatte, der war König. Bei den Bauern auf dem Land sammelten sich Pelzmäntel, Kristallgläser und Teppiche, die gegen Essbares getauscht worden waren. Es ging ein Reim um: »Den Schmuck hat man als Butter aufgegessen, die Meißner Tassen trägt man jetzt als Schuh, so wächst dem Eigner, was er einst besessen, von Grund auf umgewandelt wieder zu.« Jeder machte das Beste aus der Situation, in der 1946 1 Kilogramm Brot 70 Reichsmark kostete, ein Kilogramm Butter 800, eine Zigarette 7 bis 13 Reichsmark. Für Zigaretten, besonders für »Lucky Strike«, war auf dem Schwarzmarkt fast alles zu haben.
Auch für uns war es nach dem Krieg die einzige Möglichkeit, um etwas in den Magen zu bekommen. Wie oft war mein Bruder dort mit seinen elf Jahren unterwegs gewesen, hatte das gute Silber, Mutters Stolz, in Mehl, Graupen und Brot umgetauscht. Wie oft hatte ich um ihn gezittert. Hatte noch in der Dunkelheit auf ihn gewartet. Die Razzien der Volkspolizei waren bekannt, sie waren nicht zimperlich, wenn sie jemanden erwischten. Überall, wo es etwas zu holen gab, waren wir dabei. Wir klauten Kohlen, da war ich noch nicht einmal sechs. »Als Absicherung«, hatte mein Bruder gesagt, so einer Kleinen würden sie nichts tun. Mit dem Handwagen fuhren wir zum Bahnhof, es hatte sich herumgesprochen, dass dort ein Güterzug mit Kohle stand. Unser Wagen hinter dem Waggon war halbvoll, als eine Patrouille kam. Der Bruder hielt mir mit seiner von der Kohle geschwärzten Hand den Mund zu, bis sie nicht mehr zu

sehen war. Ich hatte Angst, aber er lachte und sagte: »Jetzt hast du einen Schnurrbart wie Hitler.« Mutter schimpfte nicht einmal über unsere schmutzigen Sachen. Recht und Unrecht waren durch den Krieg ausgehebelt. Jeder versuchte, auf irgendeine Weise zu überleben.

Dass sich die Situation mit der Währungsreform 1948 im Westen schneller änderte als dort, wo wir lebten, erfuhr ich erst, als ich Marianne und Vater besuchte und sah, was man dort alles kaufen konnte. Da lagen Obst und Gemüse in Kisten, jede Menge Wurstsorten gab es beim Fleischer und Süßigkeiten beim Kaufmann gegenüber, Dinge, die ich bis dahin weder gesehen noch gegessen hatte. Schokolinsen wurden zu meinen absoluten Favoriten. Mit drei Packungen fuhr ich zurück. Aber auch das Schaufenster des Schuhgeschäftes an der Brücke war voll. Da standen Sandalen mit durchgehender Korksohle neben Schuhen mit und ohne Absätzen, rot und grün und schwarz und braun, in allen Formen. Meine Schwester hatte eine Menge Kleider und Blusen, dazu Hosen und Nickis im Kleiderschrank. Im Regal standen fünf Paar Schuhe. Ich zählte sie und war sprachlos. Ich selbst wechselte zwischen dem rot-schwarzen, dem dunkelblauen Kleid und dem Trainingsanzug, Sommer und Winterschuhen ab. Bei uns waren die Waren weiterhin knapp und das System des Schwarzmarkts nahm über die Jahre bis zum Zusammenbruch der DDR vielfältige Formen an. Nur durch tauschen kam man zu dem, was man brauchte. Das brachte Mutter zur Verzweiflung, denn wir besaßen kaum etwas von dem, was gefragt war. Wenn sie einkochen wollte und entweder die Spangen, die Ringe oder die Deckel für die Weckgläser fehlten und man nie alles gleichzeitig kaufen konnte, fluchte sie auf den Sozialismus. Wie oft hatte ich mit anderen in der Schlange angestanden und war enttäuscht wieder abgezogen, weil kurz vor mir nichts mehr in den Stiegen gelegen war. Als ich vor Jahren meine Wohnung tapezieren wollte und drei Tapetenbücher durchblätterte, dachte ich an das handgeschriebene Schild des Tapetengeschäftes auf meinem Schulweg : Tapeten eingetroffen. Ich hatte sofort die Großtante benachrichtigt, aber sie waren bereits ausverkauft, als sie dort ankam.

Sandra

Seit wir Vaters Schwester gefunden hatten und mit ihr im Kontakt standen, fiel mir auf, wie wenig ich von den Geschwistern wusste. Wenn sie nach ihnen fragte, konnte ich vieles nicht beantworten. Ich dachte, sie mussten, ähnlich wie ich, damit beschäftigt gewesen sein, sich den veränderten Umständen nach der Wende anzupassen. Seit dieser Zeit waren wir über ganz Deutschland verstreut. Ulrike war wie ich in die alten Bundesländer gezogen, während die Brüder weiterhin in ihrer ursprünglichen Umgebung lebten. Jeder suchte einen neuen Weg für sich.

Es war auch für mich nicht leicht, mich in der neuen Welt zurechtzufinden. Ich hatte keine Ahnung, welche unausgesprochenen Verhaltensregeln und Gesetzmäßigkeiten hier galten. Wir waren es gewohnt, uns anzupassen. Das bisherige Leben war durch klare Vorschriften bestimmt gewesen, die einzuhalten waren. Sonst wurde es unangenehm. Bei der Arbeit folgten Zurechtweisungen vor versammelter Belegschaft im Sinne der Umsetzung sozialistischer Ziele, die teilweise zu Versetzungen führten, und zuhause bedeutete das Nichteinhalten von Anweisungen Stubenarrest oder Sonderaufgaben. Nach dem Wechsel bestand die Welt von einem Tag auf den anderen aus vielfältigen Möglichkeiten. Es schien, als habe sich eine Tür geöffnet, hinter der ein unbekannter, noch zu erforschender Raum lag. Das hatte ich mir oft vorgestellt, aber jetzt ängstigte und verunsicherte er mich. Im Kopf drehte sich ständig ein Mühlrad voller Fragen: Welche Schritte waren die richtigen? Welche waren mir erlaubt? Wie begegnete ich den neuen Nachbarn, konnte ich einfach so drauflos schwatzen, wie mir zumute war, oder gab es auch hier Tabus? Passte die Frisur, passten die Klamotten oder wiesen sie einen nicht auf den ersten Blick als Ossi mit all den Vorbehalten aus, die ich zu hören bekam? Vor lauter Fragen kam ich nicht dazu, nach mir zu gucken. Auf eine merkwürdige Weise war ich auch hier vom Außen bestimmt unterwegs. Und nicht nur ein paar Monate. Ich beobachtete die Menschen, wie sie gingen, wie sie sprachen, kam mir vor, als sei ich gerade erst auf die Welt gekommen. Am meisten beschäftigte mich die Frage, ob sich mein Traum, Ärztin zu werden, nun endlich erfüllen könne. Doch das war die erste Ernüchterung. Ich hatte kein Abitur. Also irgendwie weiter.

Und so ging es auch den Geschwistern. Alles war neu und fremd. Viele Möglichkeiten. Raus aus dem Alten, dem aufgezwungenen Bekannten. Ihre Wege, von denen ich hin und wieder hörte, waren ganz verschieden. Aber es waren mehr die äußeren Dinge, die die Familienrunde machten. Der Ort, die Wohnsituation, der Kampf um Arbeit, die Nachbarn, manche freundlich, andere argwöhnisch. Und nicht zuletzt das Auto und Fahrten in bisher unerreichbare Gegenden. Ich wusste auch, dass die Geschwister Mutter und Vater, auch Großmutter oder Großvater geworden waren, aber darüber, was wirklich mit ihnen los war, war ich auf Vermutungen angewiesen. Deshalb schrieb ich einen Brief und schickte ihn an alle drei. Als ich mit meiner Schwester darüber sprach, sagte sie: »Na, du weißt doch alles von mir, du kennst alle meine Männerunglücke bin ins letzte Knopfloch, meine Trauer um Vater, kennst die lückenlose Geschichte von meinem ›Träumchen‹.« Ich überlegte. Auch sie schwieg eine Weile, doch dann sagte sie: »Allerdings weiß ich von dir ziemlich wenig.« Mein erster Impuls war, das von mir zu weisen. Aber ich hatte mir in letzter Zeit angewöhnt, nicht immer gleich zu antworten und erst einmal in mich hineinzuspüren und in Ruhe über die Dinge nachzudenken. Bei einem Spaziergang mit meinen Hunden, den ich täglich genoss, stellte ich fest: Auch ich hatte mich zurückgezogen. Ich war mit einer aufwendigen Fortbildung und meiner wackeligen Gesundheit beschäftigt gewesen und hatte erwartet, dass die Geschwister nach mir fragten. Aber keiner hatte das getan. Meine Feinfühligkeit hatte ich mir noch nie gern anmerken lassen, kam lieber cool rüber und schwieg. Aber wie's innen aussieht, geht niemanden etwas an. Doch plötzlich war etwas in Bewegung geraten. Tante Ruth wirkte wie ein Katalysator. Ole weinte sich bei mir am Telefon nach mehr als dreißig Jahren über Mutters Tod aus, Armin beschimpfte den Vater als unverbesserlichen Egoisten und Ulrike versetzte mich in

Erstaunen, als ich als Überraschungsgast zu ihrem fünfzigsten Geburtstag vor der Tür stand. Denn nicht nur ich war die Überraschung, auch meine kleine Schwester war es, jedenfalls für mich. Selbstbewusst und strahlend, den Kopf nicht mehr gesenkt, den Körper nicht vornübergebeugt, stand sie in einer Schar von Freunden, wie ich sie selbst nicht hatte. Bald lagen wir uns in den Armen wie früher als Kinder.

Ruth

Immer wieder habe ich überlegt, wann sich die Beziehung zu Marianne verändert hat. Seit wir erwachsen waren, sahen wir uns alle paar Jahre und nie länger als einige Tage. Dann waren die unverfänglichen Themen zu Ende und es bestand die Gefahr, ein vermintes Gebiet zu betreten. Bis auf eine Ausnahme war ich es, die zu ihr fuhr. An der Entfernung allein konnte es nicht liegen. Wir waren beide gern unterwegs. Es war eher so, als hätten die Dinge, die ihr und mir im Leben wichtig geworden waren, uns voneinander entfernt. Jede lebte eine der möglichen Seiten, die für die andere keine Bedeutung hatte. Während ich mit dem Rucksack ins Flugzeug stieg und mich gern von Ort zu Ort treiben ließ, plante sie die Stationen ihrer Luxusreisen minutiös. Jede kam mit den entsprechenden Trophäen zurück. Meine Steinsammlung wuchs ebenso wie ihre Schmucksammlung und die von Elefanten, die nun neben ihrer Urne stehen. Als ich die Nachricht von ihrem Tod bekam, saß ich bei einem Glas Wein in Berlin, um die Betroffenheit, die mich beim Ballett in der Komischen Oper ergriffen hatte, abklingen zu lassen: eine Choreografie von Sharon Eyal, dem Shootingstar der Szene aus Israel. Ich hatte bei meinen Aufenthalten in New York eine Vorliebe für modernes Ballett entwickelt und war extra dafür nach Berlin gefahren. Statt mich zu beruhigen, verdoppelte sich meine Betroffenheit nach dem Anruf ihres Mannes, der nur gesagt hatte: »Sie ist tot.« Diese Betroffenheit war auch nach einem weiteren Glas Rotwein nicht verschwunden. Im Gegenteil. An Schlaf war nicht zu denken. Ich hatte bis zum Morgengrauen ihr Bild vor Augen, im Krankenhausbett liegend, wo man ihr nicht mehr hatte helfen können. Dabei war es nur ein kleiner Eingriff gewesen. Am nächsten Morgen suchte ich Flüge von Berlin nach Mailand, von dort war es nur noch eine Zugstunde zu ihrem Haus, hörte aber dann, dass es keine Abschiedsfeier geben würde. »Keine Zeremonie, es ist schlimm genug, dass sie tot ist«, hatte ihr Mann gesagt. Es gab also keine Gelegenheit, sie noch einmal zu sehen, ihr übers dichte dunkle Haar zu streichen und ihr zu sagen, dass es einmal eine andere Zeit gegeben hatte, in der ich sie geliebt hatte. Die nächsten Tage in der Stadt verbrachte ich nicht wie vorgesehen im Theater und im Museum. Ich lief auf den weichen Sandwegen des Grunewalds an Hundebesitzern mit ihren Lieblingen vorbei, schob das welke Laub auseinander, sodass es aufflog und raschelte, so, wie ich es als Kind bei den Familienspaziergängen auf der Rabeninsel getan hatte.

Damals war unser Verhältnis noch ein anderes gewesen, aber es gab nur wenig innere Bilder aus dieser Zeit. Die Fotos, die seit dem Wiederauftauchen unseres Bruders in meiner Wohnung ausgebreitet lagen, zeigten uns drei mit dem gleichen freudlosen Ausdruck. Sie dreizehn, er zwölf, beinahe wie Wachsfiguren, ich sieben, mit dem Anflug einer Frage im Gesicht. Doch bei keinem von uns auch nur die Spur eines Lächelns. Völlig unpassend für Kinder dieses Alters. Wann hatten uns die Freude, das Lächeln verlassen? Sie, um so viele Jahre älter, hätte sicher etwas dazu sagen können. Aber ich wusste, auch wenn sie noch lebte, sie würde nicht sprechen. So, wie sie früher nie gesprochen hatte. Erst, als sie Vater nach Westdeutschland gefolgt war, schien sie ihre Stimme entdeckt oder wiedergefunden zu haben. Mutter sagte bei ihrem ersten Besuch nach einem Jahr:»Die spricht ja!« Das war schön, möglicherweise aber auch der Anfang unserer Entfremdung. Aber da gab es noch Begegnungen, Verständnis füreinander. Auch Nähe hin und wieder, wie 1963 nach der Geburt meiner Tochter, als wir in ihrer Wohnung über Kennedys Ausspruch »Ick bin ein Berliner« lachten und es nicht glauben konnten, dass er noch im gleichen Jahr ermordet wurde. Da saßen wir wie früher zusammen auf dem Sofa und weinten. Später habe ich sie nie wieder weinen sehen, nicht einmal, als Vater starb. So wie sie früher aufgehört haben musste zu sprechen, hörte sie später auf zu weinen, auch zu klagen. Egal, was geschah. Von diesem Zeitpunkt an verloren ihre dunklen Augen die Tiefe. Sie wurden kleiner und kleiner. Je älter wir wurden, desto mehr schienen wir uns aus einer gemeinsamen Mitte auf die gegenüberliegenden Seiten einer Ebene zuzubewegen. Verloren das, was wir einander gewesen waren. Dabei gab es in den Jahren nach Vaters Tod ein Bemühen um Verständnis. Aber es war klar, das Leben der anderen war uns fremd, erschien uns beinahe unglaubwürdig. Dennoch waren wir Angehörige ein und derselben Familie. Einer Familie, die schon in ihren Anfängen bröckelig gewesen sein muss. Als Vater einmal sagte, er habe unsere Mutter nie geliebt, da flammte noch einmal Glut in den Augen der Schwester auf. Ich wollte mit ihr darüber sprechen. Aber sie schwieg. So wie jetzt, wo sie zu Asche geworden neben den Elefanten aus aller Welt steht.

DIE WEICHEN STELLEN

Simon, der Vater von Marianne, Ruth und dem Bruder

Wer beinahe fünfundsiebzig Jahre im Frieden lebt, wie soll der begreifen und beurteilen können, wie es damals war, im Krieg. Man wusste ja nicht, ob man den nächsten Tag überleben würde, ob man noch Angehörige, ein Dach über dem Kopf haben würde. Hitler hat schließlich die Konsequenzen gezogen. Er hat sich und seine Familie ausgelöscht, so wie er es für andere Menschen angeordnet hatte. Ein Schicksal, das auch mir geblüht hätte, wäre da nicht mein Chef gewesen.
Wir waren uns nach und nach vertraut geworden, seit er mich in die Stadt in seinen Betrieb geholt hatte. Als wir zu einer Filiale unterwegs waren, erzählte er mir, sein Sohn habe ihn enttäuscht, zu widerspenstig sei er gewesen, deshalb habe er ihn mit siebzehn in ein Flugzeug nach Südafrika gesetzt. Das harte Leben dort würde ihn schulen und gefügig machen. Ich war ein paar Jahre älter als sein Sohn, war willig und fleißig, wollte raus aus der Armut, raus aus der Enge, die mich immer umgeben hatte. Ich wollte etwas werden. Bald war ich seine rechte Hand. Er war zum zweiten Mal verheiratet und lebte mit seiner Frau, die sich fast zwergenhaft neben ihm ausnahm, in einem großen Haus ohne jeden Luxus. Aber es enthielt alles Nötige. Eines Abends, wir waren noch in der Firma, rief er mich zu sich, fragte, ob ich mich nicht nach einer geeigneten Frau umsehen wolle. Ich war jung, hatte bisher meine Zeit und Kraft der Arbeit, dem Fortkommen gewidmet. Als ich erwiderte, das habe doch keine Eile, schüttelte er seinen gewaltigen Kopf, mit dem von Warzen bedeckten Gesicht, und sagte, man wisse nicht, wie sich alles demnächst entwickle und auf keinen Fall wolle er einen weiteren Sohn verlieren. Denn das sei ich für ihn.
Da ich wusste, dass er sich für die neue Partei interessierte, verfolgte ich nun, was sich in Deutschland tat, und dachte darüber nach, was er mit

»geeignet« gemeint haben mochte. Die neue Partei ließ keinen Zweifel an ihren Vorstellungen und Zielen. Ich verstand. Als ich ihm meine spätere Frau Berthel vorstellte, ich hatte sie auf einem meiner Spaziergänge kennengelernt, lachte er und sagte, nun sei er beruhigt, jetzt könne es ans Gebären für Volk und Vaterland gehen. Mit dem neuen Ehestandsdarlehen von eintausend Reichsmark, das mit der Zeugung von vier Kindern abgegolten sein würde, bezahlten wir die Hochzeitsfeier und kauften die ersten Möbel. Doch nach dem zweiten Kind, dem Sohn, mit dem ich ebenso wenig zurechtkam wie der Chef mit seinem, begann 1939 der Krieg. Wie recht er mit seinem Rat, mich angemessen zu verheiraten, behalten sollte, das verstand ich, als sie meinem Vater den Laden zerschlugen. Aber da hatte er bereits wieder die Weichen für mich gestellt.

Armin

Die Weichen neu zu stellen, das hatte ich versucht, als ich mich von Vater distanzierte. Und es war mir geglückt. Ich liebte meine Frau und meine Tochter, kam nicht wie Vater auf die Idee, sie abzuschieben. Weder die eine noch die andere. Wenn ich mir Fotos aus dieser Zeit ansehe, dann stehe ich dort strahlend, den Blick voller Neugier auf die Welt gerichtet. Und es gibt auch irgendwo einen Platz in mir, wo diese Zeit verschwommen aufgehoben ist. Bereits bevor wir ins Erzgebirge zogen, war ich einige Male unfreiwillig Zeuge von Vaters Unersättlichkeit, auch in Liebesdingen, geworden. Ich weiß nicht, ob ich meine Mutter zu dieser Zeit liebte, aber ich verehrte sie und schämte mich für ihn. Als ich vom Vater meines Freundes erfuhr, was Vater für sich und uns abgezweigt hatte, war das ein Betrag, den ich mir nur schwer vorstellen konnte. Da war wieder dieses Gefühl, für das ich bis heute keinen Namen habe. Ich hatte das Geld mit verbraucht, hatte vor dem Fernseher gesessen, in der Waschmaschine meine Jeans und Nickis gewaschen, ich war mit dem Auto gefahren und es hatte mir gefallen, wie es davon brauste. Vielleicht hatte er auch mein Rennrad damit bezahlt und all die Dinge, die nur wir hatten zu dieser Zeit und keiner meiner Freunde. Ich weiß noch, wie mir heiß und kalt wurde, als ich es hörte. Ich brach den Kontakt zu meinem besten Freund ab. Danach hatte ich nie wieder einen Freund.

Als ich später mit meiner Frau und meiner Tochter lebte, war das ein überwältigendes Gefühl. Wir waren eine Familie. Der Kopf platzte mir beinahe vor lauter guten Vorsätzen. Zuverlässig, gerecht, liebevoll, ehrlich, ansprechbar wollte ich sein. Und vieles davon gelang ohne große Anstrengung. Als man mir anbot, mich länger als die achtzehn Monate bei der NVA zu verpflichten, und mir die Vorteile, die daraus erwuchsen, aufzählte, dachte ich, wir können das Geld gut gebrauchen. Raus aus den zwei Zimmern, keine von Kohle geschwärzten Wände mehr, eine Küche, in der wir kochen konnten, eine Badewanne, vielleicht sogar irgendwann ein Auto, mit dem wir in Urlaub fahren konnten. Der Kleinen sollte es an nichts fehlen. Deshalb stimmte ich zu. So war es auch bei der Entscheidung, zum Grenzschutz zu gehen. Im Vordergrund stand auch hier der Gedanke, ich tue es für die Familie. Dass ich mich dadurch von ihr entfernte, das sah ich nicht. Ich war überzeugt, ich täte das Beste für uns. Immer würde ich das Beste für meine Familie tun! Wenn sich heute manchmal der Gedanke aufdrängt, dass Vater ebenso gedacht haben könnte, falle ich in ein Loch. Aber die Arbeit zwingt mich, wieder aufzutauchen. Vielleicht würde ich es für mich selbst gar nicht wollen, aber da ist meine Frau, meine Tochter, da sind inzwischen die Enkel. Für sie rappele ich mich wieder auf. Ob ich ohne sie nach der Wende einen neuen Weg für mich gesucht hätte, das kann ich nicht beantworten. Wie schon oft wusste ich auch damals nicht, was für mich allein richtig war. Wo hätte ich das auch lernen können! Vermutlich stünde ich noch im Erzgebirge in der Küche eines Restaurants, bereitete den Sauerbraten oder die Rinderrouladen für die Gäste zu, die hungrig von der Piste kamen, und machte an den freien Tagen lange Spaziergänge durch den Wald. Davon träume ich manchmal und habe dabei sogar den Duft der Tannen in der Nase. Aber es blieb ein Traum.

Zu ihrem achtzehnten Geburtstag stellte meine Tochter mir ihren Freund, den Rudi vor. Einen Menschen, kaum jünger als ich, der sich vom Leben holte, was es hergab. Ich war fasziniert und folgte ihm. Da begann ein neuer Weg, von dem ich nicht ahnte, wo er enden würde.

Ruth

Am meisten beschäftigte mich die Frage, was mein Bruder sich davon versprochen hatte, Ende 1959 wieder in die DDR einzureisen. Darauf gab es noch immer keine Antwort. Nicht aus den Stasiunterlagen der Kinder, nicht aus den Aufzeichnungen in der Ledermappe mit dem Segelschiff, mit dem er möglicherweise gern um die Welt gereist wäre. Weder seine Frau noch die Kinder konnten dazu Aussagen machen. Die vagen Andeutungen reichten nicht aus, um Schlüsse daraus zu ziehen. Während ich versuchte, die verschiedenen Möglichkeiten durchzuspielen, beobachtete ich das Raben-Paar vor meinem Fenster. Die Vögel saßen auf dem höchsten Ast der Birke, breiteten von Zeit zu Zeit ihr grünblaues Gefieder aus, drehten eine Runde, um sich kurz darauf wieder niederzulassen, um alles im Blick zu behalten. Vielleicht hätten sie Antwort auf meine Frage gehabt, aber ihr Krächzen verscheuchte nur die Amseln, die Futter für ihre Jungen suchten.

Das bessere Leben in Vaters Nähe hatte sich für den Bruder nicht bewahrheitet. Er war schon dort straffällig geworden. Das wusste ich von Marianne. Aber was geschah danach? Hatte man ihn ausgewiesen oder war es ihm, als Vorbestraftem, nicht gelungen, am Wirtschaftswunder teilzuhaben, und er hatte deshalb der Bundesrepublik wieder den Rücken gekehrt? Oder hatte ihn jemand angeworben? Aus der Urkunde über seine Eheschließung 1956 geht ja hervor, dass er bereits vor 1959 schon einmal in die DDR zurückgekehrt sein musste. In der Zwischenzeit könnte er in München im Studio 15 gearbeitet haben. Aber was war dort seine Aufgabe? Die Besatzungsmächte schienen in der Nachkriegszeit ebenso wenig zimperlich gewesen zu sein beim Anheuern von Menschen, die andere ausspionieren sollten, wie das 1950 gegründete Ministerium für Staats-

sicherheit. Dann wäre seine Behauptung möglicherweise nicht erfunden, er sei von einem Flugzeug bei Braunschweig abgesetzt worden. Ich versuchte, mir meinen Bruder als Spion vorzustellen. Es gelang mir nicht. Aber ich hatte mir ja meinen Vater auch nicht in der Uniform vorstellen können, die er im Krieg trug. Erst, als ein Freund sagte, das sei keine Soldatenuniform, war mir wieder eingefallen, dass er einmal erwähnt hatte, er habe Himmler gefahren. Ich wusste, dass die Väter alle möglichen Geschichten aus dem Krieg erzählten, oft konnte man gar nicht glauben, dass sie sich gefürchtet hätten. Vater hatte einmal etwas von einer Champagnerparty erzählt.

Ole

Vaters Schwester hat mir einen Zeitungsartikel geschickt. Ein vierspaltiger Beitrag zum neunzigsten Geburtstag ihres Vaters. Ich lese den Artikel zweimal, weil ich nicht glauben kann, was dort steht. Unser Vater hatte zwar einmal von einem jüdischen Familienhintergrund gesprochen, aber seine Bemerkung war längst in Vergessenheit geraten. Vielleicht hatte ich sie auch in die Schublade verbannt, die ich für ihn eingerichtet hatte: »sich interessant machen«. Daran hatte ich mich erst wieder erinnert, seit ich von der Tante wusste, dass ihr Großvater in der Kristallnacht nach Buchenwald gebracht worden war. Nun lese ich, noch immer ungläubig, dass sein Sohn, der Vater unseres Vaters, einen Teil des Krieges in der Wolfsschanze verbracht hat. Das steht da schwarz auf weiß. Ich lese den Artikel zum dritten Mal, lese, dass er bei der Reserve-Polizei war, die 1933 von Himmler übernommen wurde und in der SS aufgegangen war. Der Vater unseres Vaters, ein Jude, als Polizist in der Wolfsschanze. Das nenne ich eine Überraschung! Später hatte er als Kraftfahrer in Russland und Polen den Krieg überlebt! Der Rest entspricht dem, was die Tante erzählt hat. In Posen geboren, nach Thüringen übergesiedelt, dort die kaufmännischen Ausbildung, dann der Umzug nach Halle, dorthin, wo Vater 1935 geboren wurde. Ich sehe mir das Foto in der dritten Spalte genauer an. Ein alter Mann mit weißem Haar und einem freundlichen Lächeln sieht mir entgegen. Darunter der Name, der auch mein Name sein könnte, hätte Vater nicht zwei Buchstaben angehängt.

Der Artikel lässt mir keine Ruhe. Ich kann nicht umhin, an unseren Vater zu denken. War Seitenwechsel auch so ein Familien-Gen wie Umherziehen und Herausforderungen aufspüren bis zum Zusammenbruch? War auch ich davon betroffen? Was stünde mir dann noch bevor? Die Dinge sind ja nicht vorhersehbar. Ich rufe die Tante an. Auch sie hat den Artikel erst vor Kurzem gelesen. Mit dem gleichen Erstaunen wie ich. Er war mit den Fotos in Vergessenheit geraten, die sie nach dem Tod ihres Vaters mitgenommen hatte, und erst durch unser Erscheinen wieder aufgetaucht. Dann erzählt sie die Geschichte, die ihr Vater vom Ende des Krieges erzählt hatte. Er hatte sich in Polen auf einem Bauernhof versteckt, als er begriff, dass der Krieg verloren und bald vorbei sein würde. Die Tochter des Bauern, eine hübsche junge Frau, vergrub seine Uniform und besorgte ihm Zivilkleidung. Nur nachts kam er aus seinem Versteck und blieb so eine Weile unentdeckt. Aber dann wurde der Hof durchsucht. Zusammen mit der Tochter brachte man ihn zu einem Platz, auf dem viele Menschen in einer Reihe standen. Vor ihnen Soldaten mit Gewehren im Anschlag. Er war oft bei solchen Erschießungsszenen dabei gewesen und wusste, wenn er jetzt nicht wegliefe, dann hätte sein letztes Stündchen geschlagen. Als ein Aufruhr entstand, rannten beide los, einen dicht bewachsenen Hang hinunter, hinter ihnen Gewehrschüsse, bis sie in Sicherheit waren. Zusammen schlugen sie sich zu seiner Familie durch, wo die Polin der Mutter eine Weile im Haushalt half.

Berthel, die Mutter von Marianne, Ruth und dem Bruder

Hätte ich doch einmal Zeit zum Nachdenken gehabt. Aber immer musste ich mich um die Banalitäten des Alltags kümmern. An den Morgenkaffee denken, ans Einkaufen, nachsehen, ob der Mann das Klo gelüftet hat, ob seine Hemden gebügelt sind und die passenden Socken daneben liegen. Nicht einen einzigen Gedanken muss ich nun mehr darauf verschwenden, wie viel Zeit noch bleibt, damit das Essen nicht später als um zwölf auf dem Tisch steht. Und doch war ich froh, als er auftauchte, der neue Mann. Ein Kunststück, mit dem, was es an Lebensmittelkarten gab, alle Mäuler zu stopfen. Vor allem das des Jungen, bis er verschwand. Als ich von meiner Großen hörte, dass sie alles frei kaufen konnten im Westen, und das schon seit einigen Jahren, dachte ich, was für paradiesische Zustände! Ich konnte mich einfach nicht daran erinnern, wann ich das letzte Mal in ein Geschäft gegangen war und alles, worauf ich Lust hatte, kaufen konnte. Da war erst die Wirtschaftskrise, dann der Krieg, dann das Leben danach. Nicht einmal dasjenige, was es zu dieser Zeit bei uns im Osten gab, konnte ich mir leisten, und erst recht nicht solche Dinge, von denen mir Marianne erzählte. Die hatte es richtig gemacht, dem Vater in den Westen zu folgen. Seitdem lebte ich nur noch mit der Kleinen und meinem neuen Mann. Ich hatte zugestimmt, aber er war so anders als der erste. In allem. Er war nicht groß und schlank wie der Vater der Kinder, sprach nicht leise, auch nichts von großer Bedeutung. Dafür lachte er laut über Dinge, die niemand sonst komisch fand. Der Geruch der Zigarren hing in allen Räumen. Aber seit er im Haus war, hatten wir genug zu essen. Wurst und Fleisch brachte er von den Bauern, sogar einmal ein halbes Schwein. Am Abend gab es doppelt belegte Brote, »Appetitsbrote«, am Sonntag Eierlikör mit einer echten Kaffeebohne. Und wo hätte ich den halben Teelöffel Kaffee für den Nikolaschka hernehmen sollen ohne ihn?

Um meine Kleine habe ich mir nie Sorgen gemacht. Ruth fand sich mit dem zurecht, was da war, lernte, half mir und ließ sich nichts gefallen. Auch von den Größeren nicht. Ich ging arbeiten, konnte sie stundenlang allein lassen. Sie war dann auf der Straße. Die kommt durch, die ist ganz anders als der Junge. Warum er wohl so war? Darüber denke ich nach, seit ich nichts anderes mehr zu tun habe. Es war keine leichte Zeit, das weiß ich, für niemanden. Vielleicht hätte der Vater nicht zu ihm sagen dürfen, er müsse auf uns alle aufpassen. Er war ja noch nicht einmal fünf, als der Krieg begann. Als Kleiner war er schüchtern und vorsichtig. Ich weiß noch, wie wir alle lachten, weil er zur Lampe immer »Sampe« sagte, wie er sich bemühte und dann doch bloß »Lsampe« herauskam. Ich wüsste schon gern, was aus ihm geworden ist. Vielleicht ist er ja doch nicht bei der großen Sturmflut in Hamburg umgekommen. Ob er allerdings überhaupt mit mir sprechen würde, das weiß ich nicht.

HOHENSCHÖNHAUSEN

Ruth

Ich rief noch einmal in Eisenach an. Die Stimme seiner letzten Frau war noch schwächer, als ich sie von meinem Besuch in Erinnerung hatte. Trotzdem fragte ich noch einmal nach Hohenschönhausen. Dazu könne nur der Jochen, sein Freund, etwas sagen, ob ich mich an unser Gespräch über ihn erinnere. Ich hörte Papier rascheln, Möbelrücken, dann gab sie mir eine Telefonnummer und sagte, er sei allerdings so gut wie taub. Trotz des Einwands nahm ich mir vor, ihn noch am selben Tag anzurufen. Der Mann war über achtzig und beinahe täglich las ich in den Nachrichten, wer wieder alles gestorben war. Karl Lagerfeld, Bruno Ganz, Niki Lauda und gerade erst Toni Morrison, nach der ich meine Tochter benannt hatte. Ich erinnerte mich an Gespräche mit meinem schwerhörigen Vater, in denen er mich, je älter er wurde, immer häufiger fragte, warum ich mit einer Männerstimme zu ihm spräche und warum ich ihn denn anschreie, er habe doch nichts getan. Manchmal hatte er auch beleidigt aufgelegt.

Eine heisere Frauenstimme war am Apparat. Ich stellte mich vor und fragte nach Jochen. »Der schläft, vor vier Uhr nachmittags ist er nicht zu sprechen.« Dann war die Leitung tot. Wieder rief ich in Eisenach an, fragte nach der Adresse und hörte, dass der Kontakt schon vor dem Tod meines Bruders abgebrochen war. Es gab keine Adresse mehr. Um zehn nach vier rief ich ein zweites Mal die Nummer in Norddeutschland an. Dieses Mal antwortete eine Männerstimme, tief und so laut, als stünde der Mann neben mir. Ich bemühte mich, so deutlich zu artikulieren, als spräche ich zu einem Taubstummen, der mir die Worte von den Lippen ablesen sollte, und sagte, ich sei die Schwester seines Freundes. »Hab keen Freund, jedenfalls schon lange nich mehr, und der, den ich hatte, der hatte keene Schwester.« Ich nannte den Namen meines Bruders. »Schlawiner, der. Woher kennste den?« Trotz der Anspannung musste ich grinsen und fragte, ob ich ihn sprechen könne. »Na denn man zu, Mädel.« Ich fragte, ob er in Hohenschönhausen gewesen sei, hörte ihn atmen, dann war die Leitung tot. Als ich überlegte, ob ich noch einen Versuch machen sollte, klingelte das Telefon. Die heisere Stimme der Frau sagte, das rege ihn zu sehr auf, darüber spräche er schon seit Jahren nicht mehr. Ich bat sie um die Anschrift, sagte, ich würde gerne schreiben, und hoffte, sie würde mir die Adresse nicht verweigern. Als ich sie notierte, hörte ich im Hintergrund die Stimme des Mannes: »Kommse, gehnse, stehnse!« Dann lachte er.

Seit Berlin 1990 deutsche Hauptstadt war, hatte ich mich mehrmals im Jahr dort aufgehalten. Manchmal hatte ich für den Verlag zu tun, manchmal hatte ich Lust, drei oder vier Tage hintereinander ins Theater zu gehen, mich von Aufführungen mitreißen zu lassen, wie es sie bei uns in der Region nicht gab. Immer wieder hatte ich mich gefragt, warum ich nicht ganz dort lebte, und wie immer wohnte ich auch dieses Mal in der Nähe des Savignyplatzes. Von hier war vieles leicht zu erreichen. Restaurants, die meinem Budget entsprachen, wechselten mit Modegeschäften ab, von denen die meisten allerdings nicht für mich infrage kamen. Bis zu der kleinen Gasse neben der S-Bahn-Station mit Cafés und einem der schönsten Buchläden, die ich kenne, waren es nur ein paar Schritte.

Das Dorf Hohenschönhausen existiert bereits seit dem dreizehnten Jahrhundert. Seit 1920 gehört es zum Bezirk Berlin-Weißensee. Als es nach dem Krieg Bestandteil des sowjetischen Sektors wurde, wuchsen in den siebziger Jahren neben den ursprünglichen Höfen und Katen die ersten Plattenbauten in die Höhe. Im Laufe der Zeit entstanden neben den 30.000 Wohnungen auch Gaststätten, Geschäfte, Schulen und Grünanlagen. Bis zur Wende hatte es sich von dem gemütlichen Dorf zu einem Ort mit 120.000 Menschen gemausert. Vom ursprünglichen Ortskern erhalten geblieben sind das Schloss, das alte Rathaus, die Taborkirche und das Haus Lemke, nach einem Entwurf von Ludwig Mies von der Rohe gebaut. Gleich nebenan steht das ehemalige Gästehaus von Erich Mielke. Über all das hatte ich mich informiert, bevor ich in die S7 zum Haupt-

bahnhof stieg, dann in eine überfüllte Straßenbahn, die ich bei sonnigem Wetter mit Sonntagsausflüglern und einer Gruppe Jugendlicher teilte. Die Fahrzeit der Tram sollte fünfundvierzig Minuten dauern. Ich konnte mich nicht erinnern, in den letzten Jahren so lange in nur einer einzigen Straßenbahn gefahren zu sein. Wir kamen durch Gebiete, die ich weder vom Namen noch vom Ansehen kannte. Die letzte mir bekannte Gegend war Kreuzberg. Nach vierzig Minuten war die Bahn so gut wie leer. Ich hatte die Voranzeige der nächsten Stationen sorgfältig verfolgt und war sicher, dass mir die Genslerstraße nicht entgangen war. Schließlich war es ein Ziel, das ich auf keinen Fall verfehlen wollte, obwohl ein Freund mich gefragt hatte, ob ich mir das wirklich antun wolle. Ich hatte nur gesagt, es sei keine Frage des Wollens, es sei ein Muss, ohne das mein Bruder in mir nicht zur Ruhe käme und geistern sei nichts für mich. Aber die Genslerstraße war nicht angezeigt worden, als wir die Endstation erreichten. »Da sind Sie vier Stationen zu weit gefahren«, sagte ein freundlicher Fahrer, »aber ich drehe gleich um. Dann können Sie mit mir zurückfahren.«

Ole

Als mich Vaters Schwester anrief und fragte, ob ich sie nach Hohenschönhausen begleiten wolle, dachte ich, das soll die alte Dame lieber bleiben lassen. Es ist ja kein Museumsbesuch wie jene, bei denen man sich über die Phantasie eines Künstlers freuen oder ärgern kann. Es ist eine Gedenkstätte, damit niemand vergisst, was in einer sogenannten Demokratie geschehen kann und geschehen ist. Ich wusste ja vieles, das nicht einfach zu verkraften war, aus meiner Arbeit in der Kanzlei, hätte ihr gern beigestanden, aber ich war mit den Kindern verabredet und wollte auf keinen Fall darauf verzichten, sie zu sehen. Die Treffen wurden mir immer wichtiger und noch immer war meine Angst nicht völlig verschwunden, sie könnten sich von mir distanzieren. Als ich Ulrike erzählte, was die Tante vorhatte, sagte sie: »Lass man, die weiß genau, was sie will, und das macht sie auch. Wahrscheinlich gibt es auch ein Sturheits-Gen in unserer Familie. Du solltest darüber eigentlich Bescheid wissen.« Damit war ich wie so oft auf mich selbst zurückgeworfen und verfiel ins Grübeln. Das war etwas, von dem ich nicht wusste, wann es mich erfasst hatte und zu einer meiner Überlebensstrategien geworden war. Nur eines wusste ich: Ohne diese Grübelei wäre ich verloren gegangen, hätte noch heute einen Weg verfolgt wie Vater. »Wie Vater« war noch immer eine Ohrfeige für mich. Dabei hatte sich mein Verhältnis zu ihm nach und nach geändert, besser gesagt, es hatte sich überhaupt eines aufgebaut. Angefangen hatte es, als er plötzlich ohne Arbeit dastand, nicht mehr wusste, wovon er leben sollte und ihn keiner mehr als »Herrn Besonders« sah. Später, als er den Campingplatz aufgeben musste, da tat er mir leid. Seine handgeschriebenen Bewerbungen waren ohne lückenlosen Lebenslauf. Es gab keine für die neuen Verhältnisse gültigen Zeugnisse, auch kein lückenloses Arbeitsleben. Die Jahre, die er im Gefängnis gesessen hatte, fehlten und die Auszeichnung »Held der Arbeit« hatte im neuen Deutschland keinerlei Bedeutung. Sie weckte eher einen Verdacht. Wenn ich diese Briefe heute noch einmal lese, und das tue ich, um mein Verhältnis zu ihm zu klären, dann kommt es mir so vor, als habe er die Welt mit einem Mal nicht mehr verstanden. Seine Schrift wird weniger bestimmt und unregelmäßiger. Die Schreiben werden kürzer, als habe er schon mitten im Schreiben die Hoffnung verloren.

Ich frage mich, wie es für ihn gewesen sein musste, nicht mehr durch Mauer und Systeme getrennt seiner Familie näher zu kommen. Einer Familie, die er verleugnet hatte, die nur auf Kneipenzetteln existierte und nur für ihn. Hatte er befürchtet, jemand von ihnen könne ihm über den Weg laufen und fragen: »He, du, wo warst du denn solange?« Ulrike behauptet, er habe sich das gewünscht. Aber wäre das Erfüllen seines Wunsches nicht auch mit einem Risiko verbunden gewesen? Hätte es nicht bedeutet, sich auf den Weg zu machen, sich zu öffnen, bereit zu sein? Dass ich mit solchen Gedanken, die ich mir über Vater mache, letztlich immer bei mir lande, verdrießt mich. Aufmachen, sich öffnen, bereit sein. Oder doch stur den sicheren Weg gehen? Ich greife zum Telefon und rufe meine Liebe an. »Stell dir vor, die Tante will nach

Hohenschönhausen wegen Vater.« »Die ist eben mutiger als du und ich, sonst säßen wir jetzt zusammen auf meinem neuen Sofa und müssten nicht telefonieren. Wann kommst du denn?« »Du weißt doch, dass ich die Kinder habe.«

Ruth

Ich fuhr die vier Stationen zurück zur Friedenauer Straße. Dort, auf der gegenüberliegenden Straßenseite, ging es zur Gedenkstätte. Ich bog in die Straße ein, passierte ein Haus, das sich durch seine verspielte Fassade von den geradlinigen Zweckbauten unterschied und fragte mich, ob ich mich schon in der »Terra Incognita« befand, diesem Gebiet, das bis 1990 in keinem Stadtplan verzeichnet gewesen war. Schon nach kurzer Zeit näherte ich mich einem von einer Mauer eingeschlossenen Areal mit einem Wachturm in der Genslerstraße. Es war kurz vor zwölf. Trotz meines Umwegs war ich rechtzeitig zur nächsten Führung gekommen. Nachdem ich das Tor passiert hatte, sah ich im Innenhof die Jugendlichen aus der Straßenbahn wieder. Sie waren rechtzeitig ausgestiegen. Jetzt saßen sie nicht auf den raren Fahrgastsitzen, sondern mit Colaflaschen auf den Stufen eines der Gebäude, die um einen riesigen Hof herum angeordnet waren.

Ein Film, der erste Teil der Führung, zeigte die enormen Ausmaße des Sperrgebietes. Eine eigene kleine Stadt, von der niemand ahnte, was darin geschah. Das Gebiet war 1951, ein Jahr nach der Gründung des Ministeriums für Staatssicherheit, von den Sowjets übernommen worden und im November 1957 trat Erich Mielke an die Spitze des Staatssicherheitsdienstes. Bis es 1990 geschlossen wurde, warteten hier zweihundertfünfzigtausend Menschen auf ihren Prozess. Unter ihnen Walter Janka vom Aufbau-Verlag, Heinrich George, Hilde Benjamin und Leo Bauer. Der Film machte klar, dass die DDR niemanden duldete, der sich ihren Zielen entgegensetzte oder auch nur in diesen Verdacht geriet. Davon hatte ich selbst eine Ahnung bekommen. Ich fröstelte trotz der achtundzwanzig Grad, denn ich begriff, was mir erspart geblieben war.

Als wir später vor dem Haftkrankenhaus standen, dachte ich an Sandra. Sie hatte erzählt, ihr Vater sei im Gefängnis fast an einer Bauchspeicheldrüsenentzündung gestorben. Vielleicht hatte er dort gelegen. Normalerweise waren die Gefangenen einzeln untergebracht, um ihnen keinen Kontakt zu anderen Häftlingen zu ermöglichen, aber nach dem 17. Juni 1953 war es zu Mehrfachbelegungen wegen der vielen Verhaftungen gekommen. Ich stellte mir meinen Bruder hinter einem der Fenster vor und mein Wunsch, zu erfahren, ob er hier eine gewisse Zeit verbracht hatte, wurde drängender. Unsere Begleiterin, führte uns vom Krankenhaus zur Garage. Sie hatte selbst einige Monate hier in Untersuchungshaft gesessen und sprach nun über ihre Verhaftung, über ihre Angst in einer der fünf Zellen, die in einem kleinen, fensterlosen Lieferwagen untergebracht waren, vor dem wir jetzt standen. Tierkäfige seien das, sagte ein Mann empört und machte ein Foto. Von hier aus war sie, wie alle, die hier ankamen, über eine Schleuse in eine Einzelzelle gebracht worden. Immer wieder betonte sie, auch als wir im sogenannten »U-Boot«standen, einem feuchten, ehemaligen Küchengebäude im Keller, das Schlimmste sei nicht das dürftige Essen, nicht der zu dünne blaue Trainingsanzug gewesen. Viel schlimmer sei es gewesen, dass man nicht gewusst habe, wo man sich befand, und dass niemand mit einem gesprochen habe. Wir standen vor ihrer Gefängniszelle, in der Tag und Nacht im Stundentakt das Licht an und aus ging und ab und zu der Türriegel donnerte. Sie ließ zur Veranschaulichung den schweren Riegel knallen, sodass wir zusammenfuhren. Durch eine Luke konnte man in die Zelle sehen. Die Pritsche mit dem Trainingsanzug, die Schüssel. Hier hatte sie gesessen und auf ihre Vernehmungen gewartet. Sie zeigte auf eine Ampel an der Decke im Flur, die von grün auf rot umsprang, sobald ein Häftling auf dem Gang war. Geschah es doch einmal, dass ein zweiter Häftling gleichzeitig zur Vernehmung geholt wurde, hieß es: »Gesicht zur Wand«. Sonst hatte es nur noch drei Befehle gegeben, denen man unverzüglich gehorchen musste: »Kommse, gehnse, stehnse.« Als ich es hörte, wusste ich, ich würde keinen Brief an den Mann in Norddeutschland schreiben, sondern sobald als möglich zu ihm fahren. Aber erst hatte ich noch Essensgäste, wenn ich wieder nach Hause kam.

BLICKWINKEL

Ulrike

Immer wieder habe ich Bedenken, dass es Tante Ruth zu viel wird. Da stürzen wir uns plötzlich auf sie, froh, dass sie da ist, dass sie etwas weiß, was wir nicht wissen können, froh, dass wir eine weitere Familie haben. Wenn sie ist wie Vater und auch wir, dann achtet sie ebenso wenig auf sich, wie ich und die anderen es lange Zeit getan haben. Alle sind wir irgendwann zusammengebrochen beim Versuch, es richtig zu machen, besser zu sein, geliebt zu werden, alle, bis auf Armin. Er stöhnt schon seit Jahren über die viele Arbeit und nun warten wir fast darauf, dass auch er zusammenbricht. Das wäre schlimm, denn er ist derjenige, dem ich mich noch immer am nächsten fühle. Oft denke ich an die Zeit, als wir ohne ihn in die Oberlausitz zogen. Es war schwierig für mich, dass unsere Familie kleiner und kleiner wurde. Vater war weg oder eigentlich nie so richtig da gewesen, nun auch noch der große Bruder. Es war wie bei den »Zehn kleinen Negerlein«: »Und einen hat der Wolf gefressen, da waren es nur noch vier.« Wie würde es weitergehen? Wer würde als nächster nicht mehr da sein? Einmal durfte ich Armin dort während der Sommerferien besuchen. Es war eine herrliche Zeit. Er wohnte noch immer in dem kleinen Zimmer mit dem Klo über den Flur, wo wir das eine Jahr gelebt hatten. Bei ihm gab es zwar keinerlei Luxus, aber für mich war es das Paradies. Niemand, der mich herumkommandierte, etwas an mir auszusetzen hatte, etwas von mir wollte, das ich nicht wollte oder konnte. Niemand verlangte, meine Brüste sollten wachsen, ich müsse mein Haar abschneiden oder weniger auffällige Sachen tragen, den Kopf nicht aus dem Fenster stecken, was ich gern tat, immer von Mutters Spruch begleitet: »Nimm den Kopf rein, heute ist Eulenschießen!« Der Tag gehörte mir und den Abend verbrachten wir zusammen. Wenn Armin arbeitete, ließ ich den

ganzen Tag eine Platte von Simon & Garfunkel laufen und erlebte zum ersten Mal ein starkes Gefühl von Freiheit. Ich spürte, ich muss von zu Hause fort, so schnell wie möglich. Allein der Gedanke, dass es möglich wäre, machte mich glücklich.
Bei Armin habe ich zum ersten Mal gemerkt, wie es sich anfühlt, wenn sich jemand für einen einsetzt und beschützt. Sandra und ich hatten ihn und seine Freundin besucht. Wir vier gingen ins Freibad. Als Wasserratten hatten wir Schwestern uns vorgenommen, die beiden kräftig unterzutauchen. Armin ließ es sich gefallen, aber ständig war er um seine Freundin herum, ließ nicht zu, dass wir sie tauchten. Sandra sagte: »Wetten, sie ist schwanger!« Und so war es. Als sie mich zum ersten Mal mit der Kleinen besuchten, war ich fasziniert von dem Winzling mit dem runden Gesichtchen und dem platten Hinterkopf. Sie sah aus wie eine Sonne. Armin trug sie, schaukelte sie, er sang ihr vor und fütterte sie, lag neben ihr und hörte nicht auf, sie anzusehen. Nie hätte ich mir vorstellen können, dass ein Vater so zärtlich sein konnte. Dass Liebe so sichtbar sein konnte! Es tat weh und gleichzeitig unendlich gut. Ich glaube, das war der Moment, als ich zum ersten Mal dachte, so einen Mann will ich auch eines Tages haben. Damals hätte ich nicht geglaubt, dass noch so viele Jahre vergehen würden, bis mich mein »Träumchen« davon überzeugen konnte, dass das kein Traum bleiben müsse.

Sandra

Ich lebe in der dritten Beziehung, bin nun zum zweiten Mal verheiratet. Jetzt reicht's. Diese Wechsel sind anstrengend, denn es genügt ja nicht, einfach nur den Partner oder die Partnerin zu wechseln und schon ist alles Paletti. Leider! Nach Jahrzehnten hat meine Jugendliebe mich überzeugt, mich doch auf ihn einzulassen. Und das ist bei mir nicht so einfach. Ich selbst muss daran glauben. Wir kannten uns seit dem Jugendclub. Aber da hatte ich bald keine Augen mehr für ihn. Nun ist er ein treuer Begleiter, ein Stück Sicherheit, das mir manchmal fehlt, weil ich mich ohne feste Strukturen frei bewegen möchte. Das wirkt nicht immer so gut, verunsichert die Menschen. Aber er kommt damit zurecht, ist selbst ein Kerl voller Unruhe. Oft ist er erschöpft von den unregelmäßigen Arbeitszeiten, der langen Fahrt zum Betrieb. Wenn er da ist und schläft, komme ich zur Ruhe, zum Nachdenken, über mich, meinen Beruf und die Geschwister. Ich brauche für alles mehr Zeit. Es muss sich setzen, sonst ist es wieder verloren wie früher, und das möchte ich nicht mehr. Ich lebe ja nicht mehr nach einer Vorlage, wie das Stickbild, das wir früher in der Schule nachsticken mussten oder die Malbücher, die im Kindergarten auszumalen waren. Noch immer bin ich dabei, mein Lebensmuster zu suchen und zu erweitern. Schwerstarbeit, wie das Planieren unseres Grundstückes, als wir hier einzogen. Zweitausend Quadratmeter Wildnis am Hang, und mit Wildnis, wenn auch im übertragenen Sinne, kenne ich mich ja aus. Aber ich gewinne Sicherheit, kann Ole mit Ratschlägen zur Seite stehen, wenn er mich anruft und klagt, dass er sich einsam fühlt. Das ist ein Kerl! Auch er ist nun dabei, seine zweite Frau zu verlassen, und hat schon ein Auge auf die nächste geworfen. Die große Liebe, sagt er. Bei uns hieß das früher: »Der wechselt die Frauen wie die Hemden.« Aber ich bin ja selbst so. Es freut mich, dass er es anders machen will als Vater, auf keinen Fall will er die Kinder verlassen. Aber ist Liebe so dehnbar? Vierhundert Kilometer sind eine lange Strecke. Im Auto braucht man dafür einige Stunden. Wenn er mich anruft, über seine Sehnsucht spricht und ich vorschlage, sie solle zu ihm ziehen, dann höre ich, ein jeder müsse für sich allein entscheiden, man dürfe sich nicht gegenseitig beeinflussen. Na, ich weiß nicht! Das gehört doch zu einer Beziehung! Glaubt er noch immer nicht, dass man ihn lieben kann? Dass er ein Recht darauf hat? Vielleicht braucht es noch Zeit, dass er endlich ankommt, bei sich und jemand anderem.

So ist es jetzt bei Ulrike. Ich bin total erleichtert, dass sie nach ihrer langen Leidenszeit mit den Männern nun in guten Händen ist. Feste Strukturen sind für sie ja lebensnotwendig. Davon habe ich mich bei ihrem Fünfzigsten überzeugen können. Jetzt erst verstehe ich es und kann es ihr auch gönnen. Nicht immer ist mir das leicht gefallen. Mit ihrer Art hat sie sich schon immer am besten von uns Geschwistern etwas von dem bisschen, was überhaupt da war, geholt. Von Vater, von Mutters Begleitern, von Oma Babbel. Während ihrer Eskapaden nach der Ehe habe ich mir ebenso viele Sorgen um sie gemacht wie nach Mutters Tod. Das war nicht meine Ulrike, wie ich sie kannte, die sonst immer einen flotten Spruch auf den Lippen hatte, komische Miene zum bösen Spiel machte, so dass die Leute lachten. Danach sich hineinstürzen, bloß kein Alleinsein! Was waren das bloß für Kerle! Ob sie wirklich an Mutters Spruch geglaubt hat, dass hässliche Männer treu sind? Da hätte auch Mutter ordentlich dazulernen müssen. Der Kerl, der erste nach der Scheidung, war grottenhässlich, und das neben meiner hübschen Schwester, um die sich die Jungen im Club zu meinem Ärger immer gedrängt hatten. Eine nach der anderen kriegte der rum, aber sicher nicht mit dieser Fratze. Der nächste war hübscher, aber andere Länder, andere Sitten. Ich habe auch manches hingenommen in der ersten Ehe, aber schlagen habe ich mich nicht lassen. Als ich es von Ulrike erfuhr, hatte ich sofort die Szene vor Augen, wie Vater auf Armin losgeht, wie der Große nach den ersten Faustschlägen zusammensackt und am Boden liegt, wie Vater mit vor Wut verzerrtem Gesicht über ihm steht, auf ihn eintritt und ihn schlägt, bis ich panisch vor Angst schreie: »Vater, was machst du denn?« Nie werde ich dieses Bild vergessen. Immer wusste ich, schlagen würde mich jemand nur einmal. Und so war es ja dann auch.

Dass Ulrike nicht zerbrochen ist in diesen Beziehungen, muss an ihrer Fähigkeit liegen, sich etwas zu bewahren, die ich nicht habe. Eine gewisse Festigkeit. Einen Kern mit klaren Konturen, der nur ihr gehört. Wie in den Kammern einer Walnuss müssen, von der harten Schale geschützt, die verschiedenen Seiten ihrer Person aufgehoben sein. Sie allein bestimmt, wem sie eine der Kammern öffnet, wann sie diese wieder verschließt. Mir erscheint das manchmal hart, ich hätte gern mehr

Zutritt. Aber ich glaube, nicht einmal ihrem Mann werden all diese Kammern offenstehen. Jeder der beiden geht seine eigenen Wege. Als ich fragte, ob ihr denn dann nichts fehle, sagte sie: »Nicht das geringste«. Und ich glaube es ihr.

Ruth

Jedes Mal, wenn ich eine Sprachnachricht von Ulrike hörte, musste ich daran denken, wie es zur Ehe mit ihrem zweiten Mann gekommen war. Der Bericht darüber hatte mich in ähnlicher Weise gefangengenommen wie Tante Annas Geschichte von der Geburt meines Bruders. Ulrike arbeitete, nachdem sie sich vom letzten ihrer Freunde getrennt hatte, in der Niederlassung einer Bekleidungskette für Herrenmode. Schon lange interessierte sie sich für Mode, hatte einen guten Geschmack, nicht nur für sich selbst, sie sah auch, was zu jemandem passte. Ich konnte mir das gut vorstellen, denn noch immer war sie makellos gekleidet, jede Einzelheit stimmte, es gab nichts Zufälliges. Auch mit auflockernden Floskeln auf die Kunden zuzugehen, fiel ihr nach einer kurzer Einarbeitungszeit nicht schwer. Sie hatte sie sich aufgeschrieben, wie früher die Sprüche im Jugendclub, hatte sie nacheinander ausprobiert und wusste damit die Aufmerksamkeit der Kunden auf sich zu lenken. Dazu kamen ihre Größe, die Art, wie sie sich kleidete, und die blonde Mähne. Bald war sie die Verkäuferin, nach der die Kunden fragten und auf die sie warteten, bis sie frei war. Der Umsatz stieg, und da sich ihr Gehalt danach richtete, verdiente sie gut.

Schon einige Male war ein Mann ins Geschäft gekommen, hatte sich so lange umgesehen, bis sie den letzten Kunden zur Tür begleitet hatte, und sich dann von ihr beraten lassen. Inzwischen hatte sie ihm drei Sakkos, drei Hosen, fünf Hemden und einen Mantel verkauft. Der Mann war einiges älter als sie. Da er nicht ganz schlank war, dachte sie, wahrscheinlich habe er zugenommen und seine alten Sachen passten ihm nicht mehr. Als er aber regelmäßig alle zwei Wochen auftauchte, noch ein Sakko, noch ein Hemd, noch einen Schal verlangte und versuchte, sie in ein Gespräch zu verwickeln, begannen ihre Kolleginnen zu tuscheln. Er war ein net-

ter Mensch und ein guter Kunde, empfahl ihr Musik und Bücher. Das war eine angenehme Abwechslung in dem Einerlei des Tages. Erst als sie in einer Filiale, einhundert Kilometer entfernt, als Vertretung eingesetzt wurde und er kurz darauf dort wieder vor ihr stand, begann sie sich zu fragen, was das zu bedeuten habe. Einmal kam er mit einer Tasche voller Krawatten in den Laden, sagte, er habe ein Konzert am Wochenende, und bat sie, eine passende Krawatte zu dem Hemd, für das er sich entschieden hatte, auszusuchen. Nachdem sie, eine hässlicher als die andere, wieder in die Tasche gepackt und sich über den schlechten Geschmack seiner Frau gewundert hatte, hielt sie ihm die einzig mögliche entgegen. Bald schon erschien er auch während ihrer Mittagspause oder lud sie zum Kaffee ein. Monate vergingen so. Eines Tages bat er sie, mit ihm essen zu gehen. Sie hatte sich schon lange keine Zeit mehr genommen, auszugehen, und sagte zu. Nach Ladenschluss holte er sie mit einer enormen braunen Ledertasche ab. Als sie fertig gegessen hatten, öffnete er die Tasche, legte mehrere Ordner auf den Tisch und fing an, ihr seine finanzielle Situation Blatt für Blatt zu erläutern. Ulrike hatte keine Ahnung, was er damit bezweckte, sie kannte sich mit Steuern nicht aus, bis er sagte, sie sei die Frau, mit der er leben wolle, noch sei er zwar verheiratet, aber dabei, die Ehe zu beenden. Sie war sprachlos, was nicht häufig vorkam, ihre Schlagfertigkeit war ihr Markenzeichen geworden, hinter der sie sich sicher fühlte. Als sie in ihrer Verwirrung wieder Worte fand, sagte sie, Interesse an einer neuen Beziehung habe sie nicht, schon gar nicht an einer Heirat mit einem Mann, der bereits verheiratet sei und womöglich Kinder habe. Sie sei ein Scheidungskind und wisse, was das bedeute. Er nickte, auch er habe lange darüber nachgedacht, was das für seine Kinder bedeute, aber für ihn käme nichts anderes infrage. Er bat sie, ein Jahr lang darüber nachzudenken. Bis sie zu einer Entscheidung darüber käme, würde er sich freuen, wenn sie sich weiterhin sähen wie bisher. Nach einem Dreivierteljahr war es dann soweit.

Armin

Endlich habe ich es geschafft: Ich habe mit Vaters Schwester gesprochen. Seit ich versprochen hatte, sie am nächsten Tag anzurufen, spürte ich wieder diese Unruhe, die mich von der Arbeit abhält. Ich fragte mich, ob ich mich vor dem fürchtete, was Sandra, wenn sie von ihr spricht, als »das pure Leben« bezeichnet. Ist es nicht das, was ich mir auch wünsche, wovon ich träume? Schon lange träume. Deshalb hatte mich doch Rudi so fasziniert. Mit voller Kraft zu leben und nicht die ganze Kraft in die Arbeit stecken, auch wenn ich sie liebe. Täglich powere ich mich aufs Neue aus, bis auch der Reservetank leer ist. Die Fäden zu den Menschen, die zu mir gehören, werden straffer, sind beinahe zum Zerreißen gespannt. Aber ich muss weitermachen, muss alles wieder glattbügeln. Wie sollte ich mir sonst begegnen, wie Respekt vor mir haben? Ich weiß schon, ich bin nicht wie Vater. Immer weniger. Nie würde ich wissentlich etwas veruntreuen, nie ohne meine Tochter zu beachten, den Wagen volltanken und einfach davonbrausen. Keinen »Guten Tag«, kein Lächeln, kein »Wollen wir einen Kaffee zusammen trinken?« Er hätte doch wissen müssen, dass ich ihm auch seiner Lieblosigkeit, seiner Nichtbeachtung wegen, die sich mit den Jahren zu einer erdrückenden Last summiert hatte, den Rücken gekehrt habe.

Vaters Schwester war schon beim dritten Klingelton am Apparat und entschuldigte sich wegen einer Erkältung. Dann krächzte sie ins Telefon wie der Rabe, der mir oft das Fensterbrett voll kleckert, fragte, ob Vaters Betrügereien verhindert hätten, dass wir auf die Oberschule gegangen seien. Darauf zu antworten, war unverfänglich. Warum also nicht. Ich war sogar der Einzige mit einem Einser-Abschluss nach der zehnten Klasse. Aber nach Bautzen ins Internat, dort war die nächste EOS, also die Oberschule, auf der man Abitur machen konnte, das einem zum Studium befähigte, wollte ich auf keinen Fall. Bautzen war das Unwort. Bautzen war der Vater, der sich, wenn es klingelte, versteckte, war das hämische Lachen der Schulkameraden, war der Grund, warum wir nicht dort blieben, wo wir uns wohlgefühlt hatten. Deshalb hatte ich den Rat meiner Lehrerin angenommen, einen praktischen Beruf zu erlernen. Ole hatte gerade mit Mühe und Not die zehnte Klasse geschafft und auch die Mädels hatten keine Vorzeigezeugnisse. Mit solchen Noten ging man nicht auf die Oberschule und später auf die Universität, nicht einmal wenn der Vater in der Fabrik arbeitete. Wir lernten alle vier etwas Praktisches. Dort, wo wir lebten, wurden Menschen gebraucht, die die Wirtschaft auf Trab bringen sollten und das waren wir. Erst Jahre nach der Wende begann ich zu studieren, ich lernte und lernte und war erstaunt, wie gut ich das noch konnte. Plötzlich interessierte ich mich für viel mehr, als ich das früher getan hatte. Auch die anderen drei waren wie von einem Fluch befreit. Der Kleine, für den keiner einen Pfifferling gegeben hätte, hat sich so weit nach oben geboxt, dass ich meinen Hut vor ihm ziehe. Und auch die Mädels, alle haben etwas aus sich gemacht. Also nichts, was ich nicht erzählen könnte.

Ich habe lange überlegt, was ich Vaters Schwester fragen könnte, hatte mir schon einiges notiert, fürchtete aber, es könnte sie ermutigen, auch mich zu fragen. Nach Ereignissen, die ich nicht mehr weiß, weil ich mich vor Jahren dafür entschieden habe, sie nicht mehr zu wissen, auf keinen Fall auch nur daran zu denken, und sie damit wieder zum Leben zu erwecken. Hatte einer meiner Geschwister ihr von Rudi erzählt? Von Rudi und mir? Was sollte ich sagen, wenn sie danach fragte? Sie hatte schon geschrieben, sie würde gern etwas über meine Arbeit wissen, ich sei ja nicht mehr Koch. Ich müsste dann sagen, dass mich seine Art fasziniert hatte, wie er hemmungslos auf Dinge und Menschen losgesteuert ist, wie er im Leben stand, dass er keine Hindernisse zu kennen schien. Kaum hatte er etwas gedacht, da war es auch schon in Planung und wenig später Realität. Wie die Unternehmensberatung, von der ich keine Ahnung hatte. Er nannte Namen und Zahlen, hatte Kontakte, war überzeugt, wir würden bald dazugehören. Auch in Deutschland gäbe es seit Langem eingesessene Beraterfirmen. Mit meinem Studium sei das doch das Ideale für mich, auch für seine Firma. Ich ließ mich ins Boot holen. Schon immer hatten mich Strukturen interessiert, jetzt konnte ich sie aus meinem kleinen Leben ins Große übertragen. Ich war viel unterwegs, fuhr ein dickes Auto, lernte Menschen kennen, die etwas zu sagen hatten, die ich mit meinem Wissen unterstützen konnte. Ich dachte, ich hätte es geschafft, das alte Leben hinauszukomplimentieren, und schwebte. Meine Frau fuhr ein Cabriolet, meine Tochter trug teure Kleider. Rudi und sie waren ein Paar. Wir boten seit einiger Zeit neben der Beratung der Firmen ein Investmentprogramm für private Anleger an. Die Börse boomte, wir versprachen hohe Renditen. Kurz nachdem Lehman Brothers im September 2008 Insolvenz anmeldeten, verschwand Rudi für eine Woche. Als er zurückkam, war er nicht wiederzuerkennen. Statt des vor Ideen und guter Laune sprühenden Mannes stand ein Mensch mit hängenden Schultern und tiefen Schatten unter den Augen vor mir. Er sagte nur, alles sei den Bach runter, wir steckten in Schwierigkeiten. Erst da merkte ich, ich hatte ihm zu viel überlassen, hatte keinen Überblick über unsere Geschäfte. Die teuerste Uhr, die ich mir je in meinem Leben gekauft hatte, verkaufte ich ein halbes Jahr später weit unter Wert. Aber da lebte er schon nicht mehr.

Ruth

Das Wetter war trotz des fortgeschrittenen Monats Mai so kalt, dass ich mich erkältet hatte. Alles, was ich brauchte, um die kurze Ansprache zu einer Ausstellung zu formulieren, lag wie in Watte eingebettet hinter meiner Stirn. Ich setzte mich an den Computer und starrte über ihn weg in den Garten. Der Anblick der gerupften Birke machte den Tag nicht heller. Die Raben saßen bewegungslos auf ihrem Aussichtsposten und ließen den Regen, der seit Stunden fiel, an ihrem Gefieder abperlen. Etwas flog gegen das Fenster nebenan. Ich legte die Finger auf die Tasten, ließ sie sich heben und senken, hoffte, sie wüssten schon, was zu sagen war. Ich würde es später lesen und sehen, was davon brauchbar war. Noch hatte ich ein paar Tage Zeit. Ich war mit den Gedanken nicht bei den Arbeiten des jungen Künstlers, hatte Mühe, sie zu verstehen und zu beschreiben. Warum ausgerechnet ich gebeten worden war, ihn vorzustellen, hatte ich mich gefragt. Denn von bildender Kunst verstand ich wirklich nicht allzu viel. Ich blätterte durch den Katalog, in der Hoffnung, mir würden sich diese Arbeiten aus Mauerwerk und Metallgittern erschließen. Tippte und überlegte, korrigierte und tippte. Dann las ich das bisher Geschriebene. Schon zum zweiten Mal stand da Gedenkstätte statt Bürgerzentrum, in dem die Ausstellung sein sollte. Ich gab mich geschlagen, blätterte in meinem Kalender und entschied, am Dienstag, übermorgen, nach Norddeutschland zu fahren. Ich hoffte, dass der Mann, den ich sprechen wollte, auch in dieser Woche bis um vier Uhr am Nachmittag schlief und danach mit seiner Frau beim Kaffee saß. Auf dem Weg vom Bahnhof kaufte ich Rhabarberkuchen und einen Strauß Pfingstrosen. Um Punkt vier Uhr kam ich bei dem Mehrfamilienhaus an, stand zehn Minuten später noch immer unentschlossen davor und las zum wiederholten Mal den Namen und die Adresse. Alles stimmte. Aber mich hatte der Mut verlassen. Gerade, als ich mich entschieden hatte, zurück zum Bahnhof zu laufen, ging die Haustür auf. »Suchense was?« Ein Mann, auf einen Stock gestützt, sah mich fragend an. Es war die gleiche Stimme, die vor einer Woche im Hintergrund »kommse, gehnse, stehnse« gerufen hatte. Ich starrte in wasserblaue Augen, denen nichts entging, auch meine Sprachlosigkeit nicht. »Nu, oder sprechense nich Deutsch?« »Ich suche Sie«, sagte ich. Dann schwiegen wir beide und maßen uns mit Blicken. Er hatte als Erster den Schrecken überwunden und sagte: »Der hat also jelojen, der Schlawiner.« Mit seinem Stock zeigte er auf eine Grünanlage auf der anderen Straßenseite und ging darauf zu.

Zwei Stunden später wusste ich, mein Bruder war im »Lager X«, so hieß das Haftarbeitslager in der Genslerstraße, gewesen. Dorthin wurden die Gefangenen aus den verschiedenen Haftanstalten verlegt, um die maroden Gebäude des Sperrgebietes nach der Übernahme von den Sowjets wieder bewohnbar zu machen und neue zu erstellen. Auch der alte Mann war dort gewesen. Er hatte Schlosser gelernt und leitete einen Arbeitstrupp, dem auch mein Bruder zugeteilt wurde. »Hände hatte der zum Kartoffeln schälen, aber zu sonst nischt, deshalb kam er ja in die Küche.« An das genaue Jahr konnte er sich nicht mehr erinnern. Irgendwann Ende der Fünfziger vielleicht. Die Tage seien immer gleich gewesen, um fünf Uhr wecken, sofort runter von der Pritsche, erst kam die Waschschüssel durch die Luke, dann die Marmeladestullen oder die Suppe. Immer alles in der Blechschüssel. Dann ran an die Arbeit bis zum Umfallen, bis zur Entlassung. Da vergäße man die Zeit. Man hatte ihn zu sechs Jahren Zuchthaus wegen versuchter Republikflucht verurteilt. Von einem Mithäftling hatte er gehört, mein Bruder liege im Haftkrankenhaus, mehr wusste keiner. Es war immer wieder passiert, dass jemand nicht mehr auftauchte. Keiner wusste, ob derjenige tot, entlassen oder verlegt worden war. Sie waren ständig unter Beobachtung der Aufpasser gewesen, auch bei den Arbeitstrupps. Reden war verboten. Wenn sie Freigang hatten, im sogenannten »Tigerkäfig«, stand jemand oben auf dem Drahtgeflecht, das Gewehr im Anschlag. Viel später, in den achtziger Jahren, hatte er meinen Bruder an der Ostsee wiedergetroffen. Sie hatten über die alten Zeiten gesprochen, auch über den einen oder anderen Mithäftling, aber auch da wollte er nicht verraten, warum sie ihn verurteilt hatten. »Der Schlawiner hat ja och nischt von ner Schwester gesagt.« Eine Gruppe Jugendlicher kam vorbei, jeder mit einer offenen Bierflasche. Sie schubsten sich, dabei fiel einem das Bier aus der Hand. Es spritzte bis zu unserer Bank, dann rollte die Flasche auf die Straße. Die anderen johlten. Der alte Mann sah auf die Uhr und stand auf. »Spaziergang beendet«, sagte er. Ich ging mit ihm zum Haus zurück, bedankte mich und drückte ihm die Pfingstrosen in die Hand.

Rose

Man konnte ihm ja nicht so schnell etwas anmerken, aber ich wusste, es war ein Schlag für ihn, als wir von der Edertalsperre zurück nach Eisenach zogen. Die Arbeit war ohne die Kinder nicht zu schaffen. Er sprach noch weniger als vorher. Ich glaube, am liebsten wäre er auf und davon. Aber das dauerte noch eine Weile. Nach dem Frühstück ging er aus dem Haus und kam vor dem Mittagessen nicht zurück. Wenn ich ihn fragte, sagte er, er sei auf der Suche. Am liebsten wäre ich ihm nachgegangen, aber das wagte ich nicht. Ich redete mir ein, dass er Arbeit suchte, aber ich hatte ein komisches Gefühl. Er hatte aufgehört, Bewerbungsschreiben zu verschicken, auch in der Umgebung bei den Gaststätten fragte er nicht mehr nach Arbeit. Wenn ich ihn dazu ermunterte, sagte er, es habe keinen Zweck, die Ossis hätten verloren, jetzt würde ihm die Rechnung präsentiert. Ich dachte, der Mann braucht eine Beschäftigung, und hörte mich um. Wer mir den Tipp gab, dass die Firma Teurer einen Nachtwächter suchte, weiß ich nicht mehr, aber ich bat ihn, sich dort vorzustellen, und es klappte. Nun war er tagsüber mehr zuhause. Er blieb lange im Bett, zog dann seinen blauen Trainingsanzug an, bis er aus dem Haus ging. Er hatte bisher immer besonderen Wert auf sein Äußeres gelegt. Hemd, Krawatte, Anzug, und nun das. Aber wir waren ja beide älter geworden, hatten viel gearbeitet, viel durchgemacht, das machte eben müde. Dass er nach einem Vierteljahr die Arbeit verloren hatte, erfuhr ich erst später. Er ging wie immer regelmäßig aus dem Haus und kam am frühen Morgen zurück. Meistens schlief ich dann noch. Es genügte, wenn ich um sieben Uhr aufstand, vor neun musste ich nicht bei den Putzstellen sein. Auch an dem Morgen, als ich ihn völlig betrunken neben seinem Bett fand, hatte ich bis sieben geschlafen. Ich weckte ihn, aber er lallte nur, drehte sich auf die Seite und schlief weiter. Wieder ein Mann, der trinkt! Ich setzte mich in seinen Sessel am Fenster, das hatte ich noch nie getan, und weinte. Dann erinnerte ich mich daran, dass ich seit einiger Zeit gedacht hatte, er riecht komisch, hatte es aber wieder vergessen. Wie unter einem Zwang begann ich, die Wohnung nach leeren Flaschen abzusuchen, und fand sie. Noch während ich sie zum Container trug, wusste ich, wenn der Mann nicht aufhört zu trinken, dann gehe ich. Ich drehe keine zweite Runde. Das sagte ich ihm, als er wieder ansprechbar war. Er weinte, fragte mich, was er machen solle. Das hatte er noch nie gefragt, hatte doch immer alles bestimmt und besser gewusst als ich. Aber jetzt war ich dran und sagte: »Wir gehen zusammen zum Arzt, der kennt dich wegen deiner Herzgeschichten.« Ich war überrascht, dass er einverstanden war. Wie oft hatte ich mir das gewünscht früher! Doch es kam schlimmer, als ich gedacht hatte. Erst jetzt erfuhr ich, dass der Doktor ihn schon mehrmals ermahnt hatte, mit dem Trinken aufzuhören. Er riet zu einer Entziehungskur. Mein Mann sah mich an. Es war ein Ausweg, der mir ersparen würde, mich von dem Mann zu trennen, den ich liebte und den ich nie, egal was kam, verlassen wollte. Ich bat den Doktor, Ole zu benachrichtigen, wagte nicht, es dem Jungen selbst zu sagen. Er hatte uns, seit wir ohne festes Einkommen waren, immer wieder geholfen. Und nun würde er hören, dass sein Vater sein Geld versoffen hatte. Nein, das brachte ich nicht übers Herz! Mit der Einweisung ins Krankenhaus gingen wir nach Hause. Ich packte seine Tasche und brachte ihn dorthin. Drei Tage später rief er mich an, er müsse sofort an der Prostata operiert werden, er würde deshalb in ein anderes Krankenhaus verlegt.

Ole

Als ich mit dem Arzt verbunden wurde, dachte ich, hoffentlich nicht der zweite Infarkt. Den ersten hatte Vater gut überstanden. Die Stimme am Telefon war angenehm dunkel und weich. Nein, es sei nichts Lebensbedrohendes, aber etwas, das er gern mit mir Auge in Auge besprechen wolle. Ich dachte, ob der Schrittmacher möglicherweise nicht mehr ausreiche, dachte an eine Herzoperation, an Krebs, an Tod, auch den der Mutter, und setzte mich ins Auto. Der Doktor war ein Mann in Vaters Alter, beinahe so groß wie ich, nur doppelt so dick, ein Schrank mit erstaunlich kleinen Händen. Er begleitete mich ins Sprechzimmer und blätterte in Vaters Krankenakte. Ich ruckelte auf meinem Stuhl hin und her. Es tue ihm leid, sagte er, und schon sah ich Vater auf dem Totenbett, aber Vater brauche dringend Unterstützung, sonst werde er nicht vom Alkohol loskommen. Hatte ich richtig gehört? Vater ein Alkoholiker? Bei Festen hatte er getrunken, aber in Maßen, bis auf das eine Mal zu seinem sechzigsten Geburtstag. Ich sah ihn wieder vor mir, wie er von seiner Frau und Sandra untergehakt die Feier verlassen hatte. Sonst ein oder auch zwei Glas. Aber davon schien der Doktor, der mich ernst ansah und mit dem Finger auf etwas vor sich tippte, nicht zu reden. Als ich stumm blieb, noch in Gedanken, fuhr er fort, dass Vater seit Langem trinke, dass sein Herz und die kaputte Bauchspeicheldrüse das nicht mehr lange mitmachen würden. Ich schwieg und wartete. Worauf, das wusste ich nicht. Vielleicht darauf, dass jemand käme, der wie früher in der Schule mein falsches Rechenergebnis an der Tafel löschte, damit jemand anders das richtige, das erwartete, dafür hinschreiben konnte. Er sagte, er fände es bedauerlich, dass Vater sich drei Tage nach dem Entzug in eine andere Klinik habe verlegen lassen. Darauf habe er aber wegen starker Schmerzen bestanden, und nun folge eine Prostataoperation. Nur einen Moment dachte ich, dann hört vielleicht seine Vielweiberei auf, aber dann war ich steif vor Schreck. Der Rücken tat mir weh, der Magen krampfte wie immer, wenn ich nicht weiterwusste. Bilder, die langsam aus meinem Kopf nach außen drängten und sichtbar wurden, zeigten ihn mit einer dieser kleinen Fläschchen, die in jedem Supermarkt griffbereit neben der Kasse stehen und an Kiosken auch nach Ladenschluss noch zu haben sind. Ich war einige Male dabei gewesen und hatte mir nicht das Geringste dabei gedacht.

Als ich zu Rose kam, stürzte sie auf mich zu, drückte mir ihr nasses Gesicht an die Brust. Sie schwor, es nicht gewusst zu haben, wirklich nicht einmal geahnt, nun wisse sie nicht, wie es weitergehen solle. Sie könne ihn doch nicht Tag und Nacht bewachen. Dann bat sie mich, ihn nicht zu verdammen. Er habe mein Geld dafür benutzt, aber geschworen, keinen Tropfen mehr anzurühren, wenn er nach der Operation wieder aufwache. Ich wusste, Vater hatte einen starken Willen, wir hatten ihn oft genug zu spüren bekommen. Sein ganzes Leben hing an diesem Willen, aber jetzt dachte ich: »Wer's glaubt, wird selig.«

Sandra

Es sprach sich ebenso schnell unter uns Geschwistern herum, wie sich Vaters Verhaftung im Braunkohlerevier herumgesprochen hatte. Da wir inzwischen über ganz Deutschland verstreut waren und jeder damit zu tun hatte, sein neues Leben zu finden und sich darin zu behaupten, telefonierten wir. Armin sagte, mit Vaters Eskapaden sollten wir ihn in Ruhe lassen, er habe andere Sorgen. Wir wussten ja, dass er den Kontakt schon lange abgebrochen hatte. Dabei blieb er. Wir Mädels und Ole verabredeten, dass jede Woche einer von uns bei Vater vorbeischauen sollte. Rose sollte uns anrufen, wenn es darüber hinaus etwas zu besprechen gäbe. Ein Notfallkommando. Es war Oles Vorschlag gewesen. Ich war erstaunt, mit welcher Bestimmtheit er sagte, das sei unsere Pflicht. Ich kannte sein Verhältnis zu Vater und sprach ihn darauf an. Völlig ruhig sagte er: »Man muss jemanden nicht lieben, um ihm zu helfen, wenn er in Not ist.« Mein kleiner Bruder hatte dazugelernt. Denn auch ich liebte ja nicht alle meine Patienten.

Ich hatte einen strengen Dienstplan im Krankenhaus und konnte erst drei Wochen später nach Thüringen fahren. Vater sah gut aus, saß in seinem Sessel vor dem Fenster. Er las. Ole hatte ihm das Buch »Die Muschel auf dem Berg« bei seiner Runde mitgebracht. Vater hatte sich schon immer für Geologie interessiert, hatte uns bei den Ausflügen früher auf Steinformationen aufmerksam gemacht und ihr Zustandekommen erklärt. Lauter komische Namen, davon waren nur Jura und Kreide bei mir hängengeblieben. Wir Kinder tollten lieber, kletterten auf die Felsen, die er beschrieben hatte. Jetzt war sein Gesicht entspannt, seine Finger hielten das Buch. Ich stand in der Tür und beobachtete ihn. Seine Augen hoben sich erst, als ich »Hallo, Vati« sagte, und sahen mich irritiert an. Dann klappte er das Buch zu, stand auf und streckte mir beide Hände entgegen. Ich hatte ihn seit dem Vorfall an seinem sechzigsten Geburtstag zwar weicher und zugänglicher erlebt, aber das hatte es bisher nicht gegeben. Das war ein neuer Vater! Ich musste mich beherrschen, um die Tränen zu unterdrücken. Wie lange hatte ich mir das gewünscht: körperliche Nähe! Die Einzige, die sie bisher von ihm erfahren hatte, war ja Ulrike. Ich ging zu ihm und nahm ihn in die Arme. Er wirkte verlegen, ein bisschen steif, sagte aber: »Schön, dass du gekommen bist.« Auch das war bisher nicht vorgekommen, sondern selbstverständlich gewesen, noch vor einiger Zeit, als wir unsere Wochenenden an der Edertalsperre verbrachten. Er schlug einen Spaziergang vor, während Rose sich um das Essen kümmerte. Diesen ersten Spaziergang nach seiner Operation werde ich nie vergessen. Es war warm. In den Cafés und Restaurants saßen die Leute auf geflochtenen Stühlen mit hohen Lehnen, die wie Korbstühle aussahen, aber aus Plastik waren. Sie aßen und tranken. Auch Wein und Bier. Ich dachte: Und jetzt? Er muss es gemerkt haben, zeigte auf einen Mann, der gerade sein Bierglas ansetzte, und sagte angewidert: »Guck mal die an, die trinken schon am helllichten Tag.« Ich dachte, er solle lieber den Mund nicht so voll nehmen. Es waren gerade sechs Wochen vergangen, seit der Arzt ihn eingewiesen hatte. Durch meine Arbeit in der Klinik wusste ich, was Abhängigkeit bedeutet und wie viele Menschen schon daran zugrunde gegangen sind. Lange Zeit erwartete ich bei jedem Anruf der Stiefmutter, jedem Bericht von Ole oder Ulrike, zu hören, dass er rückfällig geworden sei. Aber ich hatte nicht mit Vaters eisernem Willen gerechnet. Bis zu seinem Tod hat er nie wieder einen Tropfen Alkohol getrunken. Ob sein Verzicht dazu geführt hat, dass er mit den Jahren immer nörgeliger wurde, über Menschen abfällig sprach, einfach nichts Gutes mehr sah oder gelten ließ, das weiß ich nicht. Vielleicht war es auch die Tatsache, dass es für ihn in dieser Welt, in der nun andere ihre Chancen ausloteten, wie er früher, keinen Platz mehr gab. Irgendwann ertrug ich seine Klagen und Vorwürfe, auch über die Geschwister, nicht mehr. Die Welt war doch auch schön und ich entdeckte immer mehr davon. Ich brach den Kontakt zu ihm ab.

Toni

Wir sprechen jetzt öfter über die Familie. Auch über Mutters Vater. Sie sagt, wie sehr sie ihn vermisst, wie lange sie gehofft hat, dass er auch sie lieben würde wie ihre ältere Schwester. Sie wisse gar nicht, was Vaterliebe bedeuten könne. Ich kannte meinen Großvater ja auch, fragte mich, wie sie darauf gewartet haben konnte. Liebe von einem Tyrannen, der nichts als sein eigenes Wohl im Kopf hatte, dem er alles, wirklich alles, untergeordnet hatte. Mutter war doch sonst keine Träumerin! Sie stand mit beiden Beinen auf dem Boden, lebte mit einer Geschwindigkeit im Hier und Jetzt, die mir oft den Atem geraubt hatte, auch jetzt im Alter noch immer. Wenn ich noch beim ersten Schritt war, hatte sie bereits die nächste Kurve genommen. Egal ob in der Fußgängerzone, beim Pläne schmieden oder beim Packen der Umzugskisten für eine neue Bleibe.

Ich muss vier oder fünf gewesen sein. Wir lebten noch in dem Haus mit den Wicken am Gartenzaun und dem Erdbeerfeld daneben, als Großvater bei uns zu Besuch war. Ich hatte im Kindergarten ein neues Lied gelernt. Stolz begann ich, es zu singen, als wir am Tisch saßen. Er hielt sich erst die Ohren zu, sagte, singen könne ich überhaupt nicht, das solle ich bleiben lassen, und wollte mir dann den Mund zuhalten. Ich brach in Tränen aus. Mutter stand abrupt auf, stellte sich vor mich und schrie ihn an. Noch nie hatte ich Mutter schreien hören. Weder, wenn mein Vater erst um Mitternacht nach Hause kam, noch, als er das zweite Auto kaputt gefahren hatte. Ich glaube, sie sagte, er solle sich benehmen, sonst wolle sie ihn nicht mehr im Haus haben. Danach nahm sie mich in die Arme, bis mein Schluchzen abebbte, und sagte, der Opa singe viel schlechter als sie und ich zusammen. Aber es war danach nicht mehr wie vorher, bis er abreiste.

Ich erinnere mich an die vielen Besuche im Haus und im Geschäft des Großvaters. Er erwartete, dass wir regelmäßig kamen. Ein Haus mit einem großen Wohnzimmer, größer als unsere ganze Wohnung, in der

Mutter und ich nach der Scheidung lebten. Auf dem grünen Teppichboden krabbelten Spinnen, vor denen ich panische Angst hatte. Großvaters Liegesessel stand vor dem Panoramafenster. Dahinter begann der Garten mit dem Swimmingpool. Sein ganzer Stolz! Am Morgen sammelte er Blätter und Käfer mit einem Kescher, bevor er hineinsprang und fünf Minuten darin schwamm. Wir aßen immer um die gleiche Zeit. Frühstück war um neun, Mittagessen um eins und um sieben gab es Abendbrot. Solange mein Großvater in seinem Haus lebte, bestand das Mittagessen täglich aus einer faden Vorsuppe, hellem, weichgekochtem Fleisch, das leicht verdaulich war, dazu Kartoffeln oder Reis und Kopfsalat mit Zitrone und Zucker angemacht. Zum Nachtisch gab es eingekochtes Obst und an besonderen Tagen eine Zitronencreme, mein Lieblingsnachtisch. Großvater aß mit einer übertriebenen Vorsicht. Er suchte nach jedem Stück, das nicht weich genug war oder einen Fettrand hatte. Fand er etwas, schob er es demonstrativ zur Seite. Nie lud er sich eine zweite Portion auf den Teller. Daran hielten sich auch die anderen, bis auf den zweiten Mann meiner Tante Marianne, der beim Abendessen von den vier Scheiben Kochschinken für sechs Personen zwei auf sein Brot legte und es sich schmecken ließ.

Als Großvaters Frau gestorben war, fingen seine Hände an zu zittern. Noch bei der Beerdigung fragte er mich, ob ich ihn nicht für eine Woche in die Berge begleiten wolle. Er könne jetzt nicht allein sein, nicht in seinem Haus. Wir fuhren dorthin, wo er mit seiner Frau gewesen war. Er hatte wie sonst ein Doppelzimmer reserviert. Ich war siebzehn, hatte andere Gewohnheiten, las gern vor dem Einschlafen, schlief morgens länger und hörte Musik. Nichts davon war möglich. Nach zwei Tagen bestand ich auf ein Einzelzimmer, murrend gab er nach. Es war eine Woche, in der ich ihm nichts recht machen konnte, so sehr ich mich auch bemühte.

Als ich Mutter frage, ob er schon immer so gewesen sei, bekommt sie große Augen. Aber er habe doch versucht, uns zu verwöhnen. Das stimmte, knausrig war er nicht. Es machte ihm Spaß, uns in ein teures Restaurant auszuführen. Am liebsten in eines, in dem man ihn mit Handschlag begrüßte und dreimal fragte, ob alles zu seiner Zufriedenheit sei. Wurden wir aber nicht vom Chef persönlich bedient, sank seine Laune unter null. Auch meine Kindersachen, außer denen, die Mutter nähte, bekam ich, bis ich sechs war, aus seinem Geschäft. Bei uns war das Geld zu dieser Zeit knapp, Mutter studierte. Einmal fuhren wir nach Frankfurt. Großvater kaufte sich einen Anzug, einen Kaschmirschal und wollte auch Mutter etwas kaufen. Das Kostüm im Chanel-Look, das er ausgesucht hatte, lehnte sie ab. Sie trug zu dieser Zeit Flatterkleider und Leggins. Als sie später in einem Schaufenster ein Kleid sah, das ihr gefiel, sagte er, das müsse sie sich allein kaufen, für solche Hippie-Fetzen gebe er kein Geld aus, er säße ja auch nicht auf dem Boden wie wir. Mutter hatte uns aus Matratzen eine große Sitzlandschaft gebaut, um die mich meine Klassenkameraden beneideten. Ich zeige auf ein Foto von ihm, das auf Mutters Regal bei den anderen liegt. Ein verschlossenes Gesicht, Augen, in denen kein Ausdruck zu erkennen ist. Mutter seufzt und sagt: »Da hätte ich mich nicht so anzustrengen brauchen.«

Ruth

Seit die Familie meines Bruders aufgetaucht war, erinnerte ich mich wieder daran, dass ich mich nach einem Großvater gesehnt hatte. Dass ich später im Zug, im Konzert, auch auf der Straße nach Gesichtern suchte, die ich solch einem Wunschmenschen zuordnete. Weich, versonnen, mit Lachfalten um die Augen und wissend. Der alte Mann, bei dem wir den Krieg überlebt hatten, ließ mich für kurze Zeit ahnen, was es bedeuten könne. Auch von Ulrike wusste ich, dass sie Großeltern, besonders aber einen Großvater, vermisst hatte. Als sie die Fotos meines Vaters sah, war sie enttäuscht. »Das ist er nicht«, sagte sie und legte das Foto zurück zu den anderen. Ich sah mir daraufhin die Väter meiner Eltern genau an und stellte fest, dass auch der Vater meines Vaters in keinster Weise dem Bild entsprach, das ich von einem Großvater in mir trug. Ein kleiner

Mann, schmal wie mein Vater. Er wirkte zwar gescheit, aber so streng, wie meine Schwester, die ihm noch als Kind begegnet war, ihn beschrieben hatte. Herzlos hatte sie ihn genannt, weil er sie, da war sie gerade vier, in die Dunkelkammer seines Fotoladens gesperrt hatte, die es bald danach nicht mehr gab. Daneben lag ein Foto vom Vater meiner Mutter. Hätte ich nicht gewusst, dass er Prokurist in einem Lebensmittelgeschäft gewesen war, hätte ich ihn, mit seiner stattlichen Figur im zweireihig geknöpften Wollmantel, dem runden Gesicht unter dem passenden Hut, für einen Brauereibesitzer gehalten. Meine Mutter lehnt sich an ihn, während ihre Mutter so mager, ja ausgezehrt, wie ich sie kannte, etwas weiter entfernt steht. Zu früh gestorben, dachte ich. Nicht nur für Mutter.

Ich fragte mich, ob ich auf Vater meine Sehnsüchte nach einem solchen Menschen übertragen und dabei nicht wahrgenommen hatte, dass er ihm in keiner Weise entsprach. Hatte ich all diese Eigenschaften einfach in ihn hineingedacht? Wenn es so war, und das schien mir nun wahrscheinlich, dann hatte ich ihn ebenso wenig wahrgenommen wie er mich. Es gibt ein Foto von ihm, da sitzt meine Schwester auf seinen Schultern. Es sind nur die Köpfe der beiden zu sehen, über ihnen Strandhafer. Ein Foto vor dem Krieg. In diesen Vater hatte ich mich verliebt, nach diesen Menschen, der er einmal gewesen sein musste, hatte ich mich gesehnt. Doch nach dem Krieg suchte ich ihn vergeblich.

Nach vielen Enttäuschungen darüber blitzte noch einmal eine Hoffnung auf, dieses Phänomen, von dem nicht zu Unrecht behauptet wird, es sterbe als Letztes. Meine Schwester hatte sich mit ihrer zweiten Ehe von Vater entfernt. Bereits zweimal hatte sie Entscheidungen getroffen, die nicht seine Wünschen entsprachen, die er deshalb gegen sich gerichtet empfand. Seine Enttäuschung darüber muss groß gewesen sein. Er brach für eine Weile den Kontakt ab, aber auch, als sie sich wieder annäherten, war die Trübung ihrer Beziehung nicht zu übersehen. Ich witterte meine Chance! Alle zwei Wochen stand ich am Wochenende dreihundert Kilometer lang im Stau, sah nach ihm, kochte, wir liefen über die Felder in der Nähe seines Hauses. Täglich verfolgte er noch immer die Börsenkurse in der FAZ, sagte, dieses

Mal, würde er sein Geld nicht verlieren, er habe einen absolut sicheren Riecher. Wenn ich abfuhr, freute ich mich, dass er am Gartentor stand und winkte. Als die Bank ihm ein Darlehen für weitere Spekulationen verweigerte, war er empört. Er verkaufte sein Haus und setzte mit dem Erlös zum wiederholten Mal auf die falschen Aktien. Bis es keinen Ausweg mehr gab.

Ulrike

Wenn ich heute versuche, mein Glück zu begreifen, fällt mir ein, dass ich es beinahe aufs Spiel gesetzt hätte. Wie habe ich nur einen Augenblick daran denken können, diesen Mann, der mir eine Welt zu Füßen legte, die ich nicht einmal zu träumen wagte, zurückzuweisen. Bloß, weil ich nicht sehen wollte, dass die Arbeit mich mehr und mehr überforderte. Weil Arbeit alles für mich war. Man hatte mich gebeten, auch die Aufsicht über einige Filialen der Firma für Herrenbekleidung zu übernehmen. Es war eine interessante Arbeit und sie war gut bezahlt. Eine Herausforderung, der ich mich gern stellte. Ran an den Speck, Mädchen! Nie in meinem Leben hatte ich so viel Geld in der Hand gehabt. Wenn ich daran denke, dass ich vorher jeden Groschen hatte zusammenkratzen müssen, um der Stiefmutter das Geld zurückzugeben, mit dem ich die Geschwister ausbezahlt hatte. Immer, wenn ich hundert Mark zusammengespart hatte, gab ich sie Vater für Rose. Erst nach seinem Tod erfuhr ich, dass das Geld nie bei ihr angekommen war. Jetzt genoss ich es, mir schöne Kleider mit dem passenden Zubehör zu kaufen, ging zum Frisör, zur Kosmetikerin und lernte Dinge, die ich bis dahin nicht kannte. Ich beschäftigte mich mit Umsatzsteigerungen, mit Kundenprofilen, führte über alles genau Buch. Ich war sehr genau, der Ehrgeiz hatte mich am Wickel. Ich wollte mein Bestes geben, und das tat ich. In den Filialen, für die ich die Verantwortung trug, war ich beliebt und der Umsatz stieg schon nach kurzer Zeit. Man erhöhte mein Gehalt und bat mich, weitere Filialen zu kontrollieren. Aus dem Zehnstundentag wurde ein Zwölf- und Dreizehnstundentag. Dazu kamen lange Fahrten. Für Kontakte mit Freunden hatte ich keine

Zeit. Sie konnten mich kaum noch erreichen. Immer habe ich gern gegessen, am liebsten die Ostküche mit Fleisch und viel Soße, Rinderrouladen mit Thüringer Klößen, die es nur ab und zu am Sonntag zuhause gegeben hatte. Aber mein Appetit wurde kleiner und kleiner, zum Kochen kam ich nicht mehr. Wenn ich nach Hause kam, goss ich mir ein, auch zwei Glas Wein ein und fiel in Tiefschlaf, bis der Wecker mich um fünf wieder weckte. Ein Jahr nach dem anderen verging so. Wenn mir jemand sagte, ich sähe müde aus, legte ich noch eine zweite Schicht Make-up auf, tupfte Rouge auf die Wangen und ging zwei Tage lang früher ins Bett. Ich war im besten Alter, gerade mal vierzig, und lebte ohne Partner. Ausruhen konnte ich mich später immer noch. Jetzt war meine Zeit angebrochen! Dann tauchte der Mann auf, der mir in jede Filiale hinterher reiste und mich bat, mit ihm zu leben. Ich dachte, ich habe alle Zeit der Welt zum Überlegen, ein ganzes Jahr, aber Monat für Monat verstrich, ohne dass ich mich damit beschäftigte. Wenn wir uns trafen, war das eine schöne Ablenkung vom Arbeitsleben, die ich gern nahm. Er war aufmerksam, führte mich aus, sprach über seine Musik, von der ich nicht die leiseste Ahnung hatte. Weder von Händel, noch von Bach, auch von Mauricio Kagel hatte ich jemals etwas gehört. Ich war bei Rockmusik und Schlagern stehengeblieben. Als ein Dreivierteljahr vergangen war, fragte er, ob ich schon etwas sagen könne. Nun beschäftigte ich mich mit der Frage, wenn ich im Auto saß, der einzigen Zeit, die mir zum Nachdenken blieb. Er hatte von einem Haus gesprochen, von einem Garten, von seinen Freunden. Was hätte ich dann noch alles neben meiner Arbeit zu bewältigen. Putzen, kochen, für alle und alles da sein, auch für seine Tochter, wenn sie kam. Das war undenkbar! Auf keinen Fall wollte ich so leben wie Mutter gelebt hatte! Ich kontrollierte inzwischen zehn Filialen, bekam viel Anerkennung und Lob dafür. Zum ersten Mal in meinem Leben wurde ich geschätzt. Wollte ich das aufgeben, ohne zu wissen, wie das Leben mit diesem Mann sein würde? Ob ich wirklich die war, die er erwartete? Wir Kinder waren ja alle nicht echt, trugen eine Maske und auch er kannte bisher vor allem mein Aushängeschild. So hatte mein Leben bislang funktioniert, so hatte ich mich von Situation zu Situation bewegt. Außerdem waren da die verkorksten Männerbeziehungen! Immer öfter dachte ich daran, wie gut ich doch allein lebte. Die Zeiger der Waage neigten sich mehr und mehr zur Seite der Arbeit, zur Seite des gewohnten Erfolgs. Als man mich bat, drei weitere Filialen zu übernehmen, brach ich noch am gleichen Tag zusammen. Der Körper hatte für mich entschieden!

Ole

Rose rief an und fragte, ob Vater bei mir sei. Er sei morgens wie immer aus dem Haus gegangen und noch immer nicht wieder da. Ich sah auf die Uhr. Es war sechs Uhr abends. Ich war noch in der Firma, wollte einen Schriftsatz fertig schreiben. Für solche Dinge nutzte ich gern die Zeit, wenn sich das Büro geleert hatte. Allein kam ich schneller voran. Kein Telefon, keine Story über die Probleme meines Kollegen mit seinem pubertierenden Sohn, kein Chef, der den nächsten dringenden Fall mit mir besprechen musste. Ich wusste, dass Vater gern spazieren ging, vielleicht war er ein Stück weiter gegangen als üblich, hatte sich auf eine Bank gesetzt und war eingeschlafen. Er war ja kein gesunder Mann mehr und würde in einem Jahr siebzig werden. Das sagte ich Rose und hoffte, es würde sie beruhigen. Aber das tat es nicht. Sie sei Stunden unterwegs gewesen, habe alle Menschen, die sie kannten, nach ihm gefragt, habe schon gedacht, er sei rückfällig geworden, aber er sei in keiner Kneipe, auch in keinem der Restaurants gewesen. Wir müssten etwas unternehmen. Jetzt war auch ich beunruhigt. Vater ging immer recht forsch, aber in letzter Zeit war er mir manchmal unkonzentriert vorgekommen, so, als sei er in Gedanken anderswo. Vielleicht hatte er ein Auto nicht rechtzeitig gesehen. Das behielt ich für mich, sagte, ich würde die Polizei benachrichtigen. Mit meinem Schriftsatz war es vorbei. Ich legte ihn zur Seite, dachte, dann schreibe ich ihn morgen früh, eine Stunde vor Arbeitsbeginn, zu Ende. Oft sah ich die Sonne morgens vor meinem Fenster aufgehen, ab fünf, spätestens halb sechs war ich so gut wie immer wach. Ich überlegte, ob ich Sandra anrufen solle, sie behielt in solchen Dingen immer einen kühlen Kopf, denn mein Magen begann sich bereits wieder zu melden. Doch dann verwarf ich den Gedanken. Warum die Pferde scheu machen, sicher würde sich alles bald aufklären. Noch dachte ich kurz an die Bemerkung der Stiefmutter vor einigen Wochen, sie sei sicher, dass da eine Frau im Spiel sei, als das Telefon klingelte. Rose sagte, es fehle der Koffer mit dem Reißverschluss, sein guter Anzug, verschiedene Hemden und Unterwäsche. Sie habe es gerade erst entdeckt. Wieder dachte ich an ihre Bemerkung über eine andere Frau, ich kannte ja Vaters Neigung, vielleicht war er bei ihr. Sie schluckte, als ich meine Vermutung äußerte, sagte, sie wisse nicht, wer das sein könne, und erst recht nicht, wo sie wohne. Das wolle sie auch gar nicht wissen. Es gäbe keinen Brief. Gar nichts.

Ich schnappte meine Sachen und machte mich auf den Weg zu meiner Ein-Zimmer-Wohnung. Hier wohnte ich, seit ich meine Frau verlassen hatte. Sie lag nur eine Straße von der Wohnung entfernt, in der ich nach Mutters Tod gewohnt hatte. Es ging ein leichter Wind, der die Blätter rascheln ließ. Ein Geräusch, das ich liebte. Oft war ich dabei noch in Gedanken an den einen oder anderen Prozess, dann ließ ich alles links liegen, die Geschäfte, die Cafés mit den Leuten davor. Meine Füße hätten diesen Weg auch nach langer Abwesenheit von selbst gefunden, so oft war ich ihn gegangen. Zum ersten Mal, als ich fünfzehn war. Nun suchte ich nach einer Zigarette, blieb im Schutz einer Ladentür stehen, um sie anzuzünden. Es war ein Reiseladen, der seine Angebote im Schaufenster anpries. Zypern, Mallorca, Ibiza, Anatolien, New York, Fahrten zum Nordlicht, nach Asien und Afrika. Für einen Moment blieben meine Augen an Fotos und Preisen hängen. Ich wusste, dass Vater auf Mallorca gewesen war, dass er vom Süden schwärmte, seit man grenzenlos reisen konnte. Aber woher hätte er Geld dafür haben sollen? Sie hatten gerade genug, um durchzukommen, und auch das nicht immer.
Zuhause lag ein Brief im Briefkasten. Es war Vaters Handschrift, die in letzter Zeit noch mehr an Schwung verloren hatte. Sie war spitzer

geworden und unregelmäßiger. Ich riss den Umschlag noch auf der Treppe auf und las: »Mein lieber Junge, bitte verurteile mich nicht, aber ich halte es hier nicht mehr aus. Ich habe eine Anstellung in Tarifa gefunden. Dort werde ich eine kleine Ferienanlage betreuen. Sie liegt wunderschön, direkt am Meer. Es sind sechs Ferienhäuser. Ich bin sehr glücklich, dass ich nun wieder gebraucht werde. Wenn ich dort angekommen bin, schreibe ich Dir. Sag allen, dass es mir gut geht. Dein Vater.«
Ich suchte Tarifa auf Google Earth. Es ließ sich vergrößern und verkleinern, nach links und rechts verschieben. Vater ist am Ende der Welt, schoss es mir durch den Kopf, aber das stimmte nicht. Er war nur in der am südlichsten gelegenen Stadt des westeuropäischen Festlands. Danach ging es übers Wasser nach Afrika. Genauer gesagt, nach Marokko. Es war ein kleiner Ort mit einem endlosen Strand an der Straße von Gibraltar, dort, wo nur 14 Kilometer die beiden Erdteile trennen. Ich fragte mich, wie er zu einem Job dort gekommen, wie er überhaupt dorthin gekommen war. Dann sah ich mir die Fotos und Rezensionen an. Kein schlechter Platz, um Urlaub zu machen. Schon immer hatte ich daran gedacht, Surfen zu lernen. Vielleicht sollte ich ihn besuchen. Ich rief Rose an und sagte, der Vater sei verreist, sie brauche sich keine Sorgen machen. Sicher käme bald eine Karte von ihm. Meine Geschwister bat ich, ihre Smartphones am nächsten Tag um 18.00 Uhr auf Empfang zu stellen, wir hätten etwas zu besprechen. Dann schrieb ich an die Adresse in Tarifa, die auf der Rückseite des Umschlags stand.

Ulrike

Es war unsere erste telefonische Familienkonferenz. Noch nie hatten wir das gemacht. Als ich die Nachricht von Ole las, dachte ich sofort an Vater und verschob das Gespräch mit meinem Vorgesetzten. »Die Welt ist klein geworden«, sagte der, als er den Grund erfuhr. Wir hatten ein gutes Verhältnis und er wusste, dass die Familie im ganzen Land verstreut lebte. Um 18.00 Uhr waren alle auf Empfang. Sogar Armin. Als er hörte, dass Vater in Tarifa eine Arbeit angenommen hatte, sagte er, da sei es wohl besser, er ziehe sich zurück. Von Vaters Eskapaden wolle er nichts mehr wissen, ob er von dort oder anderswo in die Hölle käme, sei ihm egal. Wir sollten ihn bitte damit in Ruhe lassen. Dann legte er auf. Ole sagte, er habe Zweifel, ob Vater die Situation bewältigen könne, er spräche zwar gut Englisch, aber kein Wort Spanisch, außerdem wüssten wir ja, dass er schwere Arbeit nicht mehr schaffe. Sandra beruhigte ihn, es seien ja nur ein paar Häuser zu betreuen, arbeiten sei er doch gewohnt, so käme er vielleicht wieder aus seiner miesepetrigen Stimmung heraus. Sie war dafür abzuwarten und mit Vater in Kontakt zu bleiben. Mir war ganz und gar nicht wohl bei dem Gedanken, dass er so weit weg und vollkommen auf sich gestellt war. Vater hatte nie allein gelebt, immer war da eine Frau gewesen, die ihn unterstützt hatte. Am liebsten hätte ich mich ins nächste Flugzeug gesetzt, aber das kam nicht in Frage. Die zehn Tage Urlaub begannen erst in acht Wochen. »Ich mache mir Sorgen«, sagte ich schließlich und Sandra konterte: »Deinem geliebten Vater wird schon nichts passieren. Außerdem weißt du, was er sich in den Kopf setzt, das tut er. Davon wird er sich nicht einmal von dir abbringen lassen.« Gut, dass sie nicht neben mir saß, meine Sorge war bei ihren Worten in Wut umgeschlagen und meine Ellenbogen waren spitz. Ole, der Kleine, beruhigte die Gemüter. Am Ende kamen wir zu dem Schluss, es sei wirklich das Beste, abzuwarten, bis er sich wieder melde. Ich glaube, es war das erste Mal in meinem Leben, dass ich betete, bevor ich einschlief.

Zur nächsten Telefonkonferenz hatte Ole mit dem Betreff eingeladen: »Anruf von Vater«. Ich war aufgeregt wie als Kind auf der Quarantänestation, wenn jemand von der Familie vor dem Fenster auf der Straße gestanden und gewinkt hatte. Es waren drei Wochen vergangen. Drei Wochen vergingen normalerweise mit meinem vollen Terminkalender wie im Flug, aber jetzt waren sie zäh geflossen wie der Teer, der in unseren Haaren geklebt hatte. Die Zeit schien festgefahren, zu träge, um sich weiterzubewegen. Ich versuchte, Ole schon am Tag vor der verabredeten Zeit zu erreichen, aber er war unterwegs. Das Smartphone war ausgestellt. Endlich war es soweit! Sandra sagte als Erstes, sie habe es ja gewusst, Vater habe schon immer das Meer und die Wärme geliebt und nun habe er dort sogar noch Arbeit gefunden, was niemand mehr geglaubt hätte. Wunderbar! Ole ist ein Besonnener, aber er schnitt ihr das Wort in einem Ton ab, dass ich zusammenfuhr. »Vater hat mich gebeten, ihn abzuholen.« »Wie, abholen?« Sandra hatte sich als Erste gefangen. In mir war nichts als Aufruhr. Ole erzählte, dass Vater die Arbeit verlassen habe, und nun in einem Hotel wohne, von dort sei auch sein Anruf gekommen. Man habe ihn wie einen Hund in einer Hundehütte wohnen, ihn wie einen Stier arbeiten lassen und noch nicht einmal dafür entlohnt. Sklavenarbeit also. Da sei er auf und davon. Aber er habe kein Geld, könne weder das Hotel noch einen Flug bezahlen. Am besten sei es, Ole käme mit dem Auto, er habe allerlei Dinge zu transportieren. »Das sind dreitausend Kilometer, ungefähr dreißig Autostunden und jeder Tag kostet im Hotel«, sagte Ole.

ABSCHIED

Ruth

Als ich von Ole erfuhr, dass sein Vater in der Nähe von Cadiz gearbeitet hatte, sah ich wieder die weißen Dörfer vor mir, in deren Atmosphäre ich vor Jahren eingetaucht war, dann dachte ich: »Einer der sich nicht geschlagen gibt, mein Bruder.« Auch im Alter, unter Bedingungen, in denen andere ihren festen Sitzplatz hinter dem Fernseher hatten, ging er noch einmal raus in die Welt. Wie ähnlich wir uns doch waren! Noch immer wollte er es wissen. Aber es war nicht gut ausgegangen. Ole war die dreitausend Kilometer mit dem Auto nach Tarifa gefahren. Ein Nickerchen unterwegs im Auto, mehr hatte er sich nicht erlaubt. Es war die verworrene Art, in der sein Vater gesprochen hatte, weshalb er beschloss, so schnell er konnte nach Andalusien zu fahren. Als er beschrieb, wie er ihn im Hotel angetroffen hatte, weinte er. Dieses unübersehbare Durcheinander in seinem Zimmer: Plastiktüten lagen auf dem Boden und dem Bett, Teller mit Essensresten dazwischen. Der Vater saß auf einem Stuhl vor dem Fenster und reagierte erst, als Ole ihn ansprach. Er zeigte mir ein Foto auf dem Smartphone. Da steht mein Bruder am Strand von Tarifa. Seine Augen sind auf das Meer gerichtet. Das Profil ist zart, beinahe das eines Mädchens. Nur die Figur in der Jeans und dem zweifarbigen Sweatshirt lässt einen älteren Mann erkennen. Ich hatte inzwischen schon einige Fotos gesehen, aber auf diesem schien er mir verändert. Das sagte ich und Ole nickte. Er hatte dasselbe gedacht. Nach einem Spaziergang am Meer, er zeigte wieder auf das Foto, waren sie eine Strecke von einigen Kilometern zu der Anlage gegangen. Auf einem Hügel mit dem Blick bis hinüber nach Marokko stand das Haus des Betreibers der Anlage. Ein Solitär. Darunter in einer Mulde die sechs Bungalows und ein Schuppen, die Unterkunft des Vaters. Als Ole die Einrichtung beschrieb, kamen mir die Tränen und ich dachte an das Foto, das meinen Bruder zeigt, nachdem er von zuhause weggegangen war. Das kleine Fenster, er lesend auf dem einzigen Stuhl, darüber die Glühbirne. Sein ganzes Licht. In dem Schuppen neben den Bungalows gab es weder eine Dusche noch eine Toilette. Auch draußen nicht. »Vater hat nicht übertrieben, es war ein Loch«, sagte Ole. Ihn hatte die Wut gepackt, er wollte den Betreiber verklagen, aber sein Vater hatte ihn völlig verängstigt gebeten, nichts zu unternehmen. Trotzdem, er war zu dem Haus auf dem Hügel gegangen, um mitzuteilen, dass er Vater mitnähme und dessen Lohn einzufordern. Am nächsten Tag begannen sie die Rückfahrt.

Sandra

Vater war noch keine Woche zurück aus Spanien, da rief seine Frau an und fragte, ob ich sie nicht zur Feier des Tages besuchen wolle. Sie war so fröhlich am Telefon, wie ich sie lange nicht erlebt hatte. Früher hatte sie gern gelacht, gefeiert, ihre Späße mit uns gemacht, aber irgendwann war das Lachen seltener geworden und schließlich ganz verschwunden. Ich war froh, dass Vater wohlbehalten zurück war, und sagte zu. Er stand an der Tür, als ich die Treppe heraufkam, und lächelte. Es war sein Lächeln, das mich irritierte. Ich hatte es schon anderswo gesehen, aber zu Vater gehörte es nicht. Noch bevor ich mir darüber im Klaren war, woher ich es kannte und was es zu bedeuten hatte, kam Rose aus der Küche, wie immer besorgt, sie würde nicht genug auffahren, und sagte: »Na, ist er nicht jünger geworden? Spanien hat ihm gut getan.« Es stimmte auf eine eigenartige Weise, er sah nicht nur jünger, sondern auch empfindsamer aus. Wir verbrachten den Sonntag miteinander, machten Vaters Lieblingstour durch die Villen der Stadt, die inzwischen wieder herausgeputzt dastanden und ein Anziehungspunkt für Touristen geworden war. Allerdings waren die Mieten kaum noch zu bezahlen. Mit einem enormen Kuchenpaket beladen kamen wir zu Hause an. Es war ein friedlicher Nachmittag. Ich hatte Frühdienst am nächsten Tag, fuhr deshalb nach dem Kaffee los. Beim Abschied hielt Vater meine Hand so lange fest wie nie zuvor. Der Eindruck, den der

Besuch bei mir hinterlassen hatte, beschäftigte mich. Ich sprach mit meinem Mann darüber. Der sagte in seiner etwas saloppen und rauen Art, er sei eben alt, vielleicht auch ein bisschen mehr als das, ein Tattergreis. Ich wusste, mein Mann hatte es nicht so gemeint, er würde mich nie in eine schwierige Situation bringen wollen, aber er hatte einen empfindlichen Nerv in mir getroffen. Ich fing an, Vater bei meinen Besuchen, die ich nun wieder aufgenommen hatte, genauer zu beobachten. Die Stiefmutter erzählte, sie fände immer wieder Zettel, auf denen völlig belanglose Dinge stünden, und fragte mich, was das zu bedeuten habe. Ich war durch meinen Beruf diejenige, die bei allen medizinischen Fragen zurate gezogen wurde, und obwohl in mir der Verdacht keimte, es könne eine beginnende Demenz sein, sagte ich, ich wisse es nicht. Zu Vaters siebzigstem Geburtstag waren auch Ulrike und Ole mit seiner Frau und dem Baby gekommen. Wir Kinder hatten ihn in sein Lieblingsrestaurant eingeladen. Vater saß die ganze Zeit mit einem verklärten Gesicht am Tisch und als wir ihm das Geburtstagsständchen sangen, rollten ihm Tränen über die Wangen. Alle waren gerührt. Mit jedem Telefonat, das wir führten, mit jedem Besuch bei ihm, erhärtete sich mein Verdacht. Als die Stiefmutter in höchster Aufregung anrief und sagte, die Polizei habe Vater nach Hause gebracht, er sei dabei erwischt worden, wie er ein Auto stehlen wollte, einen Mercedes, wie er ihn nach der Wende gekauft hatte, da wusste ich, er war auf dem Weg in eine andere Welt.

Rose

Es fiel mir schwer zu sehen, wie mein Mann sich veränderte. Er schlief nicht nur häufiger als vor seiner Reise nach Tarifa, er stand manchmal vor mir und fragte, was für ein Tag heute sei, ob er vergessen habe, zur Arbeit zu gehen. Einmal suchte er einen Pullover im Küchenschrank bei den Töpfen, ein anderes Mal wurde er böse, weil er das Buch, das Ole ihm geschenkt hatte, nicht im Kühlschrank fand. »Geklaut«, sagte er zornig. Ich dachte: Wo ist der denn mit seinen

Gedanken? Er war auch anhänglicher geworden, bat mich, ihn auf seinen Gängen durch die Stadt zu begleiten. Wenn ich fortging, sagte er, ich solle ihn nicht so lange allein lassen. Nie hatte er das früher getan und es gefiel mir irgendwie. Ungefähr ein halbes Jahr nach seiner Rückkehr fiel ihm manchmal die Gabel oder der Löffel aus der Hand, manchmal saß er auch vor dem vollen Teller, ohne zu essen. Ich wollte die Kinder nicht damit belästigen, sie hatten ja mit ihrem eigenen Leben zu tun, und dachte, das gibt sich wieder. Als er eine starke Erkältung hatte, gingen wir zum Arzt. Während mein Mann sich nach der Untersuchung wieder anzog, fragte mich der Doktor, ob mir an seinem Verhalten in der letzten Zeit etwas aufgefallen sei. Ich erzählte ihm von den Dingen, die ich mit Schusseligkeit abgetan habe. Daraufhin bestellte er uns zu einer weiteren Untersuchung ein. Als ich Sandra das Ergebnis mitteilte und fragte, was es zu bedeuten hatte, sagte sie: »Ich komme am Donnerstag, da habe ich meinen freien Tag.« Ich war froh, sie wusste besser als ich, was es zu bedeuten hatte und was zu tun war. Als sie mich darauf vorbereitete, dass mein Mann in der kommenden Zeit immer unselbstständiger werden würde, sich an vieles nicht mehr erinnern könne und auch die Kontrolle über seinen Körper verlöre, dachte ich: Ich liebe ihn doch, das wird mir alles nichts ausmachen. Als es dann aber nach und nach so wurde, wie sie es vorausgesagt hatte, und mich an die Zeit erinnerte, als mein Sohn ein kleines Kind war, fragte ich mich, ob meine Liebe stark genug sei, das durchzustehen. Obwohl die Kinder mir wirklich beistanden, bewältigte ich die Arbeit kaum. Um mich zu entspannen, goss ich mir am Abend, wenn mein Mann endlich zur Ruhe kam und schlief, erst ein, dann zwei Gläser Wein ein. Manchmal waren es auch mehr. Ich war in den letzten zwei Jahren abgemagert. Meine Kleider hingen an mir herunter wie Lumpen, zum Färben der Haare hatte ich mir keine Zeit mehr genommen, sie waren grau und stumpf geworden. Und mein Herz stolperte. Die Kinder sagten, es könne so nicht weitergehen, der Vater müsse in ein Heim. Ich würde mir das nie verzeihen, ihn allein zu lassen, das wusste ich, aber ich willigte ein. Zwei Jahre lang saß ich jeden Nachmittag an seinem Bett, wusch ihn, fütterte ihn, hielt seine Hand. Dabei wusste ich nicht einmal, ob er mich noch erkannte.

Ruth

Als ich erfuhr, dass Vater auf dem Weg zu seinem Auto mit dem Kopf gegen die Absperrung gelaufen war, fielen mir einige Situationen ein, bei denen ich gedacht hatte: »Wo ist er denn mit seinen Gedanken?« Das war nach dem Tod seiner Frau und ich sah, dass er damit nur sehr schlecht zurecht kam. Seit Jahrzehnten hatte er nicht mehr allein gelebt. Nun schien er nicht zu wissen, wie das ging. Was er allein mit sich anfangen sollte. Das Einzige, was ihn interessierte, waren die Tennisturniere im Fernsehen und die Börse. Freunde hatte er nicht. Allein essen zu gehen, lehnte er ab. Seine Versuche, eine dritte Frau zu finden, scheiterten an seiner Vorstellung, ein »jung gebliebener Senior, gut situiert, mit eigenem Haus und Freude an der Natur«, so seine Anzeige in der FAZ, da war er dreiundachtzig, verfüge über genügend Anziehungskraft auf Frauen, die nicht älter als fünfundfünfzig sein durften. Alt sei er ja selbst. Nachdem sein Bankkonto ihn nicht länger als gut situiert auswies, verabschiedete sich eine Frau nach der anderen. Die Dreiundsechzigjährige und damit älteste, die eine Aufgabe suchte und ihn umsorgte, hatte Ansichten, die er nicht teilte. Sie war nicht davon abzubringen, das Deckbett im Fenster zu lüften, was seiner Meinung nach nur Putzfrauen taten.

Darüber waren einige Jahre vergangen. Er war nun neunzig, lebte nur noch mit der Katze, mit der er das Haus, später auch Teller und Bett teilte. Schon einige Male war er gestürzt und erst nach Stunden fähig gewesen, wieder aufzustehen. Für mich ein Alarmzeichen. Wir mussten etwas tun. Dass Vater ein Sturkopf war, das wusste ich, aber wie vehement er sich dagegen wehrte, eine Person ins Haus zu holen, die für ihn sorgte, obwohl er immer mehr abbaute und sich nur noch mit den Händen an der Wand entlangtastete, das erstaunte mich doch. Er erregte sich, er käme allein zurecht, wie in allen schwierigen Situationen seines Lebens. Entmündigen lasse er sich nicht. Der Arzt ordnete einen Pflegedienst an, der bald um eine zusätzliche Hilfe bat und dann die Verantwortung ablehnte, weil Vater sich den Anordnungen widersetzte. Marianne und ich baten den Arzt um Rat. »Da bleibt nur das Heim«, sagte er. War Vater in dem Augenblick, in dem der Arzt ihm die Einwilligung zur Heimunterbringung vorlegte und er sie unterschrieb, in einem Dämmerzustand? Jedenfalls behauptete er später, das könne auf gar keinen Fall seine Unterschrift sein.

Toni

Es war ein schlimmer Tag. Mutter und ich waren zu Großvater gefahren, um ihn ins Heim zu bringen. Meine Tante Marianne hatte es abgelehnt, dabei zu sein. Sie behauptete, ihr Vater sei nicht dement, er lese ja noch die FAZ, er sei nur stur und bösartig. Wir waren schon früh losgefahren. Um vier Uhr am Nachmittag sollten wir im Heim sein. Vor zwei Tagen war dort ein Einzelzimmer frei geworden und man hatte eingewilligt, Mohrle, die Katze, mit aufzunehmen. Ich hatte Großvater ein paar Monate nicht gesehen. Er war weniger geworden, in allem. Sein Körper war schmaler und kleiner, sein Gesicht ebenfalls. Er fror auch bei sechsundzwanzig Grad Zimmertemperatur, teilte die Schritte so ein, dass er immer wieder einen Halt fand, und war sehr schweigsam. Zwar freute er sich, uns zu sehen, schien aber vergessen zu haben, warum wir gekommen waren. Mutter sagte: »Nach deinem Mittagsschlaf gehen wir zusammen ins Heim.« Er lachte. »Ins Heim? Ich nicht. Ihr könnt gehen, ich bleibe hier bei Mohrle.« Die Katze schnurrte, saß beim Mittagessen auf dem Tisch. Die beiden aßen zusammen von Großvaters Teller. Während ich noch mit ihm am Tisch blieb, packte Mutter Sachen, die er gern trug, in den Koffer. Großvater ging daran vorbei, ohne ihn zu beachten, um seinen Mittagsschlaf zu halten. Mutter hatte einen VW-Kombi bestellt und lud nun mit dem Fahrer den kleinen Schreibtisch und den Sessel ein, einen Buchara-Teppich, den Fernseher und das Bild, das früher in Großvaters Büro gehangen hatte. Eine Tessiner Landschaft, er hatte es aus einem Urlaub dort mitgebracht. Nachdem der Wagen abgefahren war, saßen Mutter und ich schweigend im Garten neben dem Swimmingpool. Seit Längerem hatte niemand die Blätter und Käfer auf der Wasseroberfläche entfernt. Ich dachte daran, wie wir hier früher alle zusammen gesessen hatten, wenn es zu heiß wurde, kühlten wir uns ab. Nun war seit Langem niemand mehr darin geschwommen. Um drei Uhr weckte ich Großvater. Eine letzte Tasse Kaffee, dann kam das Taxi. »Wohin fahren wir«, fragte er, und als Mutter sagte, »ins Heim«, wackelte ihre Stimme. Er sah sie erstaunt an. Ich hätte vieles darum gegeben, dass die Fahrt nie aufhörte, aber die Stadt war klein. Vor dem Heim saßen die alten Menschen auf Bänken in der Sonne. Wir gingen an ihnen vorbei, ich mit dem Koffer, Mutter mit ihrem Vater an der Hand. »Lauter Alte«, er stieß Mutter dabei an und kicherte. Sein Zimmer lag im zweiten Stock. In der offenen Tür blieb er stehen: »Ach, eine Puppenstube.« Der Schreibtisch stand am Fenster, das Bild hing so, dass er es von dort aus sehen konnte. Der Teppich lag auf der freien Fläche des kleinen Zimmers. Mohrle besah sich einen Blumenkasten nach dem anderen auf dem Balkon, roch an den Petunien. Dann legte er sich in die Sonne. Großvater saß auf dem Sessel, seine Fotoalben lagen vor ihm auf dem Tisch neben der FAZ. So verließen wir ihn und versprachen, bald wiederzukommen. Erst draußen weinte ich.

Ulrike

Seit Langem hatte ich nicht so viel Kontakt zu den Geschwistern. Jetzt, wo Vater im Heim war, sprachen wir häufig am Telefon über unsere Besuche dort. Erst da bemerkte ich, dass mir der Austausch mit ihnen gefehlt hatte. Der Einzige, von dem ich weiterhin kaum etwas wusste, war Armin. Nach unserer ersten Telefonkonferenz, aus der er sich ausgeklinkt hatte, kam keine einzige Frage mehr von ihm, die Vater betraf. Ich mochte Armin sehr, aber das verstand ich nicht. Wenn er ihn so erleben würde, so hilflos und dankbar für jeden Handgriff, dann würde er ihm sicher verzeihen. Davon war ich überzeugt. Aber er war nicht dazu zu bewegen, unterbrach mich bei den seltenen Telefonaten, sobald ich von Vater sprach. Warum nutzte er die Gelegenheit nicht? Sandra sagte: »Lass ihn, er hat so viel mehr als wir abgekriegt. Und jetzt auch noch die Situation, in der er wegen Rudi steckt, damit hat er genug zu tun.« Das stimmte. Für den Leichtsinn dieses Mannes musste er nun den Kopf hinhalten. Es war ein Schock, als ich hörte, Rudi habe sich umgebracht. Erst war ich wie gelähmt, aber dann schäumte ich vor Wut, dachte, wie Mutter im Zorn öfter zu mir gesagt hatte, hätte dem Rudi die Pfoten spitz hacken sollen. Aber es war zu spät. Er hatte sich der Verantwortung entzogen. Aber die Anleger wollten das versprochene Geld, das nicht da war, und verlangten es nun von dem, der noch lebte, von Armin. Sandra und ich trieben Geld auf, damit er das Haus retten konnte, damit nicht auch das noch unter den Hammer kam. Dass er wegen Betrugs angeklagt wurde, das musste für ihn die Hölle sein, in die er Vater wünschte.

Ich genoss die Besuche bei Vater. Sobald ich eine Möglichkeit sah, fuhr ich zu ihm. Dass er sich anfassen, später sogar umarmen ließ, füllte das Loch, das ich immer zu stopfen versucht hatte. Eben nicht mit den richtigen Dingen. Etwas in mir kam zur Ruhe. Es gab komische Momente, über die wir lachen mussten. Meine Tochter hatte ihm eine Holzmaus geschenkt. Sie saß auf dem Fensterbrett in seinem Zimmer. Als wir ihn besuchten, zeigte er dorthin und sagte aufgebracht: »Eine Maus, eine Maus.« Ich dachte, Vater, jetzt siehst du schon weiße Mäuse, aber er ließ nicht locker, bis auch wir sie sahen. Ein anderes Mal kam ein Pfleger in sein Zimmer, da nahm er den Stock und zielte auf ihn: »Piff, Pfaff, Pfuff!« Er zog eine Grimasse und freute sich wie ein Kind. Sandra erzählte, dass er sie nicht erkannt hatte und als sie sagte: „Ich bin deine Tochter Sandra«, fragte er, wie viele Kinder er denn habe. Als er hörte, es seien vier, klatschte er: »Fleißig, fleißig, der Herr!« Aber später dann sprach er nicht mehr, saß bewegungslos, nur die Hände waren noch in Aktion. Unaufhörlich kneteten sie etwas, das nicht da war. Bei meinem nächsten Besuch legte ich ihm einen kleinen, weißen Stoffhund mit Schlappohren zwischen die Hände. Dort blieb er, bis sein Leben zu Ende ging.

Ruth

Wir hatten beschlossen, Vater alle zwei Wochen in seiner »Puppenstube« zu besuchen. Meine Schwester Marianne hatte die längste Strecke zu überwinden, und das nicht nur wegen der fünfhundert Kilometer, die sie aus Ihrem Paradies am Tessiner See zurücklegen musste. Vielleicht fühlte sie sich auch schuldig an der Situation, in der Vater nun war. Er jedenfalls hatte das mehrfach behauptet. Bei ihm hieß das »Sie hat mich im Stich gelassen.« Schon früher hatte Vater eine besondere Art gehabt, die Dinge zu betrachten und zu benennen, denen niemand etwas entgegensetzen konnte, auch wenn sie für jeden ersichtlich nicht den Tatsachen entsprachen. An meinem vierzigsten Geburtstag bestritt er vehement die Tatsache, dass einer meiner Freunde einen Doktortitel haben könne, weil er in einem Overall erschienen war, in den Achtzigern ein Zeichen, welcher Partei man nahestand. Aber mit dem Altwerden nahm es groteske Formen an. Als meine Tochter ihm ein Foto von mir zeigte, darauf saß ich in der Schweiz auf der Terrasse eines Restaurants, das er kannte, behauptete er, das könne nicht ich sein, ein solches Restaurant könne sich jemand der auf Matratzen schliefe, mit Hippies lebte und durch die Welt zöge, nicht leisten. Inzwischen hatte ich mir ein japanisches Bett gekauft und wohnte mit Freunden zusammen, eben auch mit demjenigen, der damals den Overall getragen hatte.

Nachdem meine Schwester ihn vor zwei Wochen besucht hatte, war ich nun wieder an der Reihe. Er saß auf seinem Sessel in einem Trainingsanzug, den ich nicht kannte, an den Füßen Filzpantoffeln, die ich ebenfalls nicht kannte. Das Zimmer war verändert, der Teppich, den wir mitgebracht hatten, war verschwunden. Die Sonne schien. Das Haus gegenüber war überzogen mit Efeu und Weinranken. Ein schöner Anblick.

Ich fragte ihn, ob wir auf dem Balkon Kaffee trinken wollten. Er, der bei schönem Wetter immer darauf bestanden hatte, den Nachmittagskaffee auf der Terrasse einzunehmen, schüttelte vehement den Kopf. Wir saßen uns gegenüber. Er erzählte vom Besuch meiner Schwester, sagte, sie habe versucht, ihn zu erpressen. Dabei zeigte er auf eine Flasche Wein. Es war sein Lieblingswein, ein Barolo, der ungeöffnet auf dem Regal gegenüber stand. Ein spitzbübischer Ausdruck zog über sein Gesicht, als er versicherte, er aber habe widerstanden und darauf beharrt, dass ihr Mann das Zimmer nicht betreten dürfe und als der Schwiegersohn sich seiner Anordnung widersetzte, habe er geschrien: »Raus oder ich schieße.« Daraufhin sei meine Schwester aufgestanden und gegangen, ohne ihm einen Kuss zu geben. Er sah mich an, als erwarte er eine Belohnung. Ich konnte ein Lachen kaum unterdrücken, fragte, ob ich die Flasche aufmachen solle, wir könnten ja darauf trinken. Er schüttelte den Kopf, sagte, bestechen ließe er sich auch in seinem fast biblischen Alter nicht. Als er später müde wurde, legte er sich auf das Bett. Ich wollte warten, bis er eingeschlafen war, saß noch mit Mohrle auf dem Schoß da, als er schrie: »Rollladen runter, alles muss dunkel sein.« Die Katze sprang von meinem Schoß und verkroch sich unter dem Bett.

Dass meine Schwester aus unserem Besucherturnus ausgestiegen war, wurde mir erst klar, als sie mich anrief. Ich hörte ihre Version von dem Besuch, der mit Vaters »Raus oder ich schieße« geendet hatte. Sie hatte daraus für sich den Schluss gezogen, kein weiterer Besuch. Vater sei einfach zu bösartig. Ich versuchte, sie umzustimmen, man müsse ihm manches nachsehen, er sei nicht mehr in allem ernst zu nehmen. Das Eigenartige war, dass sie darauf bestand, er sei sehr wohl bei Sinnen, nur eben böse und wolle nicht. Nun wechselten sich meine Tochter und ich mit den Besuchen ab. Vater war knapp drei Monate im Heim, als ich ihn das nächste Mal sah. Er lag im Bett, Mohrle schlief an seinem Fußende. Das Gesicht war schmaler als sonst, die Hände auf der Bettdecke waren durchsichtig. Als er mich sah, beschwerte er sich, es habe ihn noch niemand gewaschen. Es war elf Uhr. Ich suchte eine Schwester und bat sie, bald zu kommen. Ihr Augenaufschlag und die Geste, die sie machte, ließ mich vermuten, dass es dauern würde. Aus einem der Zimmer drangen Klagelaute. Als eine weitere Stunde vergangen war, ohne dass jemand kam, schlug ich Vater vor, wir könnten zusammen ins Bad gehen und ihn dort waschen. Erst da merkte ich, wie wackelig er geworden war. Ich hatte Mühe, ihn zu halten. Später wollte ich ihm einen seiner Anzüge anziehen, aber sie hingen nicht mehr im Schrank. Die Schwester, die ich danach fragte, sagte: »Wir haben sie der Frau, die ihn immer besucht, mitgegeben, auch den Teppich. Es tut mir leid, aber einen Oberschenkelhalsbruch braucht ihr Vater wirklich nicht auch noch. In seinem Zustand geht das einfach nicht.« Ich setzte Vater in den Rollstuhl und schlug ihm vor, durch die Stadt zu fahren, aber er war entrüstet: »Was sollen die Leute von mir denken!« Also blätterten wir in den Fotoalben. Wenn er ein Foto seiner Frau sah, konnte er nicht oft genug wiederholen, wie hübsch sie doch gewesen sei und dann plötzlich so krank, nur noch ein Schatten. Aber alle hätten ihn immer um diese Frau beneidet. Am Nachmittag kam Besuch, es war ein Heimbewohner mit einem Stock, der jünger war als Vater. Er hatte nur ein Bein. Nachdem er sich mir vorgestellt hatte, sagte er, das zweite habe er im Krieg verloren, darauf sei er stolz. Gern hätte er auch das andere noch für den Führer hergegeben, aber dann sei der Krieg ja leider zu Ende gewesen. Dabei wackelte er mit dem leeren Hosenbein. Allerdings, gegen das, was mein Vater geleistet habe, sei sein Einsatz ein Pappenstiel, er sei ja leider erst kriegstauglich gewesen, als dem Führer die Soldaten langsam ausgegangen waren. Aber mein Vater und Himmler, Sapperlot! Dazu müsse er mir wirklich gratulieren. Er streckte mir die Hand hin, die ich nicht nahm. Vater nickte dazu, er wirkte müde. Auch der Mann hatte es wohl bemerkt, sagte, er käme ein anderes Mal wieder, und verabschiedete sich mit dem Hitlergruß. Als wir allein waren, bat Vater mich, ihm eine Decke über die Beine zu legen. Wie immer fror er. Jetzt guckten nur noch die Pantoffeln unter der Decke hervor, karierte Dinger, die ich nicht mit Vater in Verbindung bringen konnte. Auch er wohl nicht, denn er beugte sich vor und schüttelte den Kopf. Als es wenig später klopfte, erschrak er, sagte, ich solle die Tür verbarrikadieren, man wolle ihn holen. Mit beiden Fäusten klammerte er sich an den Rollstuhl.

Ich versuchte, ihn zu beruhigen, ich sei doch da, es würde ihm nichts passieren. Doch er bestand darauf, dass nun auch er dran sei, da könne ihm niemand mehr helfen. Er habe eben alles miserabel gemacht. Als die Frau, die ihn regelmäßig besuchte, kurz darauf im Zimmer stand, sagte er mit einer Freundlichkeit, als sei nichts gewesen: »Ach, meine Liebe, endlich kommt einmal jemand. Sie haben mich alle vergessen.« Die Frau sah mich an und machte eine beschwichtigende Handbewegung. Wir kannten uns seit Jahren. Früher hatte sie im Geschäft mitgearbeitet und später, als Vater allein war, für ihn gekocht und seine Wäsche versorgt. Bis das nicht mehr genug war.

Armin

Die Stiefmutter rief mich an und sagte, es ginge mit Vater zu Ende. Wenn ich ihn noch einmal sehen wolle, dann müsse ich mich beeilen. Gerade hatte ich erfahren, dass ich den Prozess verloren hatte. Ich war zwar mit einer Bewährungsstrafe davongekommen, aber für mich war es das gleiche Gefühl wie dasjenige, als Vater auf mir herumgetrampelt war. Nein, ich wollte ihn auch jetzt nicht sehen, war froh, wenn ich endlich nicht mehr darüber nachdenken musste, ob ich ihm vergeben wollte. Ich setzte mich hin und schrieb auf, was ich ihm alles vorzuwerfen hatte, und das war bei Gott nicht wenig. Jedes Vergehen, jede seiner Lieblosigkeiten hatte sich in mir eingebrannt und nach zwei Stunden standen sie wie ein marschbereites Heer schwarz auf weiß vor mir. »Das ist mein Abschied, Vater, der du keines deiner Kinder wirklich wolltest. Vielleicht kommst du nicht in die Hölle, aber verdient hättest du es.« Ich war erschrocken darüber, dass ich die letzten Worte laut gesprochen hatte.

Am nächsten Tag war Ulrike am Telefon. Kaum konnte ich ihre Worte aus dem Schluchzen heraushören. Es war vorbei, für mich eine Erlösung. Ich versprach, zur Beerdigung zu kommen, jetzt, nachdem ich mit ihm abgerechnet hatte, erschien es mir möglich. Es war kalt,

Februar. Ich fuhr durch Unmengen von Schnee, auch die Gräber waren weiß. Als ich vor seinem Grab stand, zitterten mir die Knie. Alle um mich herum weinten. Auch ich konnte nicht anders. Dann nahm ich den Brief und legte ihn auf die Blumen der Geschwister ins Grab. Alle sahen es. Niemand fragte. Es war Ulrike, die kam und mich an der Hand nahm. Dieses Mal war es umgekehrt. Sie, die Jüngere, sorgte für mich, wie ich, seit sie auf der Welt war, für sie gesorgt hatte. Zwischen den Schwestern ging ich zurück. Ole lief neben der Stiefmutter, hatte seinen Arm um sie gelegt. In der Wohnung war schon der Kaffeetisch gedeckt. Rose sagte, jeder solle sich ein Andenken aussuchen. Ulrike zögerte nicht, sie nahm den Hund, den Vater halb zu Tode gedrückt hatte und auf dessen Bauch sein Name stand. Sie selbst hatte ihn dort aufgestickt. Ole griff sich das Buch über die Entstehung der Welt und Sandra sah sich um. Sie ging vom Wohnzimmer ins Schlafzimmer, dann in die Küche, war unschlüssig und wollte darüber nachdenken. Ich war mir bewusst, dass ich so viel mehr von ihm hatte, als mir lieb war. Die Statur, seine Augen, seine Gesten, seine Sprache, seinen Namen. Ich hatte genug von ihm.

Ruth

Als ich in Eisenach gewesen war, hatte mich die Frau meines Bruders gefragt, ob ich zu seinem Grab gehen wolle. Ich war unschlüssig gewesen, auch wegen der Zeit. Ich liebte Friedhöfe, vor allem die alten mit ihren enormen Monumenten, den steinernen Engeln, die über den Totenschlaf wachten. Dort lagen die Geschichten von Kindern, Soldaten, von großen Familien zu meinen Füßen. Ich hatte erst Mutter, viele Jahre später Vater zu Grabe getragen, war danach nie wieder dorthin gegangen und sprach mit ihnen an den Plätzen, an denen ich meine Zelte aufbaute. Wie schon Tante Anna hatte ich mir das angewöhnt. Dort konnten sie mir so nah kommen, wie sie es bis zu ihrem Tod gewesen waren. Vielleicht noch ein wenig näher, denn nun konnten sie mir ihre Unterstützung nicht mehr verwehren, wenn ich darum bat. Mit dieser Vorstellung war mir vieles gelungen.

Bei Mutters Begräbnis hatte mich der Schock ihres plötzlichen Todes noch im Griff gehabt. Wie unter starken Medikamenten ging ich hinter ihrem Sarg her, ohne zu begreifen, dass ihr Leben mit siebenundsechzig zu Ende sein sollte. Meine Tochter neben mir, die Schwester zehntausend Kilometer weit weg im Urlaub, der Bruder so gut wie sicher tot. Der Vater war in seinem neuen Leben unterwegs, hatte alle Hände voll damit zu tun. Alle anderen, die zur Familie gehörten, waren längst tot. Die meisten hatte ich nicht einmal gekannt. Nur der Stiefvater war da. Der Mensch, den ich mir so weit fort wie möglich wünschte. Er hatte sie am Abend vor ihrem Tod nach einem Streit allein in der Wohnung meiner Schwester zurückgelassen und jammerte nun darüber.
Mit Vaters Tod war ich besser zurechtgekommen, hatte mich von ihm verabschieden können. Ich hatte zusehen können, wie sich das Leben langsam aus ihm zurückzog, wie er Stück für Stück davon aufgab, weil für ihn nichts mehr so war, wie er es brauchte. Ich hatte erlebt, wie er anfing, den Mann zu hassen, der er nun war. Zu spät verstand er, was seine Rettung ihn gekostet hatte. Als man mich anrief und sagte, er sei nun eingeschlafen, fuhr ich in der Morgendämmerung los. Zweieinhalb Stunden später saß ich an seinem Bett. Wie ein Vögelchen, das aus dem Nest gefallen war, lag er da, mit leicht geöffnetem Mund und seinem weißen Haarflaum, dem Gefieder. Nur ich und er, dazwischen nichts, zwei Stunden lang. Dann kam die Krankenschwester, mit der ich am Abend telefoniert hatte: »Er hat sich überraschend aus dem Staub gemacht, wir dachten, er sei über den Berg.« Vielleicht war er nun über den Bergen, die er geliebt hatte. Wer wusste das schon. Nach seiner Beerdigung fühlte ich mich so frei wie nie vorher in meinem Leben. Nur wenige Tage später fuhr ich ohne Arbeitsauftrag nach Italien, suchte nach einem Domizil und fand es in einem Sarazenen-Dorf mit dreihundertfünfzig Einwohnern. Es lag am Anfang der schmalen Gasse, die zur Kapelle und zum Friedhof führte, direkt unter dem Dach. Von der Terrasse aus sah ich den Fluss, der sich zwischen den Hügeln dahin schlängelte und den Glockenturm der kleinen Kirche, die jede Stunde einläutete, für alle, die dort lebten.

Toni

Mutter wird bald achtzig, eine Zahl, die selbst sie beeindruckt und in Gedanken versinken lässt. Sie sagt auch schon mal: »Danach wird es aber langsam Zeit.« Etwas, das ich nicht hören will. Wer will das schon! Außerdem kann ich mir nicht vorstellen, dass ihre Neugier und Aktivität plötzlich versiegen. Bisher gibt es wenig Anzeichen dafür. Sie reist für den Verlag, schreibt, hält Vorträge. Noch immer verfolgt sie ihre Ideen mit unverminderter Energie. Eine Überraschung zu diesem Geburtstag, das wäre schön! Immer wieder hatten wir davon gesprochen, noch einmal zusammen nach Rom zu reisen. Eine Stadt, die Mutter liebt. Unser Aufenthalt in einem ziemlich heruntergekommenen Hotel auf dem Monte Aventin ist dreißig Jahre her. Schon damals kannte sie sich in der Stadt gut aus, ging beherzt über die Straßen voller hupender Autos, während ich mich ängstlich umsah und auf eine Lücke wartete. Ich suchte bereits nach Flügen und Unterkünften dort, als sie mich anrief und sagte, sie mache sich Gedanken, wie der anstehende Geburtstag gefeiert werden könne. Sie denke darüber nach, ob wir nicht, wie vor fünfzehn Jahren, in dem italienischen Rustico oberhalb ihres Sarazenen-Dorfes, mit dem Blick auf die französischen Seealpen, auch den Achtzigsten feiern könnten. Wir waren alle in einem Kleinbus angereist, hatten eine Wanderung in die Berge gemacht und dann dort oben so rustikal, wie die Gegend war, bis zum Abend gegessen und getrunken. Die Höhepunkte waren das von René geschossene Wildschwein, die im Selbstgebrannten eingelegten Feigen ihres alten Nachbarn, dessen Erzählungen von alten Zeiten und seine Gesänge. Nicht mehr ganz nüchtern schafften wir gerade noch den Abstieg ins Dorf.
Andererseits, so sagte Mutter am Telefon, habe ihr unser Zweierwochenende in der Abgeschiedenheit des Schwarzwaldes sehr gefallen. Aber die Situation sei ja nun anders. Die Familie sei gewachsen und vielleicht wäre jetzt doch ein größeres Fest fällig und richtig. Auch ich hatte daran gedacht, ob wir nicht die neuen Familienmitglieder einbeziehen sollten. Nach dem Tod von Mutters Schwester war unsere alte

Familie kaum noch vorhanden. Außerdem suchten die Kinder ihres Bruders den Kontakt zu uns, und das schien Mutter, nach ihren anfänglichen Bedenken, zu genießen. Wir verabredeten, dass wir beide darüber nachdenken wollten, bis ich zu ihr käme.

Wie immer, wenn ich alle drei bis vier Wochen nach der Arbeit zu ihr fuhr, hatte sie gekocht, der Tisch war gedeckt, der Prosecco kaltgestellt. Ich genoss das, weil ich selbst nicht immer genug Zeit dafür hatte. Im Laufe des Abends kamen wir überein, dass es ein Familienfest geben solle. Noch war die Frage offen, wo es sein könne. Ich war für den italienischen Rustico, aber Mutter fand, so schön es dort auch gewesen sei, man könne den neu Dazugekommenen eine so weite Reise nicht zumuten. Da gäbe es auch kleine Kinder. Eine Feier in einem Restaurant der Stadt, in der Mutter wohnte, das erschien ihr zu anonym und das dürfe es auf keinen Fall sein. Ich goss uns noch ein Glas Sekt ein und sah ein Aufblitzen in Mutters Augen. »Was hältst du davon, wenn wir es dort machen, wo mein und sein Leben angefangen hat, in Halle, unserer Geburtsstadt?« Ich fand die Idee gut. Wir waren erst vor kurzem dort gewesen und mir hatten die Stadt und die Freundlichkeit der Menschen gefallen. Mutter versprach, sich nach einem geeigneten Platz umzusehen. Sie habe da auch schon eine Idee. Aber sie rückte nicht heraus damit.

Ruth

Seitdem für mich feststand, ich würde dort achtzig werden, wo ich zur Welt gekommen war, graste ich in Gedanken alle Orte ab, die für mich und die Geschwister wichtig gewesen waren. Als Erstes dachte ich an das Gelände der Franckeschen Stiftungen. Es lag neben dem Haus, in dem wir nach dem Krieg gewohnt hatten. Erst kürzlich hatte ich gesehen, dass es dort jetzt eine Sportanlage mit einem Restaurant gab. Ich dachte auch an das Schwimmbad, dort hatten wir an heißen Sommertagen die Nachmittage verbracht. Oft waren wir danach in den Schrebergarten der

Großtante gegangen, die schon am Zaun auf uns wartete und winkte. Das wäre der ideale Platz! Aber es gab ihn nicht mehr. Da waren noch die Pulverweiden, wo wir mit Mutter manche Sonntage verbracht hatten. Ich, anfangs noch mit weißen Kniestümpfen und Lackschuhen, bis wir Kinder etwas entdeckt hatten, das abseits vom Weg lag. Aber auch im Winter, wenn der See zugefroren war, trieb es uns mit den Schlittschuhen dorthin. Oft nur mich und den Bruder. Unsere Versuche auf dem Eis, das knackte und Risse aufwies, waren nicht ungefährlich, ein Nachbarkind war dort eingebrochen, aber wir wollten wissen, ob es uns trug. Wenn wir zuhause ankamen, rieb er meine eisigen Füße so lange, bis das Blut mit einem Stechen zurückkam.

Eine besondere Anziehungskraft hatte schon immer die Rabeninsel für mich, eine kleine Insel in der Saale. Man erreichte sie mit einer Fähre. Sie hatte etwas Märchenhaftes, war bewaldet und in ihren Bäumen nisteten unzählige Raben. Früher hatte sie Krähenholz geheißen, weil der Wald schwarz vom Gefieder der Tiere war. Ich kannte das Märchen von den sieben Raben und immer, wenn ich dort war, stellte ich mir vor, sie säßen über mir und warteten auf ihre Schwester, um sie zu erlösen. Wir Kinder versuchten, ihr Geschrei nachzumachen, aber es gelang uns nie, weil es immer wieder andere Töne waren. Der Fährmann, der alles über die Insel wusste, sagte, sie könnten alle Vogelstimmen imitieren. Einmal waren nur der Bruder und ich dorthin unterwegs gewesen. Weil wir in der Gastwirtschaft unbedingt eine Fasslimonade trinken wollten, reichte das Geld nicht für die Fähre. Wir liefen und liefen. Von den Pulverweiden führte eine Brücke zur Insel. Nachdem wir uns bei der Fasslimonade ausgeruht hatten, wollte ich gern einen der kleinen Raben sehen, von denen der Fährmann gesagt hatte, sie seien bunt und besonders hübsch. Wir suchten die Bäume danach ab und hatten bald ein Nest entdeckt. Ich stieg auf die Schultern meines Bruders und versuchte, mich an einem Ast hochzuziehen. Aber schon flatterte mit lautem »Krah, Krah, Krah« eine Schar Raben auf uns zu. Als ich die riesigen Flügel und die dicken Schnäbel sah, ließ ich den Ast los, verlor das Gleichgewicht und fiel. Ich hatte mir nicht wehgetan, aber was würde Mutter zu den schmutzigen Sachen sagen? Sie hatte schon genügend Arbeit. Der Bruder klopfte den Dreck ab, nahm mich an der Hand und ging zur Fähre. Als sie angelegt hatte, sagte er: »Die Kleine hat solches Bauchweh von der Fassbrause, aber wir haben kein Geld mehr.« Ich wusste, wir sollten nicht lügen. Aber als der Fährmann uns trotzdem einstiegen ließ, war ich froh. Erzählen sollte ich es aber nicht.

Ich hatte mir vorgenommen, mich dort bei der nächsten Gelegenheit nach einer Möglichkeit umzusehen. Aber bevor es dazu kam, fischte ich am Samstagmittag eine Benachrichtigung aus dem Briefkasten. Bei der Post lag ein Brief für mich, auf den ich voller Ungeduld gewartet hatte. Die Antwort auf meine Anfrage beim Bundesbeauftragten für die Unterlagen des Staatssicherheitsdienstes der ehemaligen Deutschen Demokratischen Republik. Zehn Jahre lang hatte Gauck ihr vorgestanden. Nun würde ich endlich erfahren, ob sich der Verdacht bestätigte, mein Bruder habe uns der Stasi ausgeliefert. Das wäre eine plausible Erklärung, warum er nichts mehr von sich hatte hören lassen. Aber wie würde ich wohl darauf reagieren, wenn es so war? Ich hatte das Wochenende über Zeit, die verschiedenen Möglichkeiten durchzuspielen, denn die Poststelle öffnete erst wieder am Montag um 8.00 Uhr.

Ole

Ich wusste, ich musste etwas ändern. Meine Einzimmerwohnung war einfach zu klein, wenn die Kinder übers Wochenende zu mir kamen. Das war kein Zustand. Tagelang vor ihrem Besuch überlegte ich mir Aktivitäten außerhalb der Wohnung, für ein normales Leben war für uns Drei kein Platz. Ich hatte auch bemerkt, dass die Kleine manchmal nicht gern mitkam. Weil ich aber noch immer eine Lösung suchte, wie sich meine neue Liebe vierhundert Kilometer entfernt mit den Kindern vereinbaren ließ, war alles geblieben, wie es war. Wir gingen Schlittschuhlaufen, ins Schwimmbad oder ins Kino, ich brachte sie zur Theatergruppe, auch zum Turnen und dann wieder zurück zu ihrer

Mutter. Noch immer lebte ich außerhalb von Potsdam. Dorthin war ich nach einem anstrengenden Arbeitstag gefahren, saß bei einem Bier, als ich hörte, dass sich der Mann am Nachbartisch von dem Wirt verabschiedete. Er zog zu seiner Freundin in eine andere Stadt und trank hier sein Abschiedsbier. »Der hat geschafft, was mir nicht gelingt«, dachte ich und wollte mich gerade einer trüben Stimmung hingeben, als ich hörte, dass er einen Nachmieter für seine Wohnung suche. Ich war hellwach, stand auf und ging zu ihm. Es war nicht das erste Mal, dass sich etwas in meinem Leben anbahnte, was ich mir wünschte, ohne dass ich selbst einen Finger rührte. Dabei glaubte ich weder an übersinnliche Kräfte, wie meine Schwester Ulrike, noch an die Fürsorge Gottes. Ich war Realist. Fakten war das, was zählte. Wir tranken noch ein Bier zusammen und gingen zu seiner Wohnung. Ich stand auf dem Balkon, es waren nur wenige Schritte zur Havel und zum See. Schnell waren wir uns einig und ich wusste, hier wird etwas Neues beginnen.

Ich war glücklich über die neue Wohnung und wollte sie, bis die Kinder am Wochenende kamen, einrichten. Einen größeren Esstisch und Stühle für die Küche hatte ich schon gekauft, auch Geschirr und Töpfe. Hier würde mir das Kochen wieder Spaß machen. Das Schlafsofa war ebenfalls neu, die Kinder sollten gern kommen und sich wohl fühlen. Ich sah sie schon darauf aneinandergeschmiegt liegen und war sicher, es würde ihnen gefallen. Noch hatte ich ihnen nichts von der Wohnung gesagt, aber wenn sie am Wochenende kämen, würden sie Augen machen. Das wusste ich, saß in Hochstimmung auf dem Balkon und stellte mir vor, wie wir uns ins Wasser stürzen würden, als das Telefon klingelte. Es war Tante Ruth. Sie fragte, ob ich einen Augenblick Zeit habe, dabei fiel mir ihre veränderte Stimme auf. »Schieß los«, hatte ich kaum gesagt, als sie wirklich ohne Punkt und Komma loslegte: »Diese Bürokraten, dreieinhalb Seiten Paragraphen, das sind 9360 Zeichen, nur um mir mitzuteilen, dass alles, was wir vorgetragen haben, nicht reicht, dass ein Schicksal kein Grund sei, um Auskunft zu geben. Was soll man auch erwarten in einer Welt, in der 18.000 ertrunkene Schicksale nichts weiter als eine Tragödie sind und die Leute weiter beim Cocktail sitzen, wo der Klimawandel nur die Jungen auf den Plan ruft, während die Generation der Babyboomer dicke Schlitten fährt. Unglaublich!« Während sie sprach, sah ich Vater vor mir, wie er sich aufgeregt hatte, als man seine Rente berechnete und die Jahre im Gefängnis nicht anerkannte, puterrot war er gewesen. Aber die Tante hatte ich bisher nicht so vehement erlebt, sie barst vor Zorn. Nicht ein einziges Mal hatte sie Luft geholt. Ich sagte: »Jetzt halt aber mal die Luft an.« Sie lachte und sagte: »Nun ist ja auch alles raus, aber diese zweite Ablehnung der Behörde hat mich in Rage gebracht. Dabei hast du es doch so wunderbar formuliert. Sollen wir etwa aufgeben?« Da hatte sie mich auf dem richtigen Fuß erwischt. Aufgeben kam nicht infrage. Ich sagte, sie solle mir den Brief schicken, ich würde mich darum kümmern.

Ruth

Das Telefonat mit Ole hatte mich erleichtert, aber ich traute der Situation nicht. Wie lange würde es noch weiter so hin und her gehen, es war ja bereits die zweite Absage der Behörde. Und die Kinder hatten auf die Akten ihres Vaters Jahre gewartet. Als Grabbeigabe stellte ich mir andere Dinge vor! Ich überlegte, ob ich anrufen oder mich in den Zug setzen solle, aber ich wusste, ich würde nicht die richtige Form finden. Das war ein Umgangston, ebenso wie der unserer Politiker, den ich nicht beherrschte. Meine Schwester hätte das gekonnt, aber ihr war ja nie daran gelegen gewesen, nach dem Bruder zu suchen und nun war sie nur noch Asche in einem Gefäß. Ich grollte. Dieses Ausgeliefertsein war für mich kaum auszuhalten. Wer weiß, wie lange es nun dauern würde, bis der nächste Brief käme. Dabei hatte ich um schnelle Bearbeitung wegen meiner schlechten Gesundheit und meines Alters gebeten. Ole hatte mich angegrinst und gesagt, ich solle mir die Sachen aber schicken lassen, denn wenn sie mich sähen, würden sie mir vielleicht eine Klage wegen Angabe falscher Tatbestände anhängen.

Da ich nicht weiter wusste und auf andere Gedanken kommen wollte, legte ich die DVD mit dem Gundermann-Film ein, meine Nachbarin hatte sie mir zu einer Essenseinladung mitgebracht. Außer seiner Mitarbeit bei der Stasi wusste ich wenig über den rockenden Baggerfahrer, hatte den Film von Dresen nicht sehen können. Ich war gespannt. Nach wenigen Minuten wusste ich, der Rockmusiker hatte dort gebaggert, wo sich mein Bruder mit der Familie niedergelassen hatte. Die Bilder, denen ich folgte, waren Bilder, die ich aus den Beschreibungen der Kinder kannte. Was für ein unerwarteter Anblick! Sofort waren die Schilderungen vom Leben dort wach, vom warmen Teer, dem Versteckspiel im Keller, vom Vater, der ins Schlafzimmer geflüchtet war, vom Schützenhaus. Ahnungslos geriet ich in den Strudel der Familiengeschichte. Später wurde ich Zeuge, wie man Gundermann anwarb, wie man ihm dafür Auftritte mit seiner »Brigade Feuerstein« im westlichen Ausland versprach. Und wie er zusagte. So also funktioniert das, dachte ich und fragte mich, was sie meinem Bruder wohl angeboten hatten. Gundermann war ein mutiger Mann, er stand nach der Wende seiner Band gegenüber und sagte, er habe sie bespitzelt. Ich sah ihm die Angst an, sie könnten sich von ihm abwenden, dann gäbe es keine Band mehr. Er ging, bevor jemand auch nur ein Wort dazu gesagt hatte. Und dann die Schlüsselszene für mich. Nachdem man ihm die Herausgabe seiner Akte verweigert hatte, schließlich sei er Täter, dafür stünde das Amt nicht, wandte er sich an eine Journalistin. Als sie ihm die Akte übergab, wusste ich, welchen Weg ich zu gehen hatte.

Ole hatte wie versprochen einen Brief an die Behörde aufgesetzt und ihn mir per E-Mail geschickt. Er hatte alle nötigen Argumente zusammengetragen, alle vier Kinder, sogar Armin, hatten an Eides statt versichert, dass ich die Schwester ihres Vaters sei. Ebenfalls hatte er noch einmal darauf hingewiesen, dass eine Sterbeurkunde eben nur mit dem geänderten Namen vorliege und die Gründe für die Namensänderung bisher nicht aufgedeckt werden konnten. Man merkte, dass er sich mit solchen Formulierungen auskannte. Wie gut, dass ich ihn hatte. Ich druckte das Dokument aus, unterschrieb es und brachte den Brief zur Post. Der offizielle

Weg war damit nun beschritten. Dass ich mich auf die Suche nach einem Journalisten machen wollte, wusste niemand. Ich hatte lange überlegt, an wen ich mich wenden könne, dieser inoffizielle Weg war Vertrauenssache. Außerdem musste es jemand sein, der auf Grund seiner Position so einflussreich war, dass er erreichte, was ich mir wünschte: Die Einsicht oder auch die Herausgabe der Akte zum Kopieren. In meinem direkten beruflichen Umfeld fiel mir niemand ein. Was wir berichteten, war weniger brisant, es ging um Literatur, Musik und Theater. Die Redakteure der Zeitung der Stadt, in der ich lebte, kamen dafür ebenfalls nicht infrage. Ich schlief schlecht, sprach mit einem Freund, der mir riet, die Finger davon zu lassen und das Ergebnis des Einspruchs abzuwarten. Aber ich war stur, so stur, wie ich auf einem meiner Kinderbilder in die Welt schaue.

Ich hatte die Angewohnheit, allerlei Geschriebenes aufzuheben, vor allem Dinge, die mich besonders berühren: Gedichte, Briefe, auch Artikel. Ich verwahrte das alles in einer Holzkiste neben meinem Bett, dann war es griffbereit. Wenn ich aufwachte und nicht wieder einschlafen konnte, las ich. Das hatte ich schon einige Nächte getan, weil ich auch nachts nicht zur Ruhe kam. Es war vier Uhr am Morgen, als ich den Artikel eines Journalisten las, den ich vor ein paar Jahren in Dresden getroffen hatte. Er hatte über eine Pegida-Demonstration 2015 geschrieben. Der Artikel war mit: »Rettet die abendländische Kultur« überschrieben. Seine Worte hatten mich schon damals beeindruckt, er beschrieb mit solch einer Klarheit das Szenario, das sich aufbaute, dass ich Gänsehaut bekommen hatte. Ich hatte die E-Mail am Rand des Artikels notiert. Das war mein Mann, mit ihm würde ich am anderen Tag Kontakt aufnehmen. Er antwortete mir zwei Tage später, schrieb, er sei leider nicht mehr bei der Zeitung, seine Frau habe ihn wegen der Drohungen, die sie erhalten hatten, gebeten, den Job zu wechseln. Er gäbe jetzt Seminare für Berufsanfänger. Aber, wenn ich das wolle, könne ich mich an seinen Nachfolger wenden, der sei informiert. Keine Frage, ich wollte, und der Nachfolger wollte es versuchen.

Ich hatte Sehnsucht nach meiner Insel, nach der Wärme dort, hatte Lust am Meer entlang zu laufen, mich in meinem Lieblingsvulkan, dem Rabenkrater, auf einen der Steine zu setzen und die Farbenpracht von orange über gelb bis weiß auf mich wirken zu lassen. Jedes Mal, wenn ich dort saß, beschlich mich ein wehmütiges Gefühl. Immer wieder zog es mich dorthin. Ich hatte alles in die Wege geleitet, es wartete keine dringende Arbeit auf mich, warum sollte ich nicht ein oder zwei Wochen dort verbringen. Ich war sicher, dort gelänge es mir, mich zu entspannen und abzuwarten. Als ich meinen Flug buchte, dachte ich an die Flugpreise, als ich noch regelmäßig nach New York geflogen war. Das Dreifache hatte es gekostet. Ich rief meine Tochter an und sagte: »Ich bin dann mal weg! Fliege in fünf Tagen, die Insel ruft.«

Es war wie immer, wenn ich aus dem Flugzeugfenster die weißen Häuser zwischen den Vulkanen auftauchen sah, mir wurde warm. Mit einer Freundin, die mich erwartete, fuhr ich zu dem Fischrestaurant über dem Hafen. Das war unser Empfangsritual. Dort waren wir ungestört, hatten Zeit zu erzählen, was wir uns in den letzten Wochen nicht hatten mitteilen können. Wie immer war die Lubina am Morgen aus dem Meer gefischt und für uns auf den Grill gelegt worden. Für die nächsten Tage planten wir ein paar Wanderungen. Mit dem Geruch des Meeres in der Nase schlief ich ein. Nach einer Woche checkte ich zum ersten Mal meine E-Mails und fragte mich, wer Alfons war. Dann las ich die Nachricht: »Bitte melden, ich habe etwas für Sie.»Ich war so aufgeregt, dass ich mich zweimal verwählte und eine Frauenstimme mich auf spanisch fragte, was ich wolle. Dann war er dran, der Mann Alfons. Als er hörte, ich sei in Spanien, schlug er vor, mir die Unterlagen, die er kopiert hatte, zu schicken. Um Gottes Willen, er kannte die Gepflogenheiten der hiesigen Post nicht. Wie lange und ob überhaupt, das war hier die Frage. Meine Freundin nannte es deshalb das Takatukaland. Ich bat ihn, mir die Unterlagen nach Hause zu schicken, ich käme zurück, sobald ich einen Flug fände, und würde mich dann melden. »Ein kurzer Abstecher«, sagte meine Freundin und überreichte mir meinen Trolley, dann ging ich zur Sicherheitskontrolle.

Toni

Mutter rief mich an, sie käme schon eher zurück. Ich fragte, ob sie krank sei. Da lachte sie, sagte, es könne sein, dass sie vor Ungeduld platze, zuhause erwarte sie ein Brief. Mehr war aus ihr nicht herauszubekommen, aber sie versprach, mich anzurufen. Natürlich überlegte ich, was es sein könne, ich kannte sie ja gut. Hoffentlich würde sie nicht doch die Reise in die Atacama Wüste machen wollen. Dreitausend Meter Höhe war in ihrem Alter einfach zu riskant. Bisher hatte sie sich davon überzeugen lassen, aber jetzt machte ich mir Sorgen. Ich rief ihre Freundin auf der Insel an, sicher hatte Mutter ihr den Grund der vorzeitigen Abreise verraten. Die beiden hatten kaum Geheimnisse voreinander. Sie dürfe es mir wirklich nicht sagen, aber ich wisse ja wohl, worauf sie so arg gewartet habe. Und als ich noch immer stutzte, räusperte sie sich und sagte dann: »die Familiengeschichte.« Also wenn das stimmte, dann musste ich bald zu ihr.

Zwei Tage nach Ihrer Ankunft empfing sie mich gebräunt und ausgeruht. Wie jedes Mal hatte ihr der Besuch auf der Insel gut getan. Seit sie mit der neuen Familie beschäftigt war, war sie oft müde gewesen und als ich sie darauf ansprach, sagte sie, ich solle es mir nicht so leicht vorstellen, das ganze lange Leben in nur einem einzigen Jahr noch einmal abzuspulen. Der Kaminofen brannte und verbreitete eine wohlige Wärme. Wir saßen vor den kahlen Bäumen, auf denen nur noch das Raben-Paar zu sehen war. Mutter zeigte auf die Vögel und sagte: »Die bleiben mir treu.« Sie nahm eine Flasche Champagner aus dem Kühlschrank, von der sie nicht mehr wusste, wer ihr die geschenkt haben konnte, und sagte, sie wisse nun endlich, wie es gewesen sei. Wir tranken und ich wartete darauf, dass sie weiter sprach. Aber sie schwieg. Es war eine eigenartige Spannung im Raum, ich mochte sie nicht länger ertragen, fragte, ob sie die Akten bekommen habe. Sie nickte. Mutter ließ sich doch sonst nicht die Würmer aus der Nase ziehen! Ich wollte wissen, was ihr Schweigen zu bedeuten hatte. »Ja und, was war mit

›Studio 15‹?« »Harmlos, er stand hinter der Bar.« Ich war erleichtert, er war also kein Spion gewesen, mein Onkel, aber hatte er die Stasi über Mutters Flucht informiert? »Und eure Verhöre?«
Sie sah mich an, griff nach meiner Hand: »Ich wünschte, er hätte einen anderen Weg für sich gewusst.« Als ich sie um die Akten bat, schüttelte sie den Kopf: »Geschreddert, es geht sonst niemanden etwas an.«

Armin

Als Vaters Schwester schrieb, sie sei in Halle, ob es dieses Mal vielleicht eine Möglichkeit gäbe, sie zu treffen, dachte ich, ein drittes Mal kannst du ihr das nicht abschlagen. Du musst die Scheu überwinden, musst das Risiko eingehen. Ich sagte zu. Als Treffpunkt hatten wir das Haloren-Café am Marktplatz ausgemacht, ein rotes Bürgerhaus aus dem siebzehnten Jahrhundert. Ich hatte gelesen, dass es früher erst eine Apotheke, dann ein Milchgeschäft und später eine Eisenwarenhandlung beherbergt hatte. Jetzt konnten sich hier Schleckermäuler mit den Erzeugnissen der ältesten Schokoladenfabrik Deutschlands eindecken. Bisher war ich noch nie in Halle gewesen, obwohl es von mir aus nur ein Katzensprung war. Auch seit ich wusste, dass Vater dort geboren war, hatte mich nichts dorthin gezogen. Ich hatte einen Parkplatz in der Nähe des Cafés gefunden. Es lag neben der Marktkirche, die mit ihren Türmen nicht zu übersehen war.

Bisher kannte ich Vaters Schwester nur von Fotos, auf denen sie eine Sonnenbrille trug. Jetzt sah ich zum ersten Mal ihre Augen, von denen Ulrike behauptet hatte, sie seien groß wie die ihres Enkels und voller Neugier. Genau so sahen sie mich an, als ich sie am Ende des schmalen Ganges im Café entdeckte. Sie stand auf und streckte mir beide Hände entgegen. Noch ehe ich einen Entschluss gefasst hatte, griffen meine Hände nach ihren, als seien sie von meiner Entscheidung unabhängig. Sie sagte nicht »endlich«, wie ich es erwartet hatte, sondern lächelte. Ich setzte mich in den Sessel mit der hohen Rückenlehne ihr gegenüber. Vor ihr stand eine Tasse Schokolade, die Sahne darauf war halb geschmolzen und bildete Bläschen an den Rändern. Ich sah keine Altersflecken auf ihren Händen, mein Blick blieb an dem braunroten Nagellack hängen, als sie die Tasse zum Mund führte. Nachdem sie mich nach der Fahrt gefragt hatte, wissen wollte, wie viel Zeit wir hätten, sagte sie, sie habe eine Bitte und würde sich freuen, wenn ich sie ihr erfüllen könne. »Wenn ich kann«, sagte ich und suchte bereits nach einer Möglichkeit, mich aus dem Staub zu machen. »Ich würde gern zur Rabeninsel fahren und mich freuen, wenn du mich begleiten könntest. Es ist ein Ort, den ich gern wiedersehen möchte, und ich glaube, er würde dir gefallen. Wir waren als Kinder dort.« Sie trank den Rest der Schokolade, wischte sich den braunen Rand von den Lippen und sah mich an. Es stimmte nicht, dass sie Vater ähnlich sah, das stellte ich beruhigt fest und sagte: »Na, dann wollen wir mal.«

Warum ich dieses Gefühl hatte, als wir dort durch den Wald gingen, kann ich nicht sagen. Es gab die verschiedensten Baumarten. Da standen Erlen, Ulmen, Kastanien, auch Linden und Pappeln, obwohl die Stieleichen überwogen. Dichte Büsche säumten das Wasser, dazwischen wucherten Brennnesseln und allerlei anderes Blühendes. Der Gesang der Vögel versetzte mich in eine unwirkliche Stimmung. Ich war gern in der Natur, schon immer, hatte mich bereits früh für alles Botanische interessiert. Nur in den letzten Jahren war eben kaum Zeit dafür gewesen. Hier erlebte ich die Natur so rein, wie man sie nur noch selten fand. Sandra hatte von der Frau, die neben mir ging, mehrmals gesagt, sie sei »das pure Leben«. Daran erinnerte ich mich wieder. Ich sah sie von der Seite an. Behutsam, ohne Eile, setzte sie einen Fuß vor den anderen, den Blick auf die Pflanzen gerichtet, als sei sie mit ihnen im Austausch. Ich nahm sie als etwas wahr, dass hierher, in diese Landschaft, gehörte. Wie sie ließ auch ich meinen Blick über das, was uns umgab, gleiten und plötzlich erinnerte ich mich an Namen, die Vater manchmal bei unseren Spaziergängen und Wanderungen genannt hatte: Scharbockskraut, Bärlauch, Storchenschnabel, Namen, über die wir gelacht hatten. Die uns komisch vorgekommen waren. Und mit ihnen kam die Freude zurück, die ich bei diesen Ausflügen empfunden hatte. Nachdem wir zuerst ein Stück schweigend gegangen waren, begann die Tante von den Ausflügen mit der Familie zu erzählen. Vom Fährmann und seinen Geschichten, von der Gastwirtschaft, die immer mehr zerfallen und inzwischen abgerissen worden war. Sie erzählte von dem See auf den Pulverweiden, von ihren Besuchen im Schwimmbad, bei der Großtante, vom Drachenblut, vom Treibball auf der Fahrbahn vor dem Haus, als es noch keine Autos gegeben hatte. Sie beschrieb die Not, das Alleinsein, die Schwierigkeiten, die es im Krieg und danach gegeben hatte. Es kam mir so vor, als begleite das »Krah, Krah, Krah« der Raben über uns ihre Erzählung. Ich nahm Wort für Wort in mich auf, ohne dass das, was ich immer befürchtet hatte, geschah. Ich zerbrach nicht.

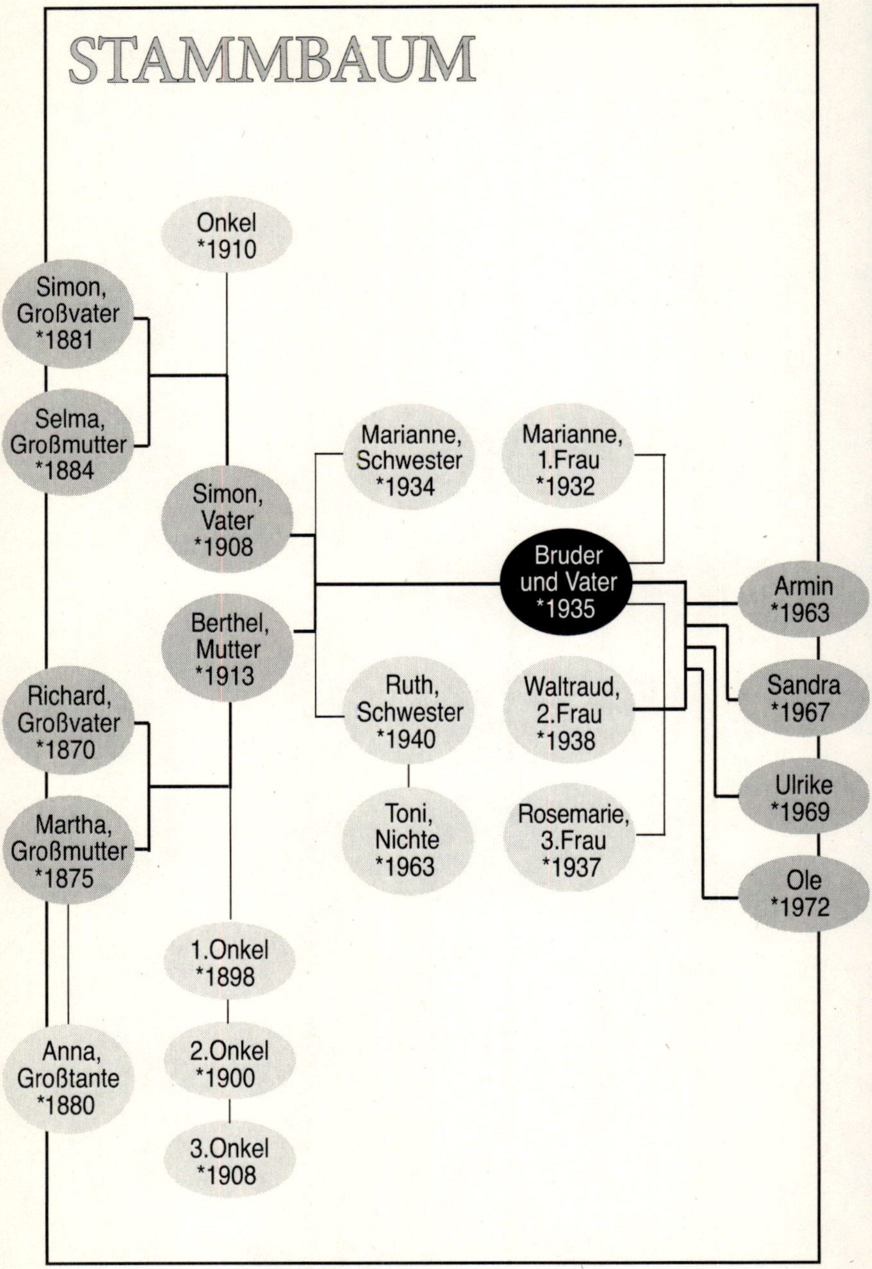
STAMMBAUM
Onkel *1910
Simon, Großvater *1881
Selma, Großmutter *1884
Simon, Vater *1908
Berthel, Mutter *1913
Marianne, Schwester *1934
Marianne, 1.Frau *1932
Bruder und Vater *1935
Armin *1963
Sandra *1967
Ulrike *1969
Ole *1972
Ruth, Schwester *1940
Waltraud, 2.Frau *1938
Toni, Nichte *1963
Rosemarie, 3.Frau *1937
Richard, Großvater *1870
Martha, Großmutter *1875
1.Onkel *1898
2.Onkel *1900
3.Onkel *1908
Anna, Großtante *1880

DANKSAGUNG

Dank allen, die mir ermöglicht haben, dieses Buch zu schreiben. Sie stehen exemplarisch für das Geschehen in einer Welt der Extreme und könnten ebenso unter anderen Namen an anderen Orten gelebt haben.

WEITERE ROMANE VON SIGRID KLEINSORGE

Die Abuela

Mit der Geburt ihres Enkels bekommt das Leben der Margarethe Rechtler einen Sprung. Es ist nicht nur der Name Maria José, wie sollte sie den jemals erklären, treudeutsch wie sie seit Generationen waren, der sie irritiert und Fragen aufwirft, die ihr an traditionellen Werten orientiertes Leben in Frage stellen.
Wie die Außenwelt um sie herum eine andere wird, so verändert sich gegen alle inneren Widerstände auch die Betrachtung und Beurteilung ihrer kleinen Welt.

Das Achte Zimmer

Eine ehemalige Anwaltskanzlei wird zum Haus der Glückseligkeit, aber auch zur letzten Station von acht Menschen zwischen fünfundsiebzig und fünfundachtzig. Mit dem Eintritt in die Gemeinschaft leben sie unter anderem Namen weiter, Namen, mit denen sie etwas verbinden, das in ihrem Leben gefehlt hat. Eine von ihnen, Marilyn, stirbt. Als mögliche Nachfolgerin zieht Sarah für sieben Tage auf Probe in die Enge und Geborgenheit dieser Idylle. Tag für Tag erfährt sie mehr von den Träumen und von den Wunden, die das Leben jedem geschlagen hat. Da ist Margot, die Tänzerin, Sigmund, der Arzt, Humphrey, der Anwalt, Al, das Finanzgenie, Anne, die Analytikerin, Grace, die Klavierspielerin und Ernest, der Literaturprofessor, sieben Menschen, die täglich aufs Neue ihr Welttheater inszenieren, sich eine Bühne für das schaffen, das sie bisher nicht verwirklichen konnten. Und da ist Samantha, ein junger Mann aus Sri Lanka, der das Leben der Alten in seinen Händen hält. Wird Sarah sich entschließen können, dort ihr Leben als Marlene zu beenden?

Das Trio

Jutta Hein zieht in eine Seniorenresidenz, obwohl sie noch in der Lage wäre, allein in ihrer Wohnung zu leben. Dort sieht man sie in Gesellschaft von zwei Frauen und einem Mann im Rollstuhl, von deren Seite sie kaum weicht. Warum tut sie das? In welcher Beziehung stehen die vier Menschen zueinander? Das fragen sich auch ihre Tochter Lore und die Enkeltochter Emilia. Mit dem Aufrollen der Lebensgeschichten der vier Personen, die aus verschiedenen Ländern kommen, werden nach und nach Verbindungen sichtbar, bei denen Musik und der Name Strawinsky eine tragende Rolle spielen.

Und vergib uns …

Herbst 2015. Der Flüchtlingsstrom versetzt Deutschland in Unruhe. Aber nicht nur Menschen aus anderen Ländern, wie der junge Hassan aus Syrien, suchen eine Möglichkeit, die verlorene Sicherheit und Ordnung durch eine neue zu ersetzen und einen Platz für sich zu finden. Auch im bisher sicher geglaubten Deutschland sehen Tanja Finkelstein und ihre Familie ebenso wie die Zwillingsschwestern Lummer ihr bisheriges Leben bedroht. Wird es gelingen, äußere und innere Widerstände zu überwinden, ihr Verhalten zu modifizieren und Verantwortung für einen neuen Lebensweg zu übernehmen, ohne die Schuld anderen, schwächeren Menschen zuzuschieben?

Das Freitagsinterview

Nur eine Stimme ist es, die Johannas Leben durcheinanderbringt. Auf der Suche danach, zu wem sie gehört, durchlebt sie Situationen, die längst vergangen und in Vergessenheit geraten sind. Jakobs Tagebuchaufzeichnungen fügen sich nach und nach zu einer Geschichte, die mit ihrer eigenen verschlungen ist.

Franzi Berbikopf all-inclusive: 88 Jahre nach Franz Biberkopf

Franzi Berbikopf verbringt zwei Wochen all-inclusive auf Lanzarote, abseits ihrer gewohnten Berliner Welt. Alles ist in dieser gewonnenen Reise inbegriffen. Neue Menschen, neue Bräuche, neue Landschaften, sogar Achmed vom Hotelbuffet und Milena, die sich vom Leben nimmt, was möglich ist. Franzi beginnt, darüber nachzudenken, ob es auch für sie eine Möglichkeit gibt, sich aus dem engen Einerlei des bisherigen Lebens zu lösen.

WEITERE ROMANE VOM LAUINGER VERLAG

Orlandos Fächer

von Martina Bilke

ISBN: 978-3-7650-9108-7
300 Seiten
14,90€

»Orlando nimmt den Leser mit, wenn er gelegentlich innehält, um in eine Szene, eine Episode, ein wichtiges Ereignis der Stadtgeschichte einzutauchen und den jeweiligen Zeitgenossen zu begegnen. Pforzheimer Zeitung«

Roman der Stadt Karlsruhe

Wie einst Athene dem Haupt des Zeus entspringt Orlando, Schelm und Abenteurer, dem Kopf des Stadtgründers Carl Wilhelm. Sein Leben beginnt im Hardtwald und führt durch die dreihundertjährige Stadtgeschichte bis in die Gegenwart. Er baut das Schloss als einfacher Arbeiter, protokolliert einen Karlsruher Kindsmordprozess, bildet sich zur Zeit Napoleons, erlebt die Feier zur badischen Verfassung, wird Schauspielerin in Zeiten der Industrialisierung, trauert während der Weltkriege, demonstriert mit den 68ern, wandert durch die Baustellen der UStrab – sein Weg durch die Geschichte: ein Herumtanzen um Baugruben. Orlando nimmt den Leser mit, wenn er gelegentlich innehält, um in eine Szene, eine Episode, ein wichtiges Ereignis der Stadtgeschichte einzutauchen und den jeweiligen Zeitgenossen zu begegnen.

Martina Bilke schafft mit Orlando eine Figur, die abwechslungsreiche Perspektiven auf die Karlsruher Stadtgeschichte bietet. Inka KA

www.rita-koenig.de
www.lauinger-verlag.de
www.derkleinebuchverlag.de

LAUINGER VERLAG

Fast schon ein ganzes Leben

von Rita König

ISBN: 978-3-7650-9108-7
300 Seiten
15,00€

»Natascha hatte ihr erklärt, dass die Farbe Rot und das Wort schön im Russischen den gleichen Wortstamm haben. Rot ist schön.«

Birgit und Paul gehen nach dem Studium in eine **brandenburgische Kleinstadt**. Sie lieben sich, bekommen ein Kind, und alles könnte ein nicht endender Traum sein. Aber während Paul versucht, Birgit auch tagsüber auf Händen zu tragen, träumt Birgit von ganz realen Dingen: zum Beispiel von einem Urlaub am Balaton.
Eine Liebesgeschichte, die in den späten 1970ern beginnt, mit dem Mauerfall und neuen Aufstiegschancen für Paul einen Höhenflug erlebt und wenige Jahre später jäh zerbricht.
Birgit zieht nach Bonn, Paul verliebt sich in Sandra. Doch damit ist die Geschichte noch nicht zu Ende.

»Für mich als ›Wessi‹ ist es sehr spannend zu lesen, wie ein typisches Leben in der ehemaligen DDR aussah. Ich habe zwar mit vielen Menschen über die DDR gesprochen und mir ihr Leben beschreiben lassen. Aber wie quälend die Engpässe wirklich waren, wie anstrengend es war, Tag für Tag das Leben zu organisieren, das lässt sich erst richtig nachvollziehen in der verdichteten Darstellung Ihres Romans. Danke dafür.«
Ann Brünink, Kulturjournalistin bei der »Märkischen Allgemeinen«

www.rita-koenig.de
www.lauinger-verlag.de
www.derkleinebuchverlag.de

LAUINGER VERLAG

DER KÜNSTLER DES UMSCHLAGES – CHTISTIAN KLUTE

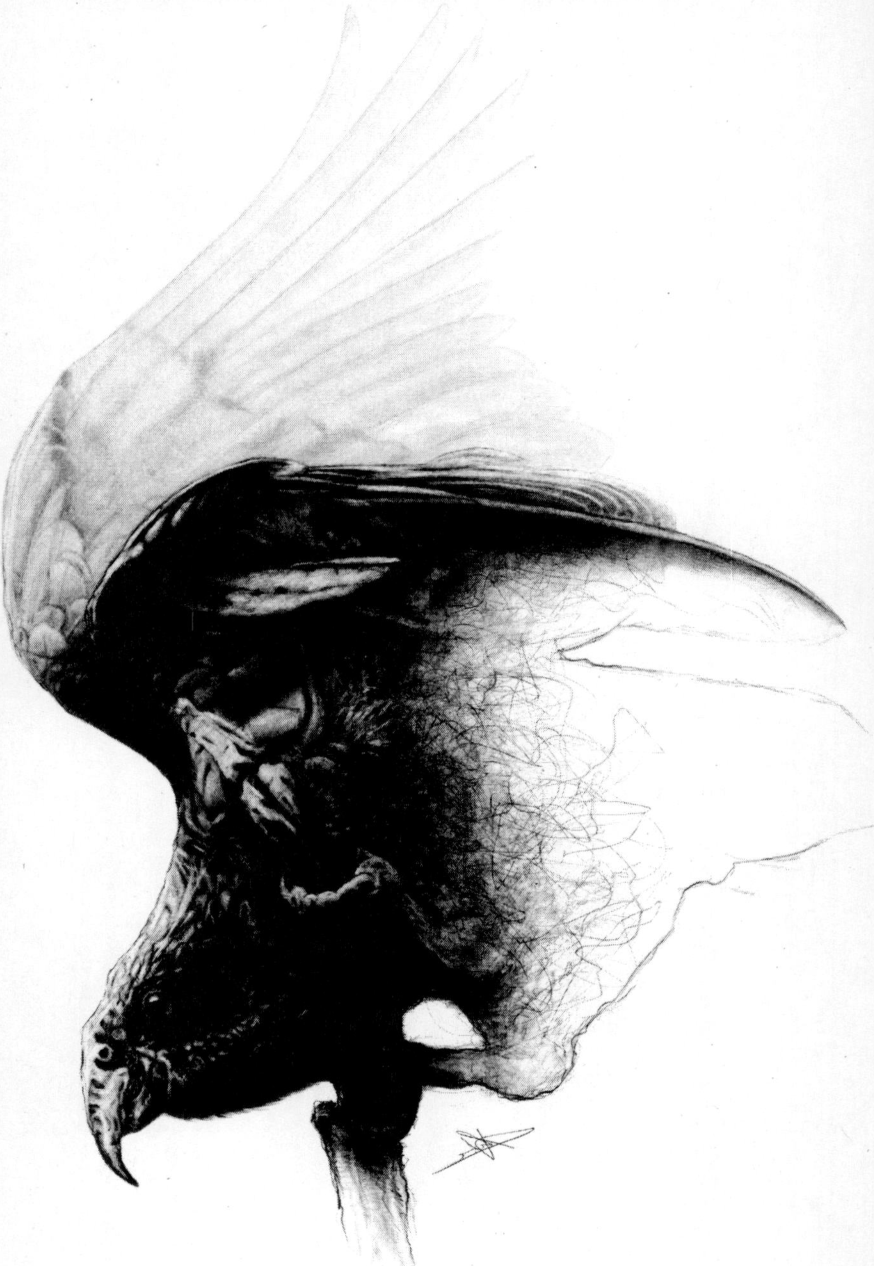

"The Parrot" - Bleistiftzeichnung
Original und Kunstdruck erhältlich auf www.christianklute.com

"The Raven" - Bleistiftzeichnung
Kunstdruck erhältlich auf www.christianklute.com

"Owl I" - Ölgemälde
Kunstdruck erhältlich auf www.christianklute.com

"In the Woods VI" - Acryl auf Holz
Kunstdruck erhältlich auf www.christianklute.com

"In the Woods V" - Acryl auf Holz
Original und Kunstdruck erhältlich
auf www.christianklute.com

"Master study 236 - H. Henneberg" "Master study 232 - František Drtikol"
Ölgemälde erhältlich auf www.christianklute.com

"Master study 224 - Robert Demachy" - Ölgemälde
Original erhältlich auf www.christianklute.com

Schwarz & Weiß

von Sigrid Kleinsorge

ISBN: 978-3-7650-9124-7
240 Seiten
15,00€

»Bisher hatte er noch nie über seine Familie gesprochen, auch hatte sie nicht danach gefragt. Etwas hatte sie davon abgehalten.
»Jasmin, frag das nie wieder, tue mir das nicht an.«

Schwarz & Weiß ist eine moderne Familiengeschichte, von Verlust und Wandel geprägt, doch nie versiegt die Hoffnung, der Wunsch nach Zugehörigkeit. Trotz scheinbar unvereinbarer Lebensumstände gibt es immer wieder einen Neuanfang, ein Anknüpfen an Traditionen, immer wieder kann ein kleines Stückchen Glück gelingen. Während Sharifa sich nach dem Verlust ihrer Familie in der Serengeti wieder dem Leben zuwendet und daran zu glauben beginnt, dass der Wind sie in die richtige Richtung treiben wird, bangen Henriette und Konrad um ihren Sohn Markus, der in der Wüste Nevadas gegen seine Drogensucht kämpft.

»Sigrid Kleinsorge gelingt es erneut den Leser auf ein menschliches Abenteuer mitzunehmen. Trotz zufällig erscheinender Knotenpunkte webt sie einen Familienroman von beeindruckender Dichte, der in seiner Intensität weit über die letzte Seite hinaus wirkt.« Wolfgang Kucher

»Ein vielschichtiger Familienroman. »Badische Neuste Nachrichten«

www.lauinger-verlag.de
www.derkleinebuchverlag.de

LAUINGER VERLAG